TRÍPTICO

KARIN SLAUGHTER

TRÍPTICO

tradução de **GUSTAVO MESQUITA**

EDITORA RECORD
RIO DE JANEIRO • SÃO PAULO
2012

CIP-Brasil. Catalogação na fonte
Sindicato Nacional dos Editores de Livros, RJ.

S641t Slaughter, Karin, 1971-
Tríptico / Karin Slaughter; tradução de Gustavo Mesquita. – Rio de Janeiro: Record, 2012.

Tradução de: Triptych
ISBN 978-85-01-09345-5

1. Ficção americana. I. Mesquita, Gustavo. II. Título.

12-0865 CDD: 813
CDU: 821.111(73)-3

TÍTULO ORIGINAL EM INGLÊS:
Triptych

Texto revisado segundo o novo Acordo Ortográfico da Língua Portuguesa.

Editoração eletrônica: Abreu's System

Direitos exclusivos de publicação em língua portuguesa somente para o Brasil adquiridos pela
EDITORA RECORD LTDA.
Rua Argentina 171 – Rio de Janeiro, RJ – 20921-380 – Tel.: 2585-2000,
que se reserva a propriedade literária desta tradução.

Impresso no Brasil

ISBN 978-85-01-09345-5

Seja um leitor preferencial Record.
Cadastre-se e receba informações sobre nossos lançamentos e nossas promoções.

Atendimento e venda direta ao leitor:
mdireto@record.com.br ou (21) 2585-2002.

Para Kate e Kate

PARTE I

DECARTUR CITY OBSERVER
17 DE JUNHO DE 1985

ADOLESCENTE DE DECARTUR ASSASSINADA

Ontem pela manhã os pais encontraram o corpo de Mary Alice Finney, 15 anos, na casa da família na Adams Street. A polícia não divulgou detalhes, a não ser que trata o crime como homicídio e que as últimas pessoas vistas com Finney estão sendo intimadas a prestar depoimento. Paul Finney, pai da adolescente e promotor público assistente do condado de DeKalb, disse, em declaração feita ontem à noite, que tem plena confiança de que a polícia levará o assassino da sua filha à justiça. Estudante de destaque da Decartur High School, Mary Alice fazia parte da equipe de animadoras de torcida da escola e recentemente foi eleita presidente da sua turma de segundo ano. Fontes próximas à investigação confirmam que o corpo da jovem estava mutilado.

1

5 de fevereiro de 2006

O detetive Michael Ormewood escutava o jogo de futebol americano no rádio ao descer a DeKalb Avenue a caminho do conjunto habitacional Grady Homes. Quanto mais se aproximava, mais tensão sentia, e seu corpo quase vibrava quando entrou à direita no que a maioria dos policiais considerava uma zona de guerra. Enquanto o programa habitacional de Atlanta lentamente devorava a si mesmo, conjuntos subsidiados como o Grady se transformavam em coisa do passado. Os terrenos na cidade eram muito valiosos, e o potencial de problemas, grande demais. Logo acima, a uma avenida, ficava a cidade de Decartur, com seus restaurantes descolados e suas casas de 1 milhão de dólares. Pouco mais de 1 quilômetro na outra direção erguia-se o domo folheado a ouro do capitólio do estado da Georgia. O Grady era como o pior cenário possível entre ambos, uma lembrança viva de que a cidade, ocupada demais para odiar, também estava ocupada demais para cuidar da sua população.

Com o jogo em andamento, as ruas estavam praticamente vazias. Traficantes e cafetões tiravam a noite de folga para assistir ao mais raro dos milagres: os Atlanta Falcons disputando o Super Bowl. Como era uma noite de domingo, as prostitutas ainda estavam nas ruas ganhando seu sustento, tentando dar aos fiéis algo para confessar na semana seguinte. Algumas garotas acenaram para Michael quando o carro passou e ele retribuiu o cumprimento, se perguntando quantos carros sem identificação haviam parado ali no meio da noite, com os policiais informando à central que fariam um intervalo de dez minutos, e então chamando uma das meninas para ajudar-lhes a aliviar a tensão.

O edifício 9 ficava nos fundos do conjunto, com suas paredes de tijolos vermelhos marcadas pelos Ratz — uma das novas gangues que haviam se mudado para o Grady. Quatro viaturas e outro carro sem identificação estavam estacionados em frente ao prédio, suas luzes girando, os rádios chiando. Parados no estacionamento dos moradores havia uma BMW preta e uma Lincoln Navigator tunada, suas rodas de 100 mil dólares reluzindo douradas sob a luz dos postes de iluminação. Michael combateu o impulso de dar uma guinada no volante e arrancar um pouco de tinta da SUV de 70 mil dólares. Ele ficava indócil ao ver os carros caros que os criminosos dirigiam. No último mês, o filho dele havia espichado bons 20 centímetros e agora estava alto demais para as calças, mas as compras precisariam esperar o próximo contracheque. Tim parecia esperar pela maré alta, enquanto o dinheiro dos impostos do papai ajudava a pagar o aluguel daqueles canalhas.

Em vez de descer do carro, Michael esperou, escutou mais alguns segundos do jogo, desfrutando de um momento de paz antes que seu mundo virasse de cabeça para baixo. Ele estava na polícia havia quase 15 anos, onde ingressou assim que saiu do exército, para perceber tarde demais que, além do corte de cabelo, não havia grande diferença entre ambos. Ele sabia que assim que descesse do carro tudo voltaria como em um relógio com corda demais. As noites insones, as pistas intermináveis que não davam em lugar algum, os chefes fungando no seu cangote. A imprensa, provavelmente, também tiraria sua casquinha. Sempre enfiavam câmeras no seu rosto quando ele saía do esquadrão, os jornalistas perguntando por que o caso não havia sido resolvido, o filho o vendo no telejornal e perguntando ao papai por que as pessoas estavam tão bravas com ele.

Collier, um jovem policial fardado com braços tão musculosos que era impossível mantê-los retos ao lado do corpo, bateu na janela, gesticulando para que Michael abaixasse o vidro. O rapaz fez um movimento circular com a manopla, apesar de provavelmente nunca ter entrado num carro com manivela para abaixar os vidros.

Michael apertou o botão no painel.

— Sim?

— Quem está ganhando?

— Não é o Atlanta — disse Michael, e Collier assentiu como se esperasse por aquilo. A última incursão do Atlanta no Super Bowl acontecera anos atrás. O Denver os trucidara por 34-19.

— Como está Ken? — perguntou Collier.

— Você conhece Ken — respondeu Michael, sem dar mais detalhes sobre o estado de saúde do parceiro.

— Podíamos aproveitar a ajuda dele nisso. — O policial gesticulou na direção do prédio. — Barra-pesada.

Michael guardou os pensamentos para si. O rapaz tinha 20 e poucos anos, provavelmente morava no porão da casa da mãe, e acreditava que era um homem porque portava uma arma todos os dias. Ele conhecera muitos Collier no deserto iraquiano, depois que o primeiro Bush decidiu invadir o país. Eram todos filhotes ansiosos com aquele brilho nos olhos que dizia que haviam se alistado por mais do que as três refeições diárias e a educação gratuita. Estavam obcecados com dever, honra e toda aquela baboseira que viam na TV, que foi colocada na cabeça deles por recrutadores que os colheram nas escolas como cerejas maduras. Foi-lhes feita a promessa de que receberiam treinamento e que seriam mandados para bases em casa, qualquer coisa que os fizesse assinar na linha tracejada. A maioria acabou sendo despachada no primeiro avião de transporte para o deserto, onde foram alvejados antes mesmo que vestissem os capacetes.

Ted Greer saiu do prédio, mexendo no nó da gravata como se precisasse de ar. O tenente era pálido para um negro, passava a maior parte do tempo atrás de uma mesa tomando banho de luz fluorescente enquanto esperava pela aposentadoria.

Ele viu Michael ainda dentro do carro e fez uma careta.

— Você está de serviço hoje à noite ou só passeando?

O detetive não se apressou, tirou a chave da ignição no momento em que começavam os comentários do intervalo do jogo. A noite estava quente para fevereiro e os aparelhos de ar-condicionado nas janelas dos apartamentos zumbiam como abelhas em torno de uma colmeia.

Greer latiu para Collier:

— Você não tem nada para fazer?

Collier teve o bom-senso de sair, enterrando o queixo no peito como se tivesse levado um soco no nariz.

— Uma bagunça — disse Greer. Ele tirou um lenço do bolso e enxugou o suor da testa. — Algum tipo de maníaco pervertido botou as mãos nela.

Michael ouviu coisa parecida quando recebeu o telefonema que o tirou do sofá da sala.

— Onde ela está?

— Sexto andar. — Greer dobrou o lenço em um quadrado perfeito e o colocou de volta no bolso. — Rastreamos a ligação para o 190. Foi feita daquele telefone. — O tenente apontou para o outro lado da rua.

Michael olhou para a cabine, uma relíquia do passado. Todos têm telefone celular hoje em dia, principalmente traficantes e membros de gangues.

— Voz de mulher — disse Greer. — Receberemos a gravação amanhã.

— Quanto tempo demorou até que alguém atendesse a chamada?

— Trinta e dois minutos — disse o tenente, e a única surpresa de Michael foi que não houvessem demorado mais. De acordo com uma reportagem investigativa, as chamadas de emergência do Grady demoravam em média 45 minutos para serem atendidas. As ambulâncias demoravam ainda mais.

Greer virou de costas para o prédio, como se isso pudesse absolvê-lo.

— Precisaremos de ajuda nesse caso.

Michael sentiu um arrepio. De acordo com as estatísticas, Atlanta era uma das cidades mais violentas dos Estados Unidos. Uma prostituta morta dificilmente provocava comoção, ainda mais se levando em conta o lugar onde havia sido encontrada.

— Tudo que eu preciso é de mais idiotas dizendo como devo fazer o meu trabalho — disse a Greer.

— Esse idiota acredita que é exatamente disso que você precisa — retorquiu o tenente.

Michael sabia que não ganharia nada com uma discussão. Não porque o tenente não tolerasse insubordinação, mas porque concordaria com ele apenas para fazê-lo calar a boca, então daria as costas e faria o que tivesse em mente.

— Não está nada bom lá em cima — acrescentou Greer.

— Nunca está — lembrou Michael, abrindo a porta traseira do carro e pegando o paletó.

— A moça não teve qualquer chance — continuou o tenente. — Foi espancada, esfaqueada, fodida em todos os buracos possíveis e imagináveis. Temos um sujeito doente nas mãos.

Michael vestiu o paletó, pensando que Greer soava como se estivesse dando uma entrevista para a HBO.

— Ken saiu do hospital. Disse para você aparecer para uma visita qualquer dia.

Greer emitiu alguns grunhidos sobre estar muito ocupado ultimamente e então seguiu em direção ao carro, olhando sobre o ombro como se temesse que o detetive o acompanhasse. Michael esperou até que o chefe entrasse no carro e saísse do estacionamento antes de caminhar para o prédio.

Collier estava ao lado da porta, a mão apoiada no punho da arma. Ele provavelmente acreditava que guardava alguma coisa, mas Michael sabia que a pessoa que cometera aquele crime não voltaria para mais. Ele havia terminado com a mulher. Não havia nada mais que quisesse fazer.

— O chefe foi embora cedo — disse Collier.

— Obrigado pelo furo de reportagem.

Michael sentiu um peso quando abriu a porta, permitindo que o prédio úmido e escuro lentamente o atraísse para dentro. Quem quer que tenha projetado o Grady não pensou em crianças felizes voltando da escola à espera de leite e biscoitos recém-saídos do forno. Eles se concentraram na segurança, minimizando ao máximo os espaços abertos e cobrindo as luminárias com grades de aço para proteger as lâmpadas. As paredes eram de concreto aparente com janelas estreitas em cantos apertados, a trama de metal de segurança nos vidros mais parecendo teias de aranha uniformes. Pichações e grafites cobriam as superfícies que um dia haviam sido pintadas de branco. Nomes de gangues, alertas e fragmentos de informações variadas cobriam-nas agora. À direita da porta de entrada alguém havia rabiscado "Kim é uma piranha! Kim é uma piranha! Kim é uma piranha!".

Michael olhou para cima pelo vão das escadas, contando os seis andares, quando uma porta abriu com um rangido. Ele se voltou e viu uma senhora negra o encarando, seus olhos pretos como carvão observando pela fresta, por trás da grade de metal.

— Polícia — disse mostrando o distintivo. — Não tenha medo.

A porta abriu um pouco mais. Ela usava um avental florido sobre uma camiseta branca manchada e calças jeans.

— E quem disse que tenho medo de você?

Atrás dela reuniam-se quatro senhoras, das quais apenas uma não era negra. Michael sabia que elas não estavam ali para ajudar. No Grady, assim como em qualquer pequena comunidade, havia uma ampla rede de fofoca e aquelas eram as bocas que abasteciam a linha de suprimentos.

Mas, ainda assim, ele precisava perguntar.

— As senhoras viram alguma coisa?

Elas fizeram que não em uníssono, bonecas balançando no painel do Grady.

— Ótimo — disse Michael, recolocando o distintivo ao bolso enquanto seguia para as escadas. — Obrigado por fazerem da sua comunidade um lugar mais seguro.

— Esse é o seu trabalho, seu veado — disparou a velha.

Ele parou o pé imóvel sobre o primeiro degrau quando se voltou para a mulher, encarando-a. Ela não abaixou os olhos cheios de remorsos, que disparavam de um lado para o outro como se lessem o livro da vida do policial. A mulher era mais velha do que as outras, tinha provavelmente pouco mais de 70 anos, apesar de um pouco mais grisalha e menor do que as companheiras. Uma teia de rugas finas cortava a pele ao redor dos seus lábios, marcas deixadas por anos tragando cigarros. Uma trama de cabelos desgrenhados erguia-se da cabeça dela, e pelos enrolavam-se no seu queixo como *dreadlocks*. Ela usava o batom com o tom cor-de-rosa mais extravagante que ele já vira na vida.

— Como a senhora se chama? — perguntou ele.

A mulher ergueu o queixo em desafio, mas respondeu.

— Nora.

— Alguém fez uma ligação para o 190 daquele telefone lá fora.

— Espero que tenha lavado a mão depois.

Michael se permitiu um sorriso.

— A senhora a conhecia?

— Todas nós a conhecíamos. — O tom indicava que havia muito mais a ser dito, mas que não seria ela a dizer a um policial branco presunçoso. Nora, obviamente, não tinha um diploma universitário debaixo do braço, mas Michael nunca dera importância a esse tipo de coisa. Ele podia dizer, pelos olhos da mulher, que ela era inteligente. Que tinha se formado nas ruas. Não se chega à velhice num lugar como o Grady sendo bobo.

Michael tirou o pé do degrau e voltou na direção do grupo de mulheres.

— Ela trabalhava?

Nora não tirava os olhos dele, ainda desconfiada.

— A maioria das noites.

— Moça honesta — a senhora branca do grupo acrescentou.

Nora fez um som com a língua.

— Tão jovem, a pobrezinha. — Havia um tom de desafio na voz quando ela disse: — Aquilo não era vida para ela, mas o que mais ela podia fazer?

Michael assentiu como se compreendesse.

— Ela tinha clientes regulares?

Todas negaram mais uma vez, e Nora acrescentou:

— Ela nunca levava trabalho para casa.

Michael esperou, se perguntando se as mulheres diriam algo mais. Ele contou os segundos mentalmente, pensando que esperaria até vinte. Um helicóptero sobrevoou o prédio e pneus cantaram no asfalto a algumas ruas dali, mas ninguém deu atenção. Aquele era o tipo de vizinhança onde as pessoas ficavam nervosas se não ouviam tiros ao menos duas vezes por semana. Havia uma ordem natural em suas vidas e a violência, ou a ameaça dela, fazia parte delas como o *fast-food* e a bebida barata.

— Está bem — disse Michael, depois de contar até 25. Ele tirou um cartão de visita do bolso, estendeu-o para Nora e disse: — Algo para limpar a bunda.

A mulher resmungou com repugnância, segurando o cartão com o indicador e o polegar.

— A minha bunda é maior do que isso.

Michael deu uma piscadela sugestiva e disse com um murmúrio:

— Acha que eu não percebi, querida?

Nora soltou uma risada curta e alta e bateu a porta na cara do detetive. Mas ficou com o cartão. O que ele só podia tomar como um sinal positivo.

Michael voltou até as escadas e subiu o primeiro lance dois degraus de cada vez. Todos os prédios do Grady tinham elevadores, mas mesmo aqueles que funcionavam eram perigosos. No primeiro ano como policial fardado ele atendeu um chamado de briga doméstica no conjunto e ficou preso em um dos aparelhos rangentes com o interfone quebrado. E passou duas horas se esforçando para não piorar ainda mais o fedor de urina e vômito até que o sargento percebeu que ele ainda não havia se reportado e mandou alguém procurá-lo. Os veteranos riram da idiotice dele por meia hora antes de resgatá-lo.

Bem-vindo à confraria.

Quando chegou ao segundo lance, Michael sentiu uma mudança no ar. O cheiro o atingiu primeiro: o odor característico de frituras, cerveja e suor foi subitamente cortado pelo inconfundível fedor de morte violenta.

O prédio respondera à fatalidade como de costume. Em vez da batida constante de rap soando em diversas caixas de som, ouvia-se apenas o murmurar de vozes atrás de portas fechadas. O volume dos televisores foi abaixado, com a programação do intervalo do jogo fazendo as vezes de pano de fundo para conversas sobre a moça do sexto andar, enquanto as pessoas agradeciam a Deus por dessa vez não ter sido seus filhos, filhas, ou elas mesmas.

Nesse relativo silêncio, sons ecoavam nas escadas: os ritmos familiares de uma cena de crime quando provas são coletadas, fotos tiradas. Michael parou no quarto andar para recuperar o fôlego. Ele parara de fumar havia dois meses, mas os pulmões ainda não acreditavam de verdade. Ele se sentia um asmático quando avançou pelo lance de escadas seguinte. Acima, alguém riu e ele ouviu os outros policiais se juntando ao sujeito, participando da costumeira bravata que tornava o trabalho possível.

Escadaria abaixo, uma porta foi aberta com uma pancada e Michael inclinou-se sobre o corrimão e viu duas mulheres empurrando uma maca pelo saguão. Elas usavam jaquetas azuis, com letras amarelas "IML" nas costas.

— Aqui em cima — disse Michael.

— Em qual andar? — uma das mulheres perguntou.

— Sexto.

— Puta merda — praguejou ela.

Michael agarrou o corrimão e puxou o corpo pelos últimos degraus, ouvindo as duas mulheres soltando mais imprecações enquanto subiam, a maca batendo contra o corrimão de metal como um sino quebrado. Ele estava a um lance do topo quando sentiu os pelos do pescoço eriçarem. O suor lhe colava a camisa nas costas, mas algum tipo de sexto sentido o fez sentir um calafrio.

Um flash pipocou e o obturador de uma câmera fez um clique. Michael cuidadosamente deu um passo para o lado de um sapato de salto alto vermelho sobre um degrau, em pé, como se alguém houvesse se sentado e o tirado. O degrau de cima tinha uma marca deixada por uma mão ensanguentada. No seguinte, havia outra marca de mão, então outra, como se alguém houvesse subido as escadas de joelhos.

Parado no patamar do quinto andar estava Bill Burgess, um policial veterano fardado que já vira praticamente todo tipo de crime que Atlanta tinha para oferecer. Ao lado dele havia uma poça escura de sangue coagulado, de cujas bordas transbordavam filetes que escorriam de degrau em degrau como num efeito dominó. Michael observou a cena do crime. Alguém caíra ali e se esforçara para ficar de pé, deixando marcas de sangue enquanto tentava escapar.

Bill olhava para as escadas, não para o sangue. Ele estava pálido, seus lábios um risco cor-de-rosa. Michael parou abruptamente, pensando que nunca vira Bill perturbado até então. Aquele era o homem que tinha saído para comprar asas de frango empanadas uma hora depois de encontrar seis dedos cortados na caçamba de lixo dos fundos de um restaurante chinês.

Os dois continuaram em silêncio quando Michael cuidadosamente passou por cima da poça de sangue. Ele manteve a mão no corrimão e dobrou a quina para seguir pelo próximo lance, grato por ter o que segurar, quando viu a cena à sua frente.

A mulher estava parcialmente vestida, seu vestido cortado e aberto como se fosse um roupão, expondo a pele escura como cacau em pó e um tufo de pelos pubianos que havia sido depilado em uma fina tira que descia até a vagina. Os seios eram empinados de forma pouco natural, implantes seguravam-nos no lugar com perfeição. Um braço estava estirado para o lado, o outro repousava sobre a cabeça, com dedos que buscavam o corrimão como se os seus últimos pensamentos houvessem sido tentar levantar-se. A perna direita estava dobrada, a esquerda, projetada em um ângulo que expunha completamente a vagina.

Michael subiu outro degrau, bloqueando a atividade à sua volta, tentando ver a mulher como o assassino teria feito. O rosto estava maquiado, com batom e ruge aplicados para realçar as feições. Cabelos encaracolados com reflexos alaranjados se espalhavam em todas as direções. O corpo dela era bonito, ou pelo menos mais bonito do que seria de se esperar em virtude do que as marcas nos braços sugeriam que ela era: uma mulher que alimentava um vício abrindo as pernas. Os hematomas nas pernas podiam ter sido deixados pelo assassino ou por um cliente bruto. Caso a última alternativa fosse verdadeira, ela, provavelmente dera o consentimento, sabendo que ganharia mais dinheiro com a dor, que mais dor significava mais prazer depois, quando a seringa espalhasse aquela sensação morna pelas veias.

Os olhos estavam arregalados, um olhar vazio voltado para a parede. Um dos cílios postiços estava solto, projetando um terceiro cílio sob o olho esquerdo. O nariz estava quebrado, a face contorcida onde os ossos abaixo do olho haviam sido partidos. A luz refletiu em algo dentro da boca aberta da mulher e Michael deu mais um passo, dando-se conta de que a boca estava cheia de líquido e que esse líquido era sangue. A luz do teto brilhava na piscina vermelha como uma lua cheia.

Pete Hanson, o legista que atendeu a chamada, estava no patamar do sexto andar conversando com Leo Donnelly. Leo era um babaca, sempre no papel de policial durão, fazendo piada com tudo, rindo muito alto e por tempo demais, mas Michael já o vira no bar diversas vezes, a mão um borrão constante enquanto ele virava um uísque atrás do outro, numa tentativa de tirar o gosto de morte da boca.

Leo viu Michael e abriu um sorriso, como se fossem velhos amigos que se encontravam numa noitada. Ele segurava um saco plástico selado com provas, que jogava para cima e voltava a agarrar como se estive se aquecendo para jogar beisebol.

— Uma noite e tanto para estar de plantão.

Michael não demonstrou a concordar.

— O que aconteceu?

Leo continuava a jogar o saco para cima, sentindo o peso na mão.

— O doutor disse que ela sangrou até morrer.

— Talvez — corrigiu Pete. Michael sabia que o médico gostava de Leo tanto quanto qualquer outra pessoa do Departamento de Polícia, o que significava dizer que não suportava o sujeito. — Eu saberei mais quando o corpo dela estiver na mesa.

— Segura — disse Leo, atirando o saco de provas para Michael.

Michael observou o saco cortar o ar em câmera lenta, como uma bola oval. Ele o pegou antes que caísse no chão, os dedos agarrando algo grosso e obviamente molhado.

— Um lanche para o seu gato — disse Leo.

— Mas que... — Michael ficou mudo. Ele sabia o que era.

— Olha a cara dele! — As gargalhadas de Leo ecoaram pelos corredores.

Michael mal podia olhar para o saco. Ele sentiu sangue na garganta, o gosto metálico pungente do medo inesperado. A voz que lhe saiu da boca não se parecia com a sua, soava mais como se ele estivesse submerso, talvez se afogando.

— O que aconteceu?

Leo ainda ria, então Pete respondeu:

— O sujeito cortou a língua dela.

2

6 de fevereiro de 2006

Quando voltou da Guerra do Golfo, Michael passou a ser atormentado por pesadelos. Assim que fechava os olhos, via as balas vindo em sua direção, as bombas atirando braços e pernas pelos ares, crianças correndo pela estrada, gritando pelas mães. Michael sabia onde estavam as mães delas. Ele observou, impotente, as mulheres batendo nas janelas fechadas da escola, tentando escapar do fogo provocado por uma granada que as queimou vivas.

Aleesha Monroe o assombrava agora. A mulher sem língua da escadaria o seguira para casa, fizera algum tipo de magia nos seus sonhos de modo que agora era Michael quem a perseguia pelas escadas, quem a empurrava contra o piso do patamar e a partia ao meio. Sentia as longas unhas vermelhas se cravando em sua pele quando a mulher tentou se libertar, enforcando-o. Michael não conseguia respirar. Começou a agarrar o pescoço, as mãos dela, tentando fazê-la parar. E acordou gritando tão alto que Gina sentou-se ao lado dele na cama, puxando o lençol de encontro ao peito, como se esperasse ver um maníaco no quarto do casal.

— Meu Deus, Michael — suspirou ela, com a mão sobre o coração. — Você quase me mata de susto.

Ele pegou o copo dágua sobre a mesa de cabeceira e derramou um pouco sobre o peito ao tomar longos goles para apagar o fogo que sentia na garganta.

— Amor — disse Gina, tocando o pescoço do marido com as pontas dos dedos. — O que aconteceu?

Michael sentiu uma pontada no pescoço e colocou os dedos onde antes estavam os da esposa. A pele estava machucada, e quando ele se levantou para olhar no espelho da penteadeira, viu um filete de sangue escorrendo de um corte recente.

Gina estava ao lado dele.

— Você se arranhou dormindo?

— Não sei. — Mas sabia. Ele ofegava, ainda não se recuperara do sonho.

Gina torceu o nariz quando puxou a mão dele em direção à boca. Por um segundo Michael achou que a esposa fosse beijá-la, mas em vez disso perguntou:

— Por que você está cheirando a água sanitária?

Ele precisara eliminar aquilo do corpo: o cheiro, a viscosidade que vinha da proximidade dos mortos. Michael não disse isso à esposa, não queria dar espaço para aquela conversa. Em vez disso, olhou para o relógio com uma careta e perguntou:

— Que horas são?

— Droga — gemeu Gina, soltando a mão dele. — É melhor eu me vestir. Meu plantão começa daqui a duas horas.

Michael pegou o relógio para ver por si mesmo: Seis e meia. Depois de processar a cena do crime, revistar o apartamento da mulher e preencher a papelada, ele deve ter tido no máximo quatro horas de sono.

O chuveiro foi ligado e os canos passaram a fazer barulho nas paredes com a passagem da água quente. Michael entrou no banheiro e observou Gina tirar a camiseta com que dormira.

— Tim já está acordado — disse ela, tirando a calcinha. — Você precisa ficar de olho para ele não aprontar.

Michael encostou-se à parede, admirando a barriga lisa da mulher, a forma como os músculos se alongavam quando ela tirava um elástico dos cabelos.

— Ele está bem.

Gina olhou para o marido, percebendo que ele a admirava.

— Fique de olho nele.

Michael sentiu um sorriso se formando no rosto. Os seios dela mantiveram o volume depois de Tim e ele quase salivava com aquela visão.

— Ligue e diga que está doente.

— Sei.

— Assistimos a um filme, transamos no sofá. — Ele fez uma pausa e então, mais uma tentativa: — Você se lembra de como costumávamos apenas nos beijar por horas? — Por Deus, ele não sabia o que era um beijo no rosto há semanas. — Vamos nos beijar daquele jeito, Gina. Nada mais. Só beijar.

— Michael — disse Gina, conferindo a temperatura da água. — Pare de olhar para mim como se eu fosse uma puta e vá olhar o seu filho.

Gina fechou a porta do boxe e ele esperou um minuto inteiro antes de sair, admirando a silhueta do outro lado do vidro, se perguntando quando tudo começou a dar errado para os dois.

Ele conheceu Gina antes de partir para o golfo Pérsico. Ninguém esperava se ferir por lá, mas Michael e os companheiros agiram como se não houvesse amanhã, participaram de toda ação possível antes de serem mandados para o deserto. Ellen McCallum era uma loira mignon com um belo corpo e não exatamente inteligente, o tipo de mulher de quem você gostaria de se lembrar quando estivesse enfiado em uma barraca suja e cheia de areia a 1 milhão de quilômetros de casa, contando aos caras sobre a garota que era capaz de arrancar o couro de tanto chupar.

Michael passou a maior parte da semana tentando faturar Ellen quando, de repente, surgiu Gina. Ela o repreendeu por ter se insinuado para a prima mais nova, mas quando foi enviado para o golfo, alguns dias depois, era em Gina que ele pensava. Nos cabelos castanhos cacheados, no corpo delicado, na curva suave do traseiro dela. Michael passou a escrever para Gina e, para sua surpresa, ela escreveu de volta; muito irritada a princípio, mas depois se acalmou, ficou quase doce. Ele estava no Kuwait, numa missão para manter a paz, quando algum adolescente babaca brincando com uma arma atirou por acidente na sua perna. A mira do rapaz não era das melhores, mas o ferimento não cicatrizava. Quando foi mandado para o centro cirúrgico de uma base na Alemanha, foi para Gina que Michael telefonou primeiro.

Eles se casaram uma semana depois da dispensa e duas semanas depois Michael ingressou no Departamento de Polícia de Atlanta. Gina se formou na escola de enfermagem do Georgia Baptist Hospital e conseguiu um bom emprego no Crawford Long Hospital. Dois anos depois, passou a trabalhar no Piedmont, que pagava melhor. Michael conseguiu o distintivo e passou de policial fardado no Grady a detetive do Departamento de Combate à Prostituição, com o devido aumento no salário. Logo a vida deles estava melhor do que Michael havia sonhado. Eles compraram uma casa em um subúrbio de Atlanta e passaram a guardar dinheiro para um dia de chuva e a pensar em ter um ou dois filhos e se transformar numa família de verdade. Então veio Tim.

Tim era um bebê quieto, mas Michael via um brilho em seus grandes olhos azuis. A primeira vez que o segurou, parecia que estava com o próprio coração nas mãos. Foi Barbara, a mãe de Gina, quem primeiro percebeu o problema. Ele nunca chora. Não interage. Olha para a parede por horas a fio. Michael lutou contra aquilo com unhas e dentes, mas o médico confirmou as suspeitas da sogra. Tim sofreu privação de oxigênio em algum momento da gestação de Gina. O cérebro dele nunca superaria o de uma criança de 6 anos. Eles não sabiam como ou por quê, as coisas simplesmente eram assim.

Michael jamais gostou de Barbara, mas o diagnóstico de Tim fez com que passasse a odiá-la. Era um clichê desprezar a sogra, mas a mulher sempre acreditou que a filha se contentara com pouco e agora via o problema de Tim como uma falha de Michael. Ela também era um tipo de fanática religiosa, rápida em apontar as falhas nos outros, mas não tanto em vê-las em si mesma. A mulher não era simplesmente do tipo copo meio cheio, ela achava que o copo estava meio vazio e que todos iriam para o inferno por isso.

— Tim? — chamou Michael, vestindo uma camiseta enquanto andava pela casa. — Onde você está, amigão?

Ele escutou uma risada atrás do sofá, mas continuou a seguir para a cozinha.

— Para onde foi Tim? — perguntou ele, percebendo que o filho havia derramado uma caixa de cereal sobre a mesa da cozinha. A tigela azul do menino estava cheia até a borda de leite, e por um segundo Michael viu a boca vermelha de Aleesha Monroe, cheia com o próprio sangue.

— Buu! — gritou Tim, agarrando o pai pela cintura.

Michael tomou um susto, apesar de o menino fazer aquilo quase todas as manhãs. O coração batia acelerado quando ele carregou o filho. Tim tinha 8 anos e já era grande demais para ser carregado no colo, mas Michael não conseguia evitar. Ele alisou uma mecha do cabelo do menino.

— Você dormiu bem, filhão?

Tim fez que sim, fazendo força para se desvencilhar dos braços do pai, empurrando o ombro dele para voltar para o chão.

— Vamos limpar essa bagunça antes que Ba-Ba chegue — sugeriu ele, então pegou um punhado de cereal e jogou na lixeira. Barbara tomava conta de Tim durante a semana. Ela o levava para a escola, o buscava, garantia que comesse o lanche e fizesse o dever de casa. Na maioria dos dias, passava mais tempo com o menino do que Michael ou Gina, mas não era como se nenhum dos dois tivesse escolha.

— Ba-Ba não vai gostar dessa bagunça.

— Não — concordou Tim. Ele estava sentado sobre a mesa, com as pernas dobradas. A braguilha do pijama do Homem-Aranha estava aberta.

— Guarde o seu equipamento, amigão — Michael o repreendeu, tentando lutar contra a onda de tristeza que tomou conta dele quando Tim lutava com os botões.

Michael foi filho único, provavelmente um pouco mimado demais. Quando Tim nasceu, ele não sabia nada sobre como cuidar de um bebê. Trocar as fraldas do filho foi embaraçoso, algo para se fazer o mais rápido possível e com o mínimo contato. Agora, tudo que Michael conseguia pensar era que Tim chegaria à puberdade em alguns anos. O corpo dele continuaria a crescer, ele se transformaria em um homem, mas a mente nunca acompanharia. Ele nunca saberia o que era fazer amor com uma mulher, usar o que Deus lhe deu para dar prazer a outro ser humano. Nunca teria filhos. Tim nunca sentiria a felicidade e a dor de ser pai.

— Quem fez essa bagunça? — perguntou Gina. Ela usava o roupão de seda azul que Michael lhe dera de Natal há alguns anos, tinha os cabelos enrolados numa toalha. — Você fez essa bagunça? — ela brincou com Tim, então segurou o queixo do filho com as mãos e o beijou nos lábios. — Ba-Ba não vai gostar disso — disse.

Michael sentia um prazer secreto pelo fato de o menino não conseguir chamar Barbara de vovó, como ela queria.

Tim passou a ajudar na limpeza, bagunçando ainda mais a cozinha no processo.

— Oh-oh! — disse ele, então ficou de joelhos e passou a pegar um cereal de cada vez, contando os flocos em voz alta ao entregá-los para a mãe.

— Você vai chegar em casa em um horário decente hoje? — perguntou Gina.

— Eu disse que estou com um caso.

— Em um bar? — disse ela, e Michael virou de costas para pegar duas canecas no armário da cozinha. Ele estava tenso demais para voltar direto para casa na noite anterior. Leo sugeriu que bebessem alguma coisa, conversassem sobre o caso, e Michael aproveitou o convite para virar algumas doses de Bourbon e diminuir a tensão pelo que vira.

— Onze... — contou Tim. — Doze...

— Você está com cheiro de cinzeiro — disse Gina.

— Eu não fumei.

— Eu não disse que você fumou. — Ela jogou um punhado de cereal na lixeira e estendeu a mão para o filho.

— Catorze — continuou Tim.

— Eu só precisava de um pouco de tempo. — Michael serviu café nas canecas. — Leo queria falar sobre o caso.

— Leo queria uma desculpa para encher a cara.

— Oh-oh! — fez Tim.

— Desculpe, filho — disse Gina. Ela abrandou o tom. — Você pulou um número. O que aconteceu com o 13?

Tim deu de ombros. Ele sabia contar apenas até 28, mas Gina cuidava para que sempre acertasse todos os números.

— Vá se trocar. Ba-Ba já deve estar chegando.

Tim se levantou e saiu pulando da cozinha.

Gina colocou o restante do cereal na caixa e sentou-se com um gemido. Ela estava fazendo turnos duplos naquela semana para reforçar o orçamento. O dia nem havia começado e ela já parecia estar exausta.

— Noite corrida?

Ela deu uma bicada no café, observando o marido sobre o vapor.

— Preciso de dinheiro para o novo terapeuta.

Michael suspirou e encostou-se à pia. O fonoaudiólogo de Tim o levara até onde era possível. O menino precisava de um especialista e os bons especialistas não atendiam pelo plano de saúde.

— Quinhentos dólares — disse Gina. — É quanto custa um mês de tratamento.

— Meu Deus! — Michael esfregou os olhos, sentindo uma dor de cabeça a caminho. Ele pensou na BMW e no Lincoln que viu no Grady Homes na noite anterior. Tim poderia ir a 50 especialistas com aquele dinheiro.

— Tire da nossa poupança — disse ele.

Gina riu com sarcasmo.

— Que poupança?

Natal. Eles zeraram a poupança no Natal.

— Vou pedir mais um turno no hospital. — Gina ergueu a mão para calar o protesto do marido. — Ele precisa ter o melhor.

— Ele precisa da mãe.

— E quanto à sua mãe? — disparou ela.

Michael cerrou os dentes.

— Não vou pedir mais 1 centavo para ela.

Gina colocou a caneca sobre a mesa com uma batida, espirrando café na mão. Não havia como vencer aquela discussão; Michael sabia disso, eles a tinham praticamente toda semana nos últimos cinco anos. Ele já fazia hora extra, de modo a trazer mais dinheiro para casa, para que

Tim pudesse ter tudo que precisava. Gina trabalhava dois fins de semana por mês, mas Michael não admitia que trabalhasse nos feriados. Os dois quase não se viam. Ele achava que a esposa premeditara aquilo. Eles já não eram mais um casal; eram sócios, uma empresa sem fins lucrativos que trabalhava pelo bem-estar de Tim. Michael não conseguia lembrar a última vez que haviam feito sexo.

— Cynthia ligou ontem à noite — disse Gina. A vizinha mimada da casa ao lado. — Está com uma tábua solta no piso da sala ou coisa parecida.

— Tábua solta? — repetiu ele. — Onde está Phil?

Gina colocou as mãos sobre a mesa e se levantou.

— Botsuana. Que diabo, não sei, Michael. Ela só perguntou se você podia consertar a tábua e eu disse que sim.

— Você pensou em me perguntar antes?

— Conserte se quiser — retrucou ela, e derramou o resto do café na pia. — Preciso me arrumar para o trabalho.

Michael a observou caminhar pelo corredor. Era a mesma coisa toda manhã: Tim bagunçava a casa, eles a limpavam e, então, discutiam por algum motivo banal. Para melhorar ainda mais as coisas, Barbara logo chegaria e Michael tinha certeza de que a sogra encontraria algum pretexto para reclamar, fosse sobre a dor nas costas, o cheque magro da aposentadoria ou o fato de ele ter lhe dado um neto excepcional. Nos últimos tempos, ela passara a deixar reportagens sobre a síndrome da Guerra do Golfo na porta da geladeira, uma sugestão de que Michael havia feito algo terrível no Iraque, algo que trouxera desgraça para a família dela.

Michael entrou no quarto e se vestiu rapidamente, deixando o banho de lado para não precisar entrar no banheiro e voltar a discutir com Gina. Ele viu o Toyota de Barbara estacionar em frente à casa, então pegou um martelo na caixa de ferramentas e saiu pela porta dos fundos antes que a sogra entrasse.

Parte da cerca telada do quintal havia sido derrubada por uma árvore na última tempestade de granizo e eles não tinham dinheiro para consertá-la. Ele saltou sobre o trecho caído, tendo o cuidado de não prender a barra da calça nas pontas de metal e cair de cara no chão. Outra vez.

Ele bateu na porta dos fundos, olhando pela janela enquanto esperava por Cynthia. Ela não se apressou. Desfilou pela sala vestindo um penhoar curto que revelava o baby-doll e a calcinha que usava por baixo. Tudo branco, praticamente transparente. Michael se perguntou onde andaria

Phil. Se Gina abrisse a porta para o vizinho vestida daquela forma, ele a mataria.

Cynthia abriu as trancas lentamente, inclinando-se para a frente, exibindo parte dos seios. Seus longos cabelos loiros cobriam-lhe o rosto. O baby-doll era tão curto que Michael via as pontas rosadas dos mamilos dela.

Ele girou o martelo na mão, sentindo um zumbido elétrico na cabeça. Ele deveria simplesmente se virar agora e deixar que ela mesma consertasse a tábua. Que diabo, Phil deveria voltar para casa algum dia; ele que fizesse o conserto.

Cynthia sorriu ao abrir a porta.

— Oi, vizinho.

— Onde está Phil?

— Em Indianápolis — disse, cobrindo um bocejo com a mão. — Vendendo meias elásticas para as massas para ajudar a bancar o estilo de vida com o qual me acostumei.

— Certa — Ele olhou sobre o ombro da vizinha. A cozinha estava um chiqueiro. Pratos sujos empilhados na pia, caixas de pizza espalhadas por todo lado, cinzeiros transbordando. Ele viu bolor crescendo em um copo com o que parecia ser suco de laranja.

— Gina me disse que você está com uma tábua solta no piso.

Ela sorriu como uma gata.

— Que precisa de um aperto.

Michael colocou o martelo sobre a mesa.

— Por que você ligou para ela?

— Vizinhos ajudam vizinhos — disse Cynthia, como se fosse assim tão simples. — Você disse a Phil que tomaria conta de mim quando ele estivesse fora.

Phil pensou em algo bem diferente.

Ela o puxou para dentro de casa pelo colarinho da camisa.

— Você parece muito tenso.

— Não posso continuar fazendo isso.

— O que você está fazendo? — perguntou ela, puxando-o mais para perto.

Michael pensou em Gina, em como a esposa não olhava mais para ele, no que sentia quando o repelia.

— Simplesmente não posso.

A mão da vizinha apertou com força a frente das calças dele.

— Não é o que está parecendo.

Michael prendeu a respiração, seguindo com os olhos as curvas dos seios pequenos até os mamilos. Ele sentiu a língua deslizando pelos lábios, quase sentindo como seria tocá-la com a boca.

Cynthia abriu a braguilha das calças e enfiou a mão.

— Você gosta disso? — perguntou ela, mexendo o polegar em movimentos circulares.

— Meu Deus! — suspirou ele entre os dentes. — Sim.

DECARTUR CITY OBSERVER
19 DE JUNHO DE 1985

POLÍCIA PROCURA TESTEMUNHAS DO ASSASSINATO DE MARY ALICE FINNEY

A polícia pede que testemunhas do assassinato de Mary Alice Finney se apresentem. A adolescente foi encontrada morta na casa da família em Decartur no último domingo. O chefe de polícia Harold Waller revelou, em coletiva de imprensa, que Mary Alice foi ao Lenox Square Mall com amigas naquela noite e, depois, a uma festa no mesmo bairro em que morava. A jovem de 15 anos foi vista pela última vez deixando a festa na companhia de um desconhecido. Qualquer pessoa que a tenha visto ou tenha informações sobre o desconhecido deve ligar para o Departamento de Polícia do Condado de DeKalb. A família se recusa a dar entrevistas, mas em uma declaração formal, Paul Finney, promotor público assistente do Condado de DeKalb e pai da jovem assassinada, pediu privacidade. Fontes próximas à investigação dizem que Sally Finney, mãe de Mary Alice, encontrou o corpo da filha quando foi acordá-la para irem à igreja.

3

Michael sentia-se um lixo. Que diabo, ele *era* um lixo.

A primeira vez com Cynthia foi um acidente. Ele sabia que era uma desculpa esfarrapada, que ninguém tropeça e de repente está dentro de uma vagina, mas realmente pensava na situação nesses termos. Phil telefonou da Califórnia uma noite, desesperado de preocupação com Cynthia. O homem viajava o tempo todo, vendia meias femininas para grandes lojas de departamentos, provavelmente enchendo a cara nas horas vagas. Michael não tinha qualquer prova, mas trabalhou três anos no Departamento de Combate à Prostituição e conhecia bem o tipo de homem de negócios que desfrutava dos talentos locais sempre que estava na estrada. Os telefonemas para saber de Cynthia, provavelmente, eram motivados por culpa, a forma de Phil de tomar conta dela quando não conseguia tomar conta de si mesmo.

Gina trabalhava à noite na época e já vinha se afastando de Michael quando ele tentava se aproximar. Os desafios de Tim estavam ficando mais evidentes e a reação dela havia sido mergulhar no trabalho, fazer turnos dobrados por não conseguir suportar a ideia de voltar para casa e lidar com o filho excepcional. Michael estava doente de aflição, exausto de tanto chorar todas as noites antes de dormir, sentindo-se completa e dolorosamente solitário.

Cynthia estava disponível, mais do que disposta a limpar a mente dele das preocupações. Depois da primeira vez, disse a si mesmo que não voltaria a acontecer, e não aconteceu. Por quase um ano, pelo menos. Michael tinha o trabalho e Tim, e essas eram as únicas coisas em que pensava até um dia na primavera passada, quando Cynthia comentou com Gina que a pia estava vazando.

— Vá consertar a pia para ela — dissera Gina. — Phil está fora o tempo todo. A coitadinha não tem ninguém para tomar conta dela.

Michael não estava apaixonado e não era idiota de pensar que Cynthia sentisse algo parecido por ele. Do alto da maturidade dos seus 40 anos ele já havia aprendido que uma mulher ansiosa por cair de boca toda vez que você se encontra com ela não estava apaixonada, ela estava em busca de alguma coisa. Talvez Cynthia gostasse da emoção de transar com Michael na cama de Phil. Talvez gostasse da ideia de ver Gina pela janela da cozinha e saber que tomava para si algo que pertencia a outra mulher. Michael não se dava ao trabalho de pensar nas motivações dela. Ele conhecia as próprias motivações muito bem. Naqueles 15 ou 20 minutos que passava na casa ao lado, a mente ficava limpa, ele não pensava em pagar os especialistas ou as parcelas do financiamento da casa ou no telefonema da operadora de cartão de crédito perguntando quando ele poderia fazer o pagamento. Michael pensava apenas na boquinha perfeita de Cynthia e no próprio prazer.

Mas algum dia ela iria querer alguma coisa. Ele não era idiota a ponto de não saber ao menos isso.

— Ei, Mike — disse Leo, batendo o nó do dedo na mesa dele. — Acorda pra vida.

— O que foi? — perguntou ele, ajeitando-se na cadeira. A delegacia estava vazia a não ser por eles dois e Greer, trancado no escritório com as persianas abaixadas.

Michael gesticulou para a porta fechada.

— Ele está batendo punheta outra vez?

— Tem um cara do GBI parecido com Tropeço, da Família Adams, lá dentro com ele.

— Por quê? — perguntou Michael, mas ele sabia por quê. Na noite anterior, Greer disse que pediria ajuda naquele caso e o próximo degrau na escada era o Georgia Bureau of Investigation.

— Ele não pediu a minha opinião — disse Leo, sentando-se na borda da mesa e espalhando algumas folhas de papel. O cara agia daquele modo o tempo todo, não importava o quanto Michael pedisse para que ele não fizesse aquilo.

— Teve problemas com a esposa ontem à noite? — perguntou Leo.

— Não — mentiu Michael, correndo os olhos pela sala. O lugar era deprimente e escuro, a parede com janelas dava para o Home Depot do outro lado da rua, que bloqueava o sol da manhã. O City Hall East era um edifício de 12 andares, uma antiga loja de departamentos da Sears que ficava em uma curva da Ponce de Leon Road e ocupava um quarteirão inteiro. Os trilhos de uma ferrovia separavam as instalações de uma antiga fábrica da Ford transformada em condomínio de luxo. O estado comprara o prédio abandonado da Sears anos antes e instalara nele diversos escritórios da administração pública. Havia pelo menos trinta departamentos e mais de quinhentos servidores públicos lotados no prédio. Michael trabalhava ali há dez anos, mas, além do estacionamento sempre lotado, só conhecia as instalações usadas pelo Departamento de Polícia de Atlanta e o necrotério.

— Ei — repetiu Leo, batendo na mesa outra vez.

Michael afastou a cadeira da mesa e de Leo. Nos intervalos entre fumar um cigarro atrás do outro e os goles constantes que tomava de uma garrafa que mantinha no armário, o sujeito tinha um hálito que mais parecia peido de cachorro.

— Está sonhando com boceta?

— Cala a boca — disparou Michael, irritado pelo colega ter chegado muito perto de acertar. Não porque fosse um bom detetive, mas porque não conseguia ficar calado.

— Estou pensando em fazer uma visita a Ken mais tarde. — Leo tirou uma tangerina do bolso do paletó e começou a descascar a fruta. — Como ele está?

— Está indo — disse Michael, apesar de na verdade não falar com Ken há mais de uma semana. Eles foram parceiros por algum tempo, eram próximos como irmãos, até que um belo dia Ken apertou o braço dele e caiu no chão. O parceiro falava sobre uma mulher maravilhosa que conhecera na noite anterior e por uma fração de segundo Michael acreditou que a queda fosse algum tipo de brincadeira. Então Ken passou a se contorcer. Ele abriu a boca e urinou nas calças bem ali, no chão da delegacia. Cinquenta e três anos e ele sofreu um derrame como um velho. E agora o lado direito do corpo estava paralisado, o braço e a perna inúteis como um jornal molhado. A boca permanentemente contorcida, com saliva escorrendo pelo queixo como se ele fosse um bebê.

Ninguém da delegacia queria vê-lo ou ouvi-lo tentar falar. Ken era uma lembrança do que estava logo ali na esquina para a maioria deles. Cigarros e bebida em excesso, dois ou três casamentos fracassados, tudo se encerrando com você passando os últimos e solitários dias catatônico em frente à TV em algum asilo público vagabundo.

A porta da sala de Greer abriu e um sujeito magro vestindo um terno de três peças saiu. Ele carregava uma pasta executiva de couro que mais parecia um selo postal na sua mão enorme. Michael entendeu por que Leo disse que o sujeito se parecia com Tropeço. Ele era alto, com talvez

1,95m de altura, e magro como um graveto. Seus cabelos castanho-claros curtos estavam penteados para o lado. O lábio superior também era estranho, como se alguém o tivesse partido ao meio e depois juntado mal os pedaços. Como de costume, Leo colocou a situação da forma errada. Com dois pinos nas laterais do pescoço, ele poderia ser Herman, de *Os Monstros*.

— Ormewood — disse Greer, chamando-o com gesto. — Este é o agente especial Will Trent do EAC

Leo usou o charme de sempre.

— Que porra é EAC?

— Equipe Especial de Apreensão Criminal — esclareceu Greer.

Michael quase conseguiu sentir Leo contendo-se para não dizer que a sigla deveria, na verdade, ser EEAC. Pouca coisa calava o colega detetive, mas Trent estava ao lado dele, e era quase 30 centímetros mais alto. As mãos do agente especial eram enormes, provavelmente grandes o bastante para agarrar a cabeça de Leo e esmagá-la como um coco.

Leo era babaca, mas não era burro.

— Faço parte de uma divisão especial do GBI criada para auxiliar a polícia de todo o estado a prender criminosos violentos. O meu papel é meramente de consultor.

Ele falava como se estivesse lendo um livro, verbalizando cada palavra cuidadosamente. Acrescente-se a isso o terno de três peças e o sujeito poderia ser um professor universitário.

— Michael Ormewood — disse Michael, estendendo a mão. Trent retribuiu o cumprimento, não exatamente com firmeza, mas também não como se segurasse um peixe. — Esse é Leo Donnelly — acrescentou Michael, apresentando o colega ocupado demais enfiando meia tangerina na boca, o sumo escorrendo pela mão.

— Detetive. — Trent dirigiu a Leo um gesto desinteressado. Ele olhou para o relógio e voltou a falar com Michael. — O resultado da necropsia só sairá em uma hora. Eu gostaria de comparar anotações, se você tiver um minuto.

Michael olhou para Greer, se perguntando o que exatamente mudara na cadeia alimentar nos dois últimos minutos. Ele tinha a sensação de que havia sido relegado à base, e não estava gostando nem um pouco disso.

Greer deu as costas para eles e seguiu para a sua sala.

— Me mantenham informado — disse ele por sobre o ombro.

Michael olhou para Trent. O agente estadual não se parecia com um policial. Apesar da altura, ele não se encaixava naquela ambiente. Estava com a mão no bolso e o joelho dobrado, numa postura quase casual. Os ombros seriam bem largos se ele se empertigasse, mas o sujeito não parecia nem um pouco propenso a tirar vantagem do tamanho. Ele carecia da presença de quem trabalha com segurança pública, a atitude de "foda-se" que se adquire ao prender todo tipo de escória que a terra tem a oferecer.

Michael olhou para o homem, se perguntando o que aconteceria se o mandasse se ferrar. Mas depois da briga matinal com Gina e do encontro com Cynthia, ele concluiu que era hora de dar uma folga a alguém naquele dia.

— A sala de reuniões fica por ali.

Trent seguiu pelo corredor. Michael o acompanhou, olhando para os ombros do sujeito, se perguntando como ele fora parar no GBI. Os agentes estaduais são geralmente viciados em adrenalina, os corpos tão carregados de testosterona que tinham um brilho constante de suor na testa.

— Há quanto tempo você está no trabalho? — perguntou Michael.

— Doze anos.

Michael supunha que Trent fosse pelo menos dez anos mais novo do que ele, mas isso não respondia o que ele queria saber.

— Ex-militar?

— Não — respondeu Trent, abrindo a porta da sala de reuniões. As janelas estavam limpas, e sob a luz do sol Michael viu uma segunda cicatriz que corria pela lateral do rosto do agente especial. A marca rosada ficava quase branca à medida que serpenteava pelo pescoço desde a orelha, acompanhando a jugular até sumir no colarinho da camisa.

Alguém o cortara bem fundo.

— Guerra do Golfo — disse Michael apontando para o peito, acreditando que isso poderia desarmar o homem. — Tem certeza de que não serviu?

— Absoluta — respondeu Trent, sentando-se à mesa. Ele abriu a maleta e sacou uma pilha de pastas de cores fortes. Observando-o de perfil, Michael percebeu que o nariz havia sido quebrado pelo menos duas vezes e se perguntou se o sujeito era boxeador. Mas ele era magro demais; o corpo, franzino demais; o rosto, anguloso demais. Independentemente do passado dele, algo no agente incomodava Michael.

Trent mexia nas pastas, colocando-as em algum tipo de ordem, quando percebeu que Michael ainda estava de pé.

— Detetive Ormewood, estou no seu time — disse ele.

— Ah, é?

— Não estou em busca de glória — disse Trent, apesar de, na experiência de Michael, esse ser o significado do "G" de GBI. O pessoal estadual tinha a reputação de embarcar, fazer a metade do trabalho e levar todo o crédito.

— Não quero roubar o espaço de vocês sob os holofotes ou aparecer na televisão quando prendermos o criminoso — prosseguiu Trent. — Quero simplesmente ajudá-lo no seu trabalho e depois seguir em frente.

— E o que faz você pensar que eu preciso de ajuda?

Trent ergueu os olhos das pastas, observando Michael por alguns segundos. Ele abriu uma pasta rosa-shocking e a deslizou sobre a mesa na direção do policial.

— Julie Cooper, de Tucker — disse ele, citando uma cidade a 30 quilômetros de Atlanta. — Quinze anos. Ela foi estuprada e espancada, quase até a morte, há quatro meses.

Michael assentiu, folheando os papéis, sem se dar ao trabalho de ler os detalhes. Quando chegou à fotografia da vítima, ele parou. Cabelos loiros compridos, delineador e batom demais para uma garota daquela idade.

Trent abriu outra pasta, dessa vez verde-limão.

— Anna Linder, 14 anos, de Snellville.

Um pouco ao norte de Tucker.

— Em 3 de dezembro do ano passado Linder foi sequestrada enquanto caminhava até a casa de uma tia que mora na mesma rua. — Trent passou a pasta para Michael. — Estuprada, espancada. O mesmo M.O.

Michael folheou a pasta em busca da fotografia. O cabelo de Linder era escuro, as marcas ao redor dos olhos ainda mais escuras. Ele pegou a fotografia e a observou de perto. A boca da adolescente estava bastante machucada, o lábio, cortado, sangue escorria pelo queixo. Ela tinha algum tipo de glitter no rosto, que brilhou com o flash da câmera.

— Ela foi encontrada escondida em uma vala no Stone Mountain Park no dia seguinte.

— Certo — disse Michael, esperando por uma conexão entre os casos.

— Ambas afirmam ter sido atacadas por um homem que usava uma máscara de esqui preta. — Trent abriu uma pasta cor de laranja, que tinha uma fotografia presa à primeira folha com um clipe. — Dawn Simmons, de Buford.

Michael olhou uma segunda vez, concluindo que a menina não podia ter mais de 10 anos.

— Ela é mais nova do que as outras — disse, perturbado pelo pensamento de um sujeito doente tocando na criança. A menina não era muito mais velha do que Tim.

— Ela foi agredida há seis meses — disse Trent. — Disse que o agressor usava uma máscara de esqui preta.

Michael fez que não. Buford ficava a uma hora de distância e a menina era nova demais.

— Coincidência.

— Também acho — concordou Trent. — Homens como esse não caçam fora da sua área de conforto.

Sem perceber, Michael havia sentado em uma cadeira. Ele abaixou a foto e deslizou-a sobre o tampo da mesa para Trent, acreditando que ficaria enjoado se olhasse para aquilo por mais um minuto. Meu Deus!, coitados dos pais. Como é possível alguém continuar vivendo depois de uma coisa dessas?

Trent voltou a adotar o tom professoral.

— Predadores sexuais de crianças buscam grupos com idades específicas. Um homem que sinta atração sexual por crianças de 10 anos pode achar adolescentes de 15, 16, velhas demais. O mesmo vale para homens com atração por adolescentes. Eles provavelmente ficariam tão enojados quanto você pelo pensamento de abusar de uma menina tão nova.

Michael sentiu um aperto no estômago. Trent falava sobre aquilo de forma prosaica demais, como se discutisse o clima. Ele precisava perguntar.

— Você tem filhos?

— Não — disse Trent, sem retribuir a pergunta. Talvez o agente já soubesse a resposta, provavelmente por intermédio de Greer. Michael se perguntava o que o cretino dissera a respeito de Tim.

— Entrei em contato com os pais de cada caso para ver se conseguimos falar com as meninas — prosseguiu Trent. — Talvez consigamos alguma nova informação, agora que já passou algum tempo desde os ataques. Pela minha experiência, as vítimas desse tipo de crime lembram mais detalhes à medida que se distanciam um pouco do evento. Pode ser perda de tempo, mas pode ser que digam alguma coisa que não conseguiram lembrar durante as entrevistas iniciais.

— Certo — concordou Michael, tentando não parecer irritado. Ele já trabalhara em um bom número de casos de estupros sozinho e não precisava de aulas.

— Acredito que o criminoso deve ser um homem com boa formação educacional — disse Trent. — Provavelmente com idade entre 35 e 40 anos. Insatisfeito com o trabalho, insatisfeito com a situação familiar.

Michael mordeu a língua. Na opinião dele, aquela coisa de traçar perfil dos criminosos era papo-furado. A não ser pela formação, ele poderia estar falando de qualquer homem do esquadrão. Acrescente a isso estar transando com a vizinha de porta e ele poderia estar descrevendo Michael.

— Os arquivos mostram um padrão claro de escalada — prosseguiu Trent. — Cooper, a primeira jovem foi atacada em frente a um cinema; rápido, eficiente. A coisa toda talvez tenha durado dez minutos, e aconteceu fora do alcance das câmeras de segurança do prédio. A segunda, Anna Linder, foi sequestrada na rua. O homem a levou para algum lugar — ela não tem certeza para onde —, em um carro. E a deixou em frente aos portões do Stone Mountain Park. Os guardas-florestais a encontraram na manhã seguinte.

— Alguma marca de pneu?

— Por volta de duzentas — respondeu Trent. — O parque havia inaugurado há pouco a decoração de Natal.

Michael levava Gina e Tim para ver as luzes. Eles iam todos os anos.

— DNA? — perguntou Michael.

— O sujeito usou um preservativo.

— Certo — disse Michael. Então, ele não era um cretino. — E o que isso tem a ver com a minha garota de ontem à noite?

Trent estreitou os olhos, como que se perguntando se Michael escutara uma palavra do que ele tinha dito.

— As línguas, detetive. — O agente estadual empurrou as pastas de volta. — Todas tiveram as línguas arrancadas a dentadas.

4

— A língua é, basicamente, um pedaço de bife duro — disse Pete Hanson, vestindo as luvas cirúrgicas. Ele parou, olhando para Trent. — Pelo que vejo, o senhor é corredor, estou certo?

Trent não pareceu ficar surpreso com a pergunta. Estando na ativa há 12 anos, Michael suspeitava que o agente já tivesse conhecido sua cota de legistas excêntricos.

— Sim, senhor — respondeu ele.

— Longas distâncias?

— Sim.

— Maratonas?

— Sim.

— Foi o que eu pensei — concluiu Pete, como se tivesse marcado um ponto, mas Michael percebeu que Trent não deu nenhuma informação a seu respeito.

Pete voltou ao cadáver sobre a mesa no centro da sala. O corpo de Aleesha Monroe estava coberto com um lençol branco, a cabeça exposta. O terceiro cílio havia sumido, a maquiagem fora removida. Suturas grossas cruzavam a testa da mulher, no ponto onde o escalpo e o rosto haviam sido puxados para examinar o crânio e retirar o cérebro.

— Vocês já morderam a língua? — perguntou Pete.

Trent ficou calado, então Michael respondeu:

— Claro.

— Cicatriza muito rápido. A língua é um órgão incrível... a não ser que seja arrancada, é claro. Mas, enfim — prosseguiu —, morder a língua não é uma coisa difícil. — Ele puxou o lençol para mostrar a incisão em Y, mas parou pouco antes de expor os seios de Monroe.

— Aqui — disse Pete. Michael viu hematomas escuros no ombro esquerdo da mulher. — A distribuição do livor mortis nos diz que ela morreu onde vocês a encontraram. De costas, nas escadas. O meu palpite — disse Pete — é que ela foi espancada e, então, estuprada, e que durante a agressão sexual ele arrancou a língua da mulher a dentadas.

Michael pensou naquilo, imaginou-a nas escadas, o corpo lasso enquanto se submetia ao estupro, então tenso, convulsionando de medo quando percebeu o que ia acontecer.

— É possível conseguir amostras de DNA na língua? — disse Trent finalmente.

— Imagino que conseguirei uma quantidade significativa de DNA da língua da mulher, tendo em vista a profissão dela. — Pete deu de ombros. — E tenho certeza que as amostras da vagina revelarão uma cornucópia de suspeitos para vocês, mas o meu palpite é que o seu predador usou um preservativo.

— O que é isso? — perguntou Michael.

— Talco — respondeu o legista. — Havia traços de amido de milho na coxa direita dela.

Michael sabia que os preservativos, muitas vezes, são embalados com talco para facilitar o uso. Todos os fabricantes usavam os mesmos ingredientes, então, não havia como identificar um em especial. Mas saber se o assassino usara uma Trojan ou uma Ramses não iria ajudar grande coisa na investigação.

— Acredito que era lubrificado — acrescentou Pete. — Também havia sinais de um composto não inconsistente com nonoxynol-9.

Trent pareceu achar aquilo interessante.

— Havia sinais dessa substância nas escadas?

— Não que eu tenha encontrado.

— Então o homem deve tê-la estuprado em outro lugar — concluiu Trent —, provavelmente dentro do apartamento, antes da luta nas escadas.

Michael ignorou os comentários. Uma prostituta como Monroe não ia gastar o dinheiro que ganhava a duras penas com extravagâncias como lubrificante e espermicida. O melhor era cerrar os dentes e economizar o dinheiro. Que lidasse com as consequências depois.

— O preservativo devia pertencer ao assassino.

Trent pareceu ficar surpreso, como se acabasse de perceber que Michael estava na sala.

— É possível.

— O homem não planejava matá-la — explicou ele. — Para que se preocupar com uma camisinha cara, certo?

Trent assentiu, mas não acrescentou nada.

— Bem — disse Pete, quebrando o silêncio. — Como eu estava dizendo... — Ele voltou à aula, abrindo a boca da mulher e mostrando o toco da língua. — Não há artérias importantes na língua, salvo a artéria lingual, que se ramifica como os galhos de uma árvore, que afinam nas pontas. Seria preciso avançar alguns centímetros boca adentro para alcançá-la, e, nesse caso, não seria possível usar os dentes. — Ele franziu as sobrancelhas, pensando por um instante. — Pensem em um dachshund tentando enfiar o focinho numa toca de texugo.

Michael não teve a intenção, mas logo a imagem flutuava em sua mente, os latidos esganiçados ecoavam em seus ouvidos.

— Neste caso — prosseguiu Pete — a incisão separou o frênulo lingual do órgão, cortando ao meio o ducto submandibular. — Ele abriu a própria boca e ergueu a língua, apontando para o fio fino de pele sob ela. — A remoção da língua, por si só, não é uma lesão com risco de morte. O problema é que ela estava caída de costas. Talvez o choque com o acontecido ou as diversas substâncias químicas que tinha na corrente sanguínea a tenham afetado. Posteriormente, ela desmaiou. Em alguns minutos, o sangue do ferimento obstruiu a garganta. A minha causa de morte oficial será asfixia pela obstrução da traqueia por sangue seguida por parada respiratória, resultante da hemorragia provocada pela amputação traumática da língua.

— Então — disse Michael — ele não tinha intenção de matá-la?

— Não é da minha alçada especular o que se passa pela cabeça de um homem quando ele arranca a língua de uma mulher com os dentes, mas se eu fosse dado a apostas, e as minhas ex-esposas dirão que sou, a resposta é sim. Eu diria que o agressor não teve intenção de matá-la.

— Assim como com as outras vítimas — disse Trent.

— Há mais vítimas? — perguntou Pete, entusiasmando-se. — Não ouvi falar de nenhum caso parecido com esse.

— Duas jovens, pelo que sabemos — disse Trent. — A primeira teve a língua mordida, mas não arrancada. A ferida foi suturada e ela está bem, falando um pouco. A segunda perdeu a língua. Havia passado tempo demais para que o reimplante fosse feito com segurança.

Pete balançou a cabeça.

— Pobrezinha. O caso é recente? Não ouvi falar nada a respeito.

— O primeiro caso aconteceu em uma propriedade do estado, então fomos capazes de abafá-lo. Os pais da segunda jovem se recusaram a falar com a imprensa e a polícia local não divulgou detalhes. Não há história se ninguém abrir a boca.

— E quanto à terceira? — Michael foi forçado a perguntar. — A menina?

Trent contou os detalhes para Pete.

— A minha opinião é que a menina mordeu a própria língua — concluiu. — Ela tem apenas 10 anos. Deve ter ficado aterrorizada. A polícia local é competente, mas eles não têm muita experiência com esse tipo de crime violento. Acho que devem ter tido muita dificuldade para conseguir um depoimento dela.

— Sem dúvida — concordou Pete, mas Michael se perguntava por que Trent não dissera nada daquilo antes. Talvez estivesse testando-o, vendo se passava no teste.

Merda, pensou Michael. Ele estava cansado de ter que andar na ponta dos pés.

— Quantos anos o senhor acha que ela tem? — perguntou ao médico, gesticulando com a cabeça na direção de Aleesha Monroe.

— É difícil dizer. — Pete estudou o rosto da mulher. — Os dentes foram corroídos pelas drogas. Dada a natureza da vida que levava e da dependência prolongada, eu diria que está próxima dos 40; talvez mais jovem, talvez mais velha.

Michael olhou para Trent.

— Mas não é uma adolescente.

— Definitivamente, não — concordou Pete.

— Então temos duas adolescentes a 50 quilômetros de distância e uma viciada de meia-idade de Atlanta, e a única relação entre elas é essa coisa da língua. — Ele tentou transmitir o que pensava com o olhar que dirigia a Trent. — Certo?

O telefone celular do agente tocou. Ele olhou para a tela, então se desculpou e saiu da sala.

Pete suspirou fundo, cobrindo o corpo todo desta vez, até a cabeça.

— Situação complicada.

— É — concordou Michael. Ele observava Trent pelas portas de vidro, especulando o que se passava na cabeça do sujeito.

— Ele me parece ser competente — disse Pete, referindo-se ao agente. — Devo admitir que é uma boa mudança de ares ver um dos seus compatriotas assim tão alinhado.

— O quê? — perguntou Michael. Ele observava Trent, tentando escutar a conversa.

— O terno — esclareceu o legista. — Provoca uma impressão e tanto.

— Mais parece um maldito papa-defuntos — respondeu Michael, pensando que Pete não estava exatamente pronto para saltar para uma página da revista *GQ*. Os guarda-pós dele estavam sempre limpos e engomados, mas isso porque o estado pagava as contas da lavanderia. Por baixo, Pete geralmente vestia calças jeans e camisas amassadas com o colarinho bem aberto, revelando um tufo de pelos grisalhos e um medalhão que qualquer um dos Bee Gees teria vergonha de usar.

— A conexão é muito tênue — disse Pete. — Os três casos.

— Não me diga.

— Mas as línguas arrancadas, sem dúvida, dão o que pensar. Isso não é nada comum. — Ele pegou o saco de provas com a língua e o ergueu, como se Michael já não a tivesse visto o suficiente na noite anterior. — Devo admitir que em todos os meus anos nesse trabalho nunca vi nada parecido. Mordidas, talvez. Sempre digo que se alguém quiser uma prova científica de que evoluímos dos animais basta olhar para a vítima de estupro média. — Pete colocou a língua ao lado do braço de Monroe. — Ela tem marcas de mordida espalhadas pelos seios e ombros. Contei pelo menos 22. É um instinto basal, eu acredito, morder durante um ataque cruel. Cães e felinos grandes fazem isso na natureza. — Ele riu. — Não posso dizer quantos mamilos arrancados já vi. E em cinco ou seis casos, clitóris arrancados. Um dedo... — Ele sorriu para Michael. — Se esses monstros tivessem chifres, seria muito mais fácil encontrá-los.

Michael não gostou da forma como Pete olhava para ele e não estava nem um pouco interessado em ouvir as opiniões do legista sobre predadores sexuais.

— Diga a Trent que desci quando ele terminar de jogar conversa fora ao telefone.

Ele deixou a sala pela saída de emergência e desceu as escadas aos saltos. O instinto dele era entrar no carro e deixar Trent meter os pés pelas mãos sozinho, mas não ia agir de forma imprudente com aquele cara. Mesmo que Greer não o repreendesse, Michael não era idiota a ponto de transformar o cretino bem-vestido do GBI em inimigo.

— Onde está o fogo? — perguntou Leo. Ele estava sentado no primeiro degrau das escadas fumando um cigarro.

— Me dá um — disse Michael.

— Achei que você tivesse parado.

— Você é a minha mãe? — Michael enfiou a mão no bolso do colega e pegou o maço.

Leo acendeu o cigarro e Michael deu uma longa tragada. Eles estavam na garagem do prédio. O cheiro de fumaça de escapamento e borracha era sufocante, mas a fumaça do cigarro queimando nas narinas deu conta do recado.

— Então — começou Leo. — Cadê o idiota?

Michael soprou uma baforada, sentindo a nicotina acalmá-lo.

— Lá em cima com Pete.

Leo fez uma careta. Pete o baniu do necrotério depois de uma previsível piada pouco oportuna.

— Fui até os arquivos.

Michael o observou em meio à fumaça.

— E?

— A pasta de Will Trent está lacrada.

— Lacrada?

Leo assentiu.

— Como diabos a pasta fica lacrada?

— Nessa você me pegou.

Os dois fumaram por um minuto, imersos em pensamentos. Michael olhou para o chão, coberto de guimbas de cigarro. Era estritamente proibido fumar no prédio, mas dizer a um punhado de policiais que eles não podiam fazer alguma coisa era como dizer a um macaco para não atirar a própria merda.

— Por que Greer telefonou para ele? — perguntou Michael. — Quer dizer, ele especificamente. Essa equipe EAC, ou seja lá qual for o nome dessa merda.

— Greer não telefonou para ele. — Leo arqueou a sobrancelha como se estivesse se divertindo com o mistério. — Trent já o esperava na sala quando o tenente chegou hoje de manhã.

Michael sentiu o coração disparar. A nicotina começava a fazer efeito, provocando uma leve tontura.

— Não é assim que funciona. A equipe estadual não pode simplesmente entrar pela porta e assumir um caso. Eles precisam ser convidados.

— Ontem à noite me pareceu que Greer ia convidá-los, de qualquer forma. Que diferença faz como isso aconteceu?

— Deixa pra lá. — Apesar das habilidades interpessoais aversivas, Leo conhecia muita gente na polícia. Ele transformara em arte o ato de desenvolver contatos e geralmente conseguia descobrir os podres de qualquer pessoa.

— Você conseguiu descobrir alguma coisa a respeito dele? — perguntou Michael.

Leo deu de ombros e piscou um olho por trás da fumaça do cigarro.

— Sharon do arquivo conhece um cara que saiu com uma garota que trabalhou com ele.

— Meu Deus! — suspirou Michael. — Agora você vai dizer que tem um amigo que conhece alguém que tem um amigo que...

— Quer ouvir ou não?

Michael guardou para si mesmo o que realmente queria dizer.

— Fale.

Leo não se apressou, rolou o cigarro entre o polegar e o indicador, deu uma tragada e soltou a fumaça lentamente. Michael estava a dois segundos de esganá-lo quando o detetive por fim abriu a boca.

— O que dizem por aí é que ele é um bom policial. Que não é muito de fazer amigos...

— Não me diga.

— É — riu Leo, então tossiu, em seguida estalou os lábios, como se acabasse de engolir a tossida.

Michael olhou para o cigarro que tinha na mão com um embrulho no estômago.

Leo fez uma pausa, garantiu que tinha a atenção do colega.

— Ele tem uma taxa de solução de casos de 89 por cento.

Michael ficou enjoado, mas não pelo efeito do cigarro. Na sua infinita sabedoria o governo federal passara a medir a taxa de solução de casos em cada agência de segurança pública de modo que algum burocrata em Washington pudesse acompanhar os progressos com suas malditas tabelas. Eles chamavam isso de prestação de contas, mas para a maioria dos policiais era apenas mais papelada. Qualquer idiota teria previsto que isso causaria uma competitividade insana entre os detetives, e Greer apenas reforçava esse clima ao divulgar os números a cada mês.

Trent os deixava para trás em mais de 20 pontos.

— Bem — disse Michael, forçando uma risada —, é fácil solucionar um caso quando você o assume de outro policial que já fez todo o trabalho.

— Ele é novo nessa tal de ECA.

— EAC — corrigiu Michael, sabendo que Leo jogava uma isca, mas incapaz de evitar o jogo do colega.

— Ou isso — resmungou Leo. — O que eu estou dizendo é que Trent trabalhava com casos importantes antes de quebrar a cara.

— Bom pra ele.

— Ele trabalhou em um caso grande há alguns anos com uma mulher do Departamento de Crimes contra a Infância.

— A mulher tem nome?

Leo deu de ombros outra vez.

— Uns caras estavam sequestrando crianças na Flórida e as trocando com os amigos de Montana. Tudo acontecia a partir de Hartsfield; os caras as negociavam como se fossem gado. A equipe do seu chapa resolveu o caso em um mês. A mulher ganhou uma grande promoção, Trent ficou onde está.

— Ele era o líder da equipe?

— Aha.

— E por que não foi promovido?

— Isso você vai precisar perguntar pra ele.

— Se eu pudesse perguntar para ele não estaria aqui falando com você.

Os olhos de Leo brilharam, como se tivesse ficado magoado.

— Isso foi tudo que consegui, cara. Trent é um caxias, mas sabe o que está fazendo. Se quiser saber mais, precisa ligar para alguém no centro e perguntar.

Michael olhava para o cigarro, vendo-o queimar. Gina o mataria se o visse fumando. Ela sentia o cheiro em suas mãos assim que Michael chegava em casa.

Ele soltou a guimba e a apagou com a sola do sapato.

— Angie ainda trabalha no combate à prostituição?

— Polaski? — perguntou Leo, como se não acreditasse nos próprios ouvidos. — Você não quer se meter com aquela polaca.

— Responda a porra da pergunta.

Leo pegou outro cigarro e o acendeu no primeiro.

— É, até onde eu sei, sim.

— Se Trent me procurar, diga que o encontro aqui embaixo daqui a 15 minutos.

Michael não deu a Leo tempo para responder. Ele subiu as escadas correndo até o terceiro andar, e estava com o peito chiando quando abriu a porta. O trabalho no combate à prostituição era basicamente noturno, então metade da equipe preenchia a papelada dos casos da noite anterior. Angie, sem dúvida, trabalhara infiltrada. Ela vestia uma camiseta que deixava o umbigo de fora e uma peruca loira estava jogada sobre a mesa como um lulu-da-pomerânia.

Michael esperou que a mulher erguesse os olhos, e quando o fez não ficou exatamente feliz por vê-lo. Quando se aproximou, ela recostou-se na cadeira e cruzou as pernas. Angie usava uma saia tão curta que Michael desviou o olhar por educação.

— O que você está fazendo aqui? — perguntou ela, irritada. — Meu Deus, você está péssimo.

Michael correu os dedos pelos cabelos. Ele suava, devido ao esforço de subir as escadas correndo. Ainda havia fumaça nos seus pulmões e ele tossiu como um moribundo. Meu Deus!, ele se juntaria a Ken numa cadeira de rodas se continuasse com aquilo.

— Preciso falar com você um minuto.

A mulher ficou desconfiada.

— Sobre o quê?

Michael inclinou-se sobre a mesa, tentando manter a conversa apenas entre eles.

— Aqui não — disse ela, e o empurrou quando se levantou. — Vamos para o corredor.

Michael a seguiu, ciente de que o resto do esquadrão os observava. A verdade era que gostara de trabalhar no combate à prostituição. Você observava as garotas, prendia os cafetões, raramente levava tiros ou precisava dizer aos pais que o filho, ou filha, havia sido encontrado boiando no Chattahoochee. Ele não saiu porque quis. Angie havia sido um problema. Os dois não se davam bem exatamente, e o fato de ela ter concordado em falar podia ser incluído no rol das maiores surpresas do mundo.

Ela puxou a saia para baixo quando entrou numa saleta em frente aos elevadores. Uma máquina de lanches zumbia, as lâmpadas tremeluziam.

— Você está aqui para falar sobre Aleesha Monroe?

— A prosti...? — Ele nem ao menos pensara em levantar a ficha da mulher.

— Você não se lembra dela? — perguntou Angie. — Nós a prendemos algumas vezes antes de ela passar a trabalhar para Baby G.

— É — disse Michael, mas Angie não devia esperar que ele se lembrasse de uma das milhares de prostitutas que eles haviam prendido nas batidas semanais. Em algumas noites de sábado, eles precisavam solicitar um ônibus para levar as mulheres. Formava-se uma fila de táxis em frente à delegacia para levá-las de volta às ruas algumas horas depois.

— Eu só... — começou Michael.

A campainha do elevador soou às suas costas. Michael olhou sobre o ombro e viu Will Trent.

— Merda — murmurou.

— Kit Kat — disse Trent, e o cérebro do policial precisou de algum tempo para entender do que diabo o cara estava falando. Trent estava em frente à máquina e vasculhava o bolso em busca de moedas.

Michael decidiu agir com tato.

— Essa é Angie Polaski — disse ele e, como se não fosse óbvio pela forma como a policial estava vestida, acrescentou: — Combate à prostituição.

Trent colocava moedas na máquina. Ele a cumprimentou com um gesto de cabeça, mas não olhou para a policial.

— Bom dia, detetive Polaski.

— Trent é do GBI — disse Michael. — Greer o convidou para ajudar no caso Monroe.

Michael olhava para Trent, esperando que o agente destacasse que Greer na verdade não o tinha convidado, que ele aparecera na soleira da porta do tenente por conta própria. Trent, por sua vez, corria o dedo pelo vidro da máquina, tentando ler o código sob as barras de Kit Kat antes de pressionar o botão no painel. Ele apertava os olhos. Michael suspeitou que o sujeito precisasse usar óculos.

— Ah, pelo amor de Deus! — murmurou Angie. — É E-6. — Ela mesma digitou o código, as pontas das longas unhas postiças estalando nas teclas. — Vou pegar a ficha de Monroe — disse para Michael.

A policial já seguia para o esquadrão antes que Michael conseguisse pensar em qualquer coisa para dizer. Ele viu Trent observando o caminhar da mulher, a forma como a bunda dela se mexia sobre os saltos altos.

— Trabalhei com Angie algum tempo atrás — disse Michael. — Ela é legal.

Trent abriu a embalagem do chocolate e deu uma mordida.

— Ela meio que tem uma atitude. — Michael sentiu a necessidade de explicar.

— Se eu precisasse me vestir daquela forma para trabalhar todos os dias, também não acho que seria muito simpático.

Michael observou o maxilar do agente se mover enquanto ele mastigava. A cicatriz na face parecia ficar ainda mais pronunciada.

— Como você arrumou essa cicatriz?

Trent olhou para a mão.

— Pistola de pregos — disse ele, e Michael viu que uma cicatriz rosada cortava a pele entre o polegar e o indicador do agente.

Ele não se referira àquela cicatriz, mas deixou passar.

— Você é do tipo faça você mesmo ou coisa parecida?

— Habitat para a Humanidade. — Trent enfiou o resto do Kit Kat na boca e jogou a embalagem no lixo. — Um dos meus colegas voluntários me acertou com um prego de aço galvanizado.

Michael acrescentou outra peça ao quebra-cabeça. A Habitat para a Humanidade era uma ONG que construía casas para famílias de baixa renda. A maioria dos policiais acabava se voluntariando para alguma coisa. Quando trabalha nas ruas, você acaba se esquecendo de que há muita gente boa por aí. E tenta curar essa ferida na psique ajudando pessoas que precisam ser ajudadas. Michael trabalhou em um abrigo infantil antes do nascimento de Tim. Até mesmo Leo trabalhou como voluntário em um time infantil de beisebol até que disseram que ele não podia fumar no campo.

— Eu gostaria de ver a cena do crime — disse Trent.

— Nós viramos o lugar de cabeça para baixo ontem à noite — disse Michael. — Você acha que deixamos passar alguma coisa?

— De modo algum — rebateu Trent. Michael procurou sinais de ironia na voz do agente, mas não percebeu nenhum. — Quero apenas sentir o clima do lugar.

— Você faz isso com os outros casos?

— Sim — disse Trent. — Faço.

Angie estava de volta, os saltos dos sapatos altos estalavam no piso. Ela estendeu uma pasta amarela.

— É tudo que temos sobre Monroe.

Trent não fez menção de pegá-la, então Michael o fez. Ele abriu a pasta e viu a fotografia de fichamento de Aleesha Monroe. A mulher era atraente, apesar de tudo. A dureza nos olhos era um desafio para a câmera. Ela parecia estar irritada; provavelmente fazia as contas, calculando quanto dinheiro deixaria de ganhar antes de ser solta.

— O cafetão dela é Baby G. — disse Angie. — Um filho da puta cruel. Já foi preso por agressão, estupro, tentativa de homicídio. É provável que tenha sido o mandante de dois assassinatos, mas não conseguimos ligá-lo aos crimes. — Ela apontou para a boca, mostrando os dentes da frente. — Ele tem capas de ouro com cruzes talhadas, como se fosse um filho de Jesus.

— Onde podemos encontrá-lo? — perguntou Michael.

— No Grady. A avó dele mora no mesmo prédio de Aleesha.

Trent voltou a colocar as mãos nos bolsos e olhava para Polaski como se ela fosse uma marciana. O silêncio do agente era irritante e transmitia um ar de superioridade, como se ele soubesse mais do que estava dizendo e achasse uma piada o fato de eles não conseguirem descobrir.

— Você tem alguma coisa a acrescentar? — perguntou Michael.

— O caso é seu, detetive — respondeu Trent. — Muito obrigado pela ajuda — ele acrescentou para Angie, com uma expressão que teria sido um sorriso numa pessoa menos arrogante.

Angie olhou para Michael, então para Trent e mais uma vez para Michael. Ela arqueou uma sobrancelha, perguntando ao detetive algo que ele não podia responder.

— Enfim — murmurou ela, erguendo a mão num sinal universal de despedida. Em seguida, deu as costas para os dois, mas Michael estava irritado demais desta vez para admirá-la.

— Qual é o seu problema? — perguntou ele para Trent.

O agente pareceu ficar surpreso com o tom.

— Como?

— Você vai ficar parado o dia todo ou está aqui para botar a mão na massa?

— Eu já disse: estou aqui apenas como consultor.

— Bem, eu tenho um conselho para você, Sr. Consultor — disse Michael, cerrando os punhos com tanta força que sentiu as unhas nas palmas das mãos. — Não se meta comigo.

Trent não pareceu ficar intimidado com o alerta, mas levando em conta que Michael precisou olhar para cima para fazê-lo, isso não era exatamente uma surpresa.

— Certo — disse Trent. Então, como se aquilo houvesse resolvido a situação, perguntou: — Você se importaria em voltar ao Grady? Eu realmente gostaria de ver a cena do crime.

5

Tudo que Will Trent dizia e fazia dava nos nervos de Michael, do "É claro", quando o detetive disse que dirigiria, ao ar indiferente com que olhava pela janela do carro quando seguiam pela North Avenue a caminho do conjunto habitacional. O agente do GBI o fazia lembrar dos nerds do ensino médio, os caras que andavam com réguas no bolso da camisa e faziam citações obscuras de Monty Python. Não importava quantas vezes assistisse, Michael ainda não conseguia entender Monty Python, assim como não conseguia entender esquisitões como Will Trent. Havia um motivo para aqueles caras comerem o pão que o diabo amassou na escola. E havia um motivo para que fossem caras como Michael que garantissem que isso acontecesse.

Michael respirou fundo, então tossiu, os pulmões ainda irritados pelo cigarro. Ele pensou em Tim, na forma como o filho não era normal, em como isso era um ímã para o abuso das outras crianças. Já havia um grupo de valentões na escola criando problemas para Tim — roubavam seu boné, amassavam o sanduíche dele na mesa do refeitório. Os professores tentavam impedi-los, mas não conseguiam estar em toda parte o tempo todo e, para começo de conversa, alguns não estavam exatamente felizes com o fato de Tim ter sido matriculado nas turmas deles. Talvez Will Trent fosse uma provocação do carma de Michael. Ele estava sendo testado. Seja bom com esse cara e talvez Tim tenha a mesma sorte.

— Ah! — disse Trent, tirando um gravador do bolso do paletó. — Estou com a gravação do telefonema para o 190. — Ele apertou o botão play antes que Michael tivesse chance de acrescentar qualquer coisa. Uma voz baixa, fina, soou no pequeno alto-falante:

Vocês precisam vir para o edifício 9 do Grady. Uma mulher está sendo estuprada.

Michael tamborilou os dedos no painel enquanto esperava que o sinal abrisse.

— Toque outra vez.

Trent tocou a gravação e Michael a escutou atentamente, tentando identificar ruídos ao fundo, o tom e a inflexão da voz. Havia algo estranho ali, mas ele não conseguia definir o quê.

— "Estuprada" — repetiu ele. — Não "morta".

— A pessoa não parece estar assustada — acrescentou Trent.

— Não — concordou Michael, acelerando quando a luz verde acendeu.

— Eu acredito — começou Trent — que se eu fosse uma mulher ficaria assustado se visse, ou mesmo ouvisse, outra mulher sendo atacada.

— Talvez não — retorquiu Michael. — Se morasse no Grady, talvez você já houvesse presenciado sua cota desse tipo de violência.

— Mas se esse fosse o caso — disse Trent —, por que eu faria a denúncia anônima? — Ele tentou responder a própria pergunta. — Se eu conhecesse a mulher, talvez?

— Se você a conhecesse soaria mais incomodado do que isso. — Michael apontou para o gravador. A autora da chamada parecia estar calma, como se descrevesse o clima ou desse o placar de um jogo tedioso.

— A viatura demorou 30 minutos para chegar. — Trent não parecia fazer uma crítica quando destacou: — O Grady tem o pior tempo de resposta da cidade.

— Qualquer pessoa que assista aos telejornais sabe disso.

— Ou more no conjunto.

— Já checamos todo mundo no prédio, batemos em todas as portas naquela noite. Ninguém apareceu com uma placa pendurada no peito.

— Não há ninguém fichado por abuso sexual no prédio?

— Um, mas ele passou o dia sendo interrogado a respeito de outro caso.

Trent voltou a fita e tocou a gravação outra vez, agora ouvindo-a até o final, quando entra a voz da telefonista:

Senhora, senhora? A senhora está aí?

Trent colocou o gravador de volta no bolso.

— A vítima também é um pouco velha demais.

— Monroe? — perguntou Michael, lutando para trocar a marcha. Trent finalmente conversava com ele como um policial. — É, se Pete estiver certo, ela provavelmente tem mais ou menos a minha idade. Suas vítimas tinham o quê? Quatorze, 15 anos?

— E eram brancas.

— Monroe era negra, morava no Grady, trabalhava nas ruas.

— As outras eram brancas, de classe média alta, filhas de famílias sólidas, boas alunas.

— Talvez ele não tenha tido tempo para caçar outra presa — sugeriu Michael, sentindo que andava sobre uma corda bamba muita fina. Ele ouviu aquele zumbido nos ouvidos outra vez, aquela voz na sua mente que dizia para ele calar a boca, não confiar naquele cara, não permitir que o enrolasse.

— Pode ser — concedeu Trent, mas o tom sugeria que ele não achava provável.

Michael manteve a boca fechada e entrou à direita no Grady Homes. A aparência do conjunto era bem melhor à noite, a escuridão encobria a maioria das imperfeições. Eram quase 10 horas de uma manhã de segunda-feira, mas havia crianças por todo lado andando de bicicleta como se estivessem nas férias de verão. Michael fizera a mesma coisa quando era criança, circulava com a sua Schwinn e aprontava com os outros garotos do bairro. Só que ele não vendia papelotes de 10 dólares a céu aberto como aqueles garotos faziam agora, e, com certeza, não teria coragem de dar uma banana para um carro de polícia circulando pelo bairro.

O BMW ainda estava estacionado em frente ao edifício 9 e dois adolescentes estavam sentados no capô com os braços cruzados sobre o peito. Pareciam ter 15 ou 16 anos, e Michael sentiu um calafrio quando percebeu os olhares sem alma que dirigiram ao carro enquanto estacionavam. Aquela era a idade que mais assustava um policial. Eles tinham algo a provar, um desafio a cumprir para deixarem de ser moleques e se transformarem em homens. Derramar sangue era a forma mais rápida de fazer a travessia.

Trent também observava os rapazes. Ele soltou um resignado “Ótimo”, e Michael ficou aliviado ao perceber que ele ainda pensava como um policial.

A porta da frente abriu com um estrondo e ambos levaram as mãos às armas ao mesmo tempo. Mas nenhum dos dois sacou quando um homem baixo e atarracado avançou pelas calçadas rachadas e passou pisando forte do lado de Trent no carro, ignorando-os completamente.

O homem estava sem camisa e o seu peito largo mostrava indícios de músculos sob a banha que balançava a cada passo que ele dava. Ele carregava um taco de beisebol de alumínio na mão, e quando chegou perto dos rapazes sentados no BMW, agarrou o punho com as duas mãos, pronto para quebrar algumas cabeças.

Michael olhou para Trent, que disse "Você decide", mas já estava descendo do carro.

— Merda — disse Michael entre os dentes, abrindo a porta. Quando desceu, o sujeito chegava aos rapazes.

— Desçam do meu carro! — gritou, agitando o taco. A dupla ficou de pé com movimentos preguiçosos, os braços ao lado do corpo. — Sumam daqui antes que eu quebre a cara de vocês, seus filhos da puta desocupados!

Numa atitude sábia, os rapazes foram embora.

— Bem — disse Trent, soltando o ar.

— Filhos da puta — repetiu o homem. Ele olhava para os policiais, e Michael tinha certeza de que não falava dos garotos. — Que porra vocês querem?

— Baby G.? — perguntou Trent.

O homem continuava segurando o taco com as duas mãos, pronto para atacar.

— Quem quer saber?

Trent avançou um passo como se não tivesse medo que a cabeça fosse lançada ao meio do campo a qualquer momento.

Agressão. Michael lembrou as palavras de Angie quando ela falou sobre Baby G. *Estupro*, *tentativa de homicídio*.

— Eu sou o agente especial Will Trent, este é o detetive Ormewood.

Michael acenou, feliz por ter um carro entre ele e o cafetão irritado. Trent era um idiota se achava que conseguiria algo de útil com aquele cara.

— Estamos investigando a morte de Aleesha Monroe.

— E por que porra eu deveria falar com vocês? — Baby G. mantinha o taco erguido, os músculos tensos.

Trent se voltou e olhou para Michael.

— Alguma ideia?

Michael deu de ombros, imaginando como descreveria a cena no seu relatório depois de levar Will Trent ao hospital. "O policial provocou o suspeito..." lhe veio à mente.

Trent voltou a olhar para o cafetão, erguendo as mãos e dando de ombros.

— Honestamente, estou chocado que a minha boa aparência e o meu charme não bastem para você.

Michael sentiu que o queixo caía com a surpresa. Ele fechou a boca rapidamente e levou a mão ao punho da arma para poder reagir rápido quando o cafetão concluísse que estava sendo desrespeitado.

Dois ou três segundos se passaram, então dois ou três mais. Por fim, Baby G. fez que sim.

— Está bem. — Ele sorriu, mostrando as capas de ouro com cruzes talhadas que revelavam o branco dos dentes, como Angie descrevera. — Vocês têm dez minutos.

Trent estendeu a mão, como se tivessem feito um acordo.

— Obrigado.

O cafetão aceitou o cumprimento, medindo Trent de cima a baixo.

— Você tem certeza que é da polícia, parceiro?

Trent levou a mão ao bolso e pegou o distintivo. Baby G. olhou para o distintivo e avaliou Trent uma segunda vez.

— Você é estranho.

O agente colocou o distintivo de volta no bolso, ignorando a observação.

— Você quer conversar aqui?

Baby G. abaixou o taco ao lado do corpo e apoiou-se nele como se fosse uma bengala.

— Meus primos — disse ele, apontando para o carro, obviamente numa referência aos rapazes que havia afugentado — tão se metendo com as coisas erradas. Deviam estar na escola.

— É simpático da sua parte interessar-se pelas vidas deles — concedeu Trent. Ele estava com as mãos nos bolsos outra vez e encostou-se casualmente no carro, como se aquela fosse uma conversa amigável. — Quando você viu Aleesha pela última vez?

Baby G. não teve pressa para responder.

— Ontem, umas seis da tarde — disse por fim. — Ela estava saindo pra trabalhar. Queria um pouquinho antes. — Ele ergueu o queixo, esperando que Trent perguntasse do quê.

O agente, obviamente, sabia. Ele viu as marcas no braço da prostituta tão bem quanto Michael.

— E você deu a ela?

Baby G. deu de ombros, o que Michael interpretou como um sim.

— Ela tinha outros fornecedores?

O cafetão olhou em volta como que conferindo a plateia. Então cuspiu no chão e estufou o peito em desafio, mas respondeu a pergunta.

— É claro que não. Ela não tinha dinheiro. Ninguém ia vender 1 centavo fiado praquela puta.

— Ela podia subir a rua e chupar alguém em troca de um papelote — argumentou Trent. — Sem dinheiro na história.

Baby G. riu da hipótese.

— É, meu irmão, mas não na minha área.

— Tenho certeza de que Aleesha informava tudo que faturava — disse Trent, mais como se fosse uma pergunta.

— Porra — resmungou Baby G., como se fosse uma idiotice até mesmo sugerir aquilo.

— Ela faturava bem? — perguntou Trent.

— Ela gostava daquela seringa. Fazia qualquer coisa que o cara pedisse.

— Aleesha tinha clientes regulares? Homens que deveríamos estar procurando?

— Não doentes como o filho da puta que fez aquilo. — O cafetão usou o taco para apontar para o andar onde Monroe foi encontrada. — Eu tomo conta das minhas meninas. — Ele manteve o taco erguido, usando-o para reforçar a afirmação. — Se eu tivesse visto aquele filho da puta, pode ter certeza que era ele que estaria debaixo da terra agora, não a minha Leesha.

Trent apontou para o prédio com o queixo.

— Você mora aqui?

O cafetão abrandou um pouco o tom.

— Com a minha vó. Ela tá ficando velha, preciso cuidar dela.

— Você estava com ela ontem à noite?

— Eu e os meus manos fomos ao Cheetah assistir o jogo.

— Você se importa se eu falar com a sua avó?

— Pode ter certeza. Não quero minha vó metida nessa merda. Ela não viu *nada*, falou? Ela é só uma velha.

— Está bem — concordou Trent. Ele olhou para Michael como para conferir se o detetive tinha alguma pergunta a fazer. Michael fez que não e Trent se voltou para o cafetão. — Eu sei que você quer voltar para a televisão. Obrigado pelo seu tempo.

Baby G. continuou ali, incerto sobre o que fazer.

— Você é um cara estranho — disse ele por fim, dando de ombros, então deu as costas para os policiais e voltou para o prédio.

Quando a porta se fechou atrás dele, Trent se voltou para Michael:

— O que você acha?

— Que ele está certo — disse Michael, se afastando do carro. — Você é muito estranho.

O celular de Trent tocou e Michael voltou a sentir a irritação de antes quando o agente se afastou alguns passos para atender.

— Sim, senhor — disse Trent. — Sim, senhor.

Michael olhou para o céu, para as nuvens de chuva que o vento começava a soprar. Do jeito que as coisas estavam indo naquele dia, era bem capaz que uma tempestade caísse quando eles começassem a sair da cena do crime, e que ele acabasse chapinhando na chuva e estragando os sapatos novos.

Trent fechou o telefone e o colocou no bolso do paletó.

— Você precisa ir para casa, Michael.

O policial sentiu o coração parar no peito.

— O que foi?

— Você precisa ir para casa — repetiu Trent. — Houve um acidente.

DECARTUR CITY OBSERVER
22 DE JUNHO DE 1985

PRISÃO NO CASO FINNEY

A polícia anunciou esta manhã que uma prisão foi efetuada no caso do assassinato da adolescente Mary Alice Finney, 15 anos. O nome do suspeito não foi divulgado, já que é menor de idade. Mas o chefe de polícia Harold Waller o descreveu como um jovem de 15 anos cujo nome é bem conhecido pela polícia de Decartur. A prisão foi realizada depois que diversos vizinhos identificaram o suspeito como o desconhecido que acompanhou Mary Alice Finney até a casa da família depois da festa, onde foi vista com vida pela última vez. Waller afirma que a polícia espera uma confissão para o que classificou como o "crime mais hediondo" com o qual trabalhou em toda a sua carreira.

O pai da jovem é Paul Finney, respeitado membro da comunidade e promotor assistente do condado de DeKalb. Sally Finney, dona de casa e mãe da vítima, é uma ativa integrante da Women's League, além de organizadora de eventos beneficentes da Agnes Scott College. O casal não tem outros filhos. Uma vigília para Mary Alice será realizada na praça central às 20h30 de hoje, e o velório restrito a familiares e amigos acontecerá na funerária Cable amanhã à tarde. Em vez de flores, a família pede que sejam feitas doações à Biblioteca Pública de Decartur, um dos lugares preferidos de Mary Alice.

6

Michael dirigiu como um louco, agarrando firmemente o volante. Trent estava ao lado dele, em completo silêncio mesmo quando o detetive ultrapassava os sinais vermelhos e ignorava as placas de Pare. A casa dele ficava a menos de 20 minutos do Grady Homes, mas Michael sentia como se estivesse demorando horas para chegar. Ele estava com o coração na garganta, batendo descontroladamente. Tudo que ele conseguia pensar era nas coisas horríveis que havia feito para a família, como não os merecia, como mudaria tudo, daria um novo rumo para a sua vida, se Tim estivesse bem.

— Porra! — Michael deu uma guinada brusca para a esquerda, evitando por pouco uma Chevy Blazer que tinha a preferência.

Trent agarrava a lateral da porta, mas não era idiota a ponto de pedir para ele ir mais devagar.

Michael puxou o carro de volta e deu outra guinada à esquerda e entrou em uma rua lateral para tentar evitar o tráfego e chegar mais rápido em casa. A embreagem patinou, mas voltou ao normal quando Michael acelerou. Uma luz vermelha piscava no painel, indicando que o motor estava superaquecendo. Tudo que ele precisava era que aquela porcaria de carro o levasse até a sua casa. Isso era tudo que ele precisava.

Ele apertou a tecla de rediscagem do celular e escutou o telefone de casa tocar pela 15ª vez. Barbara não atendia o celular e ele não conseguira localizar Gina no hospital.

— Droga! — gritou Michael, jogando o celular contra o painel e destruindo o aparelho.

Greer ligou para Will Trent para informar que acontecera um problema, como se Michael fosse um civil molenga, e não um policial calejado. Tudo que o tenente disse foi que acontecera um acidente envolvendo uma criança na casa de Michael. Porcaria de procedimento padrão —

não conte para eles pelo telefone, não os deixe desesperados para que não voem com o carro de uma ponte a caminho da cena. Quando Michael tentou ligar para Greer em busca de mais detalhes, o idiota falou com ele como se ele tivesse 12 anos.

— Apenas vá para casa, Michael — dissera Greer. — Vai ficar tudo bem.

— Bicicleta — disse Trent, e Michael viu o ciclista no último segundo e puxou o carro para a outra pista, evitando por pouco atirar o sujeito pelos ares. Um caminhão vinha na direção contrária e Michael puxou a direção a tempo de evitar uma colisão frontal.

— Estamos quase chegando — disse, como se Trent tivesse perguntado. — Merda! — ele sibilou entre os dentes, e bateu com a palma da mão no volante. Tim metia a mão onde não devia. Ele não conseguia evitar. Barbara estava ficando velha. Estava cansada quase o tempo todo, não tinha energia para acompanhá-lo.

O carro derrapou de lado quando entraram na rua do detetive. Havia duas viaturas estacionadas em frente à casa, uma delas na pista de acesso à garagem, atrás do Toyota de Barbara. Policiais uniformizados estavam parados na calçada em frente à casa de Cynthia e Phil. O coração de Michael parou quando ele viu Barbara sentada na escada da varanda, com a cabeça entre as mãos.

De alguma forma, ele saiu do carro. Michael correu até a sogra com bile subindo pela garganta enquanto lutava para não vomitar.

— Onde está Tim? — perguntou. A mulher não respondeu rápido o bastante e ele repetiu a pergunta, gritando. — Onde está o meu filho!

— Na escola — Barbara gritou de volta, como se ele fosse louco. Michael a agarrara pelos pulsos e a levantara. Lágrimas escorriam pelos seus olhos.

— Ei — disse Trent em voz baixa, mas em tom de alerta.

Michael olhou para as mãos, sem saber como havia agarrado os pulsos de Barbara. Havia marcas vermelhas onde antes estavam os seus dedos. Ele se afastou.

O rabecão do IML estacionou atrás deles, fazendo os freios chiarem ao parar em frente à caixa de correio. Michael colocou as mãos nos ombros de Barbara, dessa vez para manter-se de pé. Disseram que era uma criança. Talvez ele tenha entendido errado. Talvez Greer tenha mentido.

— Gina? — perguntou Michael. Será que algo havia acontecido com Gina?

Um dos policiais foi até a janela do rabecão e fez um sinal para o motorista.

— No quintal.

Os pés de Michael já estavam em movimento antes que ele se desse conta. Ele abriu a porta da frente e disparou pela sala, ouvindo passos às suas costas que sabia serem do maldito Trent. Michael não se importava. Ele abriu a porta dos fundos com um movimento brusco e correu pelo quintal, parando tão rápido que Trent se chocou contra suas costas.

Michael viu o branco primeiro, o roupão leve, o baby-doll transparente. Ela estava caída de bruços, com os pés presos na cerca de tela quebrada. Seis ou sete homens a rodeavam.

Michael conseguiu andar naquela direção, os joelhos fraquejando quando chegou ao corpo. A verruga no ombro, a marca de nascença no braço. Ele pressionou os dedos contra a palma da mãozinha delicada.

— Senhor, não a toque.

Michael não se importava. Ele alisou a palma macia. Lágrimas escorriam pelo rosto.

— Meu Deus, ah, meu Deus! — murmurou.

Trent falava com o grupo de policiais, palavras que Michael não conseguia entender. Ele não conseguia tirar os olhos da cabeça de Cynthia, das longas e sedosas mechas loiras que lhe envolviam o pescoço como uma echarpe. Ele puxou o roupão para cobrir as nádegas nuas, tentando lhe dar alguma dignidade.

— Detetive — disse Trent, segurando o braço de Michael com uma das mãos e, então, o puxando de pé com facilidade. — Você não deve tocá-la.

— Não é ela — insistiu Michael, tentando voltar a ficar de joelhos para ver o rosto. Era algum engano. Não podia ser Cynthia. Ela estava no shopping gastando o dinheiro de Phil, jogando conversa fora com as amigas.

— Eu quero vê-la — disse Michael, que tremia como se estivesse com frio. Os joelhos dele cederam, mas Trent o amparou, evitando que caísse.

— Quero ver o rosto dela.

— Eu já ia mesmo virá-la — disse um dos homens, obviamente o legista.

Com a ajuda de um policial, o médico segurou o corpo pelos ombros e o virou.

A boca de Cynthia abriu e sangue passou a escorrer pelo pescoço como o vazamento lento de uma torneira. O belo rosto dela tinha um corte profundo na têmpora. Olhos verdes vazios fitavam o céu. Mechas de cabelo estavam coladas ao rosto e ele tentou se abaixar para tirá-las, mas Trent não permitiu.

Michael sentiu lágrimas quentes ardendo nos olhos. Alguém deveria cobri-la. Ela não podia ficar exposta daquela forma aos olhares de todos.

O legista se abaixou, puxou a mandíbula para baixo e olhou para a boca vazia.

— A língua dela foi arrancada — disse ele.

— Meu Deus! — sussurrou um dos policiais. — Ela é apenas uma menina.

Michael engoliu em seco, sentindo como se estivesse sufocando de dor.

— Quinze anos — disse ele. Cynthia fizera aniversário na semana anterior. Ele deu de presente para ela uma girafa de pelúcia.

— Ela tem 15 anos.

PARTE II

7

2 de outubro de 2005

John Shelley queria um televisor. Ele trabalhava no mesmo emprego ordinário há dois meses e nunca chegava atrasado, era sempre o último a sair e sempre fazia todo tipo de serviço irritante que o chefe lhe passava, então, para ele, não era apenas uma questão de querer, mas de *merecer* um televisor. Nada extravagante, apenas um aparelho a cores, com controle remoto e uma antena que permitisse assistir aos jogos do campeonato universitário. Ele queria segurar o controle e, se o Georgia estivesse jogando mal, o que era muito provável, ser capaz de mudar o canal e assistir ao Florida levar uma surra. Queria assistir aos programas bregas nos intervalos, escutar os comentaristas idiotas, ver o Tulane jogar contra o Southern Mississippi, o Texas A&M contra o LSU, o maldito Army-Navy Game. Quando chegasse o Dia de Ação de Graças, queria uma orgia de jogos da pós-temporada universitária, então passaria para os cachorros grandes: os Patriots, os Raiders, os Eagles, tudo conduzindo àquele momento mágico em fevereiro quando John Shelley se sentaria no seu quarto ordinário naquela pensão ordinária e assistiria ao maldito Super Bowl sozinho pela primeira vez na vida.

Seis dias por semana nos dois últimos meses ele olhara pela janela do ônibus e paquerara a vitrine da Atlanta City Rent-All. Um cartaz prometia "O seu emprego é o seu crédito", mas um asterisco, tão pequeno que poderia ser uma mosca morta, informava algo bem diferente. Graças a Deus que ele ficara nervoso demais para entrar na loja e fazer papel de besta. John ficara parado à porta, o coração se contorcendo como um cachorro cagando caroços de pêssego, quando percebeu as letras pequenas. Dois meses, elas diziam. Era preciso manter um emprego estável por pelo menos dois meses antes que lhe fosse permitida a honra de pagar 52 prestações de 20 dólares por um televisor que custaria algo em torno de 300 dólares em uma loja comum.

Mas John não era uma pessoa normal. Não importava o novo corte de cabelo ou a barba feita ou as calças *chino* passadas, as pessoas ainda o viam como um estrangeiro. Mesmo no trabalho, um lava-rápido onde basicamente vagabundos davam as caras para enxugar carros e aspirar salgadinhos dos bancos traseiros de SUVs, eles mantinham a distância.

E agora, dois meses depois, John estava sentado na ponta da cadeira tentando não agitar as pernas, à espera da sua TV. O garoto com o rosto cheio de espinhas que o recebeu na porta não estava com pressa. Ele pegara a ficha de John e sumira nos fundos da loja há mais de 20 minutos. Ficha. Essa era outra coisa que não mencionavam no cartaz. Endereço, data de nascimento, número do seguro social, local de emprego, tudo menos a droga do tamanho da cueca que ele estava usando.

A Atlanta City Rent-All estava barulhenta para uma tarde de domingo. Todos os televisores estavam ligados, com imagens coloridas brilhando por todo lado, os sons a meia altura de documentários sobre animais, telejornais e programas de faça você mesmo zumbindo nos seus ouvidos. Entrava muita luz pelas vitrines e os televisores eram brilhantes demais.

Ele se ajeitou na cadeira, sentindo um filete de suor escorrer pelas costas. John não usava relógio, mas havia um enorme na parede. O que sugeria uma falha de julgamento por parte da administração, levando-se em conta que a única utilidade do aparelho era lembrar às pessoas de que estavam presas ali, à espera que um moleque recém-saído da escola dissesse ao cliente de sorte que ele havia sido qualificado para pagar 500 dólares por um aparelho de DVD Simzitzu.

— É apenas uma TV — sussurrou John para si mesmo. — Apenas uma TV pequena.

As pernas voltavam a agitar-se para cima e para baixo, e ele não se incomodou em pará-las. As mãos se contraíam e se descontraíam, e isso era ruim. Ele precisava parar com aquilo. As pessoas o observavam. Os pais mantinham os filhos por perto.

— Senhor? — Randall, o consultor de vendas de John, estava em pé à sua frente. No rosto do garoto estava estampado um sorriso que faria inveja a um labrador. — Desculpe por fazê-lo esperar. — Randall estendeu a mão como se John precisasse de ajuda para se levantar.

— Não tem problema — disse John, tentando não gaguejar ao levantar. Ele passou a olhar em volta, se perguntando o que estaria acontecendo. O rapaz estava sendo simpático demais. Será que alguém chamara a polícia?

— Podemos mostrar-lhe esses aparelhos aqui — propôs Randall, levando-o ao fundo da loja, onde estavam expostos os maiores aparelhos.

John parou em frente a um televisor que mais parecia uma tela de cinema. O aparelho era quase da altura dele e duas vezes mais largo.

Randall pegou um controle remoto do tamanho de um livro.

— A Panasonic tem tecnologia de contraste avançada que...

— Espera um minuto. — John deu uma volta no televisor, que tinha apenas alguns centímetros de espessura. Ele viu a etiqueta com o preço e riu. — Eu disse para você quanto ganho, cara.

Randall sorriu e deu um passo à frente, o que fez John querer recuar. Mas ele não se mexeu.

— Nós entendemos que alguns dos nossos clientes têm fontes de renda que não podem incluir nas fichas de solicitação de crédito — disse o ·apaz em voz baixa.

— E isso é legal? — perguntou John, reconhecendo que algo ilícito estava acontecendo, mas sem saber ao certo o quê.

— Sua análise de crédito... — Randall parecia estar quase envergonhado. — Os cartões de crédito apareceram.

— Que cartões de crédito? — perguntou John. Ele não tinha uma droga de conta bancária.

— Não se preocupe. — Randall deu tapinhas no ombro de John como se fossem velhos amigos.

— Que cartões de crédito? — repetiu John, tensionando os músculos do ombro para repelir o gesto do vendedor. Ele odiava admitir que não sabia alguma coisa. Estar no escuro faz com que nos sintamos vulneráveis.

Randall finalmente tirou a mão.

— Escute, amigo — começou ele. — Não é nada demais, certo? Apenas faça os pagamentos. Isso é tudo que importa para nós. Não faremos queixa alguma a não ser que você pare de pagar.

John cruzou os braços sobre o peito, apesar de saber que isso fazia com que parecesse maior e mais ameaçador.

— Olha — disse ele. — Eu quero aquela TV vagabunda da vitrine, a de 22 polegadas com controle remoto. Isso é tudo que eu quero.

— Cara — disse Randall erguendo as mãos. — Claro. Sem problema. Eu só achei que com a sua pontuação de crédito...

— Que pontuação de crédito? — John precisava voltar a perguntar.

— A sua pontuação de crédito — disse o rapaz, com um tom de voz que passava da incredulidade para pura e simples perplexidade. — A sua pontuação de crédito é a melhor que eu já vi aqui. Atendemos algumas pessoas com patamar inferior a 300.

— E qual é a minha?

Randall pareceu ficar surpreso com a pergunta.

— Não podemos responder a essa pergunta.

John endureceu a voz, deixando claro que não estava para brincadeira.

— Qual é a minha?

As espinhas de Randall ficaram brancas sobre a pele de um vermelho brilhante.

— Setecentos e dez — sussurrou ele, olhando sobre o ombro para conferir se o chefe o observava. — O senhor pode ir a uma loja de verdade, Sr. Shelley. Pode entrar na Circuit City ou na Best Buy e...

— Me deixe ver.

— A sua análise de crédito?

John se aproximou do rapaz.

— Você disse que havia cartões de crédito nele. Eu quero saber que cartões.

Randall voltou a olhar sobre o ombro, mas deveria estar mais preocupado com o que estava à sua frente.

— Para de olhar para trás, garoto. Olha pra mim. Responda a minha pergunta.

O pomo de adão de Randall se mexeu quando engoliu em seco.

— Talvez eu tenha digitado errado o número do seu cartão do seguro social. O endereço atual era diferente, mas...

— Mas o nome?

— O mesmo nome.

— E o mesmo endereço anterior em Garden City?

— Sim, senhor.

Ele resumiu a situação para o rapaz.

— Você acha que existe outro Jonathan Winston Shelley por aí com a mesma data de nascimento e o mesmo endereço anterior, que mora em Atlanta e tem um cartão de seguro social com número parecido com o meu?

— Não... quer dizer, sim. — Gotas de suor formaram-se no lábio superior de Randall e ele começou a gaguejar. — Me desculpe, senhor. Eu posso perder o emprego se mostrar a sua análise de crédito. O senhor pode conseguir uma cópia dela de graça. Posso dar o núme...

— Esqueça — disse John, sentindo-se um monstro por pressionar o rapaz. O medo nos olhos dele cortava como um caco de vidro. John avançou pela loja, passou pelo televisor que queria e saiu, antes que dissesse alguma coisa da qual se arrependeria.

Em vez de ir para casa, John atravessou a rua e sentou em um banco ao lado do ponto de ônibus. Ele pegou um exemplar do jornal comunitário gratuito no estande e passou a folheá-lo. A rua tinha quatro pistas, mas estava bem movimentada. Usando o jornal como escudo, ele observou a loja e seguiu com os olhos Randall e os colegas enquanto eles conversavam com pessoas que deveriam pensar duas vezes antes de assinar a linha pontilhada.

Análises de crédito, cartões de crédito, pontuação. Merda, ele não sabia nada sobre aquilo.

Um ônibus parou no ponto e o motorista olhou para John pelas portas abertas.

— Você vai entrar?

— No próximo — disse John. — Obrigado, cara. — Ele gostava dos motoristas de ônibus do MARTA. Eles não pareciam fazer juízo de valor. Contanto que você pagasse a passagem e não criasse confusão, assumiam que você era uma boa pessoa.

Uma lufada de ar quente soprou quando o ônibus seguiu viagem. John passou uma página do jornal, então voltou para a primeira, percebendo que não lera uma frase sequer. Ele ficou sentado no ponto de ônibus por duas horas, três, levantando do banco apenas uma vez, para urinar atrás de um prédio abandonado.

Às 20 horas, o vendedor Randall saiu da loja de aluguel de equipamentos eletrônicos. Ele entrou em um Toyota enferrujado, deu a partida no carro e ligou o som, poluindo o ar até então tranquilo da noite com a música mais abjeta que John já ouvira na vida. Já estava escuro há pelo menos uma hora, mas Randall não teria percebido John mesmo que ainda fosse dia. O rapaz tinha provavelmente 17 ou 18 anos. Ele tinha um carro, um emprego que pagava razoavelmente bem e nenhuma preocupação na cabeça, a não ser pelo cretino com bom crédito que tentara criar problemas aquela tarde.

O gerente saiu. Ou pelo menos parecia ser o gerente: sujeito mais velho, mecha de cabelo penteado sobre a careca, pele amarelada e bunda arredondada de tanto passar o dia sentado dizendo não às pessoas.

O gemido do homem foi audível do outro lado da rua quando ele puxou a porta de ferro que cobria as vitrines da loja. Ele voltou a gemer quando se abaixou para trancar a porta e uma terceira vez quando se levantou. Depois de alongar as costas, o sujeito caminhou até um Ford Taurus cinza e entrou no carro.

John o observou colocar o cinto de segurança, ajustar o retrovisor e ligar o carro. Uma luz branca acendeu nas lanternas acesas quando deu ré no Taurus, que saiu do estacionamento com um som preguiçoso de carrinho de golfe.

Dez minutos, 15. Trinta minutos. John se levantou, e agora era a sua vez de gemer com o esforço. Os joelhos estalaram e o traseiro estava dolorido depois de tanto tempo sentado no banco frio de concreto.

Ele olhou para os dois lados e atravessou a rua. As portas de ferro na frente da loja eram resistentes, mas John não planejava quebrar a vitrine ou roubar coisa alguma. Em vez disso, continuou até a caçamba de lixo no fundo do prédio.

Uma câmera de segurança estava apontada para a porta dos fundos, mas a caçamba estava fora do alcance do equipamento. Ele abriu a tampa de aço, quebrando o silêncio da noite com um rangido metálico. O fedor emanado pelo lixo era ruim, mas John já sentira cheiros piores. Ele passou a tirar sacos pretos do recipiente, do tipo que vira nas lixeiras da locadora. Ele desfazia os nós com cuidado, em vez de rasgar os sacos para remexê-los, e voltava a fechá-los antes de passar para o seguinte. Depois de 30 minutos vasculhando o lixo da loja ele precisava rir da situação. Havia informação suficiente naqueles sacos — números de seguro social, endereços e históricos de emprego — para dar um golpe dos bons. Mas não era isso que ele tinha em mente. Ele não era estelionatário nem ladrão. John queria informações, mas apenas a seu respeito, e é claro que as encontrou, no último saco de lixo.

Ele inclinou o formulário de análise de crédito para conseguir lê-lo sob a fraca luz da noite.

Mesmo número de seguro social. Mesma data de nascimento. Mesmo endereço anterior.

Jonathan Winston Shelley, 35 anos, tinha dois MasterCards, três Visas e um cartão dos postos Shell. O endereço era uma caixa postal com o CEP 30316, o que significava que ele morava em algum lugar na região sudeste de Atlanta; a quilômetros de distância do atual quarto de John no Chez Espelunca, que ficava na Ashby Street, próximo do capitólio do estado da Georgia.

O crédito dele era excelente, a situação com o banco, ótima. Obviamente, ele era um consumidor confiável e já o era há coisa de seis anos. E, a não ser por um "pagamento com atraso" do cartão Shell, todos os credores estavam satisfeitos com a sua pontualidade, o que não deixava de ser engraçado, quando se pensava naquilo, já que nos últimos vinte anos Jonathan Winston Shelley não saíra muito. Os guardas da prisão tendem a ficar de olho em quem cumpre uma pena de 22 anos a perpétua por estuprar e assassinar uma garota de 15 anos.

8

John conhecera Mary Alice Finney a vida toda. Ela era a boa menina, a bela líder de torcida, a aluna que só tirava A, a pessoa que quase todo mundo na escola conhecia e gostava porque era simplesmente legal demais. É claro que havia algumas garotas que não gostavam dela, mas é isso que as garotas fazem quando se sentem ameaçadas: elas odeiam. Espalham boatos maldosos. São simpáticas na sua frente e, quando você se vira, enterram uma faca até o cabo nas suas costas e a giram, só para garantir. Mesmo no mundo real, quando uma mulher é bem-sucedida, há sempre um punhado de outras mulheres que dizem que ela é uma vadia ou que subiu os degraus abrindo as pernas. Era simplesmente assim que o mundo funcionava, e as coisas não eram muito diferentes no microcosmo da Decartur High School.

Na verdade, John viria a descobrir que as coisas eram bem parecidas na prisão.

Os Shelley moravam a algumas ruas dos Finney em um dos melhores bairros de Decartur, nas proximidades da Agnes Scott College. As mães se conheceram naquele mundo circular da classe média alta. Da forma como as esposas de advogados e médicos sempre se conheceram: em algum evento social para arrecadação de fundos ou festa beneficente da escola, do hospital, da faculdade, qualquer que fosse a instituição que servisse como pretexto para dar uma festa de arromba e convidar pessoas desconhecidas para suas casas elegantes.

Richard Shelley era oncologista, chefe do Departamento de Oncologia do Decartur Hospital. Sua esposa, Emily, era corretora, mas largou o emprego quando Joyce, a primeira filha do casal nasceu John nasceu três anos depois e os Shelley acreditaram que seu mundo estava completo.

Emily foi uma dessas mulheres que se atiram de cabeça no papel de mãe. Ela era atuante na associação de pais e mestres, a maior vendedora dos biscoitos das bandeirantes e passava o final da maioria dos anos letivos costurando fantasias para o baile de formatura da escola quacre Friends School. Quando os filhos cresceram e deixaram de precisar dela ou, mais especificamente, desejar a sua companhia, Emily passou a ter bastante tempo livre. Quando John começou o oitavo ano e Joyce estava a dois anos de entrar para a faculdade, ela voltou a trabalhar meio período como corretora apenas para ter o que fazer.

As vidas deles eram perfeitas, a não ser por John.

As mentiras começaram cedo e, ao que parecia, sem motivo claro. John estava em casa quando dizia que estaria no treino de futebol. Ia para o treino de futebol quando dizia que estaria em casa. As notas começaram a cair. Ele deixou o cabelo crescer. E havia aquele cheiro. Parecia que deixara de tomar banho, e as roupas dele, quando Emily as pegava para colocar na máquina, tinham um cheiro químico, como se John tivesse passado um spray de Teflon nelas.

Richard trabalhava bastante. O trabalho dele era física e emocionalmente exigente. Ele não tinha tempo ou inclinação para preocupar-se com o filho. Richard era calado quando tinha a idade de John. Havia sido um adolescente cheio de segredos. Teve problemas, mas voltou a entrar na linha, certo? Dê tempo ao tempo. Dê espaço ao garoto.

Emily estava preocupada com maconha, então não percebia o perigo nos resíduos de pó que encontrou no bolso das calças do filho.

— Aspirina — disse ele.

— Por que você colocou aspirina no bolso?

— Tenho sentido dores de cabeça.

Quando criança, John colocava coisas mais estranhas nos bolsos: pedras, clipes de papel, uma rã. Ela estava preocupada com a saúde do filho.

— Precisamos levar você ao médico?

— Mãe.

Ele a deixou sozinha na lavanderia, com a calça jeans nas mãos.

Os Shelley, assim como a maioria dos casais afluentes, acreditavam que o dinheiro e os privilégios protegiam os filhos das drogas. O que eles não percebiam é que esses dois fatores ajudavam os filhos deles a conseguirem drogas *melhores*. Mas, independentemente disso, Emily Shelley queria acreditar que o filho era um bom garoto, então, era o que fazia. Ela não percebia o olhar vidrado no rosto de John todas as manhãs, o colírio que o filho usava o tempo todo, o cheiro pungente que vinha do barracão dos fundos. Quanto ao Dr. Richard, ele não tirava os olhos do jornal à mesa do café, e não percebia que as pupilas do filho estavam do tamanho de moedas ou que o nariz dele sangrava como o de alguns dos seus pacientes.

A vida desmoronou em pedaços.

Durante uma revista aleatória na escola, um saco com maconha foi encontrado dentro de um tênis no armário de John.

— Esses tênis não são meus — disse ele, e a mãe concordou que os calçados não se pareciam com nenhum dos que o filho usava.

O segurança do shopping telefonou para dizer que o filho fora pego roubando uma fita cassete.

— Eu me esqueci de pagar — disse John dando de ombros, e a mãe observou que ele tinha 20 dólares no bolso. Por que alguém roubaria algo pelo qual podia pagar?

A gota d'água aconteceu numa noite de sexta-feira. Um residente do hospital telefonou e acordou Richard Shelley para dizer que o filho dele estava na emergência, depois de dar entrada por overdose de cocaína.

Tudo ficou escancarado. Evidências médicas — algo que o pai poderia esfregar na cara da mãe dele como prova do quanto o filho era imprestável.

À noite, John ficava sentado no quarto escutando os pais discutirem até que ouvia Richard gritando algo como "E isso é definitivo!" e a mãe correr para o quarto e bater a porta. Em seguida vinha o choro abafado, e ele aumentava o volume do som. Def Leppard trovejava nos alto-falantes até que Joyce (estudando, é claro) batia na parede que separava os quartos dos irmãos e gritava:

— Abaixe isso, seu inútil!

John batia de volta, chamava a irmã de puta e fazia barulho até que o pai entrasse no quarto e o puxasse pelo braço, perguntando qual era o problema dele.

— Contra o que você está se rebelando? — perguntava Richard exaltado. — Você tem tudo que quer!

— Por quê? — perguntava a mãe para o filho, com lágrimas escorrendo pelo rosto. — Onde foi que eu errei?

John dava de ombros. Isso era tudo o que fazia quando os pais tentavam confrontá-lo — dar de ombros. E fazia isso com tanta frequência que o pai dizia que ele devia ter algum problema neurológico. Talvez devesse receitar lítio. Talvez devesse interná-lo em uma clínica.

— Como começou? — a mãe queria saber. Devia haver alguma coisa que ela pudesse fazer, algo que melhorasse a situação, mas ela precisava saber como havia começado. — Quem viciou você nisso? Me diga quem fez isso com você!

John dava de ombros. O pai fazia um comentário sarcástico:

— Você é retardado agora? Autista? É esse o seu problema?

Tudo começou com a maconha. Afinal de contas, havia um motivo para Nancy Reagan ter dito aos filhos para simplesmente dizer não. A primeira vez de John foi, sugestivamente, pouco depois de um velório.

O irmão de Emily, Barry, havia morrido em um acidente de carro na rodovia. Súbito. Fatal. Com consequências definitivas. Barry era um sujeito grande que comia o que queria e fumava charutos como se fosse Fidel Castro. Tomava remédios para pressão alta e injeções diárias para o tratamento do diabetes e, de modo geral, se arrastava lentamente para a cova. O fato de ter sido morto por um caminhoneiro que dormiu ao volante era quase uma piada.

O velório aconteceu numa manhã quente de primavera. Na igreja, John foi até o caixão, com o primo Woody ao seu lado. John nunca vira outro homem chorar, e foi estranho ver o primo durão, quatro anos mais velho e mais descolado do que John esperava vir a ser algum dia, desmoronar à sua frente. Barry nem ao menos era o pai verdadeiro dele. A mãe de Woody era divorciada, algo chocante naquela época. E estava casada com Barry havia apenas dois anos. John nem ao menos tinha certeza se o cara ainda era seu primo.

— Venha aqui — dissera Woody. Eles estavam de volta à casa do primo, vazia demais sem tio Barry. O tio era um homem gregário, sempre com uma piada ou risada à mão para tirar a tensão do ar. Richard não gostava muito do cunhado, e John suspeitava que isso acontecia pura e simplesmente por despeito. Barry vendia caminhões. Ele ganhava bem, mas, na visão de Richard, não era muito mais do que um vendedor de carros usados.

— Venha — disse Woody, subindo as escadas que levavam aos quartos.

John olhou em volta à procura dos pais, já que o tom da voz de Woody dizia que algo ruim estava prestes a acontecer. Ainda assim, ele o seguiu e fechou a porta e a trancou quando o primo pediu que o fizesse.

— Merda — suspirou Woody, soltando o corpo em um pufe. Então tirou um tubo plástico de filme de trás de alguns livros na estante às suas costas e uma embalagem de seda debaixo do colchão. John observou enquanto ele enrolava um baseado com mãos hábeis.

Woody percebeu o olhar de John.

— Um baseado cairia bem. O que me diz?

John nunca fumara um cigarro na vida, nunca tomara nada mais forte do que xarope, que a mãe mantinha escondido no banheiro como se fosse radioativo.

— Legal — disse ele, entretanto, quando Woody sugeriu o baseado.

E observou o primo tragar a fumaça e segurá-la nos pulmões, à espera de indicações. O lábio superior estava suado quando John pegou o baseado. Ele sentia mais medo de fazer papel de babaca na frente do primo do que por estar fazendo uma coisa ilegal.

John amava o alívio que sentia ao fumar um baseado, a forma como tirava a tensão de tudo. Ele já não se importava mais que o pai pensasse que ele era um inútil ou que a mãe ficasse frequentemente decepcionada. A perfeição de Joyce enquanto ela seguia os passos do pai não incomodava tanto quanto antes de fumar um, e ele, inclusive, passou a gostar mais de conviver com a família quando estava chapado.

Quando os pais por fim se deram conta do que estava acontecendo, eles culparam o velho bode expiatório, as más companhias. O que não percebiam é que, na verdade, John Shelley *era* a má companhia. Em algumas semanas, ele passou de nerd desajeitado a muito doido, e adorava a atenção proporcionada pela recente transformação. Graças a Woody, ele era o cara que tinha a parada. O cara que sabia onde aconteciam as festas mais legais, onde os alunos menores de idade eram bem-vindos, desde que levassem garotas bonitas. Ele já traficava trouxinhas para os novos amigos aos 15 anos. Durante um encontro de família, Woody lhe ofereceu a primeira carreira de pó e, depois disso, não houve mais volta.

Aos 17 anos, John era um criminoso condenado.

Até onde conseguia lembrar, Mary Alice Finney foi a primeira amiga que não fazia parte da família. As mães deles se revezavam semanalmente na tarefa de levá-los para a escola. As crianças iam no banco de trás, rindo das besteiras e fazendo os jogos bestas que se faz para o tempo passar mais rápido. Durante o ensino fundamental, eles seguiram basicamente pelo mesmo caminho. Eles eram as crianças inteligentes, os alunos que tinham todas as vantagens. Quando chegaram ao oitavo ano, tudo mudou. Tio Barry estava morto. John era o líder da turma errada.

— Você mudou — disse Mary Alice, no dia em que John a procurou no vestiário feminino. Ela manteve os livros apertados ao peito, cobrindo a camisa do The Police como se sentisse necessidade de se proteger. — E não acho que eu goste da pessoa em quem você está escolhendo se transformar.

Escolhendo se transformar. Como se ele tivesse escolha. John não havia escolhido o pai rígido, a mãe parva que praticamente inventou os óculos cor-de-rosa. Não havia escolhido Joyce, a irmã perfeita, a cadela que elevou tanto as expectativas que o máximo que ele podia esperar era pular nas pontas dos pés, tentar tocar o limiar, sem nunca conseguir superá-las.

Ele escolhera aquilo? Ele não tinha escolha.

— Vai se foder — disse ele a Mary Alice.

— Vai sonhando — disparou ela, jogando os cabelos para o lado ao girar sobre os calcanhares, deixando-o com cara de idiota.

Ele se olhou no espelho naquela noite, viu os cabelos longos ensebados, as olheiras escuras, as espinhas que cobriam o rosto e a testa. O corpo dele ainda não acompanhara o crescimento das mãos e dos pés. Mesmo com as roupas de domingo, ele mais parecia um espantalho sobre caixas de papelão. Ele era um pária na escola, não tinha amigos de verdade e, do alto dos seus 15 anos, todas as experiências sexuais até então envolviam o hidratante para as mãos Jergens da irmã e a imaginação. Ao se olhar no espelho tudo isso se abateu sobre John, então ele foi até o barracão dos fundos e cheirou tanta cocaína que ficou enjoado.

John passou a odiar Mary Alice a partir daquele dia. Tudo de ruim na sua vida era culpa dela. Espalhou fofocas. Fazia piadas à custa dela e de modo que ela ouvisse, para que Mary Alice soubesse o quanto a desprezava. Nos ensaios das animadoras de torcida no ginásio, ele a provocava enquanto ela liderava a equipe. Algumas noites, ficava acordado pensando em Mary Alice, detestando-a, e então percebia que a mão já não estava mais em repouso sobre a barriga, que descia até o short, e tudo que ele precisava era imaginá-la na escola naquele dia, a forma como ela sorria ao descer o corredor, o suéter apertado que ela usava.

— John? — A mãe parecia ter algum tipo de sexto sentido, sempre batia na porta do quarto quando ele estava se masturbando. — Precisamos conversar.

Emily queria conversar sobre as notas vermelhas, a última detenção na escola, algo que encontrara no bolso de uma calça. Queria falar com o estranho que havia raptado o seu filho, implorar que devolvesse o seu Johnny. Ela sabia que o seu bebê estava ali em algum lugar, e não desistiria. Mesmo durante o julgamento, John sentiu o apoio silencioso da mãe enquanto ela escutava os advogados que diziam que ele era um lixo, encarava os jurados que não tinham estômago para olhá-lo nos olhos.

A única pessoa naquele tribunal que ainda acreditava em John Shelley era sua mãe. Ela não soltaria a mão daquele menino, daquele escoteiro, daquele plastimodelista, daquela criança preciosa. Queria envolvê-lo nos braços e fazer com que tudo ficasse bem, pressionar o rosto no pescoço dele e sentir aquele cheiro estranho de biscoito e massa de modelar molhada que ele tinha quando brincava no quintal com os amigos. Queria ouvi-lo falar sobre o dia na escola, sobre o jogo de beisebol, o novo amigo que fizera. Ela queria o filho. *Sofria* pelo filho.

Mas ele já se fora.

DECARTUR CITY OBSERVER
15 DE JULHO DE 1985

SHELLEY SERÁ JULGADO COMO ADULTO NO CASO FINNEY

A juíza distrital Billie Bennett determinou ontem à noite que o adolescente de Decartur Jonathan Winston Shelley, 15 anos, será julgado como adulto pelo assassinato de Mary Alice Finney, também de Decartur. Os advogados de defesa argumentaram circunstâncias atenuantes, mas, falando para os jurados, Bennett disse que, com base nas condenações prévias do réu e em outros agravantes, não via motivo para que o adolescente não fosse julgado como adulto. O promotor Lyle Anders afirmou que o estado pedirá a pena de morte.

Paul Finney, pai da jovem assassinada, disse a jornalistas do lado de fora do tribunal que estava "satisfeito" com a decisão da juíza. Shelley, que está sendo acusado de homicídio qualificado, será o primeiro adolescente do condado de DeKalb a ser julgado como adulto. Em uma audiência reservada, Bennett negou o pedido de mudança de foro da defesa.

Seis assassinos condenados foram executados pelo estado da Georgia desde que a Suprema Corte dos Estados Unidos manteve a constitucionalidade da pena capital em *Gregg v. Georgia* (1976). O criminoso mais jovem a ser executado na história do estado foi Eddie Marsh, 16 anos, executado em 9 de fevereiro de 1932 pelo assassinato de um produtor de noz-pecã do condado de Dougherty Em março passado, John Young 28 anos, que aos 18 assassinou três idosos no condado de Bibb durante um assalto à residência deles, foi executado por eletrocussão na Georgia Diagnostic and Classification Prison, em Jackson.

9

2 de outubro de 2005

John não dormiu bem, o que não era novidade. Na prisão, as noites eram sempre a pior hora do dia. Ouviam-se gritos, principalmente. Choro. Outras coisas nas quais ele não gostava de pensar. John tinha 15 anos quando foi preso, 16 quando foi mandado para a penitenciária. Aos 35 anos, ele vivera mais anos na prisão do que dormira na casa dos pais.

Por mais que a prisão fosse barulhenta, as pessoas se acostumavam. Estar do lado de fora dos muros é que era difícil. Buzinas, carros de bombeiro, rádios trovejando por todo lado. O sol era mais brilhante, os cheiros, mais intensos. Flores podiam deixar os olhos dele marejados, e a comida era quase intragável. Havia gosto demais em quase tudo, escolhas em excesso para que ele se sentisse confortável em ir até um restaurante e pedir uma refeição.

Antes de John ser preso, não se via pessoas correndo nas ruas com headphones enfiados nos ouvidos e apertados shorts de *spandex*. Os celulares eram carregados em bolsas como aquelas enormes que se carrega a tiracolo e apenas pessoas muito ricas podiam se dar ao luxo de ter um. O rap não era um gênero popular, e quem escutava Mötley Crüe e Poison era considerado descolado. Os aparelhos de CD eram algo saído de *Jornada nas estrelas*, e quem conhecia *Jornada nas estrelas* era considerado nerd.

Ele não sabia o que fazer com aquele novo mundo. Nada fazia sentido. Nenhuma das coisas familiares existia mais. No dia em que foi solto, ele entrou num armário da casa da mãe, fechou a porta e chorou como um bebê.

— Shelley? — gritou Art. — Você vai trabalhar ou não vai?

John acenou para o supervisor e forçou um sorriso.

— Desculpa, chefe.

Ele foi até um Suburban verde e passou a enxugar a lateral do carro. Aquilo foi outra coisa que o impressionou. Os carros ficaram enormes

Na prisão, havia uma única televisão com dois canais, e os detentos mais velhos decidiam qual seria a programação. A antena havia sido arrancada e usada para furar o olho de alguém antes de John ser mandado para lá, e a imagem era péssima. Mesmo quando não havia muito chuvisco e era possível enxergar alguma coisa, não havia senso de escala nos carros na tela. E ele se perguntava se as imagens eram reais ou algumas coisas eram simplesmente feitas para um programa em especial. Talvez a série tratasse na verdade de um mundo alternativo onde as mulheres usavam microssaias e os homens não vestissem calças de couro apertadas e dissessem coisas como "O meu pai nunca me entendeu".

O pessoal sempre ria com aquilo, gritando "fresco" e "veado" para o televisor, abafando a próxima fala do ator.

John não assistia muita TV.

— Aí, aí — disse Ray-Ray, se abaixando para passar silicone nos pneus do Suburban.

John ergueu os olhos e viu uma viatura de polícia estacionando em frente ao lava-rápido. Ray-Ray sempre dizia tudo duas vezes, daí o nome, e sempre alertava John quando havia policiais por perto. John retribuía o favor. Os dois nunca conversavam de verdade, muito menos trocavam confidências, mas ambos sabiam o que eram: ex-presidiários.

John passou a limpar os vidros do lado do motorista, sem pressa, de modo a observar o policial no reflexo. Ele escutava o rádio do homem, o chiado constante da central falando em código. O policial olhou em volta e identificou John e Ray-Ray em no máximo dois segundos, então puxou o cinto e entrou no escritório para pagar a lavagem. Não que o dono fosse cobrar, mas era sempre bom fingir.

A dona do Suburban estava por perto, conversando ao celular, e John fechou os olhos ao enxugar a janela, escutando a voz da mulher, saboreando os tons como se fosse uma música preciosa. Enquanto estava preso, ele esqueceu como era ouvir a voz de uma mulher, escutar o tipo de queixa que apenas elas são capazes de ter. Cortes de cabelo malfeitos. Balconistas grosseiros. Unhas quebradas. Os homens falavam sobre *coisas*: carros, armas, mulheres. Não discutiam os próprios sentimentos a não ser que fosse raiva, e mesmo isso não durava muito tempo, já que geralmente passavam a fazer algo a respeito.

A cada duas semanas a mãe de John dirigia de Decartur até Garden City para visitá-lo, mas por mais feliz que ficasse ao vê-la não era aquele o tipo de voz feminina que ele queria ouvir. Emily estava sempre positiva, feliz por ver o filho, mesmo que ele pudesse ver nos olhos da mãe que ela estava cansada da viagem, ou triste por ver que ele fizera outra tatuagem, que prendia o cabelo em um rabo de cavalo. Tia Lydia também ia, mas porque era sua advogada. Joyce o visitava duas vezes por ano com a mãe; uma vez no Natal, outra no aniversário de John. Ela odiava estar ali. Era possível farejar isso nela. Joyce queria sair daquele lugar quase tanto quanto John, e sempre que falava com a irmã ele se lembrava da forma como os negros e os arianos falavam uns com os outros: "Seu cachorro preto filho da puta. Seu filho da puta branco azedo. Vou te matar assim que tiver uma chance."

O pai foi visitá-lo duas vezes enquanto esteve preso, mas John não gostava de pensar nisso.

— Com licença. — A mulher do celular estava ao seu lado. Ele sentia o perfume. O lábio superior era uma gravata-borboleta pequenina, e o *gloss* fazia com que a boca da mulher parecesse estar molhada.

— Alô? — disse ela com um sorriso.

— Me desculpa — John conseguiu dizer, chocado pela mulher ter chegado tão perto sem que ele percebesse. Na prisão, ele já estaria morto àquela altura.

— Eu disse obrigada — repetiu ela, e estendeu uma nota de 1 dólar que John aceitou, sentindo-se barato e sujo ao mesmo tempo.

John jogou para a plateia colocando a nota na caixa de gorjetas, sabendo que todos os olhos no lugar estavam voltados para ele. Ele fazia o mesmo quando um cliente dava uma gorjeta a algum dos colegas. Ninguém confiava em ninguém ali, e por um bom motivo. Não era preciso ter um diploma universitário para entender porque um bando de sujeitos de meia-idade trabalhava no Gorilla Car Wash em troca de um salário mínimo mais gorjetas.

— Primeiro turno, almoço — gritou Art da porta do escritório, então foi até o policial que estava ao lado da máquina de lanches. Merda, John também não notara aquilo. O policial havia saído do escritório e o observava, sem que ele tivesse percebido.

John abaixou a cabeça e foi até os fundos do lava-rápido, então bateu o cartão e pegou o almoço numa prateleira. Ele guardara um refrigerante na geladeira, mas de jeito nenhum voltaria para lá antes que o policial fosse embora e Art voltasse a sentar-se à sua mesa para contar dinheiro.

Chico, um dos outros trabalhadores, estava sentado numa mureta de cimento sob a sombra de uma magnólia que crescia em um canteiro nos fundos do lava-rápido. John gostava de sentar-se sob a árvore, desfrutar da solidão e da sombra, mas Chico chegou antes naquele dia. Esse tipo de coisa não teria acontecido na penitenciária. Tomar o espaço de um homem era como foder o rabo da irmã dele. Tudo que acontecia naquele lugar tinha um tipo de etiqueta de preço.

— Tudo certo? — disse John, gesticulando com a cabeça para Chico ao seguir na direção do estacionamento onde funcionava uma oficina de polimento. O pessoal havia saído para almoçar. Eles ganhavam o bastante para se permitirem esse luxo.

John sentou no chão sob a cobertura. Ele tirou o boné e limpou o suor da testa com as costas da mão. Novembro costumava significar inverno, mas agora queria dizer que tinha sorte se o casaco que vestiu pela manhã não o fizesse suar ao meio-dia.

Meu Deus, até mesmo o clima mudara na ausência dele!

John olhou em volta antes de pegar uma folha de papel no bolso de trás. O formulário de análise de crédito. Parte dele quis enfiá-lo de volta no lixo na noite passada, deixar para lá. Algum filho da puta fingia que era ele. O que isso queria dizer para John Shelley? Obviamente, o sujeito não estava aprontando uma fraude. Se fosse isso, por que ele pagaria os cartões em dia por seis anos? John ouviu falar de todo tipo de esquema na prisão e, apesar de não ter acesso a computadores, sabia que a internet era a melhor forma de realizar e identificar uma fraude. Mas aquilo... aquilo não era parecido com nada de que tivesse ouvido falar. A ideia era pegar o dinheiro e sumir. E não ficar parado no mesmo lugar e pagar as contas religiosamente. Era como aquela velha piada de pedir cinquenta pizzas para a casa de alguém, com a diferença que, neste caso, a conta foi paga com o cartão de crédito do sujeito que fez o telefonema.

John dobrou a folha de papel e a colocou de volta no bolso. Ele devia simplesmente esquecer. Nada de bom viria daquilo. Devia fazer exatamente o que a oficial da condicional dissera: concentre-se em reconstruir a sua vida. Arrume um emprego estável. Mostre às pessoas que mudou.

Mas aquilo o incomodava. Como se fosse uma farpa que não se consegue arrancar, ele passou a noite acordado analisando a situação, tentando identificar a jogada. Tinha que haver uma jogada. Por que mais alguém se faria passar por outra pessoa? Talvez alguém com um passado sujo estivesse usando os dados pessoais de John como fachada. Podia ser um assassino frio ou um sujeito que procurava se esconder da polícia e o nome John Shelley lhe pareceu um bom disfarce.

Ele riu dessa ideia, dando uma mordida no sanduíche de manteiga de amendoim e banana. Era preciso estar muito desesperado para assumir a identidade de um assassino e criminoso sexual condenado.

A manteiga de amendoim grudou na garganta e John tossiu algumas vezes antes de se levantar e seguir até a mangueira em um canto. Ele ligou a torneira e bebeu alguns goles, observando Ray-Ray conversar com uma mulher perto dos aspiradores de pó. John teve certeza de que o colega dizia as tolices de costume, tentando jogar charme para cima da mulher. A julgar pela forma como estava vestida, Ray-Ray poderia ter poupado tempo e simplesmente oferecido algum dinheiro. A maioria dos caras que circulavam pelo Gorilla recorriam aos talentos locais. Cheshire Bridge Road acima ficava o Colonial Restaurant, uma espelunca que servia comida barata com muitas prostitutas circulando por perto, em frente a hotéis ordinários. John costumava ouvir os colegas conversando nas segundas-feiras pela manhã sobre o que era melhor: pegá-las mais cedo quando estavam mais limpas e pagar mais, ou mais tarde, quando estavam sujas, e pagar menos.

Economia das ruas.

— Me deixe em paz, seu idiota! — gritou a prostituta, batendo com as duas mãos no peito de Ray-Ray.

O homem rosnou alguma coisa de volta e a empurrou até que ela caísse sentada no chão.

O primeiro impulso de John foi ficar exatamente onde estava. Não se meta nos problemas dos outros. Era assim que se acabava morto. Era uma mulher, mas ela trabalhava nas ruas. Ela sabia tomar conta de si mesma. Ao menos parecia que sim, antes que Ray-Ray a esmurrasse no rosto.

— Que diabo! — murmurou Chico, observando a disputa pelo campeonato de camarote. — Ele nem ao menos deu tempo pra ela se levantar.

John olhou para os sapatos, que estavam ensopados. A torneira ainda estava aberta. Ele podia arrumar problemas por aquilo. Ele foi até a torneira e a desligou, lembrando-se de não usar muita força, então enrolou a mangueira e a colocou no lugar. Quando se virou, o pé de Ray-Ray estava no ar, a caminho do rosto da prostituta.

— Ei! — disse John. — Ei! — repetiu ele, quando o pé de Ray-Ray atingiu a mulher.

John deve ter corrido até o lugar da briga. Deve ter dito alguma coisa no caminho, algo alto que chamou ainda mais atenção para a situação. Quando o cérebro voltou a acompanhar as suas ações, o punho de John doía como se tivesse sido picado por uma vespa e Ray-Ray estava estatelado de bruços no chão.

— Que *merda* é essa? — gritou Art. Ele mal tinha 1,50m em um dia bom, mas parou a 5 centímetros do peito de John e guinchou para ele:

— Seu *macaco* filho de uma puta!

Ambos olharam para baixo. Um dos dentes de Ray-Ray estava na calçada, nadando em uma poça de sangue. O homem parecia estar morto, mas ninguém se deu ao trabalho de conferir o pulso.

O policial estava parado em frente à porta do escritório. Lentamente, os olhos de John subiram pelos sapatos pretos do homem, acompanharam o vinco das calças, saltando o cinturão no qual uma mão enorme repousava no punho de uma arma, e ele forçou a si mesmo a olhar o homem nos olhos. O sujeito encarava John quando abaixou o volume do rádio, transformando os chamados da central em sussurros.

— O que está acontecendo aí?

— Eu dei um murro nele.

— Ah, não me diga, seu idiota! — latiu Art. — Você está no olho da rua. — Ele mexeu em Ray-Ray com o pé. — Meu Deus, Shelley. Com o que você bateu nele, com um martelo?

John abaixou a cabeça e olhou para o chão. Ah, meu Deus! Ele não podia voltar para a prisão agora. Não depois de tudo aquilo. Não depois de tudo pelo que passou.

— Me desculpa — disse John. — Não vai voltar a acontecer.

— Pode apostar que não — disparou Art. — Meu Deus! — Ele olhou para o policial. — É assim que esses caras me agradecem por lhes dar uma segunda chance.

— Me desculpa — repetiu John.

— Ei! — gritou a prostituta. — Alguém vai me ajudar?

Todos os homens olharam para baixo, surpresos, como se houvessem se esquecido da existência da mulher. A prostituta tinha um rosto duro, do tipo que contava a história da vida nos milhões de rugas que lhe cortavam a pele. Escorria sangue pelo nariz e pela boca, onde o pé de Ray-Ray fizera o estrago. Ela estava apoiada nos cotovelos e usava um imundo boá de penas brancas enrolado no esquelético pescoço, minissaia lilás de vinil e blusinha preta que revelava a parte inferior dos seios flácidos e mal lhe cobria o corpo castigado.

Ninguém queria tocá-la.

— Ei, Príncipe Encantado — disse ela, agitando a mão na direção de John. — Vem cá, garanhão. Me ajude a levantar.

John hesitou, mas estendeu a mão e ajudou a mulher. Ela cheirava a cigarros e bourbon, e teve dificuldade para equilibrar-se sobre os sapatos de salto alto ao se apoiar no ombro do seu salvador. Ele tentou não ter um espasmo de aversão, pensando em onde andara aquela mão. Sob a luz do sol, a pele dela era amarelada, e John calculou que o fígado devia estar bem desesperado para disparar pelo umbigo se tivesse uma oportunidade. Ela podia ter 30 anos, mas também 80.

O policial se aproximou.

— Você pode me explicar o que é tudo isso?

— Ele não quis me pagar — disse a mulher, indicando o inerte Ray-Ray com o queixo. Sua voz era uma pedra solta rolando num copo de muco. As palavras que não balbuciou, provavelmente, não eram dignas de serem ouvidas.

— Você deu pra ele fiado? — perguntou o policial, sem se dar ao trabalho de esconder a incredulidade. O sujeito tinha razão. John não venderia bosta petrificada fiado para Ray-Ray.

— A gente estava ali — disse ela, referindo-se a um banheiro químico atrás do prédio. — Ele tentou jogar charme pra cima de mim, esse merda. Disse que ia receber amanhã.

O policial arqueou uma sobrancelha.

— Você só pode estar de brincadeira.

— E me seguiu até aqui, tentando me convencer — prosseguiu, agarrando o braço de John para manter-se de pé. — Como se fosse o dia do bilhete premiado no Kmart. Filho da puta. — Ela ergueu uma bota de couro brilhante e pisou no braço de Ray-Ray com o salto.

— Ei, ei, pare — disse Ray-Ray, gemendo ao virar-se de barriga para cima.

John concluiu que ele estava se fazendo de morto e quis socá-lo outra vez por ter provocado tudo aquilo.

O policial cutucou Ray-Ray com o sapato.

— Quis dar uma de graça, seu vagabundo?

Ray-Ray levou a mão aos olhos e cobriu o sol de modo a conseguir olhar para o policial.

— Não, não, cara. Não foi isso. Não foi nada disso.

— Levanta, seu merda — ordenou policial. — Você — ele apontou para a prostituta. — Onde é o seu ponto?

Ela estava ocupada limpando a sujeira dos cotovelos.

— Perto da loja de bebidas.

Ouvi-se um ruído de estática no rádio do policial, e então "Unidade cinco um, cinco um?".

— Câmbio — disse o policial ao apertar um botão, então apontou para John, falando ao mesmo tempo em que escutava a central, mas obviamente escutando. — Você, Príncipe Encantado. Cuide para que ela chegue em casa em segurança. Você — apontou para Ray-Ray. — Não me obrigue a dizer mais uma vez para você se levantar, ou eu te prendo tão rápido que o seu agente de condicional não vai ter tempo de chamar um táxi para levá-lo de volta à penitenciária.

Ray-Ray levantou-se com um salto e o policial apertou o botão do rádio.

— Positivo. Estarei aí em dez minutos. — E, reavaliando a situação, acrescentou para Art: — Tudo bem por você?

Art franziu a testa, formando um V com as rugas.

— É, enfim — concordou ele. — Shelley, tire o dia de folga. Volte com a cabeça no lugar amanhã.

— Obrigado — disse John, tão aliviado que poderia ter chorado. — Obrigado, senhor. Não vou decepcioná-lo.

A demonstração de respeito fez com que John subisse no conceito do chefe.

— Quer que eu dê um pé na bunda desse vadio? — perguntou Art, indicando Ray-Ray com o polegar.

John pensou a respeito por um segundo, mas não podia passar o resto da vida olhando sobre os ombros por causa daquele idiota.

— Estamos numa boa — disse ele. — Certo, Ray?

— É, é — disse Ray-Ray. — Numa boa. Numa boa.

— Cala a boca — disse Art. — Não quero ver a sua cara aqui até quarta de manhã, entendeu?

Ray-Ray assentiu. Duas vezes.

Art olhou para a prostituta com desdém, então falou com John:

— Suma com ela daqui antes que comecemos a perder clientes.

John não achou que tivesse escolha. A prostituta voltara a agarrar-se a ele, os dedos ossudos enterrados no seu braço acima do cotovelo. Ele passou a caminhar ao lado da mulher já que alguma coisa lhe dizia que, se não o fizesse, ela cairia de cara no chão.

Os carros passavam zunindo quando caminhavam pela Piedmont Avenue acima. John via um zilhão de SUVs e carros esporte passando pela avenida todos os dias. Com Buckhead em um extremo da avenida e Ansley Park no outro, os únicos carros que passavam por ali eram os de diaristas, jardineiros, piscineiros e outras almas miseráveis que ganhavam a vida fazendo o trabalho que os ricos não queriam fazer.

— Aquele filho da puta — murmurou a prostituta enquanto eles esperavam um sinal fechar. Os dedos ossudos pressionaram o braço de John com mais força quando ela tentou se equilibrar sobre os saltos ridiculamente altos. — Espera um pouco — ela cedeu por fim, e não soltou a mão enquanto tirava um e depois o outro sapato. — Porcaria de salto.

— É — disse John, porque a mulher, sem dúvida, esperava uma resposta.

— Está vermelho — disse ela, puxando-o para a rua quando os carros pararam. — Porra, os meus pés estão doendo. — Ela olhou para John quando chegaram à outra calçada. — Estou com um dente frouxo, sabia? Por causa do chute dele.

— Ah! — disse John, pensando que a mulher era tola ou louca se acreditasse que ele tinha dinheiro para o dentista. — Ah, é? Sinto muito.

— Não, seu besta. Estou dizendo que posso usar as mãos, mas não colocá-lo na boca.

John só percebeu que estava com os dentes travados quando o maxilar começou a doer.

— Não — respondeu. — Não precisa.

— Escuta — disse ela, soltando a mão e começando a balançar como uma jangada no meio de um tsunami. — Você pode voltar, Romeu. Eu posso continuar sozinha.

— Não — repetiu John, dessa vez segurando-a pelo braço. Com a sorte que tinha, a mulher cairia no meio da rua e o policial o acusaria de homicídio culposo. — Vamos.

— Opa — disse ela, perdendo o equilíbrio ao pisar em um buraco na calçada.

— Cuidado — disse John, pensando que a mulher era tão magra que ele conseguia sentir o osso do braço se movendo sob a pele.

— Eu não dou a bunda — disse ela subitamente.

John não sabia o que era pior: imaginar a boca ou o ânus da mulher. Uma olhada rápida nos hematomas que ela tinha nos braços e nas pernas fez com que sentisse o gosto do sanduíche de manteiga de amendoim e banana do almoço.

— Certo — disse ele, sem saber por que a mulher compartilhava a informação e desejando desesperadamente que ela parasse com aquilo.

— Fica estranho quando vou ao banheiro — disse ela, olhando-o de soslaio. — Achei que devia dizer, se é isso que você está querendo.

— Eu só vou garantir que você volte em segurança — garantiu. — Não se preocupe com o resto.

— Nada é de graça — disse ela, então riu. — A não ser dessa vez, talvez. O passeio. Se você pensar nele como um pagamento, não é exatamente de graça.

— Eu vinha para esses lados de qualquer forma — mentiu. — Moro por aqui.

— Em Morningside? — perguntou ela, referindo-se a um dos bairros mais ricos que davam para a Cheshire Bridge Road.

— É. Numa casa de três andares com garagem. — A mulher tropeçou outra vez e ele evitou que ela caísse. — Vamos.

— Você não precisa ser assim tão bruto, sabia?

John olhou para a mão que a segurava pelo braço e se deu conta da força que usava. Quando a soltou, os dedos deixaram marcas vermelhas.

— Me desculpa — disse ele, e era sincero. Meu Deus!, depois de todo aquele tempo pensando em mulheres, ele nem ao menos conseguia tocar em uma sem machucá-la. — Só vou levar você para casa, está bem?

— Estamos quase chegando — disse ela, então ficou em silêncio ao concentrar-se no caminho esburacado quando a calçada deu lugar a um trecho de terra.

John deixou que ela fosse na frente, acompanhando-a dois passos atrás para o caso de ela cair na rua. E então a enormidade do que acabara de acontecer o dominou. No que ele estava pensando? Não havia motivo para envolver-se nos problemas de Ray-Ray, e agora ele perderia um dia de pagamento para levar aquela prostituta de volta ao ponto dela, onde provavelmente faturava em uma hora mais do que ele faturava em três. Jesus! Ele poderia ter perdido o emprego. Poderia ter sido atirado de volta na prisão.

Art recebia um bom dinheiro do estado por empregar um preso em liberdade condicional, além de isenções do governo federal. Apesar de tudo isso, dos supostos incentivos oferecidos, encontrar trabalho havia sido quase impossível quando John saiu. Em função dos seus antecedentes criminais, ele não podia trabalhar com crianças ou morar a menos de 100 metros de escolas ou creches. De acordo com a lei, os empregadores não podiam discriminar um ex-presidiário, mas sempre havia formas de burlar a lei. John foi a 19 entrevistas de emprego antes de encontrar o lava-rápido. Eles sempre começavam com "Como vai/adoraríamos tê-lo trabalhando conosco/preencha essa ficha que entraremos em contato". Então, quando não recebia um retorno e ligava uma semana depois, era sempre "Já preenchemos a vaga/encontramos um candidato mais qualificado/desculpe, mas estamos dispensando funcionários".

— Mais qualificado para fechar caixas? — ele perguntara ao gerente de expedição de uma fábrica de tortas.

— Escute, amigo — respondeu o homem. — Eu tenho uma filha adolescente, está bem? Você sabe por que não vai ficar com esse emprego.

Ao menos ele foi honesto.

A pergunta era padrão em todas as fichas. "Além de infrações de trânsito sem maior gravidade, você já foi condenado por algum crime?"

John precisava assinalar sim. Mas, de qualquer forma, eles sempre levantavam os antecedentes criminais dos candidatos.

"Por favor, explique o seu crime no espaço abaixo."

Ele precisava explicar. Eles podiam perguntar ao agente de condicional. Podiam levantar a ficha dele com um policial. Podiam pesquisar na seção "Criminosos sexuais condenados na Grande Atlanta" do site do GBI. Sob Shelley, Jonathan Winston, leriam que John havia estuprado e matado uma menor de idade. O estado não fazia diferença entre criminosos juvenis ou adultos, então ele era visto não como alguém que cometera o crime quando também era menor, mas como um pedófilo.

— Oi? — perguntou a prostituta. — Ainda está aí, gato?

John fez que sim. Ele estava desligado, seguia a mulher como se fosse um filhote. Eles estavam em frente à loja de bebidas. Algumas garotas já estavam trabalhando, na expectativa do movimento do almoço.

— Ei, Robin — gritou a prostituta. — Vem cá.

A mulher que devia ser Robin se aproximou, saindo-se bem melhor com os saltos altos do que a companheira de John.

Robin parou a alguns metros deles.

— Que porra aconteceu com você? — Ela olhou para John. — Você bateu nela, seu filho da puta?

— Não — disse ele. Então, porque a mulher remexia na bolsa em busca de alguma coisa que sem dúvida provocaria bastante dor, acrescentou:
— Por favor. Eu não a machuquei.

— Ah, ele não fez nada, linda — disse a prostituta em tom conciliador.
— Ele me salvou daquele idiota do lava-rápido.

— Qual deles? — perguntou Robin, ainda quase fora de si. Pela forma como olhava para John, ela ainda não se decidira a seu respeito e ainda estava com a mão dentro da bolsa, provavelmente segurando uma lata de spray de pimenta ou um martelo.

— Qual deles? Qual deles? — disse a prostituta, numa boa imitação de Ray-Ray. — Aquele preto magricela que sempre diz tudo duas vezes. — Ela olhou para John, piscando um olho. — Você gosta delas um pouco mais novinhas, não é, amor?

John sentiu o corpo enrijecer.

— Não, eu não quis dizer assim — disse ela, afagando as costas dele como se estivesse acalmando uma criança. Havia algo de quase maternal na mulher, agora que estava de volta ao seu ambiente. — Escuta, Robin, me faz um favor e dá uma completinha com ele. Ele me salvou de verdade.

Robin abriu a boca para responder, mas John a calou erguendo as mãos.

— Não, sério. Tudo bem.

— Eu sempre pago as minhas dívidas — disse a prostituta velha de guerra. — A bondade de estranhos ou o que for. — Ela seguiu com os olhos um carro que entrou no estacionamento. — Merda. É o meu regular — disse ela, usando as costas da mão para limpar o sangue do nariz. Ela acenou para John quando entrou no carro, gritando algo que ele não entendeu.

John observou o carro partir, sentindo os olhos de Robin nele o tempo todo. Ela tinha o olhar de aço de um policial: "Que porra você está aprontando e onde preciso socar para você cair de joelhos?"

— Eu não sou a droga da substituta dela — disse a mulher.

— Não se preocupe — disse John, erguendo as mãos outra vez. — Sério.

— O quê? — disse ela irritada. — Você é bom demais para pagar?

— Não foi o que eu disse — retrucou, sentindo o rosto esquentar. Cinco ou seis outras prostitutas escutavam a conversa e as expressões divertidas nos rostos das mulheres fez com que ele sentisse o pau encolher mais e mais a cada segundo.

— E, de qualquer forma, ela não falou nada sobre pagar. Apenas fiz um favor — acrescentou John quando Robin não deu uma resposta.

— Você não *me* fez favor nenhum.

— Então não me faça nenhum — disse ele, virando-se para ir embora.

— Ei! Não me deixe falando sozinha.

Sem pensar, John parou e se virou quando Robin gritou. A mulher, obviamente, fazia jogo de cena para impressionar as colegas. Ele sentiu que encolhia mais alguns centímetros.

— O quê? — disse ele, tentando moderar o tom de voz.

— Eu disse não me deixe falando sozinha, seu merda.

John balançou a cabeça, sentindo que não havia como piorar aquele dia.

— Você quer fazer isso? — perguntou ele, levando a mão ao bolso. John economizara 20 dólares por semana nas últimas três semanas para ter certeza de que conseguiria honrar as prestações do televisor. Agora tinha 50 pratas no bolso e 70 escondidas no sapato. Ele duvidava que a garota faturasse metade daquilo no movimento do almoço. Que diabo, ele mal ganhava aquilo em um dia de trabalho.

Ela ergueu o queixo em um gesto de desafio. Elas deviam aprender aquilo na escola de prostitutas ou coisa parecida.

— Quanto você tem? — perguntou ela.

— O bastante. — O que diabos estava fazendo? A língua parecia estar mais grossa na boca, que tinha tanta saliva que parecia a ponto de transbordar. Mas agitar o dinheiro funcionou. A plateia ficou em silêncio.

Robin olhou para ele por um ou dois segundos, então fez que sim uma vez.

— Está bem — disse ela. — Você quer fazer um programa?

John mordeu o lábio, tentando estimar quanto aquilo custaria.

— Eu acabei de almoçar — disse ele. — Se você quiser beber alguma coisa...

— Meu Deus! — ela gemeu, rolando os olhos. — Você é policial?

— Não — disse ele, ainda sem entender.

— Completinha — disse ela. — Um programa.

John olhou para as outras mulheres, que haviam voltado a rir.

— Cala a boca — disse Robin, e por um minuto John achou que ela estivesse falando com ele. — Vamos — disse ela, puxando-o pelo braço.

Pela segunda vez naquele dia John era conduzido pela rua por uma prostituta. Mas essa era muito melhor do que a outra. Para começar, a mulher tinha uma aparência mais limpa. A pele, provavelmente, era macia. Até mesmo o cabelo dela era bonito — cheio e saudável, e não ressecado pelo excesso de drogas ou coberto com uma peruca ordinária. E ela também não recendia a cigarros. O companheiro de cela de John era um fumante compulsivo, que acendia um cigarro no outro. O sujeito não conseguia dormir uma hora sequer sem acordar para fumar, e havia dias em que fedia mais do que cinzeiro molhado.

Robin o puxou até uma mata atrás do Colonial Restaurant.

— Você tem dinheiro para um quarto? — disparou ela por sobre o ombro.

John não respondeu, não acreditava que aquilo estivesse mesmo acontecendo. Ela o segurava pela mão, como se fossem namorados. John queria ouvir aquela voz outra vez. O tom era relaxante, apesar de ela, sem dúvida, estar com pressa para acabar logo com aquilo.

Robin parou, ainda segurando a mão de John.

— Ei, eu perguntei se você tem dinheiro para um quarto. — Ela gesticulou na direção da mata. — Não quero fazer no mato como um maldito animal.

Ele precisou pigarrear antes de conseguir falar. O coração dele batia tão rápido que conseguia sentir a camisa se mexer.

— Tenho.

Robin não se mexeu.

— Você está suando.

— Me desculpa — disse ele, puxando a mão e enxugando a palma na calça jeans. E sentiu um sorriso estúpido, desconfortável, formando-se nos lábios. — Me desculpa.

Os olhos da mulher voltaram a ficar duros, tentavam descobrir o que lhe passava pela cabeça. A mão dela estava dentro da bolsa.

— Você está bem?

John olhou em volta, pensando que o que quer que ela carregasse na bolsa, era um erro levar um homem para a mata.

— Não é seguro aqui. Eu podia ser qualquer um.

— Você nunca fez isso antes. — Não era uma pergunta, mas uma constatação.

Ele pensou em Randall, o vendedor da locadora, na forma como o pomo de adão do rapaz se mexeu quando ele sentiu-se ameaçado. John sentiu a garganta fechar; falar seria bem mais difícil agora.

— Ei — disse ela, esfregando o braço dele com a mão. — O que é isso, bonitão? Está tudo bem.

John percebeu que a voz dela havia mudado. Não sabia por que, mas subitamente Robin falava como se ele fosse um ser humano, e não uma sujeira na sola do sapato.

— Eu não queria fazer isso — disse ele, percebendo que o seu tom também mudara. Estava suave. Muito suave, como se confiasse nela, como se compartilhassem alguma coisa. — Ah, meu Deus!, você é tão linda — ele soltou de forma inesperada, como se fosse algum tipo patético de maluco. E tentou melhorar a situação, acrescentando: — Sei que soa estúpido, mas você é. — John perscrutou o rosto da mulher, tentando pensar em algo mais para dizer, alguma prova de que não era um maluco que ela deveria atacar com spray de pimenta.

A boca da mulher parecia ser macia, o tipo de boca que se pode beijar para sempre.

Não, ele não podia falar sobre a boca de Robin. Era sexual demais.

O nariz?

Não, isso era idiota. Ninguém fala sobre narizes bonitos. Eles respiravam, às vezes escorriam e eram assoados. Simplesmente estavam ali, no rosto.

— Você está bem? — perguntou ela.

— Os seus olhos — soltou ele, sentindo-se ainda mais idiota do que antes. E falou tão alto que a mulher recuou. — Quer dizer — ele começou, voltando a abaixar a voz. — Me desculpa. Eu só estava pensando que os seus olhos... — Meu Deus, ela usava tanta maquiagem que era difícil dizer. — Eu acho que você tem belos olhos.

Ela olhou para John, provavelmente se perguntando com que velocidade conseguiria tirar o spray de pimenta da bolsa, se conseguiria roubar o dinheiro quando ele caísse.

— Você não precisa me cortejar — disse ela, finalmente. — Apenas me pagar.

John enfiou a mão no bolso.

— Agora não, amor — disse ela, subitamente nervosa. Ele estava fazendo alguma coisa errada. Havia uma forma de fazer aquilo que John não conhecia.

— Me desculpa...

— Você me paga no quarto — disse ela, acenando para que a seguisse. — É logo ali.

John ficou parado onde estava, os pés recusando-se a sair do lugar. Meu Deus!, ele se sentia como se voltasse a ser um adolescente com o rosto cheio de espinhas tentando chegar à segunda base.

Ela finalmente pareceu ficar irritada.

— Vamos, bonitão. Tempo é dinheiro.

— Vamos ficar aqui — disse ele, e a mulher fez menção de protestar. — Não, não assim. Vamos ficar aqui e conversar.

— Você quer conversar? Arrume um analista.

— Eu pago.

— Isso é uma tara sua? — perguntou ela. — Eu começo a falar e você bate uma punheta? Sem chance.

Ela começou a caminhar de volta para a rua, então John se apressou para tirar o dinheiro do bolso. Algumas notas caíram da mão e ele se abaixou para pegá-las. Quando ergueu os olhos, a mulher continuava a se afastar.

— Cinquenta dólares!

Aquilo a fez parar.

Ela se virou lentamente e John não conseguiu se decidir se a oferta a deixara mais irritada ou simplesmente furiosa.

— Aqui — disse ele, se levantando, então foi até a mulher e colocou o dinheiro na mão dela. Havia muitas notas de 1, algumas de 5: a parte dele da caixa de gorjetas do lava-rápido.

— Não vou tirar as calças, certo? Nenhuma gracinha.

— Não me irrite, está bem? — disse ela, e tentou devolver o dinheiro.

— Não vou — respondeu John, ouvindo ecos de desespero na própria voz. Ele voltaria a assustá-la e dessa vez dinheiro nenhum no mundo a traria de volta. — Só conversar — disse ele, empurrando o dinheiro de volta. — Só me diga alguma coisa.

A mulher rolou os olhos, mas ficou com o dinheiro.

— Dizer o quê?

— Qualquer coisa. Me diga... — Meu Deus!, ele não conseguia pensar em nada. — Me diga... — Ele olhava para a mulher, à espera que o rosto dela lhe desse alguma dica, qualquer coisa que a mantivesse ali um pouco mais. John olhou para a boca de Robin, para a forma como estava torcida de irritação e talvez algo que se parecia com curiosidade. — O seu primeiro beijo — decidiu ele. — Fale sobre o seu primeiro beijo.

— Você só *pode* estar brincando.

— Não. Não estou. — Ele recuou alguns passos com as mãos ao lado do corpo para que a mulher visse que não ia se masturbar. — Só me fale sobre o seu primeiro beijo.

— O quê, você quer que eu diga que foi com a minha irmã? Com o meu pai?

— Não — disse John, balançando a cabeça. — Por favor, não minta.

Ela cruzou os braços, estudando-o de cima a baixo.

— Você vai me dar 50 pratas para eu falar sobre o meu primeiro beijo?

Ele fez que sim.

A mulher olhou para trás, então voltou a olhar para John. Ela contou o dinheiro, passando as notas de uma das mãos para a outra com dedos ágeis e movendo os lábios em silêncio.

— Está bem — disse por fim, enfiando as notas dobradas no decote. — Stewie Campano.

John riu ao ouvir o nome.

— Sim — disse ela, sorrindo pela primeira vez, revelando dentes perfeitos. — Um verdadeiro Romeu, o nosso Stewie.

— Você transou com ele?

— É claro que não — disse ela, ofendida. — Ele era dois anos mais novo, amigo do meu irmão caçula. Estávamos brincando um dia.

— Brincando de quê? — A mulher torceu o nariz, e John reagiu rápido. — Não, não é isso que eu quero. Só quero saber o que vocês estavam fazendo.

— Nadando na piscina da casa dele — disse ela, hesitante, obviamente ainda tentando entender qual era a jogada. — Só fui com o meu irmão por isso, por que tinha uma piscina na casa de Stewie.

John sentiu que voltava a sorrir. Ela decidiu continuar a história.

— Então, como eu disse, era tarde da noite, com lua cheia e tudo mais, e nós estávamos brincando na piscina, só passando o tempo. Então ele olhou pra mim, eu olhei pra ele, ele se inclinou e me beijou.

— Beijo de verdade ou selinho?

— Selinho — disse ela, com um sorriso iluminando seu rosto. Ela era bela de verdade, o tipo de mulher com cabelos escuros e pele morena sobre a qual os poetas escrevem.

O sorriso ganhou contornos travessos.

— Em seguida, um beijo de verdade.

— Grande Stewie — disse John, formando uma imagem mental: o quintal, a lua, boias e brinquedos flutuando na piscina. — Quantos anos você tinha?

— Treze — admitiu ela.

— Então Stewie tinha...

— Dez. Eu sei. — Ela ergueu as mãos. — Papa anjo. Culpada.

John ficou impressionado com a ousadia do menino.

— Meu Deus, eu acho que nem sabia o que era um beijo de língua quando tinha 10 anos.

— Bem, eu tinha 13 e não sabia — disse. Então riu, talvez da lembrança, talvez do absurdo da situação. John também riu, e foi algo tão libertador que, pela primeira vez em 25 anos, sentiu sinceramente que estava bem.

— Nossa — disse Robin. — Eu não pensava naquele garoto há anos.

— O que você acha que ele faz agora?

— É médico, provavelmente. — Ela riu outra vez, um som curto e agudo de prazer. — Ginecologista.

John ainda sorria.

— Obrigado.

— É. — Ela apertou os lábios. — Ei, qual é o seu nome?

— John.

Robin riu como se ele estivesse brincando.

— Não. É sério. John Shelley. — Ele estendeu a mão, mas a mulher recuou um passo. — Me desculpa — disse ele, recolhendo a mão. O que fiz de errado? Como estragou aquilo?

— Tudo bem. Eu só preciso voltar. — Ela olhou sobre o ombro. — O meu cafetão vai me procurar a qualquer instante e eu...

— Tudo bem — disse John. Ele estava com as mãos nos bolsos porque não sabia o que fazer com elas. — Me desculpa se eu...

— Não tem problema — interrompeu ela.

— Posso acompanhar você.

— Eu sei o caminho — disse ela, praticamente disparando na direção da rua.

Tudo que John podia fazer era vê-la ir, se perguntar o que dissera de errado para fazê-la fugir. Cinquenta pratas! Ele podia comprar muita coisa com 50 pratas. Comida. Aluguel. Roupas. Risos. A forma como os olhos de Robin brilhavam quando ria de verdade. É, ela ficou com o dinheiro, mas aquele sorriso... aquilo havia sido um momento de verdade entre eles. Ela falou com John, falou com ele de verdade, porque quis, não pelos 50 dólares.

John ficou no meio da mata, os pés enraizados no chão, os olhos fechados ao invocar a memória daquela voz, daquele riso. Ela tinha um irmão em algum lugar. Crescera em um bairro com uma piscina. Os pais gastaram dinheiro com um ortodontista, talvez a tenham matriculado em aulas de balé, já que ela tinha um corpo esguio de dançarina. Ou talvez ela fosse como Joyce, o tipo de garota que metaboliza a comida tão rápido que uma volta no quarteirão bastava para manter a forma.

Uma buzina de carro soou na rua e John abriu os olhos.

Por que ele não foi para o quarto com ela? Cinquenta pratas. Era o que ganhava em um bom dia de trabalho. Um dia inteiro secando carros, limpando a sujeira das pessoas, à espera que Art saísse do escritório para vistoriar o trabalho e visse uma mancha inexistente no para-brisa para que o cliente sentisse que recebia pelo que estava pagando.

Cinquenta dólares pelo quê? Pela lembrança do beijo de outra pessoa?

John quebrou um graveto que se intrometeu no seu caminho ao voltar para a rua, tomando cuidado para não seguir na direção da loja de bebidas. Podia estar com ela nos braços agora, fazendo amor. Ele parou e encostou-se no tronco de uma árvore, ofegando como se estivesse com falta de ar.

Não, ele pensou. Se estivesse naquele quarto, estaria fazendo a mesma coisa que fazia agora: papel de besta. A verdade é que John nunca fizera amor de verdade com uma mulher. Nunca experimentou o tipo de intimidade sobre a qual se lê nos livros, nunca sentiu a mão de uma amante buscar a sua, acariciar-lhe o pescoço, puxar o seu corpo para mais perto. A última mulher que ele beijou foi, na verdade, a única que beijou na vida; e não era uma mulher, mas sim uma garota. John lembrava a data como se estivesse entalhada no seu cérebro: 15 de junho de 1985.

Ele beijou Mary Alice Finney e, na manhã seguinte, ela estava morta.

10

10 de junho de 1985

Quando criança, John amava brincar na terra, construir coisas com as próprias mãos para depois destruí-las aos poucos. Quando o via chegando com lama nas calças e gravetos espetados nos cabelos a mãe ria e pegava a mangueira. Então dizia para que tirasse as roupas no quintal e dava um banho no filho antes de deixá-lo entrar em casa.

À noite, ele dormia pesado depois de tanto aprontar. John não era o tipo de criança que fazia as coisas pela metade. Ele era franzino para a idade, o peito quase côncavo, mas compensava isso com força de vontade. Se havia qualquer tipo de brincadeira na rua, lá estava ele, e, apesar do tamanho, nunca era o último a ser escolhido para qualquer time. Polícia e ladrão, beisebol, queimado; ele adorava movimento. O futebol americano dificilmente seria uma escolha natural em vista do corpo franzino, mas ele jogou em todas as ligas assim que teve idade para participar. Quando chegou ao oitavo ano já havia ganhado altura, mas o corpo mais se parecia com uma vareta do que com o de um atleta. Apesar disso, o treinador ficou impressionado com sua determinação e, já na primeira semana de aula, ele treinava no campo com todos os músculos do corpo gritando com a expectativa de jogar com os cachorros grandes.

No ensino médio, descobriu que não podia jogar futebol se as notas estivessem ruins. E ficou mais decepcionado do que pensava que ficaria quando foi afastado do time. Em uma explosão súbita de raiva, atirou o capacete na parede, abrindo um buraco no gesso. John passou a caminhar pelo bairro depois das aulas, já que sabia que se fosse para casa a mãe perguntaria por que não estava no treino. Ele jogou o bilhete do treinador no lixo e pagou pelo conserto da parede com o dinheiro da venda das drogas. Sabia que os pais ficariam sabendo da verdade assim que os foletins da escola começassem a chegar, e queria desfrutar ao máximo da liberdade antes que Richard caísse sobre ele como a ira divina.

Mesmo quando o resto da sua vida começou a desmoronar, John ainda gostava de caminhar. Na primeira vez que foi suspenso, quando encontraram maconha em seu armário, ele passou a maior parte do dia caminhando pelo bairro. Depois do roubo da fita cassete, o pai o colocou de castigo por seis meses e, não fosse pelo coração bondoso da mãe ("Volte daqui a uma hora e não conte para o seu pai"), o corpo dele teria atrofiado dentro do quarto. Algumas vezes, acreditava que era exatamente isso que o pai queria. Que o mau filho murchasse sozinho; sumisse de vista; se apagasse da memória. Afinal de contas, o Dr. Richard ainda tinha Joyce. Ele ainda tinha a boa filha.

John gostava de estar ao ar livre, de ver as árvores balançando ao vento, as folhas flutuando até o chão. E nunca passeava chapado. Não queria estragar o momento. Além disso, a atração pela cocaína não era mais a mesma. A visita à sala de emergência, acordar como se a cabeça estivesse pegando fogo, com sangue escorrendo pelo nariz enquanto vomitava o carvão ativado que colocaram à força no seu estômago, havia, sem dúvida, lhe aberto os olhos. Não valia a pena morrer por nada. Woody não lhe daria paz, mas John não ia morrer porque não conseguia enfrentar o primo.

Na noite da overdose, Richard foi até o hospital com uma camisa vestida às pressas, os botões nas casas erradas. A enfermeira deixou John a sós com o pai, acreditando que teriam um momento de intimidade ou coisa parecida.

— O que diabos há de errado com você? — perguntou Richard alterado. Ele estava mais do que nervoso. A voz estava tão esganiçada que John, com os ouvidos ainda zumbindo de enjoo, mal compreendia o que o pai dizia.

Richard gostava de citações. Ele colava algumas com fita adesiva na parede do gabinete e às vezes, quando arrastava John para uma conversa depois da última mancada do filho, apenas apontava para um dos ditados. "A estupidez é um comportamento aprendido" era uma dos favoritos, mas, naquela noite no hospital, John sabia que os dias do pai apontando para pedaços de papel amarelados na esperança de oferecer conselhos estavam no fim.

— Você não é meu filho — disse Richard. — Se não fosse pela sua mãe, seu inútil, eu o jogaria na rua tão rápido que sua cabeça giraria. — Ele deu um tapa na lateral da cabeça de John como algum tipo de ilustração. Não foi um golpe forte, mas foi a primeira vez desde os 6 ou 7 anos que o pai levantou a mão para John, e ele nunca, nunca havia batido em nenhum lugar a não ser na bunda.

— Pai... — tentou John.

— Nunca mais me chame disso — exigiu Richard. — Eu *trabalho* aqui. Tenho colegas, tenho *amigos* aqui. Você sabe o quanto é constrangedor receber um telefonema no meio da noite e ser informado de que seu filho imprestável está na emergência? — O rosto de Richard estava vermelho, e ele se inclinava sobre a cama, a alguns centímetros do rosto de John. O hálito do pai cheirava a hortelã, e ocorreu a John que ele se dera ao trabalho de escovar os dentes antes de ir para o hospital.

— Você sabe quem usa essa merda? — perguntara o pai, se afastando da cama. — Viciados imprestáveis. — Ele caminhava pelo quarto, apertando e soltando as mãos, então se virou e assentiu uma vez, como se houvesse decidido algo e que não havia volta.

— Pai... — John tentou outra vez.

— Você não é meu filho — repetiu Richard, e fechou a porta ao sair.

— Ele vai esquecer — disse a mãe, mas John sabia que não era verdade. Ele nunca vira aquela expressão nos olhos do pai. Decepção, sim. Ódio... isso era novo.

John pensava naquele olhar ao caminhar pelo bairro no dia depois do confronto com o pai na emergência.

— Só uma hora — disse a mãe, mas ela não acrescentou "não conte para o seu pai", porque ambos sabiam que Richard não se importava mais. Como se a cena no hospital não fosse suficiente, Richard entrou no quarto dele naquela manhã e disse à queima-roupa que o alimentaria e o vestiria até que completasse 18 anos, e que então queria John fora da casa dele, da vida dele. Ele esfregou as mãos para ilustrar. — Eu lavo as minhas mãos por você.

A brisa apertou e John fechou o casaco. Apesar de quase ter morrido na noite anterior, ele queria uma carreira de pó, algo para tirar a tensão. Mas não faria isso. Não pelo pai ou pela mãe, mas porque estava assustado. John não queria morrer, e sabia que a cocaína o mataria mais cedo do que tarde. E ele cheirava apenas um punhado de vezes, certo? Não deveria ser difícil largá-la. Mas, ainda assim, não importava quanta maconha fumasse, a fissura lhe rasgava o corpo como se tivesse engolido uma navalha. Aquele maldito Woody e suas festas idiotas.

— Ei.

John ergueu os olhos, saindo dos pensamentos. Mary Alice Finney estava sentada em um balanço do parque.

O ódio por ela ardeu como fogo.

— O que você está fazendo aqui?

— Eu não sabia que você era o dono do parque — disse ela.

— Você não deveria estar na escola?

— Tirei o dia.

— Tá, certo — disse ele, soltando um riso sarcástico que o fez sentir gosto de sangue. — Merda — disse ele, levando o dedo ao nariz. O sangue escorria como de uma torneira aberta.

Mary Alice estava ao lado dele. Ela tinha um lenço de papel na mão (por que as garotas sempre têm essas coisas?) ao pressioná-la sob o nariz de John.

— Sente-se — disse ela, levando-o até o trepa-trepa. Ele desmoronou na barra mais baixa, sentindo o frio no traseiro ossudo, apesar das calças jeans. — Incline a cabeça para a frente.

John fechou os olhos, mas sentia a mão dela: uma na parte de trás do pescoço, a outra segurando o lenço de papel sob o nariz. A ideia era inclinar a cabeça para trás quando o nariz sangra, mas ele não se importava, bastava que Mary Alice o tocasse.

— John, o que você está fazendo consigo mesmo? — disse ela com um suspiro.

Ele abriu os olhos, olhou para as gotas de sangue que caíam na areia entre os seus pés.

— Você faltou mesmo à escola?

— Eu tinha uma consulta médica, mas minha mãe se esqueceu de me pegar.

John tentou virar a cabeça, mas ela não deixou. As mães não esquecem consultas médicas. Isso simplesmente não acontece.

— É — disse ela, como se conseguisse ler a mente de John. — Os meus pais vão se divorciar.

John se aprumou rápido, e viu estrelas depois do movimento.

Ela estava envergonhada. Apertou as mãos, com o lenço sujo de sangue entre elas.

— Meu pai está saindo com uma mulher do escritório. — Ele viu o sorriso tenso no rosto da antiga amiga. Os pais da perfeita Mary Alice iam se separar.

— O nome dela é Mandy. Meu pai quer que eu a conheça. Acha que seremos grandes amigas.

John podia ouvir Paul Finney dizendo aquilo. O cara era advogado e tinha a arrogância da maioria dos advogados de acreditar que tudo que saía de suas bocas era honesto como a palavra de Deus.

John esfregou o dedão na areia.

— Sinto muito, Mary Alice.

Ela estava chorando, e John a viu observar as lágrimas caírem na areia da mesma forma que ele fizera com as gotas de sangue há alguns instantes.

Ele a odiava, certo? Mas queria abraçá-la, dizer que ficaria tudo bem. Precisava pensar em algo para dizer, algo para ajudar Mary Alice a sentir-se melhor.

— Quer ir a uma festa? — ele deixou escapar.

— Uma festa? — perguntou ela, franzindo o nariz. — O quê, com os seus amigos muito doidos?

— Não — disse John, mas ela estava certa. — Meu primo Woody vai dar uma festa no sábado. A mãe dele está viajando.

— E onde está o pai dele?

— Não sei — admitiu John. O primo nunca falava naquilo, mas a mãe de Woody passava tanto tempo fora que o cara praticamente morava sozinho. — Você podia aparecer.

— Vou ao shopping com Susan e Faye.

— Vá depois.

— Eu não me dou bem com aquelas pessoas — disse ela. — Além disso, achei que você estava de castigo depois de tudo que aconteceu.

Então a escola toda já sabia da visita dele à emergência do hospital. John achava que teria alguns dias antes que a história vazasse.

— Não — disse ele, pensando no pai, na forma como o olhara naquela manhã. Era o mesmo olhar que dirigira ao falecido tio Barry deitado no caixão, os lábios torcidos de aversão. Glutão. Mulherengo. Vendedor de carros usados.

— Onde o seu primo mora? — perguntou Mary Alice.

John disse o endereço, era a apenas três ruas dali.

— Vá — disse. — Diga que vai.

A garota voltou a torcer o nariz, mas provocando-o desta vez.

— Certo — disse ela, então ofereceu uma saída a si mesma. — Vou pensar.

11

11 de outubro de 2005

John cochilava na sua cama de pensão quando ouviu uma batida na porta. Ele rolou para o lado e conferiu as horas no relógio, apertando os olhos para ver os números: seis e meia. Ele ainda teria uma hora de sono.

— Toc-toc — disse uma mulher, e ele soltou um grunhido. — Bom dia, flor do dia — cantou Martha Lam. A primeira coisa que descobriu sobre a sua agente de condicional foi que ela adorava inspeções de surpresa.

— Só um minuto — disse ele esfregando os olhos, então sentou na cama.

— Nem um minuto, caubói — insistia a Sra. Lam, com voz educada mas firme. — Abra essa porta agora, está me ouvindo?

John obedeceu rapidamente porque sabia que se ficasse desconfiada a mulher podia atirá-lo de volta na prisão quando bem entendesse.

Ela estava parada em frente à porta com a mão no batente, sorrindo como se estivesse feliz por vê-lo. Estava vestida como sempre: camisa preta bem-passada, colete de lamê dourado e calças de couro apertadas. Com os sapatos de salto alto extravagantes que usava e a Glock que carregava num coldre preso ao cinto, poderia ser a garota da capa de uma revista masculina.

Ela olhou para a barraca armada na cueca boxer de John, então gesticulou para o banheiro no final do corredor.

— Vá saudar o seu pequeno general. Eu vou dar uma conferida por aqui.

John cobriu a virilha com as mãos, sentindo-se um adolescente.

— Eu só preciso ir ao banheiro.

A agente voltou a dar um daqueles sorrisos.

— Aproveite e encha um dos copos do cooler no corredor, está bem? — disse ela, com um sotaque sulista que fazia com que as palavras soassem educadas.

John foi até o banheiro comum o mais rápido possível, urinou o mais depressa que conseguiu, despejando o bastante no recipiente para o teste de drogas, e voltou apressado para o quarto. A Sra. Lam estaria revirando suas coisas e, apesar de saber que não havia nada para ser encontrado, ele sentia-se culpado, sentia pavor de ser jogado de volta na prisão. Os caras da penitenciária falavam sobre os agentes de condicional, como plantavam coisas se não gostassem de você, como eram ainda mais severos com os criminosos sexuais, sempre em busca de qualquer pretexto para jogá-los de volta.

A agente segurava o porta-retratos com a foto da mãe de John quando ele chegou.

— Foi tirada no ano passado — disse ele, sentindo um nó na garganta. Emily estava na sala de visitas da penitenciária. John abraçava a mãe, com a parede branca suja como pano de fundo. Era o aniversário dele. Joyce tirara a foto porque a mãe insistira.

— Bela foto — disse a Sra. Lam.

John sempre a chamava de Sra. Lam, nunca de Martha, porque a mulher o intimidava e ele queria mostrar que era capaz de agir com respeito.

Ela abriu o fundo do porta-retratos e conferiu o interior — em busca do quê? Ele não sabia, mas suou frio até que a agente colocasse a foto de volta sobre a caixa de papelão que fazia as vezes de mesa de cabeceira.

Em seguida, ela pegou os livros de bolso que John pegara na biblioteca e os folheou, fazendo comentários sobre os títulos.

— *Tess*? — perguntou ela, com o último livro nas mãos.

Ele deu de ombros.

— Eu nunca li.

John foi preso um dia depois que a Sra. Rebuck, a professora de inglês, anunciou para a sala que *Tess* seria o tema da próxima resenha.

— Hum — disse ela, dando ao livro uma segunda e mais detalhada inspeção.

A agente de condicional finalmente guardou o livro e colocou as mãos na cintura, perscrutando o quarto com os olhos. John não tinha uma cômoda, então as roupas estavam arrumadas em pilhas impecáveis em cima do cooler vermelho no qual guardava a comida. Ele sabia que a Sra. Lam já havia inspecionado as roupas, porque a camisa em cima de uma das pilhas estava dobrada de um jeito diferente, e concluiu que a mulher deveria ter conferido as bananas, o pão e o vidro de manteiga de amendoim dentro do cooler. Havia uma janela no quarto, mas John forrara o vidro com papel pardo para bloquear o sol da manhã. A Sra. Lam havia levantado as bordas para garantir que não havia contrabando ali. Uma lâmpada nua iluminava o quarto, e ele percebeu que a mulher havia ligado o abajur ao lado da cama. A cúpula estava torta. A agente havia procurado ali também.

— Levante o colchão, por favor — disse ela, então explicou como se fossem velhos amigos. — Eu acabei de fazer as unhas.

John deu dois passos quarto adentro e já estava ao lado do colchão. Ele o levantou e o encostou na parede para que a agente pudesse inspecionar o baú sujo. Ambos olharam para a parte de baixo do colchão ao mesmo tempo. As manchas de sangue e uma imundície circular no centro a fizeram torcer o nariz de nojo.

— Isso também — disse ela, apontando para o baú.

John levantou a base da cama e os dois pularam para trás como meninas assustadas quando uma barata correu pelo carpete marrom úmido.

— Eca — disse ela. — Não conseguiu encontrar outro quarto?

John fez que não, então colocou o baú e o colchão de volta no lugar. Ele teve sorte de encontrar aquele quarto. Assim como na prisão, as pensões tinham normas e muitas não aceitavam criminosos sexuais, principalmente se as vítimas fossem jovens. John vivia numa casa com outros seis homens registrados no estado. Um deles havia abusado de uma menina de 8 anos. Outro gostava de estuprar velhas.

— Bem — disse a Sra. Lam, novamente animada. — Acho que o Pedo Arms serve, por ora. — Ela indicou a caixa de papelão ao lado da cama. — Abra isso, por favor.

— Não tem nada... — Ele desistiu, sabendo que era inútil. Tirou a pilha de livros de cima da caixa e os colocou sobre a cama, depois, o porta-retratos com a fotografia da mãe sobre eles, para que não encostasse nos lençóis sujos.

John abriu a caixa, mostrando que estava vazia.

Ela consultou uma lista.

— Você não está escondendo Viagra aqui, está? — John fez que não. — Drogas ilícitas? Pornografia? Armas de qualquer tipo?

— Não, senhora — garantiu ele.

— Ainda está trabalhando no Gorilla?

— Sim, senhora.

— Qualquer mudança você me informa primeiro, está bem?

— Sim, senhora.

— Bem. — Ela levou as mãos à cintura outra vez. — Acho que é só. Terminamos por hoje.

— Obrigado — disse ele.

A agente agitou um dedo com a unha pintada apontado para ele.

— Estou de olho em você, John. Não se esqueça disso.

— Não, Sra. Lam. Não vou esquecer.

A mulher olhou para ele por um instante, então balançou a cabeça como se não conseguisse entendê-lo.

— Fique longe de confusão e não teremos problemas, certo?

— Certo — concordou ele e, estupidamente, acrescentou: — Obrigado.

— Nos vemos por aí — disse ela, seguindo para a porta. — Não meta o nariz onde não deve.

— Sim, senhora. — Ele fechou a porta e manteve ali a mão espalmada, então apoiou a testa nas costas da mão e tentou respirar.

— Toc-toc — John ouviu ao longe. A Sra. Lam também estava responsável pelo estuprador de senhoras. Ele não sabia o nome do sujeito, porque todas as vezes que se cruzavam no corredor era preciso muita força de vontade para não esmagar a cara dele.

Ele se voltou para o quarto, bloqueando a voz da Sra. Lam enquanto ela fazia a ronda animada no andar de cima. John odiava que remexessem nas suas coisas. A coisa mais importante que aprendeu na prisão foi que não se toca na propriedade de outro homem a não ser que se esteja disposto a morrer por ela.

Ele pegou a camiseta, uma das seis que tinha, e dobrou a peça outra vez. Ele tinha um par de calças *chino*, duas calças jeans, três pares de meias e oito cuecas boxer, porque, por algum motivo, a mãe sempre levava cuecas para ele na prisão.

John desvirou um tênis com o pé. A Sra. Lam também os revistara. As palmilhas estavam para fora, as línguas, tortas. Trinta dólares por um par de sapatos, ele pensou. Era inacreditável como as roupas ficaram caras enquanto estava preso.

— Oh-oh! — disse a Sra. Lam no andar de cima. John congelou, sabendo que ela havia encontrado alguma coisa. Ele ouviu uma resposta abafada do estuprador, então a voz da agente de condicional, alta e clara: — Diga isso ao juiz.

Não houve confusão. Ela tinha uma Glock, afinal de contas, e não havia exatamente para onde correr na casa dilapidada onde moravam. John não conseguiu resistir e olhou pela fresta da porta quando os ouviu descendo as escadas. A Sra. Lam estava com a mão no ombro do estuprador, outra nas algemas que prendiam as suas mãos nas costas. Ele ainda estava de cuecas, sem camisa, meias ou sapatos. Os outros presos se divertiriam com o sujeito na cela provisória, como bem sabia a Sra. Lam.

A agente o viu espiando pela fresta.

— Ele vacilou, John — disse Lam, como se isso não fosse óbvio. — Tome isso como lição.

John não respondeu. Ele fechou a porta e esperou até ouvir uma porta bater na rua, o motor ser ligado e o carro se afastar.

Mas também puxou o papel pardo e olhou pela janela, a tempo de ver o SUV da Sra. Lam parar no sinal no fim da rua.

John ficou de joelhos e puxou uma ponta solta do carpete marrom imundo. Tentou não pensar na barata que viram ou nas fezes de rato entre o carpete e o enchimento. A análise de crédito estava onde a escondera. Não era contrabando, mas o que a Sra. Lam pensaria se o achasse? "Oh-oh!" E estaria tudo acabado.

John vestiu uma calça jeans e calçou os tênis, então desceu as escadas dois degraus de cada vez. Havia um telefone no corredor, que eles podiam usar para fazer ligações locais, e ele o pegou e discou um número que sabia de cor.

— Keener, Rose e Shelley — disse uma recepcionista. — Posso ajudá-lo?

— Joyce Shelley, por favor — disse ele em voz baixa.

— Quem gostaria de falar com a doutora Shelley?

Ele quase deu um nome falso, mas desistiu.

— John Shelley.

Houve uma pausa de hesitação que o manteve plantado no lugar.

— Um instante.

O instante se transformou em alguns minutos, e John conseguia imaginar a expressão no rosto da irmã quando a secretária disse quem estava na linha. A vida de Joyce estava praticamente garantida e ela parecia ser bem-sucedida. A irmã se rebelara contra o pai ao seu modo: em vez de se tornar médica, abandonou a faculdade de medicina no segundo ano em Emory e passou a estudar direito. Agora cuidava de transferências de propriedade de imóveis todos os dias e recebia uma gorda comissão para garantir que os clientes assinassem na linha tracejada. Ele não conseguia imaginá-la fazendo algo tão chato, mas é bem capaz que Joyce caísse na risada ao pensar nele enxugando carros o dia todo.

— O que é? — sussurrou a irmã de John, sem se dar ao trabalho de cumprimentá-lo.

— Preciso perguntar uma coisa.

— Estou com um cliente.

— Não vai demorar — disse ele, então continuou a falar, porque sabia que ela desligaria se não o fizesse. — O que é uma pontuação de crédito?

— Você é idiota? — disse ela com o tom de voz normal.

— É, Joyce. Você sabe que eu sou.

Ela soltou um suspiro alto, que parecia ser mais forçado do que o normal. John se perguntou se a irmã estava resfriada, ou talvez tivesse voltado a fumar.

— As operadoras de cartão de crédito, os bancos, as empresas que vendem a crédito, enviam dados para agências de crédito informando como os clientes pagam as contas, se isso acontece com pontualidade, com atraso, se fazem os pagamentos mínimo ou total e por aí vai. Essas agências compilam os históricos de pagamento de uma pessoa e determinam uma nota que diz às outras empresas qual o risco de se oferecer crédito a essa pessoa.

— Setecentos e dez é uma boa nota?

— John — disse ela. — Eu não tenho tempo para isso. Que tipo de golpe você está tramando?

— Nenhum — disse ele. — Eu não tramo golpes, Joyce. Não foi por isso que me mandaram para a prisão.

Ela ficou em silêncio, sabia que havia ido longe demais.

— Eu não esqueci por que você foi preso — disse, com uma tensão na voz que dizia que estava tendo trabalho para se controlar.

— E se alguém usasse as minhas informações para pedir cartões de crédito e tal?

— Isso faria a sua nota despencar.

— Não — explicou ele. — E se a pessoa pagasse os cartões em dia todos os meses?

Joyce hesitou por um instante.

— Por que a pessoa faria isso?

— Não sei, Joyce. É por isso que estou perguntando pra você.

— Você está falando sério? O que é isso, John? Pergunte o que você quer de uma vez. Estou muito ocupada.

— Eu *estou* perguntando — disse ele. — É que alguém... — Ele se conteve. Aquilo envolveria Joyce no que quer que estivesse acontecendo? Será que ele podia correr perigo por tomar conhecimento daquilo? Ele não sabia como a lei funcionava. Que droga! Na semana anterior nem ao menos sabia que existia uma coisa chamada pontuação de crédito.

E também não sabia se a Sra. Lam havia grampeado o telefone.

— É um golpe que alguns caras estão aplicando na prisão.

— Meu Deus! — ela voltou a sussurrar. — É melhor que você não esteja envolvido nisso.

— Não — disse ele. — Não estou metendo o nariz onde não devo.

— É melhor que não, John. Eles o jogariam de volta na prisão tão rápido que você nem teria tempo para pensar.

— Você parece com o nosso pai.

— Essa é a sua forma de perguntar como ele vai?

John percebeu que prendia a respiração.

— Não.

— Que bom, porque ele não gostaria que eu dissesse, de qualquer forma.

— Eu sei.

— Meu Deus! John. — Joyce suspirou outra vez.

Ele a estava angustiando. Por que ligou para a irmã? Por que precisava incomodá-la com aquilo?

Ele sentiu lágrimas nos olhos e pressionou os dedos nos cantos para contê-las. Lembrou-se de quando eram pequenos, de como Joyce costumava brincar com ele, vesti-lo com as roupas de Richard e fazer de conta que era sua mãe. Eles faziam chás e assavam *cupcakes* no forninho Easy-Bake Oven da irmã.

— Você se lembra de quando derretemos o presente da mamãe? — John tinha 6 anos, Joyce, 9. Eles economizaram as mesadas e compraram um bracelete para Emily de presente de aniversário. Joyce sugeriu que o assassem em um bolo para fazer uma surpresa, algo que lera num livro. Mas não levaram em conta que o bracelete era uma bijuteria, e quando o colocaram no bolo e ligaram a luz de 100 watts para assá-lo, o bracelete derreteu. A fumaça disparou o alarme de incêndio.

— Lembra?

Joyce fungou, sem responder.

— Você está bem? — perguntou ele. John queria saber da vida da irmã. Estava saindo com alguém? A irmã não se casou, mas era muito bonita e inteligente. Precisava haver alguém na vida dela, alguém que quisesse cuidar dela.

— Estou ficando resfriada.

— É, parece mesmo.

— Preciso ir.

John ouviu um clique baixo quando ela colocou o fone no gancho.

Os três dias seguintes foram marcados por tempestades. As nuvens despejavam chuva a qualquer minuto, então abriam e o sol voltava no minuto seguinte, e John ficou praticamente sem trabalho até que se fossem de uma vez. Ele se pegou desejando não ter desperdiçado 50 dólares com uma prostituta. Mas outras vezes se pegava desejando ter outros 50 para oferecer a ela. Que pergunta faria dessa vez? Talvez qual era a sensação de estar apaixonado. Qual era a sensação de ter nos braços alguém que também desejava abraçá-lo? John queria falar com ela outra vez. Queria saber mais da vida dela.

Mas, infelizmente, não tinha dinheiro para isso.

Enquanto morou com a família, não precisou se preocupar em colocar comida na mesa ou comprar roupas. Os pais cuidavam de tudo. Sempre havia lençóis limpos na cama, o banheiro ficava brilhando num passe de mágica e sempre que abria a geladeira ele dava de cara com todas as coisas que gostava de comer. Mesmo na prisão, não precisava se preocupar com essas coisas. Eles tinham horários rígidos e regras firmes, mas contanto que fizesse o que diziam para fazer você não precisava se preocupar com nada.

Em um bom mês no lava-rápido John faturava algo em torno de mil dólares, já descontados os impostos. O aluguel do cubículo de 3 metros por 3, transbordando de baratas, custava 450 dólares; extorsivo, sem dúvida, mas ninguém o aceitava, então o senhorio se via no direito. Alugar um apartamento teria sido mais barato, mas John não podia arcar com o depósito inicial, muito menos com as taxas de ligação e as mensalidades das operadoras de serviços públicos. O transporte público também não era barato. O MARTA oferecia um cartão mensal para uso ilimitado do metrô e dos ônibus, mas ele custava 52 dólares. Algumas vezes, John não tinha o dinheiro, e acabava gastando 3,50 dólares por dia para ir e voltar do trabalho.

A alimentação, que consistia basicamente de cereal matinal, sanduíches de banana e pasta de amendoim e uma ou outra fruta, custava em torno de 120 dólares por mês. John comprava embalagens pequenas de leite, que pudesse consumir de uma vez, e se limitava a alimentos não perecíveis. Usava o cooler do quarto para deter as baratas; John não podia arcar com um saco de gelo por dia, principalmente no verão, quando o calor o transformaria em água antes que ele chegasse em casa.

Pelo privilégio da condicional, ele pagava 230 dólares mensais ao estado. Estupro e assassinato não eram baratos, e se ele deixasse de fazer um pagamento, voltava imediatamente para a prisão. A primeira ordem de pagamento que fazia todos os meses era o da taxa estadual.

Isso geralmente o deixava com cerca de 75 dólares livres por semana para as coisas que precisava. Mas isso em uma boa semana, em outras, ficava com bem menos. John se esforçava para economizar. Algumas vezes, pulava refeições, e ficava tão zonzo pela falta de comida que praticamente caía na cama à noite. Uma vez, desesperado, John foi até uma das milhares de financeiras de fundo de quintal espalhadas pelas regiões mais pobres da cidade, mas não admitiu pagar os juros de 480 por cento por um empréstimo de uma semana. Mesmo que quisesse, eles exigiam que o cliente tivesse uma conta bancária para que fosse feito o depósito. Nenhum banco do mundo abriria uma conta para John Shelley.

Seguro de saúde era um sonho absurdo. Ele vivia com medo de ficar doente.

Depois do malfadado telefonema para a irmã, John caminhou sob a chuva, chutando poças, desejando poder chutar a si mesmo por ter ligado para Joyce. Ela já tinha problemas suficientes. A verdade é que ele apenas queria falar com a irmã, saber como estava. John ligava para ela talvez uma vez por mês, e Joyce geralmente ficava tão feliz por ouvir a voz do irmão quanto naquela manhã.

Um ônibus parou com um chiado dos freios na frente dele e John conferiu o número antes de entrar. Aquele havia sido um bom mês, então ele passou o Trans Card no leitor e assentiu para o motorista num cumprimento de reconhecimento.

— Está esfriando — disse o motorista.

— Está mesmo — concordou John, apreciando a conversa superficial até se dar conta de que precisaria comprar um casaco de inverno. Meu Deus, quanto custaria?

O ônibus acelerou com um solavanco e John agarrou o encosto de um banco para se equilibrar enquanto caminhava pelo corredor. O coletivo estava cheio e ele encontrou um lugar vazio ao lado de uma senhora negra com uma bíblia aberta no colo. Apesar do clima chuvoso, ela usava óculos escuros sobre os óculos. A mulher não desviou os olhos do livro quando ele sentou, mas John sabia que o avaliara com o canto do olho.

Era possível faturar algum dinheiro com golpes. Sempre havia uma jogada, um esquema. A prisão estava cheia de homens que acreditavam ter criado o golpe perfeito. John sabia que alguns caras do Gorilla roubavam recibos dos carros e os transformavam em dinheiro. As lojas das grandes redes eram as melhores. Tudo que você precisava fazer era entrar e encontrar o mesmo item do recibo, então entregá-lo à moça do caixa e receber o dinheiro. Dinheiro fácil, todos diziam. Ray-Ray dizia duas vezes.

John fez a baldeação na estação Lindbergh e passou pelo lava-rápido fechado no caminho. Acreditando que estava fazendo uma tolice, ele preferiu o caminho mais longo pela Cheshire Bridge Road, sabendo que o ônibus passaria em frente à loja de bebidas onde conheceu Robin. Ele pensou na mulher a semana toda, se perguntando o que ela estaria fazendo.

Por algum motivo, imaginou uma vida para a mulher, uma vida que refletia a sua. Talvez ela tenha sido um pouco mimada, como Joyce, uma princesinha do papai. Pensou no irmão mais novo, o amigo de Stewie, o Romeu. Como ele seria? Será que Robin ligava para ele de vez em quando, quando estava com problemas? Será que ele ficava tão incomodado com os telefonemas da irmã quanto Joyce ficava com os de John? Ele não conseguia imaginar como seria ter uma irmã prostituta. Sentiria vontade de matar qualquer homem que olhasse para ela.

O ônibus passou pela loja de bebidas, e ele viu três garotas sob o toldo. Uma delas era a desbocada que brigou com Ray-Ray. Nenhuma delas era Robin.

John se recostou e observou os restaurantes chiques ficarem para trás. O ônibus parou na esquina do cinema, e ele levantou para dar passagem para a senhora com a bíblia. Ele leu o cartaz na marquise e não reconheceu nenhum dos filmes. John foi ao cinema quando recebeu o primeiro contracheque e ficou chocado com os preços quando chegou à bilheteria: dez dólares! Ele não acreditou no preço dos ingressos. Até mesmo as matinês eram caras.

O ônibus entrou à direita em um cruzamento e o cenário mudou, ficou mais residencial. John observou pela janela como as casas ficavam maiores, os jardins, mais bonitos. Morningside, Virginia Highland, Poncey-Highland. Então Little Five Points e as novas filiais da Barnes & Noble, da Target, da Best Buy. Só voltou a piorar quando o ônibus subiu bastante a Moreland Avenue. Lojas de bebidas, armazéns de esquina e lojas de autopeças ladeavam a rua suja. Cartazes anunciavam desconto de cheques com juros baixos, seguros de baixo custo; um proclamava com orgulho: "O único lugar na cidade que vende roupas a quilo."

Homens com camisetas sujas sobre os ombros esperavam nos pontos de ônibus, vestindo-as apenas antes de subir. O ônibus adquiriu um cheiro novo quando os trabalhadores da construção civil começaram a subir. Mexicanos, orientais, negros. Logo, John era o único branco no ônibus.

Ele desceu quando a rua estava ficando quase bonita. Essa parte de Moreland fazia divisa com Brownwood e Grant Park. Famílias haviam começado a se mudar para a região, reclamando para si aquela parte do centro. Elas cuidavam das casas, mantinham a grama cortada e exigiam tratamento melhor, restaurantes melhores e ruas mais seguras do que os antigos moradores. John aprendera há muito tempo que a classe média recebia mais atenção porque *esperava* que as coisas fossem melhores. Eles não se contentariam com menos do que valiam. Simplesmente entravam nos carros lustrosos e iam para onde eram bem-recebidos. Os pobres, por sua vez, estavam acostumados a aceitar o que lhes era oferecido, e ser gratos por isso.

A chuva tinha dado uma trégua e o sol se esgueirava pelas nuvens escuras. John não queria voltar por Moreland, então desceu do ônibus e caminhou para o Brownwood Park e tomou um atalho pela mata. Ele consultou a região no guia de ruas que encontrou na biblioteca e ficou feliz por ver que as ruas se pareciam com o que esperava. Havias novas construções para onde quer que olhasse, mansões de três andares perto de casas térreas da década de 1950. Quanto custaria uma casa daquelas? John estava pensativo. Que tipo de emprego era preciso ter para ser capaz de comprar uma casa, criar os filhos e, talvez, dirigir um bom carro usado? Ele não conseguia imaginar o volume de dinheiro necessário.

Ele entrou na Taublib Street e seguiu pela East Atlanta Village, surpreso por encontrar dois ou três bons restaurantes e um café em uma região onde esperava ver prédios abandonados e oficinas. Havia algumas butiques, uma padaria e uma pet shop. Ele olhou pela vitrine e viu um gato amarelo gordo cochilando sobre um saco de ração de cachorro. Um gato seria bom, algum tipo de animal para fazer companhia. A barata que a Sra. Lam encontrou não contava. Mas esse seria um luxo para outro dia. John mal conseguia alimentar a si mesmo.

Na Metropolitan Avenue, ele entrou à direita, caminhou alguns quarteirões e logo estava em frente à agência dos correios de East Atlanta. John olhou para o prédio atarracado de arquitetura institucional. Uma placa do lado de fora indicava o mesmo CEP do formulário de análise de crédito: 30316.

O lugar estava lotado, os estacionamentos frontal e lateral estavam cheios e havia muitos carros estacionados na rua, apesar das placas informando que era proibido. A garagem de um casarão vitoriano azul-claro estava bloqueado por uma van.

A chuva estava de volta, uma garoa que escurecia o céu. John desceu 100 metros pela Metropolitan e voltou. Ele observou pessoas entrando e saindo da agência, se perguntando por que cargas d'água estava ali.

Depois de 30 minutos subindo e descendo a rua, concluiu que nada o impedia de entrar no prédio. A agência dos correios do bairro dele era escura e, por algum motivo, cheirava a gordura de bacon. Era lá que ele comprava as ordens de pagamento para o aluguel e a taxa estadual, porque ficava a apenas dez minutos de casa. Havia muitos imigrantes no bairro e quem levasse galinhas e outros animais pequenos para serem despachados sabe Deus para onde. Algumas vezes, ouviu um galo cantar enquanto esperava na fila.

A filial de West Atlanta era bem iluminada, limpa, simplesmente parecia ter um bom clima. Logo em frente à porta havia uma parede com caixas postais, pequenas em cima, grandes embaixo. À esquerda, ficava o balcão de atendimento no qual duas funcionárias atendiam o público com a maior agilidade possível. Uma fila longa se estendia até a máquina de venda de selos perto da porta. John tirou um envelope em branco do bolso de trás da calça e entrou na fila, tentando se comportar como se pertencesse àquele lugar. A fila andou, centímetro por centímetro, e ele não olhou para as caixas postais até estar perto das portas de vidro que davam acesso ao balcão de atendimento.

A caixa 850 ficava na quinta fila, à altura dos olhos. A caixa ao lado tinha um adesivo alaranjado, as palavras desbotadas e ilegíveis.

— Bom dia — disse uma das funcionárias quando uma cliente cruzou com John depois de ser atendida. Ele rapidamente deu um passo para trás a fim de dar passagem à mulher, murmurando uma desculpa e sentindo a chuva escorrer pelos cabelos. Quando ergueu os olhos, viu alguém seguindo para as caixas postais.

John prendeu a respiração e apertou o envelope que tinha nas mãos quando uma mulher negra e magra falando ao celular colocou uma chave na fechadura da caixa 850. Ela ria e dizia algo pouco lisonjeiro sobre um parente quando tirou a chave.

— Droga, menina. Tentei abrir a caixa errada.

Então colocou a chave na fechadura da caixa abaixo da 850, apoiando o telefone no ombro.

— Senhor? — disse uma mulher atrás de John.

A fila havia andado, mas não John. Ele sorriu e saiu da fila.

— Me desculpa, esqueci a carteira.

Que perda de tempo! Não havia como vigiar aquela caixa postal o dia todo, e a probabilidade de a pessoa que usava seu nome aparecer na agência enquanto estava lá era ridiculamente baixa. Ele teria mais sorte com um bilhete de loteria.

John abriu a porta e jogou o envelope em branco no lixo. O céu estava fechado outra vez e caía um dilúvio. Ele estremeceu, 100 dólares. Um bom casaco de inverno custaria pelo menos 100 dólares. Onde arranjaria tanto dinheiro? Quanto tempo precisaria economizar para comprar uma porcaria de casaco?

John deu de ombros enquanto esperava no ponto de ônibus, amaldiçoando a si mesmo e a chuva. Ele precisaria começar a procurar outro emprego. Talvez em um lugar onde não precisasse trabalhar a céu aberto, que tivesse expediente convencional e não dependesse do clima. Algum lugar onde não se importassem se o candidato tinha antecedentes criminais ou se a ficha criminal dizia que era o tipo de homem que devia ser abatido como um cão raivoso para proteger o resto do mundo do mal que carregava dentro de si.

As opções de trabalho de John limitavam-se às perigosas. Metade dos presidiários estavam lá por ter assaltado uma loja de conveniência ou bar de esquina. A maioria dos caras no corredor da morte começou roubando o mercadinho do bairro e terminou a carreira enfiando uma bala na testa de um funcionário que recebia salário mínimo pelos 60 dólares na gaveta do caixa. Antes que a Sra. Lam conseguisse para ele o emprego no Gorilla, John ficou desesperado a ponto de quase tentar a sorte nas lojas de conveniência. E sabia que não poderia continuar trabalhando na lava-rápido; não no inverno. Precisava descobrir uma forma de ganhar dinheiro, e rápido.

O ônibus estava atrasado, o motorista, irritado, quando o coletivo finalmente chegou. O estado de espírito de John era parecido com o de todos os outros passageiros quando chapinhou pelas escadas e caminhou até o fundo, os tênis de 30 dólares praticamente desintegrados pela chuva. Ele largou o corpo num banco vazio, desejando que um raio que riscava o céu entrasse pela janela e o acertasse na cabeça. Ele teria danos cerebrais, acabaria como um vegetal babando numa cama de hospital em algum lugar. Agora começava a entender porque tanta gente acabava voltando para a prisão. Ele tinha 35 anos. Nunca dirigira um carro, nunca saíra de verdade com uma garota, nunca vivera de verdade. Qual era o sentido, pensou John, olhando abatido pela janela quando viu um sujeito que lutava para fechar o guarda-chuva e entrar no carro ao mesmo tempo.

John se levantou quando o ônibus arrancou, olhando pela janela, os olhos cravados no homem. Quantos anos haviam se passado? O cérebro se recusava a fazer as contas, mas John sabia que era ele. E ficou boquiaberto ao ver o homem desistir do guarda-chuva, atirá-lo no estacionamento e bater a porta do carro.

Sim. Era ele. Sem dúvida, era ele.

Assim como um milhão de gotas de chuva caíam do céu, havia um milhão de chances de que John fosse à agência dos correios no dia certo e na hora certa.

Uma em um milhão, mas ele conseguiu.

Ele encontrou o outro John Shelley.

12

John não se lembrava de ter sido preso. Não porque estivesse em estado de choque, mas porque estava semi-inconsciente. Woody aparecera naquela manhã para ver como ele estava e lhe ofereceu um pouco de Valium. John tomou o suficiente para derrubar um cavalo.

Ao que parece, os policiais chegaram à casa com um mandado de prisão. O pai os levou até o quarto dele e o encontrou desmaiado na cama. John se lembrava de ter recobrado a consciência com o rosto queimando onde o pai o esbofeteou. Os policiais o arrastaram para fora de casa, as algemas apertando os pulsos. Ele desmaiou outra vez.

Acordou no hospital, com o gosto familiar de carvão ativado na boca. Só que desta vez, quando tentou mexer a mão para enxugar o rosto, ouviu um barulho metálico na cabeceira da cama. Ele olhou para o pulso, com os olhos embaçados, e viu que estava algemado à cama.

Um policial estava sentado à porta lendo um jornal.

— Você está acordado?

— Sim — disse ele, e apagou outra vez.

A mãe estava no quarto quando voltou a si. Meu Deus!, ela estava péssima. John se perguntou quanto tempo havia dormido, já que, a julgar pela aparência de Emily, vinte anos haviam se passado desde que subiu para o quarto, colocou uma fita do Heart no som e tomou um punhado das pílulas brancas que o primo lhe dera.

— Filho — disse ela, esfregando o braço de John. — Você está bem?

A língua estava mole na boca. O peito doía como se tivesse sido atingido no esterno por uma marreta. Como conseguira respirar aquele tempo todo?

— Você vai ficar bem — disse ela. — Isso tudo é um engano.

Mas não era. Ao menos para a polícia. O promotor chegou uma hora depois, acompanhado por Paul Finney, que encarava John como se estivesse pronto para pular na cama e esganá-lo ali mesmo. O policial também deve ter percebido, pois ficou próximo ao Sr. Finney, para garantir que a situação não saísse do controle.

O promotor fez as apresentações.

— Sou Lyle Anders. Esse é o chefe de polícia Harold Waller.

O policial ao lado do Sr. Finney segurava uma folha de papel. Ele pigarreou e abaixou os olhos, como se lesse um roteiro.

John olhou para a mãe.

— Está tudo bem, filho.

— Jonathan Winston Shelley — começou Waller. — Você está preso pelo assassinato de Mary Alice Finney.

John sentia como se estivesse debaixo d'água. Os lábios de Waller se moviam, o homem, sem dúvida, dizia algo, mas ele não escutava.

Lyle Anders finalmente se aproximou e estalou um dedo em frente ao rosto dele.

— Você compreende o que está acontecendo, rapaz?

— Não — disse John. — Eu não...

— Não diga nada — sussurrou Emily, colocando os dedos sobre os lábios do filho. Emily Shelley, membro da associação de pais e mestres, mãe coruja, cozinheira de brownies e mestre em fantasias de Halloween, empertigou-se ao falar com os três homens no quarto.

— Isso é tudo?

Eles se agigantaram sobre sua pequena mãe, principalmente Finney. Ele era um homem grande, mas a fúria o deixava ainda maior.

— Ele precisa prestar depoimento — disse Anders.

— Não — disse aquela mulher que era sua mãe. — Na verdade, não precisa.

— Seria do interesse dele.

— Meu filho enfrentou uma situação terrível — respondeu Emily. — Ele precisa descansar.

Anders tentou falar diretamente com John, e mesmo quando Emily bloqueou o seu caminho, o promotor fez uma tentativa.

— Rapaz, você precisa nos dizer o que aconteceu. Tenho certeza de que há um motivo para...

— Ele não tem nada a dizer para vocês — insistiu Emily, com a voz firme. John a ouvira falar daquela forma apenas uma vez, quando Joyce tinha 10 anos e tentou andar sobre o parapeito na varanda do segundo andar da casa. Um a um Emily os olhou nos olhos. — Por favor, saiam.

Paul Finney avançou para cima de John, mas o policial o deteve.

— Seu filho da puta — disparou o homem. — Você vai se dar muito mal por isso!

Finney havia sido do time de luta greco-romana da universidade. Anders e Waller precisaram usar muita força para impedir que se lançasse contra John. E acabaram precisando arrastá-lo para fora do quarto. Enquanto fechavam a porta, ele gritou:

— Você vai pagar por isso, seu filho da puta!

O lábio inferior de Emily tremia quando ela se voltou novamente para John. Por mais estranho que pareça, ele achou que a mãe tivesse ficado ofendida com o linguajar do Sr. Finney.

— Onde está papai? — perguntou. Era Richard quem cuidava das coisas, limpava as bagunças. — Mãe? — perguntou John. — Onde ele está?

Emily pigarreou e se aproximou do filho, pegando sua mão.

— Me escute — disse ela com urgência. — Eles vão voltar a qualquer minuto e levá-lo preso. Temos apenas alguns segundos.

— Mãe...

— Não fale — disse para John. — Escute.

Ele assentiu.

— Não diga nada para a polícia. Nem mesmo o seu nome. Não diga onde estava ontem à noite, não diga o que comeu no jantar.

— Mãe...

— Shh, Jonathan — ordenou ela, pressionando os dedos nos lábios dele. — Não fale com ninguém na prisão. Você não terá amigos lá. Cada um cuida de si, e você deve fazer o mesmo. Não diga nada ao telefone, porque eles gravam as conversas. Há caguetes por todo lado.

Caguetes, pensou John. Onde a mãe escutara aquela palavra? Como ela sabia aquilo tudo? Ela nem ao menos assistia *Kojac*, que achava violento demais.

— Quero que você prometa, John — insistiu. — Prometa que não vai falar com ninguém antes que sua tia Lydia apareça.

Tia Lydia. Esposa de Barry. Ela era advogada.

— John? — ela o sacudiu. — Você promete? Nenhuma palavra? Não fale nem mesmo sobre o clima. Está me entendendo? Essa é a coisa mais importante que eu já disse para você fazer, e você deve me obedecer. Não fale com *ninguém*. Está me ouvindo?

Ele começou a chorar porque Emily estava chorando.

— Sim, mamãe.

A porta abriu e Waller estava de volta. O chefe de polícia olhou para a cena, mãe e filho, e John viu que parte dele amoleceu. Ele soava quase gentil quando falou com Emily:

— Sra. Shelley, a senhora precisa sair do quarto agora.

A mão dela apertou a de John. Emily olhou para o filho, lágrimas escorrendo pelo rosto. Por algum motivo, John esperava que dissesse que o amava, mas em vez disso a boca da mãe dele moveu-se em silêncio. *Ninguém.*

Não fale com ninguém.

Anders acompanhou Emily até a porta, levou a mão ao bolso e pegou a chave das algemas. O momento para gentilezas acabou tão rápido quanto se formou.

— Me escute seu bosta — disse ele a John. — Você vai sair dessa cama, se vestir e botar as mãos para trás. Se me der um milissegundo de trabalho, vou cair em cima de você como uma tonelada de tijolos. Está me entendendo, seu assassino de merda?

— Sim — disse John, ofegando de medo. — Sim, senhor.

13

15 de outubro de 2005

A Coastal State Prison ficava perto de Savannah, em uma cidade chamada Garden City, Georgia. Os nomes soavam bonitos no papel, evocavam imagens de uma cidade costeira tranquila com clima de cartão-postal. Quem quer que tenha escolhido o local para o sistema prisional deve ter dado boas risadas com a ironia.

A Coastal era uma prisão de segurança máxima, inaugurada há apenas alguns anos quando John foi mandado para lá e reformada dez anos depois, para fazer frente ao fluxo de criminosos violentos. Agora, a penitenciária consistia de sete pavilhões com 12 celas para dois homens e 24 celas para quatro homens. Havia 44 solitárias, trinta celas disciplinares e 15 celas especiais. O pavilhão L abrigava mais de duzentos homens, o N, outros duzentos, o O e o Q eram dormitórios abertos com beliches dispostos como em um quartel. No total, 1.600 homens a chamavam de lar.

John não acreditava que um dia voltaria para a Coastal por iniciativa própria, mas pediu uma folga no trabalho e embarcou no ônibus da Greyhound às seis da manhã. O bilhete acabou com o resto do dinheiro da televisão, mas isso já não importava mais. Ele tentou dormir no ônibus, com a cabeça encostada na janela, mas não conseguia tirar da cabeça as lembranças da primeira vez que fez aquela viagem, algemado e acorrentado. Ele não podia voltar para aquele lugar. Não podia morrer na prisão.

John levou um livro, *Tess*, e se forçou a lê-lo durante a viagem de quase cinco horas. Ele precisava voltar na história o tempo todo, já que a mente vagava a cada quilômetro que ficava para trás. Como a mãe conseguia fazer aquela viagem ao volante a cada duas semanas, com chuva ou com sol? Não era de estranhar que sempre parecesse estar exausta ao chegar. Não era de estranhar que estivesse abatida na primeira vez que permitiram que ela o visitasse. Mas fez isso por vinte anos, e faltou apenas três vezes todo esse tempo.

Tess acabava de confidenciar com Angel sobre a sua descendência nobre quando o ônibus estacionou em frente à penitenciária estadual. John usou o bilhete para marcar o lugar e colocou o livro na sacola de plástico que carregava.

Na sala de recepção de visitantes John ardeu de vergonha quando foi revistado e interrogado. Não porque estivesse acima daquilo, mas por finalmente saber pelo que a mãe passou todas as vezes que foi visitá-lo. Ele fez as contas enquanto os agentes penitenciários revistavam a sacola, abriam o pacote de cigarros, folheavam o livro quase página por página. A mãe dele fez aquela viagem mais de quinhentas vezes! Como Emily suportara aquilo? Como ele pôde levar aquele tipo de humilhação à própria mãe? Não era de estranhar que Joyce sempre estivesse lívida. John nunca odiou tanto a si mesmo quanto naquele momento.

Ele sentou-se em uma das cadeiras de plástico e esperou seu nome ser chamado. O joelho agitava-se outra vez, mas todas as outras pessoas na sala pareciam estar perfeitamente calmas. Eram, principalmente, mulheres e crianças. Estavam lá para ver o pai. Um menino sentado ao lado de John tinha nas mãos o desenho de um avião. Uma menina chorava porque os agentes não a deixaram entrar com o ursinho de pelúcia. Algo incomum surgiu no raio X e a mãe se recusou a permitir que fosse aberto.

— Shelley? — chamou uma mulher uniformizada.

Nenhum dos guardas o reconheceu, o que não era nada surpreendente tendo em vista o número de prisioneiros e visitantes que recebiam toda semana.

— Shelley? — chamou ela outra vez.

John se levantou com a sacola apertada contra o peito.

— Mesa três — disse ela e fez um gesto para que entrasse.

Ele colocou a sacola na esteira do raio X, a terceira, e passou pelo detector de metais na entrada da sala de visitas. Parou em frente à esteira e olhou para a sala, tentando ver o que a mãe vira. Havia mesas de metal parafusadas no chão da sala de 6 metros por 10. Os homens sentados de um lado, as mulheres, namoradas ou prostitutas que pagavam para visitá-los, do outro. Crianças corriam rindo e gritando e a cada 3 metros havia um guarda com as costas contra a parede. Havia câmeras por todo lado, as lentes oscilando de um lado para o outro em reprovação.

Ben Carver estava sentado a uma das mesas dos fundos, a mesa três. Ele vestia o de sempre: camisa branca, calça branca e meias brancas. Usava, ainda, as sandálias de couro brancas que a mãe lhe mandara, apesar de raramente usá-las fora da cela, para não sujá-las.

Todos têm uma *persona* na prisão, uma personalidade diferente que adotam para ajudá-los a sobreviver. Os brutamontes ficam mais maus, os arianos, mais cruéis, os gays, mais gays, e os loucos, completamente pirados. Ben se encaixava na última categoria, e a trabalhava com maestria. Não que John achasse que fosse difícil para o homem. Quando o GBI botou as mãos nele, Ben havia matado seis homens nos arredores de Atlanta. O fetiche dele era cortar os mamilos direitos como troféu. Durante a sua prisão na sede dos correios em Atlanta, onde trabalhou na seleção de correspondências por 18 anos, um dos policiais se exaltou e o jogou no chão com uma bofetada. Um pedaço de pele, depois identificado como o mamilo da última vítima, voou da boca de Ben, que o chupava como se fosse uma bala.

Esse detalhe chocante, combinado com o sobrenome dele, Carver, provocou grande impacto na imprensa. Ao contrário de John, ele foi manchete na imprensa nacional, e chegou até mesmo a receber um apelido: o Açougueiro de Atlanta. Ben nunca gostou da alcunha, mas isso não o impediu de ficar irritado com Wayne Williams, o homem condenado pelo caso dos Assassinatos das Crianças de Atlanta, por tirá-lo das primeiras páginas algumas semanas depois de ser preso.

— Meu caro rapaz — disse Ben com um sorriso de canto de boca ao medir John de cima a baixo. Os lábios estavam úmidos, com uma mancha escura no centro, onde geralmente mantinha um cigarro. Os dentes eram igualmente marcados pela nicotina. Uma das primeiras coisas que Ben disse a John foi que tinha um tipo de fixação oral. "Melhor cigarros do que o seu mamilo esquerdo, meu caro rapaz." John nunca se queixou dos cigarros dele depois disso.

— Então — disse Ben.

John ficou de pé em frente à mesa, pensando se iria sentar-se.

— Você está ótimo — disse ele a Ben.

— É claro que estou. — Ele fez jogo de cena alisando os cabelos praticamente inexistentes com a mão e piscando para alguém atrás de John.

Apesar de Ben estar em uma das celas especiais, não havia uma sala de visitas exclusiva para os presos daquele pavilhão, então ele precisava se misturar aos presos comuns nas raras ocasiões em que alguém vinha visitá-lo. Qualquer prisioneiro da unidade de saúde mental Nível III ficava vulnerável durante as visitas. Ele precisava confiar que os outros presos estariam distraídos demais pelas putas ou respeitosos demais com as esposas para sacar um estilete e abrir-lhe a barriga.

— Eu precisava vê-lo — disse John.

Ben estalou a língua, e John tentou não pensar no que o homem teria na boca naquele momento se a polícia não o tivesse apanhado.

— Eu não disse para você nunca mais voltar para esse inferno?

— É bom te ver — disse John, com sinceridade. Ele não via um rosto amigo desde que saíra dali.

— Bem — disse Ben estalando os lábios. — O que você trouxe para mim?

John tirou o pacote de Camels sem filtro da sacola.

— Ah, não precisava! — Ben aninhou o pacote nos braços. — Meu doce, senta, por favor. Você sabe que eu não gosto de olhar para cima, mesmo que esteja me dando uma vista maravilhosa da sua ferramenta.

John sentou-se, envergonhado com o linguajar de Ben. Ele se esquecera de como o homem falava com ele, a forma como fazia com que você se sentisse obsceno mesmo quando apenas perguntava as horas. John precisava lembrar a si mesmo que aquilo fazia parte do personagem de Ben, que era a forma dele de enfrentar o dia sem precisar cortar a própria garganta.

— Oprah vai falar sobre as coisas preferidas hoje à noite — confidenciou ele.

Oprah, o único programa que era unanimidade em todo o pavilhão.

— Tenho certeza de que será ótimo — disse John. E não acrescentou nada, já que um guarda que fazia a ronda parou perto da mesa deles antes de seguir em frente.

— Você sabe que eu não consigo ficar longe da minha nicotina por muito tempo — disse Ben. — O que você deseja?

John inclinou-se sobre a mesa, mantendo as mãos espalmadas sobre o tampo para que os guardas vissem que não fazia nada que infringisse as regras.

— Estou com um problema.

— Foi o que pensei.

O guarda se afastou. John resistiu ao impulso de olhar para trás. Ben estava atento ao que acontecia às costas dele, assim como John estava de olho em todos atrás de Ben.

— Precioso — disse Ben —, não podemos esquecer que as paredes têm ouvidos.

As mesas, era mais provável. John não tinha certeza se era verdade ou não, mas todos acreditavam que havia escutas espalhadas por toda a sala de visitas: debaixo das mesas, dentro das luminárias. As câmeras eram bem visíveis e varriam o ambiente atentas para visitantes suspeitos. Não se podia confiar em um padre naquele lugar.

Em voz baixa, John contou a Ben sobre o televisor, a análise de crédito, a agência dos correios. Sobre o homem com o guarda-chuva, tendo o cuidado de não dizer o nome. Afinal, como saber se os boatos eram ou não verdadeiros?

— Entendo — disse Ben quando ele terminou.

John se recostou um pouco.

— O que devo fazer?

Ben contraiu os lábios grossos e colocou um dedo sobre a marca preta.

— Essa, meu amor, não é uma pergunta fácil.

— Ele está armando alguma para mim — disse John, então, porque não tinha certeza, acrescentou —, certo?

— Ah, sim — concordou Ben. — Não existe outro motivo para esse tipo de comportamento. Motivo algum.

— Ele está me usando como fachada.

— Ele está te incriminando, meu amor.

John fez que não, e voltou a inclinar-se sobre a mesa.

— Não faz sentido. Isso começou há seis anos. Eu estava aqui há seis anos. Não é exatamente um álibi.

— Verdade, verdade — concordou Ben, batendo a ponta do dedo nos lábios outra vez. — Ele sabe que você saiu?

John deu ombros.

— Ele pode descobrir.

— Mas ele sabe? — disse Ben. — Devo admitir, meu querido, que você surpreendeu até mesmo a mim quando falou de forma tão eloquente com a comissão de condicional. Que língua de ouro.

John assentiu. Ele surpreendera a si mesmo.

— Suponhamos — sugeriu Ben — que o seu amigo acredite que você vai apodrecer no nosso pequeno Palácio de Merda.

— Certo.

— E se, para surpresa dele, ele descobrir que o nosso menino de ouro foi solto?

— Sim?

— E se ele sentir-se ameaçado pela sua volta? — Ben inclinou-se para mais perto. — Ele está aprontando alguma coisa, obviamente.

— Sim — concordou John.

— E ele não quer que você interfira com esse projeto paralelo, certo?

— Certo.

— Então, o que ele faz?

Ambos ficaram quietos, tentando pensar no passo seguinte.

— Não sei — admitiu John, frustrado. — Preciso encontrá-lo.

— Você já tentou os caminhos mais óbvios?

— Já. — Ele consultou a lista telefônica, mas o sujeito não estava lá. Usou até mesmo o computador da biblioteca, sentindo-se um idiota ao seguir as instruções impressas para fazer uma busca na internet. Nada.

— Preciso descobrir o que ele está fazendo — disse John.

Ben passou um dedo no pacote de cigarro, demorando nas bordas. John sabia que o tempo estava se esgotando.

— É claro que posso usar os contatos da minha antiga vida para conseguir o endereço do sujeito.

— Você ainda tem contatos? — John ficou surpreso ao ouvir Ben admitir aquilo em um lugar onde poderiam ouvi-lo. À época do julgamento de Ben, "fontes próximas ao caso" afirmaram que ele usava o sistema de postagem interno dos correios para mandar alguns dos seus troféus para amigos fetichistas.

Ben abriu um sorriso largo.

— Sob chuva, neve ou granizo, como diz o lema dos correios... mas antes você precisa me dar uma informação.

O nome. Ele precisava do nome. John olhou em volta e abriu a boca, mas...

— Shh, shh — alertou Ben.

Outro guarda parou próximo à mesa. Ambos ficaram novamente em silêncio e John olhou para as mãos, questionando a lógica de ter voltado àquele lugar. Com quem mais poderia falar? Ele não podia envolver Joyce naquilo. As únicas pessoas que conhecia eram criminosos condenados e prostitutas.

O guarda continuou a ronda e Ben fez uma cara engraçada. De muitas formas, aquele homem havia sido o pai de John. Como isso acontecera? Como alguém tão maligno, carente de qualquer qualidade redentora, poderia ser seu amigo?

Não havia outra explicação para aquela amizade a não ser dizer que Ben acreditava que ele e John eram parecidos.

— Quer saber? — disse Ben. — Eu tenho um carro.

— O quê?

— Está na casa da minha mãe. Vou ligar para ela hoje mesmo e dizer que um amigo vai pegá-lo emprestado amanhã.

Ben era mais esperto do que ele. John simplesmente seguia um roteiro passo a passo, sem qualquer tipo de análise crítica. O que aconteceria se descobrisse o endereço do homem? Sem dúvida, não poderia segui-lo de ônibus.

— Ele ainda funciona? — perguntou John.

— Mamãe costumava usá-lo para ir à igreja aos domingos, mas agora o amigo dela, o Sr. Propson, a leva — disse Ben. — Belulah Carver. Posso garantir que ela é a única na lista telefônica. Ela dará a chave para você, mas não diga como me conhece.

— Você está preso há quase trinta anos. Não acha que ela saberá?

— Guardei os meus mamilos na geladeira por três anos e disse que era um tratamento fitoterápico para alopecia. O que você acha?

John concluiu que ele tinha razão.

— Certo. — Os olhos de Ben concentraram-se em algum lugar sobre o ombro de John e ele falou rápido, abrindo mão do papel por um instante. — Você precisa segui-lo. Siga esse homem e descubra o que ele está fazendo, para onde ele vai. Tudo acontece por um motivo. Tudo. — Ele se levantou quando outro guarda se aproximou. — Agora vá, meu amor, e obrigado pelo presente adorável. — Ele bateu no pacote de cigarros.

John também se levantou.

— Ben...

— Vá — insistiu ele, atirando os braços nos ombros de John, puxando-o em um abraço.

Os guardas convergiram em massa. O contato corporal era estritamente proibido, mas Ben o segurou com força, os lábios úmidos roçando na orelha de John. Ele ria como uma hiena quando o puxaram, mas teve a presença de espírito de segurar o pacote de cigarros.

— Adeus, meu doce rapaz! — disse Ben quando o arrastavam para a porta.

John acenou, resistindo à ânsia por limpar a saliva do amigo até que ele sumisse de vista.

Depois de cumprir cerca de cinco anos da sentença, John perguntou a Ben por que o homem mais velho nunca tentou nada com ele. John já era maior na época. Como a mãe sempre previra, o corpo dele finalmente acompanhou o crescimento das mãos e dos pés. Os pesos na academia o fizeram ganhar corpo e ele tinha pelos suficientes para aquecer um urso-polar.

— Não se come onde se caga — disse Ben.

— Não — insistiu John, sem deixá-lo escapar com uma evasiva sarcástica. — Diga. Eu quero saber.

Ben resolvia palavras cruzadas e ficou irritado a princípio, mas colocou o jornal de lado quando viu que John falava sério.

— Não havia o desafio — disse Ben por fim. — Eu gosto da sedução do espetáculo, meu rapaz. Sou um ator em um palco e você... — Ele deu um sorriso molhado. — Você é um bronco.

Mas o bronco não fez feio desta vez. Nos poucos segundos em que o rosto de Ben ficou pressionado contra o seu, John foi capaz de dizer tudo que ele precisava saber.

14

Depois que o júri voltou com a sentença, John foi levado de volta à sua cela na prisão do condado. Os guardas deixaram as algemas, mas levaram o cinto e os cadarços, para que ele não fizesse uma besteira. Eles não precisavam ter se incomodado. John estava atordoado demais para se mover, quanto mais para descobrir uma forma de se matar em uma cela minúscula de 1,5 metro por 2,5 metros.

Vinte e dois anos a perpétua. Vinte e dois anos! Ele só poderia se candidatar à liberdade condicional aos 30. Seria um velho.

— Foi bom — dissera a mãe com lágrimas nos olhos. Ela não chorou muito depois que John foi preso, mas agora deixava as lágrimas rolarem. — Foi bom, filho.

Ela queria dizer que era bom porque John não havia recebido a pena de morte. Um adolescente de 14 anos de Massachusets acabava de ser manchete na imprensa nacional por espancar outro adolescente até a morte com um taco de beisebol. Um jovem texano de 28 anos acabava de ser executado por um crime cometido aos 17 anos. Criminosos juvenis haviam deixado de ser novidade. John poderia estar a caminho do corredor da morte agora, em vez de viver atrás das grades.

— Podemos recorrer — a mãe disse a ele. — Não vai ser por muito tempo. Vamos recorrer.

Atrás dela, tia Lydia não parecia ter tanta certeza. Depois ele ficaria sabendo que todos, a não ser um dos jurados, um pai de três meninos, um dos quais com a idade de John, votaram pela pena de morte. Eles olharam para John, e então para ampliações enormes do corpo mutilado de Mary Alice, e também quiseram vê-lo morto.

Quando ainda estava na cela do tribunal, John pensava e repensava em tudo que acontecera durante o julgamento. O psicólogo do estado pareceu ser gentil quando conversaram alguns minutos antes, mas durante o depoimento disse que John era, sem dúvida, um psicopata delirante, um assassino frio que não demonstrava remorso. E houve os alunos da escola que se levantaram antes da proclamação da sentença para dizer como Mary Alice era uma boa garota e como John Shelley sempre fora uma pessoa horrível. O diretor Binder, o treinador McCollough... Todos falaram dele como se fosse Charles Manson.

Quem era aquela pessoa sobre quem falavam? John não a reconhecia. Metade dos colegas de escola não trocou duas palavras com ele nos últimos três anos e agora agia como se soubesse tudo a seu respeito. Quando foi para o segundo grau, a turma popular deixou John para trás. Não fosse pelos esportes, ele teria se transformado em um nerd largado ao vento. Quando foi expulso do time de futebol, todos passaram a evitá-lo nos corredores. E agora, de acordo com aqueles "amigos", John era algum tipo de... monstro.

John olhava para o piso de concreto da cela, acompanhando as rachaduras como um quiromante tentando prever o futuro. Quando ergueu os olhos, Paul Finney estava do outro lado das grades.

O pai de Mary Alice sorria.

— Aproveite agora, seu merda — disse ele a John. — Isso é fichinha perto do que será a sua vida daqui em diante.

John não respondeu. O que ele poderia dizer?

O Sr. Finney inclinou-se mais para perto, agarrando as grades.

— Pense no que você fez com ela — sussurrou. — Pense nela quando se abaixar no chuveiro.

John não entendeu. Ele tinha 16anos. Mesmo que o Sr. Finney houvesse explicado em detalhes, John provavelmente teria achado que não, dito que não era possível.

Mas era.

Eles o mantiveram na prisão do tribunal aquela noite. Guardas passavam em frente à cela a cada meia hora para garantir que ele não tentava fazer um nó corrediço com os lençóis. A Coastal State Prison ficava próxima ao oceano Atlântico, a centenas de quilômetros de distância, em uma cidade da qual ele nunca ouvira falar. As normas da penitenciária eram rígidas quanto a visitas. Ele ficaria preso um mês até que fosse permitido que a mãe o visitasse. Diziam que era um período de aclimatação, um tempo para que o detento se acostumasse ao ambiente e provasse que merecia o privilégio de receber uma visita. O maior tempo que John ficou longe da família foi um feriado de uma semana que passou em Gatlinburg, Tennessee.

Eles o acordaram ao amanhecer para evitar o trânsito e John caminhou lentamente até o ônibus de transporte da penitenciária, com os pés acorrentados e as mãos algemadas à frente do corpo. Os pulsos eram tão finos que precisaram pegar algemas emprestadas da prisão feminina. Ele sempre fora magro como uma espiga, e o estresse só piorava a situação. Ele perdeu quase 9 quilos durante o julgamento e as costelas estavam visíveis sob o folgado macacão cor de laranja que usava.

Havia outros homens no ônibus e eles assobiaram e gritaram quando John entrou. Ele sorriu porque acreditava que era algum tipo de rito de passagem.

— Seja forte — a mãe tinha dito, usando mais da sua retórica durona de *Kojac*. — Não deixe que se aproximem de você e não confie em ninguém.

Um dos guardas bateu com o cassetete na grade que separava o motorista dos presos, apontou para uma cadeira imediatamente atrás do motorista e falou com John:

— Sente.

O ônibus não tinha ar-condicionado e avançava aos solavancos. As correntes de John retiniram como as de Jacob Marley durante toda a viagem. Ele fazia jogos mentais, como os que costumava fazer com Joyce quando viajavam para a Flórida nas férias. Quantas placas de fora da cidade conseguimos ver? Quantas vacas havia em um dos lados da estrada? E do outro?

A bexiga estava tão cheia quando cruzaram os limites de Savannah que os olhos de John lacrimejavam de dor. Ele instintivamente sabia que não haveria paradas naquela viagem, e manteve as pernas apertadas uma contra a outra quando o ônibus parou no primeiro portão da prisão, então no segundo, no terceiro.

Ele sentiu uma dor aguda na bexiga quando ficou de pé, mas ficou grato pelas correntes atadas aos tornozelos, já que lhe davam uma desculpa para manter as pernas juntas. O guarda os conduziu ao primeiro prédio com John na frente e os demais prisioneiros em fila às suas costas. Um dos homens insistia em chutar-lhe os calcanhares e ele andava mais rápido, a bexiga gritando nas entranhas.

Eles foram levados até um banheiro aberto com uma fileira de urinóis. Lentamente, cada homem foi libertado das algemas e das correntes. Envergonhado, John esperou que outro prisioneiro urinasse. E sentiu os olhos sobre si quando abriu a braguilha do macacão. Era um uniforme de adulto, o cós estava quase à altura dos joelhos. O nervosismo o conteve por algum tempo, mas finalmente conseguiu soltar um jato fino de urina.

— Parece uma salsicha viena pequenininha — disse o homem ao seu lado, que olhava fixamente para o pênis de John. Quando ele ergueu os olhos, o homem sorriu, mostrando os dentes tortos. — Estou ficando com água na boca só de olhar.

— Cala a boca — ordenou um dos guardas, que tinha "Everett" escrito no distintivo do uniforme. Ele segurava o cassetete pelas extremidades com as duas mãos. — Tirem as roupas e vão para o fim da fila.

O rosto de John ficou vermelho. Por ser menor de idade, ele havia ficado em uma cela individual na prisão do condado durante o julgamento. Os guardas o revistaram diversas vezes, mas nunca daquela forma. Em toda a sua vida, John nunca ficara nu na frente de um bando de estranhos. As mãos estavam insensíveis quando tateou os botões do macacão, e tentou não olhar para os outros homens, mas é claro que podia ver. Eram grandes — todos. Corpos de adulto, com pelo por todo lado. John demorou a chegar à puberdade. Ele se barbeava talvez uma vez por semana, e mais por vontade do que necessidade. Parecia uma menina perto deles, uma menininha assustada.

Everett passou a recitar as regras, a listar as coisas que eles podiam e não podiam fazer. Enquanto ele falava, outro guarda foi até o fim da fila com uma lanterna e ordenou a cada homem que se curvasse e se mantivesse aberto para inspeção. Outro homem vestiu luvas e enfiou os dedos na boca deles em busca de contrabando ou armas. Um terceiro pegou uma mangueira e os lavou, então os polvilhou com remédio para piolhos.

Cada homem recebeu um par de calças brancas e uma camiseta branca. John recebeu uma camiseta extra pequena, mas as calças eram tão grandes que vestiriam um elefante. Ele precisava segurar a cintura ao caminhar. Na outra mão, carregava o travesseiro e os lençóis, sobre os quais equilibrava precariamente os parcos produtos de higiene pessoal que receberam.

Ele se movia como se estivesse dentro de um nevoeiro, olhando fixamente para a frente e tentando não vomitar.

— Shelley — disse Everett, encostando o cassetete na porta aberta de uma cela. — Aqui.

John entrou na cela. O cubículo fedia a urina e fezes e o cheiro vinha de uma latrina de aço inox em um canto. A pia instalada na parede havia sido branca em algum momento da sua vida, mas mofo e imundície davam a ela um tom de cinza sujo. Havia uma mesa à esquerda, um beliche com duas camas à direita. Era possível tocar a parede oposta ficando em pé no meio da cela e esticando os braços. Um homem que aparentava ter 25 anos estava deitado na cama de cima. Ele olhou para John e sorriu.

— Você fica embaixo.

Houve mais assobios, mas Everett já seguia em frente, apontando a cela seguinte para o próximo prisioneiro.

— Zebra — disse o homem, e John supôs que aquele fosse o seu nome.

— John.

— Quantos anos você tem?

— Dezesseis.

Zebra sorriu. Os dentes dele eram pretos e brancos, listrados como uma zebra.

— Você gosta? — disse ele, apontando para os dentes. — Podemos fazer com os seus. Quer?

John balançou a cabeça.

— A minha mãe me mataria.

Zebra riu; um som chocante no prédio de concreto.

— Arrume a sua cama, Johnny. Você gosta que te chamem de Johnny? É assim que a sua mamãe te chama?

— Na verdade, não — disse John. Não desde que ele era um bebê, de qualquer forma.

— Você vai ficar bem aqui, Johnny — disse Zebra, despenteando os cabelos de John com tanta força que ele precisou inclinar a cabeça.

Zebra riu consigo mesmo.

— Vou tomar conta de você, garoto.

E tomou.

Todas as noites depois que as luzes eram apagadas e com a pontualidade de um relógio, Zebra estava na cama de baixo, pressionando o rosto de John contra o travesseiro e o estuprando com tanta brutalidade que no dia seguinte sangrava quando ele ia ao banheiro. Choro não detinha o homem. Gritar apenas o fazia socar com mais força. Ao final da primeira semana, John mal conseguia ficar de pé.

Zebra era um predador. Todos na prisão, do diretor aos guardas e os caras que faziam a limpeza sabiam disso. Ele manteve John para si mesmo na primeira semana, então passou a trocá-lo por cigarros e contrabando com outros homens. Três semanas depois, John estava no hospital da prisão, o ânus destruído, os olhos inchados de tanto chorar.

Essa foi a primeira das duas visitas que Richard Shelley fez ao filho na prisão.

Ele foi conduzido ao hospital da penitenciária pelo guarda chamado Everett, que John não via desde o primeiro dia.

— Aqui está ele — o guarda disse a Richard, então deu um passo para trás e encostou-se à parede para dar espaço ao visitante. — O senhor tem dez minutos.

Richard ficou parado ao pé da cama de John. Apenas olhou por um longo tempo, sem dizer nada.

John retribuía o olhar, sentindo alívio e vergonha ao mesmo tempo. Ele queria estender a mão para o pai, dizer que o amava, que sentia muito por tudo que tinha feito e que Richard estava certo, ele era um inútil. Não merecia nada que o pai pudesse oferecer. Mas queria, *precisava* disso com tanta ânsia que parecia que o coração estava em chamas.

— Você está sentindo dor? — disse Richard com algum esforço.

John conseguiu apenas assentir.

— Bem — disse o pai, soando como se alguma justiça houvesse sido feita. — Agora sabe o que Mary Alice sentiu.

15

25 de outubro de 2005

John não queria pensar na primeira noite na prisão, mas ela insistia em voltar à sua mente como um pesadelo. Alguém passava atrás dele no trabalho e ele se esquivava. Um barulho alto vinha da rua e o coração parecia querer sair pela boca. Ele se inclinava para pegar a esponja no balde, passar silicone nos pneus de um SUV ou sedã e as lembranças invadiam o seu cérebro.

Depois que Zebra o circulou pelos prisioneiros, John passou um mês no hospital de Coastal reaprendendo a defecar. Quando saiu, descobriu que havia sido transferido para a ala especial, onde ficavam os criminosos sexuais. Talvez eles tenham pensado que Ben Carver faria a festa com John, que o maníaco terminaria o trabalho iniciado por Zebra, mas o homem mais velho olhou para o adolescente mirrado e disse com grande decepção:

— Mas os cabelos dele são castanhos! Eu pedi um loiro!

John desconhecia quem fora responsável por transferi-lo para a ala especial e, mesmo que conhecesse, não saberia como agradecer. Algumas vezes pensava que havia sido Everett, o guarda, mas outras, deitado na cama à noite, permitia que a mente vagasse por uma história fantástica na qual o pai o salvava. Richard invadia o escritório do diretor da prisão. Richard escrevia uma carta irada para o seu senador. Richard exigia tratamento justo para o filho.

John riu desses sonhos infantis ao colocar o cartão no relógio de ponto, esperando pelo estalo mecânico antes de dar por encerrado o dia no lava-rápido. O clima estava bom havia várias semanas e as pessoas levavam seus carros para lavar. John só teve tempo para ir até a casa da mãe de Ben e pegar o carro na tarde anterior. Ele estava tirando a carteira de motorista provisória quando Mary Alice morreu, mas isso havia sido há muito tempo e ele suava como uma prostituta na igreja ao simples pensamento de sentar-se ao volante de um carro. Se fosse pego, Martha Lam o jogaria de volta na prisão. Mas é claro que se não usasse o carro acabaria lá de qualquer forma.

Ao telefone, a mãe idosa do ex-companheiro de cela havia sido simpática e gentil, ficou "feliz por falar com um amigo de Ben". A Sra. Carver garantiu que o seguro do carro estava pago, então disse que o Sr. Propson a levaria a um evento da Igreja em Warm Springs no domingo. E pediu que ele se lembrasse de devolver o carro com o tanque cheio. John concordou com tudo, mas a mulher o manteve na linha por outros 15 minutos falando sobre a ciática. Os avós de John haviam morrido enquanto ele estava na prisão, nenhum deles se deu ao trabalho de visitá-lo. Ele escutou atentamente às queixas da mãe de Ben, emitindo os sons certos nos momentos certos até que o pedófilo do quarto no fim do corredor olhou para ele irritado e exigiu usar o telefone.

John encontrou o Ford Fairlane azul-escuro na vaga do estacionamento, como prometido. A chave estava no para-sol, com o documento e o cartão da seguradora. Que foi o mais importante para John quando o Fairlane pegou na primeira vez que ele virou a chave. Ele engrenou o carro e saiu lentamente para a rua, hesitando entre os pedais do freio e do acelerador ao praticar subindo e descendo a rua da Sra. Carver. Felizmente, o câmbio não era manual, ou ele teria sido forçado a deixar o carro onde o encontrara. John passou a maior parte da tarde reaprendendo a dirigir, e quando entrou na rodovia de duas pistas agarrava o volante com tanta força que as mãos doíam.

Ele dizia a si mesmo que conseguiria, os dentes cerrados ao seguir pela I-20 de volta para Atlanta. Tudo que precisava fazer era aparentar saber o que estava fazendo. Nem muito rápido nem muito devagar, confiança em alta, braço apoiado na porta. Isso era tudo que os policiais procuravam: motoristas com aparência culpada. O radarzinho de policial disparava, eles sentiam a indecisão no ar.

John disse a si mesmo que ia praticar um pouco mais quando entrou no Fairlane por volta da meia-noite, no dia anterior. Mas não conseguiu se enganar por muito tempo e o carro acabou estacionado em frente à loja de bebidas na Cheshire Bridge Road, do outro lado da rua. Ele esperou por trinta minutos, mas Robin, obviamente, não estava trabalhando. Ao voltar para casa, concluiu que se tivesse um rabo ele estaria entre as pernas.

Já que gasolina era outro luxo que não podia bancar, John deixou o lava-rápido a pé e subiu a Piedmont, então atravessou o cruzamento com a Cheshire Bridge. Fingiu que apenas dava um passeio, a princípio, mas então concluiu que enganar a si mesmo era tão idiota quanto o que planejava para aquela noite. Ben finalmente dera notícias. John recebeu dois cartões-postais pelo correio naquela semana. O primeiro havia sido postado no Alabama e trazia uma sequência de números: *185430032*. O segundo era da Flórida e tinha uma mensagem. *Estamos a caminho de Piney Grove. Nos vemos quando voltarmos!!!*

John odiava charadas, mas foi até a biblioteca consultar o guia de ruas outra vez. Depois de algumas horas com o olhar perdido na janela, entendeu. O número 30032 era o CEP de Avondale Estates, na Grande Atlanta. O número 1854 da Piney Grove Road ficava próximo à Memorial Drive, quase na divisa com Decartur.

— Ei, amor!

As prostitutas estavam em frente à loja de bebidas, inclusive a mulher que John salvara no lava-rápido. Ele provavelmente deveria descobrir o nome dela, mas sabia que isso apenas o deixaria triste. Dar um nome àquela mulher significava que ela tinha uma família em algum lugar. Que havia sido uma criança um dia, frequentado a escola, tido sonhos e esperanças. E agora... nada.

— Quer fazer um programinha? — perguntou uma das mulheres.

Ele fez que não, mantendo-se à distância.

— Estou procurando por Robin.

— Ela está no cinema — disse a prostituta, indicando a rua com o queixo. — Está passando *Guerra nas estrelas*. Ela acha que a última vez que aqueles caras viram uma boceta foi quando saíram de uma.

As meninas riram da piada bem-humorada.

— Obrigado — disse John, acenando antes que voltassem a se oferecer.

O cinema ficava a uma distância considerável da loja de bebidas, mas John tinha tempo. Ele se concentrou em respirar o ar livre, até mesmo a fumaça do escapamento dos carros. Não se podia fazer isso na prisão. Era preciso encontrar outra forma de contrair câncer de pulmão.

Os tendões das pernas doíam quando chegou ao cinema. *Guerra nas estrelas*. Ele assistira ao filme quando criança, talvez seis ou sete vezes. Todo fim de semana a mãe o deixava no cinema com os amigos e voltava algumas horas depois para buscá-los. Mas isso foi antes das drogas, antes de John ficar descolado. Ele adorara o filme, saboreara a fuga.

Na prisão, Ben ficava à frente de tudo que faziam, e mesmo depois que ficou mais velho John manteve o arranjo. Era mais fácil. O lado ruim era que seus conhecimentos culturais eram os de um homem trinta anos mais velho. Ele não conhecia muitos filmes ou programas de TV das últimas duas décadas. Ninguém da ala deles ia ao salão principal nas noites de filme porque não eram idiotas de se misturar com a população geral. Doris Day, Frank Sinatra, Dean Martin, esses eram os cantores que sempre escutavam no rádio a pilha que Emily dera a John no seu primeiro Natal na prisão. A música havia sido muito importante para ele na adolescência, a trilha sonora da sua vida descontente. Agora, não era capaz de dizer o título de uma canção popular contemporânea mesmo que estivesse com uma arma apontada para a cabeça.

John já se convencera de que Robin não estaria no cinema, então ficou surpreso quando praticamente esbarrou com ela ao dobrar a esquina.

— O que você está fazendo aqui? — perguntou ela, aparentando ter ficado feliz, ele pensou, e depois nervosa.

— As garotas me disseram que você estava aqui — explicou, olhando para a fila de rapazes que serpenteava ao redor do prédio. — Noite puxada?

— Nada — disse ela com um gesto de desdém. — Esses babacas querem assistir ao filme primeiro. Acho que vou voltar mais tarde.

— Quanto tempo dura o filme?

— Sei lá. — Ela começou a caminhar na direção da loja de bebidas e John a seguiu. Robin se virou, irritada. — O que você está fazendo?

— Pensei em te acompanhar.

— Olha — disse ela. — Isso não é *Uma linda mulher*. E você, com certeza, não é nenhum Richard Gere.

John não fazia a menor ideia do que ela estava falando. O único filme de Richard Gere que ele assistiu na prisão foi *Sommersby*, o retorno de um estranho, e apenas porque também tinha um menino.

— Nós não vamos nos apaixonar, nos casar e ter filhos, está bem? — esclareceu ela.

John não havia pensado naquilo, mas talvez o plano fosse esse.

— Eu só queria dizer que não vamos nos ver mais.

— Você só me viu uma vez, seu cretino.

— Eu sei — disse ele, e a seguiu quando Robin voltou a se afastar. — Por favor, para. Me escuta.

Ela cruzou os braços sobre o peito.

— Certo. Fala então.

— Eu só... — Meu Deus, agora que ela estava escutando, John não sabia o que dizer. — Eu tenho pensado em você. Não de um jeito sexual. — O rosto dele deve ter dito outra coisa, porque a mulher rolou os olhos. — Certo, talvez sexo — admitiu ele.

— A não ser que você esteja aqui para me pagar para eu chupar o seu pirulito, eu preciso voltar pro batente.

— Não é assim — disse ele. — Por favor.

Robin voltou a caminhar e John entrou na frente dela, andando de costas, porque a mulher não fez a menor menção de parar.

— Estou metido numa coisa.

— Nossa, estou de boca aberta.

— Eu estive na prisão.

— E eu devo ficar surpresa?

— Por favor — disse John.

Robin parou de andar e ele fez o mesmo.

— Eu não queria estar envolvido nisso, mas estou. Preciso dar um jeito na situação. Não quero voltar para a prisão.

— Alguém está te chantageando?

Ele pensou a respeito.

— Não sei, talvez.

— Procure a polícia.

John sabia que ela não estava falando sério.

— Eu só queria ver você mais uma vez, dizer que não poderei mais vê-la. Depois disso, quero dizer. — Ele fez uma pausa e tentou explicar. — Não quero que você se envolva nisso, é isso que estou querendo dizer. Esse cara, ele é mau. Muito mau, e eu não quero que você se machuque.

— Você está me assustando — disse ela, com um tom de tédio pouco convincente. — Quem quer me machucar?

— Ninguém. Ele nem sabe que você existe. — John esfregou o rosto com as mãos, soltando um grunhido. — Isso não tem nada a ver com você. Me desculpa por encher você com isso. Eu só queria te ver mais uma vez.

— Por quê?

— Pelo que você me contou sobre o seu primeiro beijo. Eu só... — Ele tentou sorrir. — Eu era um fracasso na escola. As garotas não queriam nada comigo.

— Tenho uma má notícia para você, amigo. Elas ainda não querem. — As palavras de Robin eram incisivas, mas o tom era divertido.

— Eu era muito novo quando fui preso. Passei vinte anos na prisão.

— E eu devo sentir pena de você?

Ele fez que não. John deixou de esperar que sentissem pena dele há muito tempo.

— Queria agradecer por ter me contado a história sobre Stewie e tudo mais. Tenho pensado bastante nisso, é uma história muito bonita.

Robin mordeu o lábio inferior, seus olhos buscando os de John.

— Certo. Você já disse.

— E eu... — As palavras ficaram suspensas no ar. Ele ensaiara aquilo cem vezes no trabalho, mas agora estava mudo.

— Você o quê? — provocou ela. — Você quer me comer?

— Sim — ele não podia mentir. — Sim, muito.

— É, então podia ter poupado o meu tempo e dito isso de uma vez. — Ela voltou a caminhar na direção da loja de bebidas. — Dez dólares pelo quarto, 30 por uma completinha. Nada de anal, nada de pancadaria, ou eu arranco o seu pau.

Robin havia se afastado 3 metros quando percebeu que ele não a seguiria.

— Qual é o seu problema?

— Obrigado — disse ele. — Adeus.

16

— Olhe para mim — disse Emily, curvando-se sobre a mesa na sala de visitas.

Era a primeira vez que se viam desde que John fora mandado para Coastal, e nenhum dos dois disse nada a respeito de Zebra, do hospital, do fato de John precisar sentar-se em uma almofada inflável para conversar com a mãe.

— Você não vai se perder aqui — disse ela. — Você vai fazer alguma coisa da sua vida.

Ele apenas chorou, lágrimas enormes rolavam pelo rosto e o peito tremia quando ele tentava segurar os soluços.

— Você não é mais um menino, John. Você é um homem forte. Você vai sobreviver a isso. E vai sair daqui.

Emily ainda tinha esperança com os recursos. Ela tinha fé no sistema judiciário, não acreditava que os pais fundadores houvessem pensado naquele tipo de tratamento para um rapaz de 16 anos.

— Eu trouxe isso — disse ela, tirando livros escolares de uma sacola. Matemática e ciências, as duas matérias preferidas de John nos tempos em que ele ainda gostava da escola.

— Você ainda pode concluir o ensino médio.

John a fitava com os olhos vazios. Ele usava uma fralda para segurar o pus que lhe escorria do ânus e a mãe estava preocupada que concluísse o ensino médio.

— Vai precisar disso para entrar na faculdade quando for solto.

Educação. Emily sempre insistira que a educação era a única coisa que realmente enriquecia a vida. Até onde conseguia lembrar, a mãe sempre tinha um livro por perto, sempre recortava matérias de jornais ou revistas que achara interessantes.

— Você está escutando, Jonathan?

Ele não conseguia nem mesmo assentir.

— Você vai terminar o ensino médio, então vai para a faculdade, está bem? Ela envolveu as mãos do filho. Os pulsos dele ainda estavam feridos onde os homens o seguravam. Um dos guardas se aproximou, mas não os separou.

— Você não vai desistir aqui — disse ela, apertando forte, com se pudesse transmitir para o filho parte da sua força, sugar para si parte da dor que ele sentia. Ela sempre dissera que preferia sofrer a ver os filhos sofrerem, e pela primeira vez John via que era verdade. Se pudesse, Emily trocaria de lugar com ele naquele momento. E John não a impediria.

— Você está entendendo, Jonathan? Você não vai desistir aqui.

Ele não falava com ninguém há quatro semanas e meia. O gosto das próprias fezes e do esperma de outros homens estava grudado na garganta como melaço. Ele tinha medo de abrir a boca, temia que a mãe sentisse aquele cheiro e soubesse o que havia feito.

— Diga, John. Diga que fará isso por mim.

Os lábios estavam grudados, secos, sangrando. Ele manteve os dentes cerrados e olhou para as mãos.

— Sim.

Duas semanas depois a mãe perguntou se ele estava estudando. John mentiu, disse que sim. Ele já dividia uma cela com Ben àquela altura, e não dormia à noite com pavor de que o homem mais velho estivesse dando tempo ao tempo, esperando o momento certo para atacar.

— Meu anjo — dissera Ben por fim. — É muita pretensão sua achar que faz o meu tipo.

Em retrospecto, John *era* o tipo de Ben: jovem, cabelos castanhos, magro, heterossexual. Mas Ben nunca cruzou essa linha, e John só o viu com raiva de verdade em duas ocasiões. A mais recente, quando os aviões foram atirados no Pentágono e nas torres do World Trade Center. Ben passou dias lívido demais para conseguir falar. A primeira aconteceu anos antes, quando pegou John com drogas.

— Você não vai fazer isso, rapaz — ordenara Ben, apertando os pulsos de John com tanta força que os ossos pareciam estar prestes a quebrar. — Está me ouvindo?

John o olhou nos olhos. Ele sabia que o último homem que viu Ben Carver enfurecido daquela forma acabou flutuando nu e de bruços em um tanque raso no pátio de uma igreja abandonada.

— Vou soltá-los em cima de você, filho. Como uma matilha de chacais. Está me entendendo?

A ala especial tinha dez celas com dois homens cada. Seis eram pedófilos. Dois gostavam de meninas, quatro eram caçadores de meninos. À noite, John os ouvia se masturbando, sussurrando o seu nome quando chegavam ao clímax.

— Sim, senhor — respondeu John. — Eu prometo.

Os demais criminosos da ala eram como Ben. Perseguiam adultos do lado de fora, então John sentia-se razoavelmente seguro na companhia deles. Mas sexo era sexo, e dentro da penitenciária a ideia era desfrutar de carne fresca sempre que possível. Ele ficou sabendo depois por Ben que, em ocasiões diferentes, todos ofereceram barganhas por alguns momentos com o novo rapaz. A etiqueta da prisão ditava que o companheiro de cela tinha a primeira preferência. Como o tempo passava e Ben não investia, alguns ficaram indóceis; mas todos, dos estupradores de bebês aos assassinos de crianças, temiam Ben. Consideravam-no um louco doentio.

Naqueles primeiros anos preso, John marcava cada um dos dias do calendário com um X, numa contagem regressiva até a liberdade. Tia Lydia estava trabalhando no caso, tentava todas as alternativas possíveis para tirá-lo daquele lugar. Então um dia ela chegou acompanhada de Emily e ambas disseram que a Suprema Corte da Georgia havia se recusado a julgar o caso dele. Lydia havia sido sua defensora, a única pessoa além de Emily que insistira para que ele lutasse nos tribunais em vez de aceitar o acordo oferecido pelo estado.

A expressão no rosto da mulher dizia tudo. Era o fim da linha. Não havia mais opções.

O acordo oferecido pelo estado fora de uma pena de 15 anos sem liberdade condicional. Lydia o orientou a não aceitar, disse que lutaria pela inocência de John com cada osso do corpo. Agora ele contemplava uma pena de 22 anos a perpétua.

O corpo de tia Lydia sacudia com os soluços. Acabou sendo John quem a amparou, quem tentou confortá-la, absolvê-la da culpa por não ter sido capaz de salvá-lo.

— Está tudo bem — disse ele. — Você fez o seu melhor. Obrigado por ter feito o seu melhor.

Quando voltou à cela, John retomou a leitura da última edição da *Popular Mechanics*. Ele não chorou. Que bem isso faria? Demonstrar as emoções na frente de algum estuprador e assassino de crianças para que o sujeito sentisse prazer com a sua dor? Não. John já endurecera àquela altura. Ben o ensinara como as coisas funcionavam, como resistir à vida na prisão sem ser esfaqueado ou espancado até a morte. Ele ficava na dele, nunca olhava ninguém nos olhos e raramente falava com outra pessoa que não Ben.

Na prisão, John descobriu que era inteligente. Ele não chegou a essa conclusão por vaidade. Era mais como um epitáfio, uma elegia à pessoa que poderia ter sido. Ele entendia fórmulas complexas, equações matemáticas. Algumas vezes, quase sentia o cérebro crescendo dentro da cabeça, e quando resolvia um problema, chegava à solução de um diagrama difícil, sentia como se tivesse vencido uma maratona.

Então vinha a depressão. O pai estava certo. Os professores estavam certos. O pastor estava certo. Ele deveria ter se empenhado. Deveria, poderia ter colocado o cérebro para funcionar e *feito* alguma coisa da própria vida. Agora, o que tinha? Quem dava a mínima se ele era o assassino mais inteligente da prisão?

Certas noites, John ficava acordado na cama pensando no pai, na aversão que Richard sentiu na única vez que o visitou. John estava aprendendo outras coisas sobre a vida naquele lugar. Por pior que Richard fosse, ele nunca sentiu na pele o que sentiram alguns dos seus colegas presidiários. O pai dele pode ter sido insensível, mas não era cruel. Nunca o torturou. Nunca o espancou com brutalidade a ponto de perfurar um pulmão. Nunca colocou uma arma na cabeça do filho e disse que escolhesse entre deixar que um velho imundo o chupasse para que o papai arrumasse um papelote ou acabar com uma bala no cérebro.

Os anos passaram e John se deu conta de que havia se adaptado. Ele era capaz de suportar a prisão. Os dias eram longos e sumiam no horizonte, mas ele aprendeu a ter paciência, adquirira a capacidade para suportar tempos difíceis. A possibilidade de liberdade condicional apareceu no décimo ano de pena, e a cada dois anos depois. Ele estava a uma semana da próxima audiência com o comitê de condicional e a um ano e meio de completar a pena de 22 anos quando Richard visitou o filho na prisão pela segunda e última vez.

John esperava por Emily na sala de visitas, olhava para o detector de metais na expectativa de vê-la, quando Richard bloqueou sua visão.

— Pai?

A boca de Richard se contraiu de aversão ao ouvir a palavra.

John mal o reconheceu. Os cabelos do pai estavam completamente brancos, mas ainda cheios, em forte contraste com o rosto bronzeado. Como sempre, ele estava em forma. Richard via obesidade como sinal de desleixo e já tinha fixação por saúde muito antes que isso se transformasse em obsessão nacional.

Emily se divorciara dele um ano depois da condenação de John, mas o casal deixou de viver sob o mesmo teto no dia da prisão do filho. Richard não foi ao julgamento, não desembolsou 1 centavo para pagar pela defesa e recusou-se a testemunhar a seu favor.

— Você finalmente conseguiu — disse Richard, sem sentar-se à mesa, a reprovação e a aversão pelo filho caindo sobre John como uma chuva de verão. — Sua mãe está com câncer de mama. Em estágio terminal. Você finalmente a matou também.

Uma semana depois, John sentou-se perante o comitê de condicional, retribuindo o olhar de cada um dos integrantes, e disse que finalmente se dera conta de que ninguém podia ser culpado pela sua prisão a não ser ele mesmo. Ele odiava Mary Alice Finney. Invejava a popularidade, os amigos, o status dela. Foi um viciado em drogas, mas isso não era desculpa. A cocaína apenas abrandava suas inibições, a capacidade de julgar entre o certo e o errado. Ele a seguiu até em casa na noite da festa. Arrombou o quarto da garota e a estuprou brutalmente. Quando o efeito da cocaína começou a passar, percebeu o que havia feito e a assassinou a sangue-frio, então mutilou o corpo para fazer parecer que fora vítima de um psicopata desconhecido.

A conduta dele era exemplar. John foi um presidiário modelo com apenas duas infrações na ficha, ambas há mais de uma década. Ele participou de todos os cursos oferecidos pela penitenciária: Impacto nas Vítimas, Violência Familiar, Pensamento Corretivo, Grupo de Depressão, Transtorno de Estresse Pós-traumático, Habilidades de Comunicação, Administração da Raiva, Grupo de Foco e Controle das Preocupações. Concluiu o ensino médio, conquistou um diploma universitário e estava no meio de uma pós-graduação quando uma emenda à legislação criminal extinguiu as bolsas federais para presidiários. John fazia trabalho voluntário no hospital da penitenciária, onde ensinava RCP e noções básicas de higiene a outros detentos. Fez cursos práticos de horticultura e preparação de alimentos. Uma carta escrita de próprio punho e anexada ao processo dizia que a mãe estava doente, e que ele apenas queria chegar em casa e ficar ao lado dela da forma como ela ficara do seu lado todos aqueles anos.

O comunicado oficial de que receberia a liberdade condicional chegou em 22 de julho de 2005.

Emily morrera dois dias antes.

17

6 de janeiro de 2006

Primo Woody. O descolado, o popular. Ele tinha um aparelho de musculação na garagem e passava a maior parte do tempo malhando e fumando maconha. O peito dele era musculoso, um rastro de pelos corria pela barriga musculosa e sumia na cintura das calças. As garotas subiam no colo dele como trepadeiras *kudzu* no tronco dos pinheiros. Tinha um Mustang prata do ano. Recrutava alguns garotos para venderem drogas na escola, então sempre tinha dinheiro jorrando dos bolsos. A mãe viúva, que ascendia rápido na carreira de advogada, sempre trabalhava até tarde da noite, sempre deixava o filho sozinho. O Sr. "Vamos Até o Meu Quarto", o Sr. "Quer um Tirinho?", o Sr. "Cheire Logo de uma Vez".

O descolado primo Woody.

John vinha seguindo Woody a quase dois meses. Ele deixava o Fairlane no estacionamento da estação Inman Park do MARTA porque a gasolina era cara demais para usar em qualquer coisa que não os negócios. Era assim que via a situação: negócios. Ele era presidente da Mantenha John Fora da Prisão. O maldito diretor financeiro, o vice-presidente, o secretário, todos enrolados em um.

Desde o começo, Woody facilitou a vida de John. Ele sempre foi uma criatura de hábitos, e não mudou na vida adulta. John podia acertar o relógio com o cara. Ele ia trabalhar todos os dias, voltava direto para casa, beijava a esposa se ela estivesse em casa, botava o filho na cama e então se instalava na frente da televisão pelo resto da noite. Ele fez a mesma coisa todas as noites da primeira semana, e John começou a acreditar que estava perdendo tempo, até que chegou o domingo. O menino não estava em casa, a esposa não o trouxera de volta da igreja e John concluiu que deveria ter ficado com algum parente. A esposa saiu por volta das 6, vestida para o trabalho, e deixou o marido sozinho.

Woody esperou cerca de trinta minutos, então entrou no carro e saiu. Passaram-se algumas semanas, então um mês e mais um, e ele sempre fazia a mesma coisa. Toda noite de domingo Woody saía de carro.

Com o tempo, John ficou bom em manter distância para garantir que Woody não visse o Fairlane que seguia o seu carro. Não que ele olhasse para outra coisa que não as mulheres nas calçadas do centro de Atlanta. Ele parava e acenava para uma delas, então a mulher entrava no carro e eles seguiam para uma viela, para um parque ou uma rua vazia. John via a cabeça da prostituta subir e descer por alguns minutos, então subir de forma definitiva. Ela descia e Woody voltava para a TV.

Então, uma noite, ele mudou o padrão. Entrou à esquerda, e não à direita quando saiu de casa, e seguiu para a Highway 78. John foi forçado a segui-lo a uma distância maior do que a de costume, já que não havia muitos carros na estrada. Deu uma guinada brusca para entrar em um retorno no último instante e seguiu Woody por uma estrada cheia de curvas por cerca de vinte minutos, na qual passaram por uma placa em que se lia *Bem-vindo a Snellville... Onde Todos São Alguém!*

John estacionou em uma rua tranquila e continuou a pé, já que era isso que Woody fazia. Estava frio, era a primeira semana de dezembro, mas John suava em bicas, pois estava no meio de um bairro residencial, havia crianças dormindo em todas as casas à sua volta. Ele ficou tão dominado pelo medo que acabou perdendo contato com o alvo. Vasculhou ruas vazias com os olhos, entrou em becos sem saída, ficou tão desesperado que não conseguia encontrar nem ao menos o Fairlane.

John estava preocupado com a própria segurança agora. Ele se escondia nas sombras, atento a qualquer ruído, certo de que um policial apareceria, levantaria sua ficha e se perguntaria o que um pedófilo fazia por aquelas bandas.

Até que, à distância, viu um homem caminhando ao lado de uma menina. Ambos entraram no carro de Woody e sumiram de vista. John encontrou o Fairlane cinco minutos depois e amaldiçoou a si mesmo durante todo o trajeto de volta até Atlanta. Nas duas semanas seguintes, vasculhou os jornais à procura de notícias sobre algo ruim em Snellville: uma criança raptada, um assassinato. Não encontrou nada, mas sabia que era questão de tempo.

A verdade era simples: Woody usava a identidade de John por um motivo. Ele tentava cobrir suas pegadas. John passou muito tempo na companhia de criminosos para saber quando via um em ação. Era apenas questão de tempo até que o que Woody estava fazendo caísse com tudo na cabeça de John.

John decidiu naquele instante que se mataria ou encontraria alguém para fazê-lo antes de voltar para a prisão. Ele já havia perdido vinte anos da sua vida apodrecendo entre pedófilos e monstros. E não voltaria para aquilo. Não submeteria Joyce àquele tipo de sofrimento e humilhação outra vez. John ficou forte na prisão, adquiriu uma determinação de aço, mas a liberdade o deixou mole, e ele sabia que não seria capaz de suportar a perda do pouco de vida que talhara para si mesmo. Daria um tiro na cabeça antes disso.

Ele se encontrou com a irmã nessa época. Pouco antes do Natal, Joyce telefonou para a pensão e John ficou tão surpreso ao ouvir a voz da irmã que achou que pudesse ser brincadeira de alguém. Mas quem faria uma brincadeira? Ele não conhecia ninguém, não tinha amigos fora da prisão.

Eles se encontraram em um café na Monroe Drive. John vestia uma camisa nova e o único par de calças apresentável que tinha, as calças *chino* que Joyce mandou para que tivesse o que vestir quando saísse de Coastal. A norma era devolver ao detento as roupas que usava quando chegou, mas John era agora muito maior do que o adolescente magricela que desembarcou do ônibus de transporte de prisioneiros.

Na noite anterior, ele saiu do trabalho mais cedo e foi até uma loja de presentes. John passou uma hora escolhendo um cartão de Natal para Joyce, indo e voltando entre os caros e os bonitos. Com a piora no tempo, o trabalho ficou esporádico no Gorilla. Art estava dispensando. John economizou o máximo que conseguiu durante as vacas gordas, mas por fim precisou comprar o casaco de inverno. Apesar de ter prometido a si mesmo que nunca mais compraria roupas usadas, não teve escolha a não ser ir à loja do Exército da Salvação. O único casaco que servia estava rasgado na gola e tinha um cheiro estranho que não saiu depois que o lavou. Mas era quente, e era isso que importava.

Joyce chegou cinco minutos atrasada. John remoía o fato de ter precisado pagar 3 dólares por uma xícara de café apenas para sentar a uma das mesas quando a irmã entrou. Ela parecia irritada, estava com os óculos escuros na testa, os cabelos castanhos, à altura dos ombros, soltos.

— Estou atrasada. Desculpe. — Joyce puxou uma cadeira e sentou-se à frente de John, deixando um espaço de cerca de 15 centímetros entre ela e a mesa, e ainda mais entre ela e o irmão.

— Quer café? — Ele começou a se levantar, mas a irmã o deteve com um gesto brusco de negativa.

— Preciso encontrar alguns amigos daqui a dez minutos. — Ela nem ao menos tirou o casaco. — Não sei por que liguei para você.

— Fico feliz que tenha ligado.

Joyce olhou pela janela. Havia um cinema do outro lado da rua e ela observava as pessoas na fila.

John tirou o cartão de Natal do bolso, feliz por ter escolhido o mais caro. Três dólares e 68, mas era decorado com glitter e dobrado de forma que quando aberto formava um floco de neve. Joyce sempre adorou livros com *pop-ups* quando eram crianças. Ele ainda lembrava da irmã gargalhando com um no qual bichos da fazenda saltavam das páginas.

Ele estendeu o cartão.

— Comprei isso para você.

Joyce não pegou o cartão, então ele o colocou sobre a mesa e o empurrou para a irmã. Ele passara boa parte da noite anterior rabiscando ideias em um caderno por não querer dar um cartão com palavras riscadas, ou, pior, escrever alguma coisa idiota e ser forçado a comprar outro. No fim, acabou simplesmente assinando "Com amor, John", por saber que não havia nada mais que pudesse dizer.

— O que você tem feito?

Ela voltou a se concentrar no irmão, como se houvesse esquecido que ele estava ali.

— Trabalhado.

— É. — Ele fez que sim. — Eu também. — E tentou acrescentar um comentário espirituoso. — Não exatamente como você, mas alguém precisa limpar aqueles carros.

Ela, obviamente, não achou graça.

John olhou para a xícara, envolvendo-a com as mãos. Joyce havia ligado para ele, o convidado para aquele lugar onde não podia imaginar nem ao menos pedir um sanduíche, mas ainda assim sentia-se o vilão da história.

Talvez ele *fosse* o vilão da história.

— Você se lembra do Woody?

— Quem?

— O primo Woody. Filho da Lydia.

Ela deu de ombros, mas respondeu:

— Sim.

— Você sabe o que ele fez da vida?

— Acho que entrou para o Exército ou coisa parecida. — Os olhos dela brilharam. — Você não vai entrar em contato com ele, vai?

— Não.

Ela curvou-se para a frente, aflita.

— Você não devia, John. Ele não era flor que se cheirasse naquele tempo, e tenho certeza de que continua não sendo.

— Não vou.

— Você acabaria de volta na prisão.

Será que ela se importaria?, John se perguntou. Seria melhor que voltasse para Coastal em vez de viver debaixo do nariz dela? Joyce era a única pessoa no mundo que se lembrava de John como ele costumava ser. Era como uma caixa preciosa em que estavam guardadas todas as suas memórias da infância, só que jogara a chave fora no momento em que a polícia o arrastou para fora de casa.

Joyce se recostou na cadeira e olhou para o relógio.

— Preciso ir andando.

— É — disse ele. — Seus amigos estão esperando.

Os olhos deles se cruzaram pela primeira vez. Joyce viu que o irmão sabia que estava mentindo.

Ela passou a língua nos lábios.

— Visitei mamãe no fim de semana passado.

John apertou os olhos para conter as lágrimas. Em sua mente, viu o cemitério, Joyce ao lado do túmulo da mãe. Não havia linhas de ônibus até o lugar e uma corrida de táxi custaria 60 dólares. Ele nem ao menos sabia como era a lápide da mãe, qual era a inscrição escolhida por Joyce.

— Foi por isso que telefonei. Mamãe gostaria que nos encontrássemos. — Ela deu de ombros. — Natal.

John mordeu o lábio, pois sabia que se abrisse a boca começaria a chorar.

— Ela sempre acreditou em você. Nunca duvidou da sua inocência.

O peito doía com o esforço de conter as emoções.

— Você estragou tudo — disse Joyce, quase incrédula. — Você arruinou as nossas vidas, mas ela não desistiu de você.

Algumas pessoas começaram a olhar, mas John não se importou. Ele se desculpou com a irmã por anos. Em cartas, pessoalmente. Desculpas não significavam nada para Joyce.

— Não posso culpar você por me odiar — disse ele, enxugando uma lágrima com as costas da mão. — Você tem todo o direito.

— Eu queria conseguir odiá-lo — sussurrou ela. — Queria que fosse assim tão fácil.

— Eu a odiaria se você tivesse feito...

— Feito o quê? — Joyce estava curvada sobre a mesa outra vez, havia um tom de desespero em sua voz. — Feito o quê, John? Eu li o que você disse à comissão de condicional. Eu sei o que você disse a eles. Diga para *mim*. — Ela deu um tapa na mesa. — Diga para *mim* o que aconteceu.

John pegou um guardanapo e assoou o nariz.

Joyce não recuou.

— Todas as vezes que foi à comissão, todas as vezes que falou com eles, você disse que era inocente, que não admitiria a culpa por algo que não fez apenas para conquistar a liberdade.

John pegou outro guardanapo para ter o que fazer com as mãos.

— O que mudou, John? Foi mamãe? Você não queria decepcioná-la? Foi isso, John? Agora que mamãe está morta você finalmente pôde dizer a verdade?

— Ela não estava morta quando eu disse aquilo.

— Estava definhando — disse Joyce entre os dentes. — Estava definhando naquela cama de hospital e a única coisa em que conseguia pensar era você. "Cuide de Johnny", ela dizia o tempo todo. "Não o deixe sozinho naquele lugar. Nós somos tudo que ele tem."

John ouviu a si mesmo soluçar, um latido de foca que ecoou no restaurante.

— Diga, John. Diga a verdade de uma vez. — A voz dela estava tranquila. Como o pai deles, Joyce não gostava de demonstrar emoções. Quanto mais irritada ficava, mais baixo tendia a falar.

— Joyce...

Ela pegou a mão do irmão. Ela nunca o tocara, e John sentia o desespero fluindo pelas pontas dos dedos dela e pinicando a sua pele.

— Eu não me importo mais — disse ela, quase em súplica. — Não me importo se foi você, John. De verdade. Só quero saber. Por mim, pela minha sanidade. Por favor... diga a verdade.

As mãos dela eram bonitas, tão delicadas, com dedos longos. Iguais aos de Emily.

— John, por favor.

— Eu te amo, Joyce. — Ele levou a mão ao bolso de trás da calça e pegou uma folha de papel. — Algo vai acontecer. Uma coisa ruim que eu não sei se serei capaz de impedir.

Ela puxou a mão, recostou-se na cadeira.

— Do que você está falando, John? No que você se meteu?

— Pegue isso — disse ele, colocando o formulário da análise de crédito sobre o cartão de Natal. — Só pegue isso e saiba que, aconteça o que acontecer, eu te amo.

John não viera no Fairlane, mas não queria que Joyce o visse esperando no ponto de ônibus em frente ao shopping, então correu pela rua até Virginia-Highland e pegou o ônibus lá. Ele não queria voltar para casa, não suportaria a visão do quarto infestado de baratas ou dos companheiros estupradores no corredor, então foi até a estação do Inman Park e pegou o carro.

Ele geralmente não seguia Woody a não ser à noite ou nos fins de semana. As duas primeiras semanas de reconhecimento provaram que o sujeito ficava em casa a não ser que a esposa o fizesse botar o lixo para fora. Mas John estava pensando que talvez Woody fosse mais esperto do que parecia. Talvez tivesse outro carro em algum lugar. O que não era nada extraordinário, levando-se em conta a caixa postal e os cartões de crédito. Talvez John Shelley houvesse comprado um carro naqueles seis anos.

Com a proximidade do Natal, o bairro de Woody estava decorado com luzes coloridas e enfeites. Luminárias feitas com garrafas de leite ladeavam a rua. Na semana anterior, John vira uma senhora que passeava com o cachorro acender cada uma delas.

Era uma vizinhança agradável.

John parou o carro entre um SUV e uma perua no estacionamento da igreja e observou o cartaz com os horários para conferir quando terminariam as missas. A esposa de Woody sempre levava o menino para a igreja aos domingos, então passava a maior parte do dia com uma mulher, provavelmente a mãe.

Da igreja, John desceu a rua paralela à de Woody, assobiando como se fosse apenas um sujeito dando uma volta. Ele calculou a distância mentalmente, então pegou um atalho por um descampado e seguiu em frente até ver o que só podia ser os fundos da casa de Woody. Não havia muitas árvores como cobertura e ele sentia-se exposto. Qualquer pessoa que saísse pela porta dos fundos o veria. Estava prestes a voltar quando aconteceu exatamente isso. Uma mulher abriu a porta da casa vizinha. Ela estava na linha de visão de John, mas não olhava em sua direção, e sim para a casa de Woody, com a mão erguida em saudação para proteger os olhos do sol.

John deitou no chão. O quintal da garota estava coberto de mato, mas qualquer pessoa que olhasse naquela direção o veria. Por sorte, os olhos dela seguiam algo mais interessante. John viu Woody caminhar pelo quintal de casa, saltar sobre uma cerca telada que havia sido derrubada por uma árvore. Ele foi até a garota sem ao menos desviar o olhar na direção de John, abraçou-a e a beijá-la.

John observou Woody enlaçar as pernas finas da garota, carregá-la para dentro da casa com os lábios grudados nos dela e bater a porta.

18

15 de junho de 1985

John esperou a noite toda que Mary Alice aparecesse na festa, fumando tanta maconha que estava com o peito doendo. Woody ficou de olho nele o tempo todo, fazendo sinais de aprovação com o polegar para incentivá-lo. Ele estava arrependido por ter dito ao primo que convidara uma garota. Já era bem ruim que Mary Alice não estivesse lá, mas fazer papel de idiota para Woody piorava a situação um milhão de vezes.

John já havia perdido as esperanças quando, por volta da meia-noite, ela entrou pela porta da frente. A primeira coisa que percebeu foi o quanto a garota parecia fora do seu ambiente nas calças Jordache bem-passadas e na blusa branca que vestia. Estava linda. Todos os convidados vestiam tons variados de preto: calças jeans sujas, camisetas de bandas de heavy metal manchadas, cabelos ensebados.

Mary Alice estava para se virar e ir embora quando John a agarrou pelo braço.

— Ei! — ela parecia surpresa, eufórica e desconfiada ao mesmo tempo.

— Você está bonita — disse John, erguendo a voz acima do Poison que trovejava no som.

— É melhor eu ir andando — disse ela, mas não fez menção de partir.

— Entra, vem beber alguma coisa.

John percebeu que ela refletia sobre o convite, pensando no que ele queria dizer com beber, se deveria confiar nele.

— Tem refrigerante na cozinha. Vem.

Mary Alice ainda hesitava, mas quando John deu um passo para o lado para que o acompanhasse até a cozinha, bloqueando a sua saída, ela finalmente cedeu.

Ele viu Woody quando passaram pelas escadas. O primo estava encostado no corrimão, as pupilas enormes, um sorriso maroto. Uma das garotas da única família negra da vizinhança estava grudada nele como velcro, os braços lhe envolvendo o pescoço, uma perna enlaçada na dele. Eles se beijavam demoradamente quando John olhou. Ela era linda, sua pele escura e sedosa, os cabelos com tranças exóticas. A garota mais bonita da festa só podia mesmo ficar com Woody.

Ele fez sinal de positivo para John outra vez, mas desta vez não sorria.

A cozinha estava enfumaçada e Mary Alice tossiu, agitando a mão em frente ao rosto. Um casal trocava amassos em um canto e John parou de olhar quando o rapaz enfiou a mão na parte da frente da calça jeans da garota.

— Festa legal — disse outro rapaz, esbarrando em John. A bebida espirrou na mão dele e o sujeito estendeu-lhe o copo plástico pela metade numa oferta de paz. Ele já bebera mais do que devia naquela noite, mas tomou um gole longo do copo, o líquido queimando na garganta ao descer.

Quando olhou em volta à procura de Mary Alice, ela já saía pela porta dos fundos.

— Ei — disse John, correndo atrás dela.

Mary Alice estava ao lado de um carvalho grande, olhando para as estrelas. Os cabelos estavam revoltos e ela parecia nervosa. Talvez pudesse segurar sua mão. Talvez pudesse beijá-la.

Ela riu sem motivo.

— Eu não conseguia respirar lá dentro.

— Desculpa.

— Me dá isso — disse Mary Alice ao ver o copo.

— Eu não sei o que tem aqui dentro. É melhor não.

— Você não é o meu pai — disse ela, pegando o copo, e manteve os olhos cravados nos de John ao tomar um longo gole da bebida escura. — Tem gosto de Coca e alguma coisa.

Ele pediu a Deus que não fosse alguma coisa. Woody tinha 19 anos e todos os seus amigos eram mais velhos. Alguns usavam drogas pesadas, coisas sobre as quais John preferia não saber nada a respeito. Não havia como dizer o que rolava por ali.

— Me desculpa — disse ele. — Não achei que fosse estar tão louco por aqui.

Mary Alice bebeu outro gole e sorriu. Meu Deus, como ela era bonita. John vinha odiando-a há tanto tempo que se esquecera de como era linda.

Ela ergueu o copo outra vez e John a segurou.

— Você vai ficar enjoada. — Na verdade, ele pensava que iria beijá-la mesmo que ela vomitasse.

— Você está chapado?

— Não — mentiu. E estava tão nervoso que fumaria grama se acreditasse que o deixaria mais calmo.

A garota bebeu outro gole e ele não tentou impedi-la.

— Quero ficar chapada.

John teria ficado menos surpreso se ela dissesse que queria voar até a lua.

— Qual é, Mary Alice. Pega leve com isso aí. Você vai ficar enjoada.

— É bom o bastante pra você — disse ela, entornando o copo, e virando-o de cabeça para baixo para mostrar que estava vazio. — Quero outro.

— Vamos ficar um pouco aqui fora.

— Por quê? — perguntou ela. O corpo de Mary Alice oscilava um pouco e John estendeu a mão para equilibrá-la. — Eu achei que você me odiasse.

John sentia o cheiro de perfume e spray para cabelo que se desprendia de Mary Alice. O calor da pele dela. Ele poderia puxá-la para os seus braços e abraçá-la a noite toda.

— Eu não te odeio.

— Você diz coisas horríveis a meu respeito o tempo todo.

— Não — disse ele, com tanta convicção que quase acreditou em si mesmo.

Mary Alice se desvencilhou.

— Meus pais acham que eu estou em casa.

— Os meus também.

— Você foi suspenso da escola?

— Não.

— Eles deveriam suspendê-lo — disse ela. — Meu pai diz que você não vale nada.

— É — disse ele, desejando que Mary Alice não tivesse virado a bebida. — O meu também.

— Ele foi embora hoje à noite.

— O seu pai?

— Fez as malas e foi embora quando eu estava no shopping. A minha mãe disse que ele se mudou para a casa daquela moça do trabalho. — Mary Alice soluçou baixinho. — Ela não parava de chorar.

Mary Alice também chorava, mas John não sabia como consolá-la.

— Sinto muito — disse por fim.

— Liguei para o número que ele deixou. Uma mulher atendeu.

A língua de John não saía do lugar. O que deveria dizer?

— Ele disse que vamos nos ver nos fins de semana. Que Mindy vai me levar às compras.

— Sinto muito — repetiu John.

— Por que você anda com aquele babaca? — perguntou Mary Alice.

— Quem? — John se voltou para onde ela olhava e viu Woody.

O primo praticamente rolou pelas escadas ao seguir na direção deles. Ele riu da falta de coordenação, então John riu também.

— Pra molhar a garganta — disse Woody, estendendo outra bebida para John.

Ele tomou um gole, tentando manter o equilíbrio, já que a cabeça estava rodando.

— Oi, princesa — disse Woody, apoiando-se em John com os olhos cravados em Mary Alice. — Por que você demorou tanto? Eu estava começando a achar que o meu primo aqui tinha inventado você.

John estava para fazer as apresentações, mas algo o deteve. Ele não gostava da forma como o primo olhava para Mary Alice, o desejo presente em seu olhar. Alicia o esperava na casa, pronta para fazer o que ele quisesse, e agora Woody se atirava em Mary Alice. Não era justo.

— A gente já estava de saída — disse John, pegando a mão de Mary Alice como se ela fosse dele.

— Tão cedo? — perguntou Woody, e John percebeu que o primo bloqueava o caminho deles. — Vem pra casa com o seu velho primo Woody. Tenho uma coisa pra você.

— Acho que não. — John atirou o copo vazio na grama. — É melhor eu levá-la para casa. A mãe dela deve estar preocupada.

— Só um pouquinho — insistiu Woody. — Ou melhor, outro. — Ele piscou para Mary Alice. — Acha que aguenta uma bebida, princesa? Pode ajudar a secar esses seus olhos azuis maravilhosos.

Mary Alice estava estranha. Ela sorria, quase flertava.

— Eu não estava chorando.

— Claro que não, linda.

— Woody — começou John, mas o primo colocou a mão sobre a sua boca para calá-lo. — Esse aqui fala demais.

Ela riu, e John sentiu uma centelha de raiva. Ela ria com Woody. Ria *dele*!

— Você acha que aguenta uma bebida, princesinha?

Ela deu um sorriso sexy de canto de boca.

— Aguento.

— Mary Alice — disse John.

Woody recolheu a mão e envolveu os ombros de Mary Alice. Ele lambeu os lábios olhando para o decote da garota.

— Cala a boca, primo.

Mary Alice riu.

— É, John. Cale a boca.

Woody a puxou para mais perto e ela inclinou a cabeça para trás. Ele manteve os olhos em John ao colar a boca aberta na boca de Mary Alice. Ela retribuiu o beijo e John sentiu como se alguém lhe arrancasse o coração do peito. Ficou imóvel, desamparado, quando Woody enfiou a mão na blusa da garota e apalpou o seio dela como se fosse algo que fazia todos os dias. Ele abriu mais a boca e Mary Alice o afastou, caindo em si um segundo mais tarde do que deveria.

— Para! — gritou ela, cambaleando na direção de John.

Ele a segurou. Faltava um botão da blusa onde Woody havia enfiado a mão.

— Você é nojento — disse ela, fechando a blusa. Lágrimas rolavam dos seus olhos.

— Que é isso, gata. Não seja assim — disse Woody sorrindo.

— Não acredito em você — gritou. — Sua língua é nojenta.

O sorriso ficou estranho.

— Cuidado.

Ela se aninhou em John, chorando.

— Por favor, me leva pra casa.

John começou a se afastar com Mary Alice nos braços, olhando para Woody, sem gostar da expressão no rosto do primo.

— Volte aqui — ordenou Woody, estendendo as mãos para a garota.

— Deixa a menina em paz! — gritou John, com os punhos fechados.

Woody, provavelmente, tinha o dobro do peso dele, mas John acreditava firmemente que poderia, quebrar a cara do primo se ele tocasse em outro fio de cabelo de Mary Alice.

— Opa. — Woody ergueu as mãos e deu um passo para trás. — Eu não sabia que ela já era sua, amiguinho. Vai. Leve ela para a mamãe.

— Fique longe dela — alertou John. — Estou falando sério.

— Sem ressentimentos — disse Woody, mas ainda olhava para Mary Alice como um leão privado da presa. — Você venceu.

— Pode crer.

— Aqui — disse Woody enfiando a mão no bolso. — Presente de despedida. — Ele atirou um papelote para John. — Sem ressentimentos, certo, primo?

19

6 de fevereiro de 2006

John descobriu a reportagem por acidente. Ele aspirava o porta-malas de um Subaru Forester enlameado. Pegou uma pilha de jornais para jogá-los no lixo, mas eles caíram no chão e se espalharam como cartas de baralho sobre uma mesa. Ele se abaixou para apanhar os jornais e viu duas palavras que nunca percebera antes: Edição Local.

O dono do Subaru era do condado de Clayton, mas John sabia que se havia um caderno especial para uma cidade, deveria haver para as outras.

Ele disse a Art que estava com dor de estômago para conseguir sair mais cedo e seguiu direto para a Biblioteca Pública do condado de Fulton, no centro. O arquivo on-line do jornal exigia um cartão de crédito para acesso, então ele pediu os microfilmes dos três últimos meses de edições locais do condado de Gwinnett. Duas horas depois encontrou o que estava procurando. A matéria era de 4 de dezembro de 2005.

ADOLESCENTE DE SNELLVILLE SEQUESTRADA
EM BAIRRO DA CIDADE

Não havia muitos detalhes. Nenhum nome era mencionado, apenas a idade — 14 anos —, e que ela voltava a pé para casa depois de visitar uma tia que morava na mesma rua. A família, obviamente, não falou com a imprensa e não havia qualquer menção a suspeitos ou à investigação policial. John vasculhou as edições das semanas seguintes e encontrou apenas mais uma matéria. Esta acrescentava que a garota havia sido encontrada em uma vala no dia seguinte.

O coração de John parecia querer sair pela boca quando ele encontrou a reportagem. Lentamente, juntou as peças do quebra-cabeça. O jogo de suposições de Ben lhe veio à mente. E se Woody estivesse usando a identidade de John para cobrir as suas pegadas nos últimos seis anos?

E se Woody acreditasse que John nunca sairia da prisão? E se Woody descobrisse que John estava em liberdade e decidisse fazer algo a respeito?

O carro atrás dele buzinou. John acelerou, entrou na primeira esquina e estacionou atrás de um furgão de uma empresa de TV a cabo. O coração batia tão rápido que ele estava zonzo. Sentia o gosto de vômito, que ameaçava subir num acesso de pânico e medo.

Ele apoiou a cabeça no volante e relembrou a noite anterior. Domingo. Domingo de Super Bowl. A porcaria dos Falcons jogavam aquela noite e John não queria assistir a partida na TV, não queria escutá-la no rádio. Ele queria ver o que Woody estava fazendo, queria observá-lo como se pudesse impedir que o que acontecera voltasse a acontecer.

A esposa saíra para o trabalho e Woody esperou trinta minutos antes de sair. Ele pegou o caminho de costume até Atlanta, mas desta vez entrou no Grady Homes. John o seguiu, tão tenso que se esqueceu de manter a distância, duas vezes tendo certeza de que Woody o vira, que fora descoberto.

Um branco dirigindo um Ford Fairlane azul-escuro pelo conjunto habitacional num fim de tarde de domingo era dar bandeira demais, mas John o seguiu de qualquer forma. Quando Woody parou perto de algumas prostitutas, John seguiu em frente, pensando que era melhor ficar de olho no primo pelo retrovisor. Mas as coisas não aconteceram como planejado, e quando uma prostituta entrou no carro e Woody seguiu para os fundos dos prédios, John o seguiu a pé.

Agora John suava frio ao lembrar o que aconteceu em seguida, o que viu. Ele ainda conseguia ouvir os gritos cortantes, a luta primal pela vida.

John desceu do carro e cumprimentou o motorista do furgão. Casualmente. Tranquilo. Ele pertencia àquele lugar.

Ele botou as mãos nos bolsos ao caminhar pela rua arborizada de Woody, tentando transmitir a impressão de que era apenas um sujeito que saía para um passeio, mas ficar com as mãos nos bolsos o deixava desconfortável. Não havia bolsos na prisão.

A mulher que John acreditava ser a avó levava o menino para a escola nas manhãs de segunda-feira. Depois fazia compras, algumas vezes tomava um café com as amigas. Ficava fora de casa por pelo menos uma hora, e isso era tudo de que John precisava.

Ele pegou o mesmo caminho até os fundos das casas, de cabeça erguida, assobiando como se não tivesse qualquer preocupação. Então seguiu para os quintais, com a atenção voltada para as casas, certo de que em um bairro de classe trabalhadora como aquele a maioria das pessoas estaria no trabalho ou ocupada demais para olhar pela janela dos fundos.

A cerca telada ainda estava caída. John a saltou e seguiu para a porta dos fundos calçando luvas de borracha que roubara do pessoal da oficina de polimento. Woody não tinha cachorro, mas havia uma portinhola para animais na porta dos fundos. John era grande demais para passar, mas enfiou o braço nela e tateou em busca da maçaneta. Os dedos a encontraram e ele a girou.

Ele se levantou e olhou em volta para ter certeza de que não era observado, então abriu a porta. John ficou tenso ao esperar que um alarme disparasse. Ele não era um arrombador experiente, mas concluiu que Woody era arrogante demais para gastar dinheiro com um sistema de alarme.

Pelo amor de Deus, o cara era policial.

John saiu da cozinha e seguiu para a sala. Ele foi até a escrivaninha em um canto, ignorando a TV enorme, o equipamento digital que gritava que Woody ganhava bem, que podia bancar uma refeição cara ou um par de sapatos caro sempre que quisesse. Que diabo, ele podia bancar muitas coisas, não podia? Duas identidades, para começo de conversa. O que mais ele estaria aprontando?

Woody era esperto demais para deixar qualquer coisa que o incriminasse nos lugares óbvios. O talão de cheques da conta conjunta com a esposa estava à vista, as contas em uma pilha sobre o organizador de mesa. Eles tinham muitas dívidas, mas ganhavam o que, para John, parecia uma fortuna. Milhares de dólares entravam e saíam todos os meses; um carro novo para a esposa, uma escola cara para o filho. Algo quase além da compreensão.

Na garagem, havia todo tipo imaginável de ferramenta apesar de, pelo que John observara, Woody passar a maior parte do tempo no sofá. Um rapaz cortava a grama de vez em quando, então era um mistério o motivo pelo qual Woody precisava de um cortador de grama caro, enorme, com um suporte para copo. Mas o que mais irritou John foi a mesa de sinuca. O pensamento de Woody ali com o filho, talvez alguns vizinhos ou colegas de trabalho, bebendo cerveja e jogando sinuca o deixou mais furioso do que qualquer outra coisa que encontrou.

John procurou nas gavetas de uma bancada, tendo o cuidado de não tirar nada do lugar. Ele encontrou uma pilha de revistas pornográficas sob a bandeja da caixa de ferramentas, com manchetes que prometiam "gatinhas em ação" e "seleção de gozadas". Ele folheou as páginas uma a uma em busca de pistas, tentando não olhar para as garotas, todas jovens — algumas apenas meninas —, com as pernas escancaradas para todo mundo ver. Talvez algo em John tivesse sido desligado na prisão, mas tudo no que conseguia pensar quando via os olhares sem alma daquelas garotas era em Joyce, no quanto ela havia sido insegura e vulnerável com aquela idade. Ele colocou as revistas de volta na caixa de ferramentas, desejando não tê-las visto.

O quarto do casal foi a próxima parada. Uma suíte gigantesca com cama king size onde o filho da puta, provavelmente, fazia amor com a esposa todas as noites. O banheiro era enorme, maior do que o quarto de pensão ordinário. Até mesmo o quarto do menino era grande, com brinquedos transbordando de um baú sob a janela. John sentiu-se estranho no quarto da criança. A cama, sem dúvida, precisaria ser trocada por uma maior em breve. O menino cresceria, desejaria mais privacidade. Iria para a escola, conheceria uma garota, a levaria para o baile de formatura. Era deprimente demais estar ali, então John voltou para o corredor.

Ele voltou à suíte, certo de que deixara alguma coisa passar. Então passou a pensar como a agente de condicional, como a Sra. Lam à procura de contrabando. Olhou embaixo da cama, apalpou os travesseiros em busca de um volume suspeito. Procurou nos sapatos dentro do armário e entre as camisas nas gavetas.

Camisas. Todas de grife. De algodão macio, algumas de seda. As cuecas de Woody eram da Calvin Klein, o pijama, da Nautica.

— Droga — sussurrou John, tão dominado pelo ódio que sentia por Woody que não conseguia respirar. — Pense — disse ele, como se isso pudesse mudar alguma coisa. — Pense.

Havia dois vidros de perfume masculino sobre a penteadeira. John não estava interessado nas marcas, mas no que estava em frente aos vidros. Uma faca dobrável grande. Woody carregava aquela mesma faca quando eram adolescentes. Dizia que fazia isso porque lidava com alguns caras da pesada quando negociava as drogas, e John acreditara nele, imaginava o primo brandindo a lâmina afiada e serrilhada em impasses tensos e transações arriscadas.

Woody carregava uma faca. Como se esquecera disso?

— Quem é você?

John se virou e ficou chocado ao ver a vizinha da casa ao lado parada à porta do quarto. Ela vestia camisola e penhoar de seda branca. A roupa caía como um saco molhado sobre um forcado no seu corpo de menina. A voz era infantil, aguda, quase esganiçada.

— O que você está fazendo aqui? — exigiu ela, mas John sabia que ela estava assustada.

— Posso perguntar a mesma coisa — disse ele, pegando a faca, tentando usar o tom autoritário que os adultos usam com crianças.

— Esta casa não é sua.

— Muito menos sua — lembrou John. — Você mora na casa ao lado.

— Como você sabe?

— Woody me disse.

Ela olhou para a mão de John, para as luvas de borracha, a faca.

— Quem é Woody?

A pergunta o confundiu, e a garota deve ter sentido a hesitação, já que disparou pelo corredor.

— Ei! — chamou John, perseguindo-a pela sala, pela cozinha. — Espera — gritou ele, mas a garota já havia se lançado porta afora para o quintal.

Ela arriscou um olhar para trás quando se aproximava da cerca. John lembrou que ainda estava com a faca de Woody na mão, e se deu conta de como isso deve ter parecido para a garota e parou. Ela hesitou outra vez, mas o corpo ainda se movia. Para a frente.

Ele a viu cair em câmera lenta, o pé descalço preso na cerca quebrada, a cabeça batendo no chão. John esperou. Ela não se levantou. Ele esperou um pouco mais. A garota não se levantou.

Lentamente, ele desceu para o quintal, a grama macia sob os pés. E se lembrou do que sentiu quando saiu de Coastal e caminhou sobre a grama pela primeira vez em vinte anos. Os pés estavam acostumados ao concreto ou ao barro vermelho da Georgia, endurecido como tijolo pelos passos diários de milhares de homens. A grama do cemitério era muito macia, era como se pisasse em nuvens ao acompanhar o caixão da mãe em direção à cova.

Vinte anos e ele se esquecera da sensação da grama. Vinte anos de solidão, de isolamento. Vinte anos de Emily sofrendo a degradação bimensal ao visitar o filho. Vinte anos de Joyce remoendo-se com a constatação do tipo de monstro que era o irmão.

Vinte anos de Woody vivendo em liberdade, arrumando um bom emprego, casando, tendo um filho, ganhando a vida.

John caminhou com cuidado em direção à cerca. Deu-se conta de que ainda empunhava a faca, então a colocou no chão, ao seu lado, ao se ajoelhar ao lado da garota. Ele aprendera a medir o pulso no hospital da penitenciária. A garota não tinha pulso. Mesmo sem essa prova era possível ver, pela fratura no crânio, que ela, provavelmente, morrera ao bater a cabeça numa pedra grande do outro lado da cerca. Havia sangue sobre a pedra, onde se grudavam mechas loiras.

John sentou-se sobre os tornozelos, a mente voltando para a última vez que viu Mary Alice. Os olhos dela. Nunca esqueceria aqueles olhos, a forma como fitavam o vazio. Mas o corpo contava a história. Ela sofrera coisas terríveis, coisas indizíveis. John ainda via na mente as fotografias usadas no julgamento, as fotografias que mostravam o corpo violado de Mary Alice Finney exposto para o mundo ver. Lembrou-se de tia Lydia andando de um lado para o outro em frente ao júri, de como pensou que isso era ruim, já que atraía a atenção dos jurados para as fotografias às suas costas.

— Está tudo bem — John dissera à tia quando ela foi a Coastal e explicou que não havia mais a possibilidade de recursos, que ele, provavelmente, morreria na prisão. — Eu sei que você fez tudo que podia.

Lydia o orientara a não falar sobre as drogas com a polícia, a não mencionar Woody, porque falar sobre o seu filho apenas traria à tona o passado de uso de drogas de John, e eles não queriam isso, queriam? Afinal, se Woody fosse convocado como testemunha ele diria a verdade.

Eles não queriam que Woody dissesse a verdade, queriam?

Na noite da festa, o primo dissera "sem ressentimentos" ao atirar o papelote. Foi naquele momento que decidiu fazer mal a Mary Alice?

Sem ressentimentos. John não tinha mais sentimentos; apenas raiva, que queimava como se ele tivesse engolido gasolina e riscado um fósforo.

John olhou para a garota. Era uma criança, mas também uma mensageira.

Ele sentiu um aperto no estômago ao colocar os dedos enluvados na boca inerte e pinçar a língua com o polegar e o indicador.

Woody colocou tudo aquilo na porta de John. Ele devolveria a encomenda. A coisa mais importante que aprendeu na prisão foi que não se toca na propriedade de outro homem a não ser que se esteja disposto a morrer por isso.

"Woody", era como John o chamava. Mas esse era um apelido de adolescente, e Woody não era mais um adolescente. Assim como John, ele era um homem. E deveria ser chamado por um nome de homem.

Michael Ormewood.

John pegou a faca.

20

15 de junho de 1985

— Você precisa caminhar um pouco para desanuviar a cabeça — John disse a Mary Alice. — Não pode voltar para casa assim.

— Você já beijou uma garota?

John corou e ela riu.

— Mark Reed — disse ela. — Ele acha que é o meu namorado porque me beijou depois do jogo.

John ficou calado, fazendo uma prece silenciosa pela morte de Mark Reed, zagueiro do time de futebol americano, dono de um Corvette vermelho e orgulhoso proprietário de pelos abundantes, que o filho da puta gostava de exibir no vestiário como se trabalhasse num maldito clube das mulheres.

— Você não respondeu — disse Mary Alice, e John pensou no papelote que tinha no bolso.

Ela pareceu ler sua mente.

— Eu quero experimentar.

— Sem chance.

— Eu quero.

— Mas não vai.

— Ah, qual é. — Ela colocou a mão no bolso de John. Ao sentir o toque, ele inspirou com tanta força que ficou surpreso pelos pulmões não terem explodido.

Mary Alice ergueu o papelote para a luz de um poste.

— O que tem de bom nisso?

John não conseguia responder. Havia assuntos mais urgentes que exigiam sua atenção.

Ela abriu o papelote.

— Não faça isso. — John caiu em si.

— Por que não? Você faz.

— Eu sou um inútil — disse ele. — Não foi isso que você me disse?

Houve um barulho atrás deles e ambos se viraram.

— Gato — supôs Mary Alice. — Vem.

Ela o pegou pela mão e John se deixou ser conduzido até a casa dos Finney. Ele ficou em silêncio quando atravessaram o quintal. Ele sabia que o quarto de Mary Alice ficava no térreo, mas não esperava que ela abrisse a janela e entrasse.

— O que você está fazendo?

— Shh.

Um graveto estalou. John se virou outra vez, mas tudo que viu foram sombras.

— Vem — disse Mary Alice.

Ele começou a subir, mas parou quando estava com uma perna sobre o batente da janela.

— Sua mãe vai me matar se me encontrar aqui — sussurrou ele.

— Não estou nem aí — sussurrou ela de volta, acendendo um abajur da Hello Kitty que lançou uma luz suave pelo quarto.

— Você dorme com o abajur ligado?

Mary Alice deu um tapa no ombro dele, sorrindo.

— Entra logo.

John pisou em algo macio. A cama dela estava sob a janela. Ambos estavam sentados na cama. A cama de Mary Alice. John sentiu a ereção voltar com tudo.

Se Mary Alice percebeu, não comentou.

— Me mostre como fazer — disse ela, e entregou o papelote para John.

— Não vou fazer isso.

— Eu sei que você quer.

E queria. Deus, como queria! Qualquer coisa que lhe desse a capacidade de superar a personalidade idiota e beijá-la.

— Me mostre — repetiu ela.

Ele abriu o papelote e usou o dedo para pegar um pouco de pó.

— Você cheira — disse ele. — Assim.

John tossiu, quase sufocando, quando o pó chegou à garganta. O gosto era amargo, metálico. Ele tentou juntar saliva suficiente para engolir, mas a boca estava seca demais. O coração fez uma coisa engraçada, como um pulo, então parecia que alguém enterrava uma faca no seu peito.

Mary Alice parecia assustada.

— Você está...

A cocaína chegou ao cérebro. Dois segundos, no máximo, e ele estava tão desnorteado que mal conseguia manter os olhos abertos. Ele viu estrelas — estrelas de verdade — e caiu para a frente, sobre Mary Alice. Ela colocou as mãos no rosto dele para equilibrá-lo, então Jon ergueu o queixo e os lábios deles se tocaram.

A próxima coisa de que se lembra foi acordar com a pior dor de cabeça que sentiu na vida. E sentia uma dor aguda no peito, e frio, apesar de estar com o corpo coberto de suor. Ele rolou na cama, sentiu a pele grudar nos lençóis. John pensava que a mãe dela o mataria por ter molhado os lençóis quando sentiu o corpo ao seu lado na cama.

Mary Alice estava nua. O pescoço, torcido para um lado, a boca aberta e cheia de sangue. John viu os hematomas nas pernas e em outras partes do corpo. Tufos dos pelos pubianos haviam sido arrancados. Havia marcas de mordidas sobre os pequenos seios.

John estava assustado demais para emitir qualquer som. Ele arfava, e sentiu uma pontada na bexiga cheia ao se afastar do corpo. A janela estava aberta. Ele ergueu as mãos e sentiu os dedos deslizarem no umbral. Sangue. As mãos ficaram cobertas de sangue. Ele passara a noite deitado sobre o sangue, as roupas fazendo as vezes de esponjas.

John ouviu um som, um "hum-hum-hum", mas vinha dele mesmo. Ele não conseguia tirar os olhos do rosto de Mary Alice. Tanto sangue. A bexiga cedeu e ele sentiu um líquido quente escorrer pelas pernas.

Ele precisava sair dali. Precisava sair.

John pressionou o corpo contra a parede e usou as pernas para subir na janela. Ele caiu de costas no quintal, soltando o ar dos pulmões com uma tosse aguda.

Olhou para o céu. Não amanhecera ainda, o sol transformava as árvores em sombras cinzentas contra o fundo preto. As pernas tremiam, mas ele conseguiu ficar de pé. O tecido das calças grudava na pele, a camisa ensanguentada era como uma segunda pele nas costas, sob as quais ficara deitado a noite toda, ao lado de Mary Alice.

John correu, o coração saindo pela boca.

Ele precisava sair dali.

Precisava chegar em casa.

DECARTUR CITY OBSERVER
18 DE JUNHO DE 1995

O CASO FINNEY: DEZ ANOS DEPOIS

Dez anos se passaram desde que a adolescente Mary Alice Finney, 15 anos, foi encontrada estuprada e morta na casa dos pais em Decartur, mas o crime que abalou o pequeno subúrbio de Atlanta ainda está fresco na memória dos moradores. "Aquilo mudou tudo", declarou Elizabeth Reed, cujo filho namorava Finney à época da morte da jovem. "Deixamos de ser uma comunidade aberta, passamos a trancar as portas à noite." A polícia ficou inicialmente perplexa com a morte da adolescente, líder de torcida e presidente da turma na Decartur High School. "Ela era apenas uma garota comum que levava uma vida comum", disse Reed. Tudo mudou na noite de 16 de junho de 1985, quando os vizinhos acordaram com gritos de mulher. Sally Finney foi acordar a filha para elas irem à igreja e, em vez disso, encontrou uma carnificina.

"Foi uma cena difícil de processar", admite o chefe de polícia aposentado Harold Waller. "Havia sangue por todo lado. Nunca havíamos visto nada parecido. Acreditamos estar vendo a obra de um psicopata [...] e, é claro, estávamos."

Psiquiatras forenses concordaram com a avaliação do assassino feita por Waller, ao afirmarem que a fúria alimentada a drogas do rapaz revelava uma psicose subjacente. Apesar de o assassino ter afirmado fazer apenas uso "recreativo" de drogas, amigos revelaram um lado bem mais sombrio. O treinador Vic McCollough, ao testemunhar sobre o temperamento violento de Shelley no campo, disse que, por fim, acabou precisando suspendê-lo do time. Um amigo próximo que pediu para permanecer anônimo disse que Shelley havia desenvolvido uma fixação por Mary Alice Finney e parecia "arder de ódio" pela aluna exemplar.

Além de ter sido brutalmente estuprada, o corpo da jovem apresentava diversas marcas profundas de mordidas nos seios e nas pernas. O assassino juvenil por fim profanou o corpo urinando sobre ele. Esta, entretanto, não foi a descoberta mais chocante. Durante o testemunho no julgamento, Waller revelou que a língua da jovem fora arrancada com uma faca serrilhada.

Poucas pessoas na vizinhança ficaram surpresas quando o jovem Jonathan Winston Shelley foi preso pelo crime. De acordo com a polícia, o adolescente de 15 anos tinha um passado de abuso de drogas e pequenos furtos. O diretor Don Binder declarou, durante o julgamento, que Shelley era um traficante conhecido com "sérios problemas". Foi encontrado na cena do crime um papelote com uma mistura de cocaína e heroína, conhecida nas ruas como speedball. Impressões digitais ensanguentadas de Shelley foram encontradas no papelote e em diversos pontos no quarto da jovem.

"Reunimos um bom volume de provas", afirma Waller. "Havia impressões digitais dele por todo lado." Durante o julgamento, a defesa sustentou que diversas impressões digitais não identificadas foram coletadas na cena do crime, mas não conseguiu explicar a prova mais contundente: a faca de cozinha serrilhada encontrada escondida no armário do quarto do jovem. A faca, que fazia parte do faqueiro de cozinha dos Shelley, havia sido limpa, mas vestígios de sangue humano foram encontrados no cabo de madeira. Emily Shelley, a mãe do rapaz, testemunhou no julgamento que havia se cortado com a faca e afirmou que o sangue era dela. Ao ser questionada pela acusação, ela não soube explicar como a faca havia ido parar no armário do filho.

"Em nenhum momento duvidei da culpa de John Shelley", afirmou o senador estadual Paul Finney. "Ele consumiu a si mesmo em uma fúria embalada a drogas e a minha filha pagou um alto preço por isso." Sally Finney nunca falou publicamente sobre a perda de Mary Alice, sua única filha. Vizinhos dizem que ela se recusou a voltar à casa da família na St. Patrick Drive e que pediu divórcio do marido durante o julgamento. "Essa violência destruiu a nossa família", declarou Paul Finney na época. O senador estadual, duas vezes divorciado, é um conhecido defensor dos direitos das vítimas e autor ou coautor de diversos projetos de lei estaduais com medidas que dificultem a concessão de liberdade condicional para criminosos violentos.

O que é conveniente, já que a primeira audiência de pedido de condicional de Shelley foi marcada para a última sexta-feira. Shelley leu uma declaração perante a comissão. "Não cometi esse crime", disse ele à sala lotada. "E não admitirei a culpa por uma coisa que não fiz."

"John Shelley está exatamente onde deve estar", declarou o pai ainda enlutado.

PARTE III

21

6 de fevereiro de 2006, 20h02

Will Trent escovava a cadela quando a campainha tocou. Betty começou a latir, o corpo sacudindo sobre a mesa com o esforço. Will disse para ela calar a boca e foi retribuído com um olhar curioso. Ele nunca dissera não ao animal.

Um minuto se passou. Will e Betty esperaram, na esperança de que quem estivesse à porta tivesse ido embora, mas a campainha voltou a soar, e então, novamente, três toques em rápida sucessão.

A cadela voltou a latir a plenos pulmões. Will suspirou, colocou a escova sobre a mesa, desdobrou as mangas da camisa e pegou Betty no colo. A campainha soou outra vez, seis toques seguidos, quando ele chegava à porta.

— Por que porra você demorou tanto?

Trent olhou para a rua para ver se ela estava sozinha.

— Tenho sido o alvo preferencial de testemunhas de Jeová.

— Pode ser uma boa forma para você conhecer mulheres — Angie franziu o cenho. — Meu Deus, que cachorro horrendo!

Will seguiu Angie para dentro da sua casa aninhando a cadela próxima ao peito, sentindo a ofensa, mesmo que o animal não o tivesse. Angie ainda estava com as roupas de trabalho.

— Você parece uma prostituta.

— Você parece um cadáver num caixão.

— Não gostou do terno? — disse ele, e ajeitou o nó da gravata.

— O que aconteceu com as calças jeans que eu te dei? — Ela largou o corpo no sofá e soltou um suspiro de alívio sem esperar pela resposta. — Esses malditos sapatos — queixou-se, tirando os sapatos com saltos de 15 centímetros e atirando-os sobre o tapete. Angie soltou os cabelos, que caíram sobre os ombros. — Estou de saco cheio dessa porcaria de emprego.

Will colocou Betty no chão. As unhas da chihuahua estalaram no piso de madeira quando ela foi para a cozinha. Ele a ouviu beber um pouco de água, então remexer o que restava do jantar. A cadela era uma companhia indesejada e, esperava, temporária. Duas semanas antes, Will voltava da corrida matinal, quando viu a vizinha idosa ser colocada em uma ambulância. A mulher tinha algum tipo de problema de voz e, a julgar pelo timbre, fumava cinco maços por dia.

— Olhe Betty! — gritou ela, mas Will escutou *Molhe Betty*!

— O que faço com ela? — perguntou ele, aterrorizado com a ideia. A mulher apenas o encarou, então apontou para a pequena chihuahua na varanda. — O cachorro. E quanto ao cachorro?

— Escove ela! — guinchou a mulher, e as portas da ambulância foram fechadas.

Ele não sabia o nome da vizinha e, a não ser pelo fato de que ouvia o programa de TV *The Price is Right* a todo volume, sabia pouco a seu respeito. Não fazia ideia de para onde ela havia sido levada ou se tinha família, ou, ainda, se voltaria. Sabia o nome da cadela porque a mulher gritava com ela o tempo todo.

— Betty! — escutava no meio da noite, a voz de um barítono mais profundo do que o de qualquer homem. — Betty, eu já disse, não faça isso!

Angie olhava para Will de braços cruzados.

— Você sabe que fica absolutamente ridículo carregando esse cachorrinho, não sabe?

Will sentou-se de frente para ela e se recostou na poltrona, então pegou o controle remoto do som e parou o audiolivro que estava ouvindo. Dois longos anos haviam se passado desde que falara com Angie Polaski pela última vez, e agora ela estava na sala de estar como se não tivesse se passado um dia. Ela sempre foi daquele jeito, desde criança. Faça de conta que nada é surpreendente e você nunca ficará surpreso.

— Obrigado por me ajudar com a máquina de lanches hoje de manhã — disse ele, omitindo que quase teve um ataque cardíaco quando a viu no corredor do City Hall East.

— O que você estava fazendo com Michael Ormewood, afinal? — Mais uma vez, ela não o deixou responder. — Meu Deus, não acredito naquilo que aconteceu na rua dele! Estranho demais, não?

Trent tentou lidar com um assunto de cada vez.

— Ele está investigando um caso que me interessa. Como você o conhece?

— Costumava trabalhar no combate à prostituição. Você tem alguma coisa para beliscar?

Will foi conferir a geladeira, com Betty nos calcanhares. Ele quase não deixava sobras nas refeições, mas a cadela gostava de queijo e ele sempre tinha um pouco guardado para ela.

Angie o seguiu até a cozinha.

— Quando Ormewood foi transferido para a homicídios?

— Há uns seis meses.

Will morava no norte do estado há seis meses, um exilado que estourava avícolas transformadas em laboratórios de metanfetamina enquanto os chefes decidiam o que fazer com ele.

— O combate à prostituição foi o primeiro grande trabalho de Ormewood depois que ele conseguiu o distintivo. Ficou lá por uns dez anos.

Will acreditava que ela tentava dizer alguma coisa.

— Por que ele saiu?

— Eu. — Angie puxou uma cadeira e sentou à mesa. — Eu disse que ou ele saía ou eu o denunciava.

— Por quê?

— Ele estava de sacanagem com algumas garotas.

Will colocou o queijo na mesa.

— Interessante.

— Eu achei a coisa toda repulsiva, mas cada qual com o seu cada qual.

Will pensou naquilo por um instante, mudando a impressão que fizera de Michael Ormewood. O sujeito era, sem dúvida, difícil de entender.

— Ele fez isso nos dez anos em que trabalhou no combate à prostituição?

— Eu trabalhei na equipe dele por apenas alguns meses. Mas na minha opinião? Sim.

— Isso é comum?

— Acontece às vezes. — Ela deu de ombros. — Principalmente com os caras casados. Boceta de graça, quem vai dizer não?

Will se virou e pegou um prato no armário, para que ela não visse o seu rosto, mas Angie o conhecia desde os 8 anos e riu de qualquer forma.

— Você é um virtuoso, William.

— Pouca coisa mudou em dois anos.

Ela não mordeu a isca. Dois anos e alguns meses, para ser mais exato. Eles estavam naquela mesma cozinha, Angie gritando e Will olhando para os sapatos, esperando que ela parasse. Ela *parou* por fim, mas apenas quando bateu a porta da frente.

Trent cortou o queijo em cubos, tentando ignorar o olhar expectante de Betty.

— O que você ouviu sobre o que aconteceu esta tarde?

— Na rua de Michael? Pouca coisa. Mas que, provavelmente, tem ligação com o caso Monroe.

— A língua da vizinha foi arrancada. Eles ainda não a encontraram.

— Por que alguém faria isso na rua do Michael?

— Isso é o que eu estou me perguntando.

— Você acha que foi coincidência?

Trent encostou-se à bancada e olhou para Angie.

— Acho pouco provável. Ormewood tem muitos inimigos?

— Não sou a melhor amiga dele, mas, pelo que parece, os caras gostam dele. E ele anda bastante com aquele babaca do Leo Donnelly, então é difícil dizer.

— Houve algum caso no qual ele possa ter irritado alguém?

— Você quer dizer emputecido? — Ela deu de ombros outra vez, um novo hábito que adquirira desde que a vira pela última vez. — Nada espetacular. Você acha mesmo que isso tem ligação com Monroe?

— O relatório do legista sobre a garota fica pronto amanhã. Mas, pelo que pude ver, houve algumas diferenças. — Ele fez uma pausa, formando uma imagem mental da cena do crime. — O peito do pé estava arranhado. Ela, obviamente, tropeçou na cerca. Havia uma ferida aqui. — Trent apontou para a têmpora. — Ela bateu com a cabeça numa pedra quando caiu, com bastante força ao que parece. E o sangue. — Ele fez outra pausa. — Não havia tanto sangue. Com Monroe, a boca encheu de sangue bem rápido, o bastante para sufocá-la. A garota estava de bruços, é claro, mas não havia muito sangue na terra. Eu diria que parou de respirar antes de ter a língua arrancada.

— Ela foi estuprada?

— Havia hematomas nas coxas, mas não saberemos com certeza até que seja feita a necropsia.

— Pete Hanson está cuidando disso?

— É. O assassinato aconteceu no condado de DeKalb, mas eu pedi que deixassem que ele cuidasse da necropsia por uma questão de continuidade. — Hanson trabalhou em Aleesha Monroe esta manhã. Ele me parece ser um bom homem. — Will pensou em algo que o médico levantara durante a necropsia. — Os preservativos com espermicida e lubrificante custam muito mais do que os normais?

Ela olhou para Will.

— E eu tenho cara de especialista?

Ele sabia que Angie, provavelmente, era, mas não queria ter aquela discussão.

— O assassino de Monroe usou um preservativo com espermicida e lubrificante. Fiquei curioso para saber se custam mais.

Angie chegou à conclusão óbvia.

— Ele não quis deixar o DNA.

— Ormewood acredita que isso significa que ele não queria matá-la.

— Conversa — se opôs Angie. — Os clientes não levam as camisinhas. Eles não estão exatamente preocupados com as garotas com quem transam. Sabe como eles chamam a pele extra ao redor da vagina? Mulher. Michael Ormewood, mais do que ninguém, deveria saber disso.

— Isso me traz de volta à minha pergunta. Elas são mais caras?

Angie o observou por alguns segundos. Ela sabia que Trent nunca comprara um preservativo na vida.

— As garotas são como qualquer outra pessoa: elas acham que se uma coisa custa um pouco mais, ela é melhor. Elas gastam os 30, 40 centavos a mais se acreditarem que vai protegê-las da hepatite C.

— Elas não estão preocupadas com a Aids?

— É possível ocultar a Aids. A hepatite deixa a pele amarelada. Leesha era uma das espertas. Ela tomava todas as precauções que podia.

Angie olhou para as mãos como se conferisse o esmalte das unhas. Ela dificilmente deixava que o trabalho a afetasse — provavelmente, acabaria uma alcoólatra na rua se deixasse —, mas Will percebeu que estava perturbada. Por mais que odiasse trabalhar no combate à prostituição, ela sentia-se próxima das garotas. Elas tinham histórias familiares parecidas, de abuso e abandono. Angie poderia muito bem ter se tornado uma delas.

— Eu gostava dela — disse Angie por fim. — Monroe. Nós a prendemos umas seis vezes no ano passado. Ela era doce. Entrou nessa vida pelos motivos de sempre, não sabia como sair. Tentei arrumar um tratamento para ela, mas você sabe como é. A pessoa só pode ser internada por livre e espontânea vontade.

Ele tentou pensar em algo simpático sobre a prostituta morta para dizer, sabendo que isso consolaria Angie.

— Ela era bonita.

— Sim, era. — Angie se levantou e foi até Will. Ele ficou imóvel, esperando tolamente que a mulher fizesse alguma coisa, mas ela apenas pegou alguns cubos de queijo e voltou a se sentar. — Perguntei sobre ela para Michael hoje de manhã. Ele nem ao menos se lembrava de Leesha.

— Monroe era uma das prostitutas com quem ele interagia?

— Não faço ideia — admitiu Angie. — Era mais um boato que circulava entre as garotas. "Tem um policial que livra a sua cara em troca de um pouco de ação." Esse tipo de coisa. Eu não acreditava na história, mas uma das garotas me disse o nome. E Ormewood não é exatamente um nome comum, certo? Quando o confrontei, ele não negou, então eu disse: "Peça transferência ou o tenente vai ficar sabendo." Ele escolheu a porta número um.

Will se virou outra vez, cruzando os braços.

— Que tipo de cara ele é?

— Um bom policial. — Ela mordeu um cubo de queijo. — O que quer que isso queira dizer. — Ela mastigou, obviamente pensando na pergunta. — A verdade é que nunca gostei dele. Ele estava sempre me rodeando, se oferecendo para me ensinar os macetes. Eu disse para ele passear.

— Com a sua delicadeza feminina característica. — Ele jogou um cubo de queijo para Betty.

— Você não deveria dar isso para ela — alertou Angie. — Ela vai ficar com gases e você vai se arrepender.

— Moderação.

— Não venha chorando para mim quando esse rato começar a peidar.

Will atirou mais um cubo de queijo para Betty, apesar de a cota noturna de costume ser de apenas um.

— Fale mais sobre Ormewood.

Angie deu de ombros.

— Eu só percebi de verdade o quanto o cara me irritava quando ele foi embora. Sempre agindo como o maioral, sabe? Ele é veterano de guerra...

— Ele me disse.

— É, ele gosta de garantir que as pessoas saibam. — Angie olhou desconfiada para a cadela, como se a artilharia fosse começar a qualquer momento. — Mesmo depois da transferência ele passava na nossa unidade o tempo todo. Pelo menos uma vez por semana ele estava por lá, farejando, contando sobre os grandes casos nos quais estava trabalhando, como se estar na homicídios deixasse o pau dele maior.

— Ele tem uma boa taxa de solução de casos.

— Melhor do que a sua?

— Você acha que ele aparecia porque estava preocupado que você mudasse de ideia sobre denunciar as atividades extracurriculares dele?

— Acho que ele não conseguia suportar a ideia de que eu tive a última palavra. — Angie deu aquele sorriso doce que significava que o empurraria. — Qual é, amor? A sua taxa é maior do que a dele, certo?

— Vamos falar sobre Ormewood.

Ela forçou um bico, mas não por muito tempo.

— Eu acabei de dizer, Michael gosta de estar no controle.

— Ele me pareceu um cara legal.

— Os homens não percebem, mas está lá, logo abaixo da superfície. Confie em mim, pergunte a qualquer mulher e ela dirá que o cara é um maníaco por controle depois de dez minutos com ele.

— Está bem. — Essa não era uma característica incomum em um policial, e Will a percebia com alguma frequência. — Eu notei que ele é bastante competitivo.

— Isso é uma meia verdade — disse ela. — O cara pediu a transferência, mas não conseguia esquecer que eu tive a última palavra. Ele sempre aparecia no final do meu turno, pouco depois de eu digitar os meus relatórios.

— Ele os lia?

— Eu teria arrancado o pau dele se ele fizesse isso. — Angie colocou mais um cubo de queijo na boca. — Mas acho que se eu o deixasse sozinho por dois minutos, ele teria virado a minha mesa de cabeça para baixo.

— Ele tem temperamento forte?

— Não é muito diferente de todos nós nesse quesito.

Will se perguntou o que ela queria dizer com aquilo, mas não a pressionou.

— Me parece que Michael quer garantir que você não vai prejudicá-lo.

— Pode ser. — Ela mastigou um pouco mais, mantendo os pensamentos para si mesma.

Will a observou por um momento, tentando adivinhar o que ela escondia. Angie sempre mantinha alguma coisa para si mesma. Mesmo depois de todos aqueles anos, Will não tinha certeza se ela fazia isso de propósito ou se era apenas um mecanismo de defesa. Havia mentira e o que ele via como instinto de sobrevivência. Ele era a última pessoa do mundo que poderia criticá-la por aquilo.

— Ormewood pareceu ficar bastante perturbado com a vizinha esta tarde — disse Will.

— Ele gosta muito de crianças. O filho dele tem um problema mental, mas eu o conheci, e ele é um doce. A esposa é bem fria, mas eu também seria, se precisasse transar com aquele cretino todas as noites. Eu conheci os dois no jantar de aposentadoria do parceiro dele — explicou ela. — Ken Wozniak; preto, mas outro polaco. Pensei em ir até lá e dar apoio ao time da casa.

— Simpático da sua parte.

— Duvido que dure muito tempo. Ele sofreu um derrame no meio do esquadrão. Metade do corpo dele já era.

— Ele tem família?

— Não.

Os dois ficaram quietos por algum tempo.

Angie abriu a boca para falar, mas mudou de ideia. Will a conhecia bem demais para insistir, sabia que ela acabaria falando.

— O que acontece com Michael é que ele não é espontâneo.

— O que isso quer dizer?

— Ele está sempre tentando fazer parte do grupo, mas simplesmente não consegue.

Will pensou que a mesma coisa poderia ser dita a seu respeito.

— E isso é ruim?

Ela pensou por alguns segundos antes de responder.

— Como Wozniak, por exemplo. Não éramos próximos, mas nos cruzávamos pelo prédio. Um cara grande, com uma barriga enorme. — Ela colocou a mão diversos centímetros à frente da própria barriga. — Mas é um verdadeiro sedutor, certo? Sempre tinha um comentário sobre o que eu estava usando: "Tem algum castelo por aqui? É que tem uma princesa passando", esse tipo de coisa, mas é um cara mais velho, um verdadeiro ursinho de pelúcia, então era engraçado e talvez um pouco lisonjeiro, nada aversivo.

— Certo — disse Will, sem entender exatamente onde era a fronteira, mas compreendendo que o sujeito não a havia atravessado.

— Ken tinha alguns bordões — continuou. — Ele entregava o cartão de visita a um civil e dizia "Algo para limpar a bunda", por exemplo, esse tipo de comentário para desarmar, e eles riam, mas ficavam com o cartão, entendeu? O sujeito podia até ser um policial, mas as pessoas sabiam que era um cara legal.

— Certo — disse Will.

Os policiais usam todo tipo de artimanha para criar afinidade com testemunhas em potencial. Todos têm um repertório próprio, mas precisam fazer a mesma magia se quiserem que alguma coisa aconteça nas ruas.

— E Ken está no hospital, certo? Deitado numa cama. Quer dizer, francamente, o cara não vai suportar.

— É uma pena.

— Sim. — Ela fez um gesto com a mão, dispensando as palavras de Will. — O que acontece é que algumas semanas depois eu estava na calçada com as garotas e Michael apareceu. E sabiam que ele era um policial porque... bem, porque ele é uma droga de policial. Elas sentem o cheiro, certo? — Angie recostou-se na cadeira e Will percebeu que ela estava irritada com a lembrança. — Então Michael desfila pela calçada, como se fosse o galo do galinheiro, dá uma droga de piscada pra mim como se isso fosse engraçado, e não idiota, como se não estivesse arriscando o meu disfarce, e pergunta às meninas se viram um sujeito assim, assado, por ali, diz que o cara é um filho da puta e as aconselha a ficarem longe dele. Então entrega um cartão e diz...

— Algo para limpar a bunda? — sugeriu Will.

— Isso. Ele é sempre assim, se esforça o tempo todo para ser o cara legal, para fazer parte, mas a verdade é que não sabe como fazê-lo, então precisa imitar outras pessoas.

— Como policiais que usam falas de filmes.

— *Yeah, baby* — disse ela, numa imitação perfeita de Austin Powers.

Will pensou naquilo, reavaliando o pouco tempo que passou com Michael Ormewood antes de encontrarem a garota morta no quintal do detetive. Angie, sem dúvida, dedicara algum tempo à análise da personalidade do sujeito, mas Will não concordava com a avaliação.

— Não percebi nada disso.

— Não — disse ela. — Mas acha que há algo estranho nele. O seu radar disparou.

Aquelas palavras levaram direto ao âmago do relacionamento deles. Vinte e cinco anos atrás eles se conheceram em um orfanato estadual. Will tinha 8 anos, Angie, 11. Ambos passaram a vida refinando os próprios instintos; ambos aprenderam da pior forma a escutar a intuição quando ela dizia que o fato de alguém usar um chapéu branco de xerife não queria dizer necessariamente que era um dos mocinhos.

— É — admitiu Will. — Senti algo estranho ali. Mas acabei concluindo que era porque ele estava irritado comigo. Ninguém gosta de ser forçado a colaborar.

— Mas é mais do que isso — insistiu ela. — E você sabe disso tão bem quanto eu.

— Talvez. — Ele pegou Betty e a acariciou atrás das orelhas.

Angie se levantou.

— Preciso que consulte um nome para mim.

— Que nome?

Ela voltou à sala para pegar a bolsa. Will a seguiu, aninhando Betty no peito. O corpo da cadela era tão frágil que às vezes ele tinha a impressão de segurar um passarinho.

— Aqui. — Angie estendeu um Post-it cor-de-rosa com uma anotação em letras maiúsculas impecáveis no centro. — Ele disse que estava envolvido em alguma coisa. Me pareceu ruim, mas eu tive aquela impressão... — Ela deu de ombros, cortando o raciocínio — Acho que ele está correndo perigo.

Will não pegou o papel e, quando falou, fez soar como se estivesse brincando.

— E desde quando você salva as pessoas?

— Você vai me ajudar ou vai ficar aí parado, afagando esse cachorrinho?

— Posso fazer as duas coisas?

Os lábios dela se contorceram em um sorriso de canto de boca.

— A ficha de liberdade condicional traz apenas um resumo e a ficha criminal é antiga demais para estar no sistema. Você acha que pode usar a varinha de condão do GBI e conseguir uma cópia nos arquivos?

Will percebeu que aquele era o motivo de Angie ter ido até lá e tentou não deixar transparecer a decepção. Ele pegou o papel sem olhar para as palavras, que seriam pouco mais do que um borrão. Will nunca foi capaz de compreender bem as letras, principalmente quando estava preocupado ou sentia-se frustrado.

— Will?

— Pode demorar algum tempo se estiver arquivada.

— Não é urgente — disse ela. — Provavelmente, nunca voltarei a vê-lo.

Ele sentiu alívio, o que queria dizer que sentira ciúmes antes.

Angie já abria a porta para sair.

— Tem dois "es". Você conseguiu ler?

— O quê?

Ele soava irritado, como se não estivesse escutando.

— O nome, Will. Anotado no papel. É Shelley com dois "es".

22

Angie morava a pouco mais de 5 quilômetros de Will. Ela dirigia com o rádio do carro baixinho, deixando a mente vagar ao seguir por ruas familiares. Ele estava com a aparência de sempre, talvez um pouco mais magro, e sabe Deus o que havia aprontado com o cabelo. Angie sempre o cortava, e acreditava que Will havia arrumado um barbeador elétrico para evitar ir ao cabeleireiro, que, sem dúvida, veria a cicatriz na parte de trás da cabeça e perguntaria quem havia tentado matá-lo.

Ela sabia que Will passara os dois últimos anos vivendo nas montanhas do norte da Georgia. Talvez ele não saísse muito enquanto estava por lá. Will sempre deixara a dislexia limitar a sua vida. Ele não gostava de ir a novos restaurantes porque não entendia os cardápios. Comprava comida no supermercado se baseando nas cores das embalagens ou nas fotografias dos rótulos. Ele preferiria morrer de fome a pedir ajuda. Angie lembrava bem da primeira vez que ele fez compras sozinho. Ele voltou para casa com uma lata de gordura vegetal Crisco acreditando que o frango assado no rótulo indicava o conteúdo.

Ao entrar na garagem de casa, Angie tentou se lembrar de quantas vezes deixara Will Trent. Ela fazia as contas pelos nomes dos homens com quem partiu. George foi o primeiro, em meados dos anos 1980. Ele era um entusiasta de punk rock viciado em heroína. O número dois e o número oito eram Roger, homens diferentes, mas com as mesmas falhas de caráter; como Will costumava dizer, Angie só sentia atração por homens que iam machucá-la.

Mark foi o número seis. Ele foi o campeão. Angie precisou de cinco meses para descobrir que o sujeito clonara o cartão de crédito dela. O idiota ficou tão chocado quando um amigo da delegacia de crimes contra o patrimônio o prendeu a pedido dela que Angie ainda ria ao se lembrar da expressão abobalhada no rosto do sujeito. Paul, Nick, Danny, Julian,

Darren... houve até mesmo um Horatio, mas esse durou apenas uma semana. No geral, nenhum deles durou muito, e ela sempre voltava para a soleira da porta de Will, arruinava a vida dele outra vez até encontrar outro homem que a levasse embora.

Angie estacionou o carro. O motor continuou funcionando mesmo depois que ela tirou a chave da ignição e ela pensou pela milésima vez que devia levar a pobre coisa para a oficina. O carro vazava e o cano de escapamento estava preso com um arame, mas ela não conseguia admitir a ideia de um estranho trabalhar no motor que Will restaurara com as próprias mãos. Ele precisava de seis horas para ler o jornal, mas era capaz de desmontar e remontar um motor com os olhos fechados. Fosse um relógio de bolso ou um piano, Will era capaz de consertar qualquer coisa com peças móveis. E abordava os casos da mesma forma — como as peças se juntavam para fazer um crime funcionar —, o que fazia dele um dos melhores agentes do GBI. Era uma pena que não conseguisse concentrar a brilhante mente na própria vida.

As luzes de segurança acenderam quando Angie chegou à porta dos fundos e colocou a chave na fechadura. Rob. Como ela foi se esquecer de Rob, com seus cabelos cor de cenoura, o sorriso doce, o vício por jogo? Com ele eram 11 homens, 11 vezes que deixou Will e 11 vezes que ele a recebeu de volta.

Droga, e isso não incluía as mulheres.

Angie acendeu a luz da cozinha e digitou o código no painel do alarme. Will a amava. Ela tinha certeza. Mesmo quando brigavam, tinham o cuidado de não ir longe demais, de não dizer nada que cortasse fundo demais, machucasse demais, que fosse um ponto final. Eles sabiam tudo um do outro, ou tudo que importava. Se alguém apontasse uma arma para a cabeça dela e pedisse para ela explicar por que ela e Will sempre acabavam juntos outra vez, Angie morreria sem saber a resposta. Nada propenso a introspecção, Will provavelmente teria o mesmo fim.

Ela pegou uma garrafa de água e foi até os fundos da casa, tentando sem sucesso parar de pensar em Will. Ela conferiu se havia mensagens na secretária eletrônica e começou a tirar a roupa. Parte dela esperava que ele ligasse, mas a outra sabia que Will não o faria. Isso teria sido impulsivo, e Will não era impulsivo. Ele gostava da rotina. A espontaneidade podia ficar para as pessoas nos filmes.

Angie ligou o chuveiro e olhou para o seu reflexo no espelho ao se despir. Ela não conseguia olhar para o próprio corpo sem pensar no de Will. Ele sofrera a sua cota de abuso nas mãos de vários pais adotivos e padrastos, mas todas as cicatrizes de Angie eram internas. Ao contrário de Will, ela não tinha a cicatriz no rosto, as queimaduras de cigarro e os cortes deixados por brutamontes que decidiram descontar a raiva em uma criança indefesa. Não tinha a cicatriz irregular na perna, uma fratura exposta que exigiu seis cirurgias. Tampouco a linha cor-de-rosa no antebraço, onde uma navalha cortara a carne, provocando uma hemorragia que quase lhe custou a vida.

Eles se conheceram no Atlanta Children's Home, que teoricamente era um orfanato. O estado tentava dar novos lares para as crianças com famílias adotivas, mas o mais comum era que voltassem com novos ferimentos, novas histórias para contar. A Sra. Flannery administrava o lugar e três assistentes cuidavam das cerca de cem crianças que lá viviam. Ao contrário da imagem dickensiana que isso pode sugerir, a equipe era tão dedicada quanto permitiam a falta de pessoal e a baixa remuneração. Angie nunca ouviu falar de abusos no lugar, e as melhores memórias da sua infância eram dos tempos sob os cuidados da Sra. Flannery. Não que a mulher fosse maternal ou carinhosa, mas cuidava para que houvesse lençóis limpos nas camas, comida na mesa e roupas para vestir. Para a maioria das crianças que viviam no ACH, esse era o único tipo de estabilidade que conheceram na vida.

Angie costumava dizer que os pais haviam morrido quando ela era criança, mas a verdade é que não fazia a menor ideia de quem era o pai, e a mãe, Deidre Polaski, era atualmente um vegetal numa cama de asilo estadual. A droga preferida de Deidre era o speed, e uma overdose finalmente a deixou em um coma irreversível. Angie tinha 11 anos quando encontrou a mãe no banheiro, caída sobre o vaso com a agulha ainda espetada no braço. E ficou com ela por dois dias, sem comer, mal dormindo. Em algum momento do segundo dia um dos fornecedores de Deidre apareceu. Ele estuprou Angie antes de chamar a ambulância.

Ela entrou no banheiro e deixou a água escorrer pelo corpo para lavar parte da sujeira do dia.

Rusty.

Era esse o nome dele.

— Eu te mato se você contar pra alguém — dissera ele, apertando a garganta dela com tanta força que Angie mal conseguia respirar. As calças do homem ainda estavam arriadas, e ela se lembra de olhar para o pênis flácido, para os pelos encaracolados que cresciam nas pernas dele. — Eu te acho e te mato.

Ele não foi o primeiro. Àquela altura, Angie já era sexualmente ativa graças a uma sucessão interminável de namorados da mãe. Alguns foram delicados, mas outros foram cruéis, animais que drogaram a mãe apenas para ter a filha. Com toda sinceridade, quando Angie foi para o orfanato e ficou sob os cuidados da Sra. Flannery, a única coisa que sentiu foi alívio.

A história de Will não era exatamente igual, mas parecida. O corpo dele servia como um mapa da dor, fossem as cicatrizes longas e finas nas costas onde a pele foi rasgada por um chicote ou a cicatriz áspera na perna onde ele recebeu um enxerto para cobrir as queimaduras elétricas. A mão dele havia sido quebrada duas vezes, a perna esquerda, fraturada em três lugares diferentes. Ele uma vez foi socado no rosto repetidas vezes, e com tanta força que o lábio superior abriu como uma banana descascada. Toda vez que Angie o beijava, ela sentia a cicatriz com os lábios e se lembrava o que Will sofrera.

Era isso o que os internos do orfanato tinham em comum: eles tinham histórias parecidas. Todos eram indesejados. Todos haviam sofrido física e mentalmente. Os mais novos ficavam pouco tempo, mas por volta dos 6 ou 7 anos, basicamente, não havia mais esperança de tornar-se parte de uma família. O que, para a maioria deles, era bom. Eles haviam visto como eram as famílias e preferiam outra alternativa. A maioria, pelo menos.

Mas Will nunca desistiu. No dia de visitas, ele se plantava em frente ao espelho, penteava os cabelos cuidadosamente, tentando ficar parecido com o tipo de criança que se quer levar para casa. Angie queria chutá-lo nos dentes, sacudi-lo com força e explicar que ele nunca seria adotado, que ninguém o queria. E uma vez começou a fazer isso, mas havia algo no rosto dele, um misto de esperança e expectativa com o fracasso, que a fez parar. Em vez de socá-lo, ela o levou de volta ao espelho e o ajudou a pentear os cabelos.

Angie desligou o chuveiro e enrolou o corpo com uma toalha. Ela riu, permitindo-se a lembrança da primeira vez que viu Will na área comum. Ele tinha 8 anos, seus cabelos loiros eram encaracolados e um pequeno arco de cupido fazia as vezes de boca. Ele estava sempre com a cara enfiada em um livro, e Angie achou que ele fosse um nerd, mas depois descobriu que Will olhava para as palavras tentando fazer com que adquirissem sentido. A ironia era que ele amava as palavras, adorava livros e histórias e tudo que o tirasse do seu mundo. Em um raro momento de sinceridade, ele uma vez disse a Angie que estar em uma biblioteca era como sentar-se à mesa com as suas comidas preferidas sem ser capaz de comer nenhuma delas. E ele odiava a si mesmo por isso.

Mesmo agora, ele se recusava a aceitar que a dislexia fosse outra coisa que não um fracasso pessoal. Não importava o quanto Angie pedisse ou até mesmo insistisse, ele não procurava ajuda. Quando eles se conheceram, Will já havia aprendido uma infinidade de truques para ocultar o problema, e Angie duvidava que os professores o vissem como outra coisa que não lento. No atual emprego não era diferente. Ele usava pastas coloridas para identificar os casos visualmente, e diferentes tipos de papel para identificá-los com o tato.

Na escola, era Angie quem escrevia os trabalhos dele, com Will ditando assuntos que ela não tinha o menor desejo de entender. E precisava ouvir o gravador dele noite após noite, enquanto Will escutava audiolivros, memorizando trechos inteiros para ser capaz de contribuir com a aula no dia seguinte. Ao fim do ensino médio, ele havia trabalhado dez vezes mais do que qualquer colega e, mesmo assim, se formou raspando. E, então, ele foi para a faculdade.

Angie nunca entendeu por que aquilo era tão importante para ele. Com a sua altura e a boa aparência, Will deveria ter se transformado no tipo de sedutor com quem Angie sempre fugia. Mas, em vez disso, era quieto, tímido, o tipo de homem que se apaixonava pela primeira garota que o deixasse fodê-la. Não que Will não a amasse; claro, ele a amava, mas *amar* uma pessoa e sentir amor por ela são duas coisas diferentes. Ele a queria pela familiaridade, da mesma forma que queria ir ao mesmo restaurante e comprar os mesmo produtos. Ela era conhecida, uma aposta segura. O relacionamento deles estava mais para o de um irmão superprotetor e uma irmã que faziam sexo.

Mas não que o sexo fosse uma coisa fácil entre eles. Deus sabia que Will tinha o equipamento. Antes de passar a tomar pílula, o diafragma de Angie era do tamanho de um prato de jantar, mas há uma grande diferença entre segurar um martelo e saber como bater na cabeça do prego todas as vezes. Com o passar dos anos, eles andaram para trás desde aquela primeira e desajeitada vez no quarto do zelador do orfanato, então, agora, quando faziam sexo eram mais como duas crianças levadas aprontando escondidos do que adultos fazendo amor. Eles sempre apagavam as luzes e vestiam a maior parte das roupas, como se o sexo fosse um segredo obsceno que dividiam. O terno de três peças que Will usava naquela tarde não deveria tê-la deixado surpresa. Quanto mais roupas vestisse para cobrir o corpo, mais feliz Will ficava.

O que era algum tipo de piada cósmica, porque Angie sabia que por baixo das roupas ele tinha um belo corpo. Ela sentia os músculos das costas quando Will se retesava, as mãos espalmadas na curva da bunda dele, os pés roçando as panturrilhas fortes quando Will a possuía.

Mas, apesar disso, ele tinha vergonha do próprio corpo, como se as cicatrizes o denegrissem de alguma forma, e não as pessoas que as provocaram. Ela não o via completamente nu há pelo menos 12 anos. Foi sobre isso que discutiram da última vez. Eles estavam na cozinha, assim como naquela noite. Will estava encostado na bancada e Angie estava sentada à mesa, gritando com ele.

— Você se dá conta de que eu não sei como você é? — dissera ela.

— Você me vê todos os dias — respondeu ele, pretensamente confuso.

Angie esmurrou a mesa e ele pulou. Will odiava barulho, o via como um sinal de que estava prestes a se ferir, apesar de ser mais do que capaz de se defender.

O som do relógio da sala era audível no silêncio que se seguiu. Por fim, ele passou a fazer que sim.

— Certo — disse ele, e desabotoou a camisa. Ele usava uma camiseta por baixo, é claro, e Angie se aproximou e segurou as mãos de Will quando ele começou a tirá-la.

Era ela. Era ela que não conseguia olhar para ele, que não suportava ver as marcas que lembravam o que ele havia passado. As cicatrizes não eram apenas de Will, eram lembranças da infância deles, símbolos dos homens que abusaram dela, da mãe que escolheu a seringa em vez da filha. Angie podia se contorcer nua no banco de trás de um carro com um completo desconhecido, mas não podia olhar para o corpo do homem que amava.

— Não — dissera ela. — Não consigo mais fazer isso.

— Quem é o cara? — perguntara ele. Sempre havia um.

No dia seguinte ela ligou para a chefe de Will, Amanda Wagner, e a aconselhou a ficar atenta ao gravador que ele usava para registrar todas as conversas que tinham.

— E eu achava que vocês fossem amigos — dissera Amanda.

Angie deu uma resposta desaforada, mas sabia, no fundo do coração, que aquela era a coisa certa a se fazer, a coisa certa para Will. A única chance de ele ter uma vida de verdade, algum tipo de felicidade, era sozinho. Ainda assim, ela começou a chorar copiosamente no momento em que colocou o fone no gancho. Talvez ele tivesse ficado bem no meio das montanhas, mas Angie sentiu uma saudade desesperadora. A verdade é que pensou nele como uma maldita colegial.

E então a vadia o transferiu de volta para Atlanta. Ele era bom demais para ser desperdiçado nas montanhas, dissera Amanda. Além disso, ela gostava demais de Will para mantê-lo longe por muito tempo. Quanto a ele, Amanda era, de certa forma, a única mãe que conhecera. Eles fingiam se odiar, dois gatos selvagens se rodeando antes de uma luta, mas Angie sabia que do jeito disfuncional deles eles eram um time. Ela reconhecia os sinais.

Para seu crédito, Amanda foi simpática a ponto de ligar para Angie informando sobre a transferência.

— O seu namorado está de volta.

Angie assobiou uma melodia, com a presunção no piloto automático.

— Hey-la, hey-la.

Apesar de saber há semanas que o novo escritório de Will era no prédio, de ter se preparado para topar com ele a qualquer momento, Angie foi pega de surpresa quando o viu sair do elevador naquela manhã. Vê-lo com aquele cretino Michael Ormewood foi como um soco no estômago. Depois daquilo, ela passou a maior parte do dia tentando pensar em um motivo para ir vê-lo. Ela sabia que Will voltaria direto para casa depois do trabalho. Ele não tinha namorada, até onde Angie sabia. E, a não ser pela punheta de outra putinha do orfanato, nunca estivera com outra mulher. Quando o dia se aproximava do fim, Angie estava quase doente de vontade de vê-lo. Depois de prender três clientes que tiveram o azar de escolher Robin na calçada em frente à loja de bebidas, Angie pegou uma folha cor-de-rosa do bloco de anotações do fresco que trabalhava à sua frente, sabendo que a cor ajudaria Will a ler o que estava escrito. Em letras de forma cuidadosas, escreveu o nome de John Shelley, então foi direto para a casa de Will antes de pensar demais e desistir. Era fácil ler o rosto dele, e Angie soube exatamente no que estava pensando quando pegou a folha de papel: *Então esse é o cara, o próximo por quem você vai me abandonar.*

Angie limpou o vapor do espelho do banheiro, olhou para o reflexo e não gostou do que viu. John disse que ela era bonita, mas olhava apenas para a superfície. Por baixo, ela era horrível, uma bruxa velha e má que levava sofrimento para todos que cruzavam seu caminho.

Will estava preocupado com John Shelley, mas não podia estar mais enganado, mesmo que tentasse. Era questão de tempo até que descobrisse a verdade. Ele mal conseguia ler um livro, mas lia sinais muito bem. O maior arrependimento da vida de Angie não eram os 11 homens ou a mãe comatosa, nem mesmo o inferno que rotineiramente impunha a Will. O maior arrependimento dela era ter dormido com aquele imbecil, Michael Ormewood.

23

7 de fevereiro de 2006, 7h36

Will olhou para a tela do celular, os números digitais lhe revelando a hora. Ele sempre viu atrasos como grosseria. Diziam à outra pessoa que o nosso tempo era mais valioso do que o delas. Amanda Wagner tinha plena consciência disso. E nunca chegou no horário para um compromisso na vida.

— Posso oferecer alguma coisa? — perguntou Caroline. A secretária de Amanda era uma bela jovem; ultraeficiente e, ao que parecia, imune à língua ferina da chefe. Até onde Will sabia, Caroline era a única mulher que já havia trabalhado com Amanda Wagner por mais de uma hora.

— Não, obrigado, mas... — Caroline esperou enquanto Will tirava o Post-it cor-de-rosa do bolso. — Você pode levantar a ficha desse homem para mim? Sem chamar atenção, se possível.

A secretária entendeu imediatamente que aquilo implicava não usar o nome de Amanda. Os olhos de Caroline brilharam ante aquela possibilidade.

— Para quando você precisa?

— Para o quanto antes.

A jovem o cumprimentou e voltou para sua mesa. Will olhou para o umbral vazio. Ele queria chamar Caroline, dizer que esquecesse aquilo. Angie estava certa sobre intuição. Apesar de nunca ter visto Jonathan Shelley na vida, o alarme de Will disparou quando ele passou os olhos no nome do homem. Talvez fosse ciúme. Talvez ele apenas estivesse cansado. Angie estava certa novamente, desta vez sobre os perigos de se dar muito queijo a um cachorro. Will descobriu do jeito mais difícil que é quase impossível dormir com um chihuahua flatulento deitado no seu travesseiro.

Will sentou-se em uma das cadeiras em frente à mesa de Amanda. Assim como a sua ocupante, a mesa era organizada. Pilhas de papel estavam impecavelmente arquivadas nas duas bandejas do organizador de mesa. Mensagens telefônicas estavam dispostas em linha reta no mata-borrão.

O escritório tinha recortes de jornal emoldurados com as realizações de Amanda: o prefeito de Atlanta a condecorando. Bill Clinton a cumprimentando. Um chefe de polícia do sul do estado que ela salvou em uma negociação de sequestro. Havia diversas placas louvando seus fiéis serviços, além de uma prateleira dedicada aos seus troféus de tiro.

Depois de vinte anos de trabalho com negociações táticas no GBI, Amanda Wagner sentiu necessidade de mudança. A diretoria deu a ela a opção de escolher o próximo posto. Tipicamente, Amanda colocou na cabeça que queria sacudir as coisas e em um ano era diretora de uma nova unidade, a equipe de apreensão criminal, criada por ela.

De modo geral, os dez homens que Amanda escolheu para comandar eram parecidos com Will: agentes jovens que estavam na ativa há algum tempo e que não se misturavam exatamente bem na multidão. Os superiores os classificavam como difíceis, mas nenhum deles nunca fizera nada que pudesse motivar uma repreensão formal, muito menos demissão. Mas eram bons policiais, o tipo de homem que tentava corrigir as injustiças que não eram capazes de controlar na infância. Amanda tinha um olho excepcional para pessoas com traumas, gente com um passado que os transformava em presa fácil para sua pretensa atitude maternal. Will conseguia imaginá-la apresentando a lista de recrutas em potencial escolhidos a dedo para Susan Richardson, a chefe dela no centro de operações. Susan deve ter olhado para a lista como se olha para um gato que chega com um pássaro morto na boca. "Sim, obrigada, desculpe a ânsia de vômito."

Will se ajeitou na cadeira e conferiu as horas no celular mais uma vez. Ele usava um relógio de pulso, mas era apenas um truque para diferenciar esquerda e direita. Ao crescer, ele descobrira todo tipo de truque para ocultar a dislexia. Angie o importunava o tempo todo com aquilo, dizia que ele não devia sentir vergonha. Will não sentia vergonha. Ele apenas não queria ter mais uma coisa que o tornava diferente de todos. E de modo algum queria dar mais munição para Amanda Wagner. Ela vinha tentando entrar na cabeça de Will desde que se conheceram, e expor aquele tipo de informação equivalia a oferecer o pescoço para um lobo faminto.

Will olhou pela janela e acompanhou os pássaros planando. O escritório de Amanda ficava no edifício em Marietta quando ele foi largado nas montanhas para ficar de olho nos traficantes de metanfetamina. Ela se mudara para o City Hall East há pouco mais de um ano, e o escritório de esquina proporcionava uma vista panorâmica do centro de Atlanta. E ficava próximo ao elevador, o que possibilitava que ela ficasse a par de tudo que acontecia no prédio. Caroline trabalhava em uma sala contígua, mas Amanada nunca fechava a porta entre as salas. Will ouvia a secretária digitando no computador. Se a jovem tivesse algum amor-próprio, estava trabalhando no currículo.

— Olá, Will. — Amanda se aproximou em silêncio enquanto Trent olhava pela janela, e colocou a mão no ombro dele ao seguir para a cadeira do outro lado da mesa.

— Dra. Wagner.

— Desculpe pelo atraso — disse ela depois de sentar-se, da mesma forma automática que as pessoas dizem "Desculpe" quando trombam com você na rua.

Ele a observou conferir as mensagens telefônicas, expondo os cabelos grisalhos bem-cuidados. Amanda, provavelmente, tinha 50 e poucos anos, uma mulher pequena, com provavelmente 1,60m de altura em um bom dia. A atitude da chefe enchia a sala, e ela andava com a arrogância de um toureiro. Amanda usava um único anel, uma aliança com um solitário de brilhante, mas Will sabia que não estava atualmente casada. Ela não tinha filhos, ou, provavelmente, os comera quando crianças. Amanda era extremamente reservada com a vida pessoal, um luxo que não concedia às outras pessoas. Will pensava nela fora do trabalho da mesma forma que costumava pensar nos professores rastejando para cavernas sob a escola à noite, sonhando com as torturas a que submeteriam os alunos no dia seguinte. Will imaginava Amanda se arrumando para o trabalho de manhã: raspando o peito, escondendo o rabo, calçando os cascos fendidos nos delicados sapatos de salto baixo tamanho 35.

— Imagino que deva chamá-lo de Dr. Trent agora — disse ela, sem tirar os olhos das mensagens.

Will não ficou parado durante o exílio nas montanhas, ele não tinha a menor dúvida de que mais cedo ou mais tarde Amanda o transferiria do escritório em Epworth, de volta para as suas rédeas curtas. A universidade a distância da Flórida permitiu que trabalhasse no seu ritmo, e o estado reconhecia o doutorado em criminologia, apesar da origem duvidosa.

— Eu tentei fazer com que o meu salário ficasse alto demais para o seu orçamento — admitiu ele.

— Não me diga — respondeu ela, fazendo uma anotação em um dos recados com uma caneta-tinteiro.

Will olhou para a cicatriz na mão, deixada por Amanda com uma pistola de pregos.

— Bela caneta.

A chefe ergueu uma sobrancelha e recostou-se na cadeira. Um minuto se passou antes que ela falasse alguma coisa.

— Onde exatamente fica Two Egg, Flórida?

Will lutou para conter o sorriso. Ele escolhera a universidade principalmente pela localização ridícula.

— Acredito que fica próxima ao pitoresco rio Withlacoochee, senhora.

— Claro que fica. — Ela, obviamente, não acreditou em uma palavra.

Will ficou em silêncio, uma lagosta sendo avaliada em um aquário.

Amanda colocou a tampa na caneta de ouro e a colocou sobre a mesa, em frente ao mata-borrão.

— Você não está gravando isso, está?

— Não, senhora. Hoje, não.

Will já tinha dificuldade para ler documentos datilografados, mas a letra dele era o tipo de garrancho que se vê nas paredes de um jardim de infância. Amanda tinha o costume de distribuir longas listas de tarefas. A única forma que Will tinha para acompanhá-las era gravar as ordens da chefe e depois transcrever lentamente as palavras para o computador. Dois anos antes, ela o pegara em flagrante numa reunião. Amanda não gostava que gravassem as suas conversas sem permissão, e, sem dúvida, concluíra que Will fazia isso com intenções nefandas. Ele não tinha a menor intenção de informá-la sobre o seu problema de leitura, e, se o fizesse, Amanda o transferiria para o Polo Norte antes que tivesse tempo de calçar os sapatos.

— Muito bem — disse ela. — Fale sobre o seu caso.

Will a colocou a par sobre o pouco que havia levantado. Ele apresentou as pastas com os casos das três garotas, disse que acreditava que havia relação entre dois deles. Falou que leu sobre Aleesha Monroe, a prostituta assassinada, no relatório diário do GBI com a seleção de crimes cometidos em todo o estado. Respeitando o protocolo, ele pedira ao tenente Ted Greer autorização para participar das investigações e foi designado para trabalhar com Michael Ormewood, o detetive encarregado do caso. Quando chegou ao relato da vizinha morta de Ormewood, Amanda o parou.

— A língua foi arrancada a dentadas?

— Não tenho certeza sobre como foi removida — disse Will. — Talvez, se soubesse que você chegaria atrasada esta manhã, eu tivesse entrado em contato com o legista, de modo a estar mais bem-informado.

— Não choramingue, Dr. Trent. Não combina com você. — O tom era gentil, conciliatório, mas, pelo sorriso de Amanda, Will teve certeza de que tinha ganhado um ponto com a chefe. O simples fato de ele estar jogando significava que Amanda já havia ganhado. Ela voltou ao caso. — As línguas não foram levadas das cenas anteriores?

— Não, senhora — disse Will. — A língua da primeira garota não foi completamente arrancada. A segunda a segurava na mão quando a encontraram, mas já era tarde demais para fazer qualquer coisa. A língua de Monroe foi deixada nas escadas. Provavelmente, cuspida. A língua de Cynthia Barrett não foi encontrada na cena do crime.

— Você revistou a casa dos Barrett?

— A polícia de DeKalb o fez — disse Will. — Pelo que entendi, não encontraram nada incomum.

— Pelo que você entendeu? — repetiu ela.

— Eu não quis pisar nos calcanhares deles.

— O que, provavelmente, foi uma atitude sensata — admitiu Amanda. O condado de DeKalb era controlado por um grupo que não gostava da administração estadual, ou de ninguém, aliás, interferindo nos assuntos locais. Seis anos antes o xerife eleito do condado, Derwin Brown, havia sido assassinado em frente à própria casa enquanto tirava presentes de Natal do carro. Ele tomaria posse dali a três dias, e Sidney Dorsey, o xerife que deixava o cargo, não recebera bem a derrota.

Amanda pegou uma pasta na primeira gaveta da mesa e a abriu na primeira página.

— O que você acha desse Michael Timothy Ormewood?

— Ainda não formei uma opinião — respondeu Will, ciente de que se Amanda havia solicitado a ficha do detetive, a chefe já sabia mais do que ele.

Ela leu em voz alta acompanhando os dados com o dedo.

— Ex-militar. Dezesseis anos na polícia de Atlanta. Começou como policial fardado e avançou a detetive. Acusado de uso excessivo de força em 1998. — Ela fez um gesto de masturbação com a mão fechada, desdenhando da queixa. — Progrediu rápido. Narcóticos, não por muito tempo, provavelmente ficou entediado; combate à prostituição e, agora, homicídio. Não tem formação superior. — Ela olhou para Will. — Tente não demonstrar arrogância pelo seu doutorado na Two Egg, Dr. Trent.

— Sim, senhora.

Ela virou a página.

— Condecoração por salvar um civil. Até mesmo você tem uma dessas. Eles as distribuem como se fossem balas. — Amanda fechou a pasta. — Nada que salte aos olhos. Veste bege e fica na dele. — Aquela era uma frase que usava para policiais que faziam seus trabalhos e esperavam pela aposentadoria. Não era um elogio.

— Algo mais? — perguntou Will, sabendo muito bem que havia.

Ela sorriu.

— Telefonei para um amigo fardado. — Amanda sempre teve amigos. Levando em conta a personalidade da mulher, Will se perguntava sobre a natureza desses relacionamentos, e se por amigo ela queria dizer alguém que controlava com rédea curta. — Ormewood trabalhou com suprimentos quando serviu no Kuwait. Não chegou a avançar da patente de soldado raso.

— Não me diga! — Will estava levemente surpreso.

— Ele foi dispensado com honra, que é tudo que o Departamento de Polícia de Atlanta ficou sabendo, ou se interessou em saber. O meu contato diz que Ormewood foi ferido duas semanas depois de ser mandado para o Oriente Médio e que não chegou a ser apurado quem disparou o tiro.

— Ele feriu a si mesmo?

Amanda deu de ombros.

— Você não daria um tiro na própria perna para sair daquele inferno?

Will daria um tiro em si mesmo para sair do escritório de Amanda.

— Enfim. — Amanda pressionou as palmas das mãos uma contra a outra ao se recostar na cadeira. — Plano de ação?

— Preciso falar com Ormewood. Não pode ser mera coincidência que aquilo tenha acontecido no quintal dele.

— Você acredita que ele pode ter chegado perto demais de quem assassinou Monroe?

— O corpo de Cynthia Barrett ainda estava fresco quando chegamos, ela tinha sido morta há provavelmente uma hora. Eu passei a manhã com Ormewood e não o vi fazer avanços significativos no sentido de desvendar o caso, quanto mais ameaçar alguém a ponto de essa pessoa correr até o carro, ir até a casa dele e mutilar a vizinha de porta.

Amanda assentiu, gesticulando para que continuasse.

— Falamos com o cafetão de Monroe. Ele não me pareceu o tipo de sujeito que dispensa uma boa fonte de renda, mas, obviamente, voltarei a falar com ele hoje.

— E?

— E como eu disse, falarei com Ormewood sobre isso, perguntarei se ele viu algo fora do comum na noite do assassinato de Monroe.

— Ele foi trabalhar hoje ou aceitou a dispensa por motivos pessoais?

— Não faço ideia — respondeu Will. — Mas eu o encontrarei onde estiver.

Ela pegou uma das mensagens.

— Um certo Leo Donnely tentou consultar a sua ficha.

— Não estou surpreso.

— Eu a lacrei — disse ela. — Ninguém precisa farejar a sua roupa suja.

— Ninguém a não ser você — corrigiu Will. Ele olhou para o relógio ao levantar-se. — Isso é tudo, Dra. Wagner?

Ela abriu as mãos em um gesto de concordância.

— Claro, Dr. Trent. Vá em frente e conquiste.

24

8h56

John havia sido forçado a livrar-se dos sapatos. Ele não tinha certeza se havia deixado pegadas na cena do crime, mas não correria riscos. Quando voltou à pensão, cortou os solados com uma faca de cozinha, mudando o padrão das estrias. Então, sem confiar na própria sorte, tomou um ônibus, que pagou com dinheiro para não poder ser rastreado pelo Trans Card, e foi até o Cobb Parkway, em Marietta. Lá chegando, caminhou por uma hora arrastando o pé no asfalto quente para gastar ainda mais os solados.

Ele comprou um par de tênis novo na Target, por 26 dólares, dos quais mal podia dispor, e atirou o velho em uma caçamba de lixo nos fundos de um restaurante chinês de aparência duvidosa. O estômago deu voltas com os cheiros que vinham da cozinha. Vinte e seis dólares! Poderia ter comprado uma boa refeição, teria sido servido por uma garçonete que manteria o copo de ice tea sempre cheio e conversaria com ele sobre o clima louco.

Mas nem todo chá do mundo compensava voltar para a prisão.

Meu Deus!, ele se metera em uma baita confusão. Ele estremeceu ao lembrar-se do que sentiu quando segurou a língua da garota com o polegar e o indicador. Mesmo com a luva de borracha, foi possível sentir a textura, o calor da boca. John levou a mão à própria boca e tentou não vomitar. Ela era inocente, apenas uma menina curiosa demais, influenciável.

O único consolo de John era pensar no rosto de Michael Ormewood quando entrasse na garagem para pegar as revistas pornográficas que guardava na caixa de ferramentas e encontrasse a sua leal faca ao lado da língua da adolescente.

— Shelley! — gritou Art.

John levantou-se em um salto. Ele estava ajoelhado em frente a um sedã, limpando os insetos esmagados no para-choque.

— Senhor?

— Visita. — Art inclinou a cabeça na direção dos fundos do prédio. — Não se esqueça de bater o cartão.

John ficou paralisado. Uma visita. Ninguém o visitava. Ele não conhecia ninguém.

— Aí, aí — murmurou Ray-Ray. Eles estavam estremecidos desde o incidente com a prostituta.

— O quê?

— É uma garota. — Não era um policial, era o que ele queria dizer.

Uma garota, ponderou John, com os pensamentos disparando em todas as direções. A única garota que ele conhecia era Robin.

— Obrigado, cara — disse ele a Ray-Ray, colocando a camisa para dentro da calça ao seguir para os fundos do lava-rápido. Quando bateu o cartão, viu o próprio reflexo no espelho acima do relógio de ponto. Apesar do frio, os cabelos estavam colados à cabeça pelo suor. Meu Deus!, ele provavelmente também fedia a suor.

John correu os dedos pelos cabelos ao abrir a porta dos fundos. O primeiro pensamento foi que a garota que estava ali não era Robin, então, que a garota não era exatamente uma garota. Era uma mulher. Era Joyce.

Ele ficou mais nervoso do que se a visita fosse mesmo a prostituta e envergonhado pelas roupas baratas que vestia. Joyce usava um belo conjunto de calças, que ele tinha certeza não ter sido comprado em uma loja popular. O sol criava reflexos castanhos nos seus cabelos e John se perguntou se ela os havia tingido ou se sempre foram daquela cor. Ele se lembrava de como a irmã costumava contorcer o rosto quando estava irritada com ele, do sorriso nos lábios quando fazia uma careta, a forma como torcia o nariz quando dava um bofetão nele depois que puxava uma de suas tranças. Mas não lembrava a cor dos cabelos da irmã quando eram crianças.

Ela o cumprimentou com uma exigência.

— No que você está metido, John?

— Quando você voltou a fumar?

Joyce deu uma tragada longa no cigarro e o jogou no chão. John a viu pisar na ponta com a sola do salto e esfregá-la no chão, provavelmente desejando que fosse a cabeça dele.

Ela soltou a fumaça.

— Responda a minha pergunta.

John olhou sobre o ombro, mas sabia que estavam sozinhos.

— Você não deveria vir aqui, Joyce.

— Por que você não responde a minha pergunta?

— Porque eu não quero que você se envolva nisso.

— Você não quer que eu me *envolva*? — repetiu ela, incrédula. — A minha *vida* está envolvida, John. Goste eu ou não, você *é* meu irmão.

John sentia a raiva que emanava do corpo da irmã como calor. Parte dele desejava que ela simplesmente avançasse, que o esmurrasse até transformar o seu corpo em uma massa disforme, ensanguentada, até quebrar os punhos e descarregar toda a fúria.

— Como você pode ter cartões de crédito se estava preso?

— Não sei.

— Isso é permitido?

— Eu... — Ele não havia pensado naquilo, era uma boa pergunta. — Acho que sim. Não se pode ter dinheiro, mas... — Ele pensou no assunto. O preso era advertido ou atirado na solitária se fosse encontrado dinheiro em seu poder. Tudo que se comprava na cantina era debitado na conta, e não era permitido fazer compras por reembolso postal. — Não sei.

— Você sabe que se Paul Finney descobrir, ele o processará e arrancará cada centavo que você tiver.

— Ele não tem o que arrancar — disse John. O testamento da mãe deixava tudo para Joyce exatamente por esse motivo. Sob a lei de compensação das vítimas, se John um dia conseguisse juntar 2 centavos, a família de Mary Alice poderia ficar com eles. O Sr. Finney era como um tubarão à espreita, esperando que uma gota do sangue de John caísse na água.

— Você tem uma casa no Tennessee.

John apenas olhou para a irmã.

Ela tirou uma folha de papel dobrada do bolso do terninho.

— Elton Road, número 29. Em Ducktown, Tennessee.

Ele pegou o papel, uma cópia do original. No cabeçalho estava impresso "Certidão de Propriedade". O nome dele constava como proprietário.

— Não entendo.

— Você é dono dessa casa — disse ela. — Quitou o financiamento em cinco anos.

John nunca fora dono de nada na vida a não ser uma bicicleta, e Richard se livrara dela depois da primeira prisão.

— Quanto ela custou?

— Trinta e dois mil dólares.

John ficou boquiaberto.

— E onde eu arrumaria tanto dinheiro?

— E como é que eu vou saber? — gritou ela, tão alto que John deu um passo para trás.

— Joyce...

Ela agitou um dedo para o rosto do irmão.

— Eu vou perguntar apenas mais uma vez, e juro por Deus, John, juro sob o túmulo de mamãe, que se você mentir para mim eu o risco da minha vida tão rápido que você não vai saber o que o atingiu.

— Você soa exatamente como o nosso pai.

— Chega. — Joyce começou a se afastar.

— Espera — disse ele, e a irmã parou, mas não se virou. — Joyce... alguém roubou a minha identidade.

Os ombros dela caíram. Quando finalmente olhou para John, ele era capaz de ver todas as coisas horríveis com as quais esteve envolvido gravadas nas linhas do rosto da irmã. Ela estava calma, a raiva havia se dissipado.

— Por que alguém roubaria a sua identidade?

— Para se proteger. Para cobrir as próprias pegadas.

— E por que motivo? Por que você?

— Porque ele acreditava que eu não seria solto. Ele acreditava que eu passaria o resto da vida na prisão, que poderia usar a minha identidade para evitar ser pego.

— Quem pensou isso? Quem está fazendo isso com você?

John sentiu o nome rasgar a garganta como um caco de vidro.

— O mesmo homem que fez mal a Mary Alice.

Joyce encolheu-se visivelmente ao ouvir o nome da garota. Ambos estavam em silêncio, nada a não ser o som da água no lava-rápido e o zumbido dos aspiradores interrompia o silêncio.

John forçou a si mesmo a reduzir o espaço entre eles.

— A pessoa que armou para que eu levasse a culpa pela morte de Mary Alice está tentando fazer a mesma coisa outra vez.

Ela ficou com os olhos marejados.

— Não fui eu, Joyce. Eu não a feri.

O queixo de Joyce tremia enquanto ela tentava conter as emoções.

— Não fui eu.

A garganta voltou a funcionar depois que ela engoliu em seco.

— Certo — disse ela. — Certo. — Ela fungou e respirou fundo. — Preciso voltar para o trabalho.

— Joyce...

— Se cuide, John.

— Joyce, por favor...

— Adeus.

25

9h30

Will observava as mãos de Pete Hanson enquanto o legista habilmente costurava o abdome e o peito de Cynthia Barrett. A pele repuxava quando o médico costurava a linha pela incisão em Y que fizera no começo da necropsia. Durante o procedimento, Will se concentrou em partes do corpo e não no todo, mas agora não havia como evitar o fato de que Cynthia Barrett era um ser humano, pouco mais do que uma criança. Com o corpo magro e as feições delicadas, tinha um quê de elfa. Como um homem podia ferir aquela garota era algo que estava além da sua compreensão.

— É uma coisa triste — disse Pete, como se pudesse ler a mente de Will.

— Sim. — Will cerrou os dentes no instante em que pisou no necrotério. Na sua carreira, ele já vira todo tipo de agressão, mas ainda ficava chocado quando a vítima era uma criança. Sempre pensava em Angie, nas coisas horríveis feitas a ela quando ainda era apenas uma criança. Aquilo fazia o estômago dele doer.

As portas abriram e Michael Ormewood entrou. Havia círculos escuros sob os seus olhos e ele tinha um pedaço de lenço de papel colado no queixo, onde aparentemente se cortara ao fazer a barba.

— Desculpem pelo atraso — disse Michael.

Will olhou para o relógio; foi um reflexo, mas quando voltou a erguer os olhos percebeu a irritação de Michael.

— Não tem problema — disse ele, percebendo tarde demais que dissera a coisa errada. — O Dr. Hanson já está terminando. Você não perdeu nada.

Michael ficou em silêncio, então Pete quebrou a tensão.

— Sinto muito pela sua perda, detetive.

Alguns segundos depois Michael assentiu, então passou a mão na boca, tirando o pedaço de papel colado ao queixo. Ele olhou surpreso para o papel com sangue entre os dedos e o atirou no lixo.

— Está sendo difícil em casa.

— Posso imaginar. — Pete deu tapinhas no ombro do detetive. — Meus pêsames.

— Sim — concordou Will, sem saber o que dizer.

— Ela era apenas uma vizinha, mas ainda assim... — O sorriso de Michael parecia ser forçado, como se ele tivesse trabalho para conter as emoções. — É terrível quando algo ruim acontece com uma garota inocente como ela. — Will o viu olhar para o corpo, notou o brilho de desespero nos olhos do homem. Michael estendeu a mão como se fosse tocar os cabelos loiros, mas a recolheu. E se lembrou de como Michael agira da mesma forma no dia anterior, quando viram o corpo pela primeira vez. Era como se Cynthia fosse filha dele, em vez de vizinha.

— Pobrezinha — sussurrou Michael.

— Sim — concordou Pete.

— Me desculpem, caras — disse Michael. Ele pigarreou algumas vezes, aparentemente numa tentativa de se controlar. — O que você descobriu, Pete?

— Eu estava para apresentar as conclusões ao agente Trent. — Pete começou a desenrolar o lençol que cobria a parte inferior do corpo.

Michael recuou visivelmente.

— Apenas me diga os principais detalhes, está bem?

Pete voltou a cobrir o corpo, desta vez subindo o lençol até a altura do pescoço.

— Acredito que ela tropeçou e bateu a cabeça. A força da queda provocou um traumatismo craniano acima do lobo temporal esquerdo. O pescoço torceu com o impacto, rompendo a medula espinhal em C-2. A morte foi instantânea. Um acidente infeliz, não fosse pela falta da língua.

— Eles já a encontraram? — perguntou Michael.

— Não — respondeu Will, então falou com o legista: — Você pode falar sobre as diferenças entre os dois assassinatos?

— É claro — disse Pete. — Ao contrário do que aconteceu com a prostituta, a língua da garota não foi arrancada com os dentes, mas cortada. Muito provavelmente, com uma faca serrilhada. Um homem menos atento poderia não percebê-lo, mas estou certo de que é diferente.

— Como você pode ter certeza? — perguntou Michael.

— Não é um corte limpo, como aconteceu com a mordida. — O médico bateu os dentes para ilustrar, e o som ecoou na sala coberta de azulejos. — E mais, seria de se esperar um padrão em meia-lua, porque os dentes não estão dispostos em linha reta, mas curvos. Se vocês... — Ele fez menção de abrir a boca da garota, mas mudou de ideia. — Há diversas marcas de ensaio. Quem quer que tenha removido a língua teve dificuldade para segurá-la. A língua deslizou e a lâmina escorregou. Mas o sujeito estava determinado. Ele concluiu a tarefa na terceira ou quarta tentativa.

— Ela estava escorregadia? — perguntou Will. — Em virtude do sangue? Saliva?

— Deve ter havido um pouco de sangue, uma vez que ela já estava morta quando ocorreu a mutilação. Eu diria que o homem teve dificuldade porque a língua é muito pequena. Além do mais, um adulto teria dificuldade para colocar a mão na boca da vítima. Ela é muito estreita.

Michael assentia, mas não parecia escutar o legista. Os olhos dele ainda estavam voltados para a garota e uma lágrima rolou pelo seu rosto. Ele se virou e usou as costas da mão para limpar o rosto, fingindo esfregar o nariz.

— E, é claro, a falta da língua é interessante — opinou Pete. — Nos outros casos, a língua sempre foi deixada com a vítima. Talvez o seu criminoso tenha subido um degrau e agora colecione lembranças.

— Isso é comum com serial killers — disse Will, tentando estimular Michael a falar. Talvez o homem tivesse voltado cedo demais. Angie disse que ele adorava crianças. Talvez fosse mais difícil para ele, como era para Will, dada a idade da garota. E Barrett era uma vizinha, então era provável que Michael a tivesse visto crescer. Aquilo já seria difícil para qualquer pessoa, quanto mais com uma visita ao necrotério para vê-la necropsiada.

Michael pigarreou duas vezes.

— Ela foi estuprada?

Pete hesitou e Will esperou para ver como o médico responderia àquela pergunta, e como a resposta afetaria Michael.

— Definitivamente, há sinais de violação, mas é difícil dizer se o ato foi consensual ou não. — Pete deu de ombros. — É claro, se o estupro foi *post mortem* não deixaria sinais de trauma vaginal, já que não haveria reflexo de força.

Houve um sorriso contraído no rosto de Michael, do tipo que uma pessoa dá apenas quando fica satisfeita.

— Você disse que ela era sexualmente ativa — lembrou Will. — Talvez devamos investigar se havia um namorado.

— Perguntei isso a Gina ontem à noite — disse Michael, e então explicou: — Gina é minha esposa. — Will assentiu e ele continuou: — Cynthia não estava saindo com ninguém. Ela era uma boa menina. Phil nunca teve problemas com ela.

Will sabia que o pai era um representante comercial que estava do outro lado do país quando a filha foi assassinada.

— Quando ele estará de volta?

— Hoje à tarde — respondeu Michael. — Gostaria de sair mais cedo para falar com Phil. — Ele se voltou para Will. — Entrarei em contato com você se ele disser algo de útil.

Trent fez que sim, entendendo a mensagem: Michael falaria com o pai sozinho. Parte de Will ficou feliz por ser poupada daquilo.

— Você conseguiu amostras de DNA? — Michael perguntou a Pete.

— Algumas.

— Eu as levo lá em cima para você.

— Obrigado — disse Pete, que foi até o armário ao lado da porta. Ele entregou a Michael um saco plástico lacrado com o kit de estupro de Cynthia Barrett.

— Você acredita que existe uma conexão entre esses casos e os que mostrei ontem? — Will perguntou a Michael.

O olhar do policial se voltou para o rosto de Cynthia.

— Sem dúvida. Ele, obviamente, está em escalada.

— Desde o assassinato de Monroe você se encontrou com alguém que possa estar envolvido? — perguntou Will.

O detetive fez que não.

— Não pensei em outra coisa ontem à noite. Não consigo pensar em ninguém que possa ter feito isso. — Ele fez uma pausa. — Acredito que é alguém que estava na cena do crime de Monroe quando eu cheguei. Voltei para casa depois que saí de lá. O sujeito, provavelmente, me seguiu. Meu Deus! — Ele colocou a mão na testa. — Ele poderia ter pego Tim. A minha esposa... — Ele abaixou a mão. — Tirei a minha família da nossa casa. Eles não estarão a salvo enquanto esse maníaco continuar à solta.

— Isso, provavelmente, é o melhor a se fazer — disse Pete. Ele colocou a mão no braço de Michael. — Sinto muito, detetive. Sinto muito que isso tenha acontecido com você.

Michael assentiu, e Will percebeu que ele estava com os olhos marejados outra vez.

— Ela era uma boa menina — o detetive conseguiu dizer. — Ninguém merece uma coisa dessas, mas Cynthia... — Ele balançou a cabeça. — Precisamos pegar esse cara. Não me sentirei em segurança até que enfiem a agulha no braço do filho da puta. — Ele olhou para Will e repetiu: — Não me sentirei em segurança.

Will estava encostado no carro de Michael Ormewood, à espera do detetive. Ele abriu o flip do celular e olhou para a tela, desejando ligar para Angie. Havia algo que ela não estava dizendo. Will a conhecia há tempo suficiente para saber quando ela escondia alguma coisa. Talvez ele pudesse telefonar e perguntar se ela lembrara de algo mais sobre Michael. Angie trabalhou com o detetive. Sabia das suas atividades extracurriculares. Sabia mais do que deixava transparecer.

— Merda — sussurrou Will, fechando o telefone. Que idiota! Ela, provavelmente, dormira com o sujeito. Ormewood era o tipo certo: um cretino casado, indisponível, que a usaria e depois a jogaria fora.

Will inspirou e soltou um longo suspiro, sentindo a própria estupidez dominá-lo. Esteve preocupado com John Shelley quando na verdade Michael Ormewood era o último idiota na vida dela. Will perguntou se os dois ainda se encontravam. Eles estavam bem próximos quando os encontrou no corredor no dia anterior. Mas na noite passada Angie foi brutal com Ormewood quando Will perguntou a ela sobre o detetive. Se ainda dormia com o sujeito, Will tinha certeza de que ela teria admitido. Talvez não. Dois anos tinham se passado. Eles nunca ficaram tanto tempo sem se falar. As coisas podem ter mudado.

Não, nada havia mudado.

— Merda — repetiu Will. Ele colocou as mãos no teto do carro e pressionou a testa contra elas. O que ele poderia fazer? Confrontá-la? Exigir que dissesse tudo que fez nos dois últimos anos?

Will retirou as mãos do carro e se virou quando a porta das escadas foi aberta com uma batida. Ormewood caminhava pelo estacionamento com a mão no bolso, um sorriso de canto de boca. O detetive parecia estar satisfeito. Ele, provavelmente, passara pela mesa de Angie antes de deixar o kit de estupro no laboratório. Os dois poderiam até mesmo ter dado uma rapidinha no almoxarifado.

— Desculpa pela demora — disse Michael ao destrancar as portas do carro. — Precisei resolver umas coisas.

— Certo — murmurou Will, então sentou-se no banco do passageiro. Ele olhou pela janela, esperando que Michael entrasse e desse a partida no carro. Se travasse a mandíbula com mais força, racharia os dentes de trás.

Michael apoiou a mão no encosto do banco do passageiro ao dar ré. Ele engrenou o carro e seguiu para a saída, cumprimentando o guarda quando passaram pela guarita.

— Que dia de merda — disse ele, colocando os óculos escuros. — Você tem filhos?

— Não — respondeu Will, pensando que era a segunda vez que o detetive fazia aquela pergunta. Talvez Angie tivesse dito que Will não queria ter filhos. Ele formou uma imagem mental dela e Ormewood esparramados na cama, desfrutando do relaxamento depois do sexo em um jogo de contar segredos. Angie faria aquilo? Trairia Will daquela forma?

— Não consigo imaginar o que Phil está sentindo agora — disse Michael. — Se alguma coisa acontecesse com Tim, eu sentiria o coração ser arrancado do peito. Ele é parte de mim, sabe?

— Deu pra perceber.

— E esposa? — perguntou Michael. — Você é casado?

Will se voltou para olhá-lo, tentando entender aonde ele queria chegar com aquelas perguntas.

— Não.

— Está saindo com alguém?

Will sentiu os pelos eriçarem, mas tentou se controlar.

— Não.

— Gina — disse Michael sem perceber — trabalha no Piedmont, na emergência. O que é mesmo que eles sempre dizem sobre os policiais? Que se casam com enfermeiras ou putas.

Levando em conta que Michael havia deixado o posto anterior sob uma nuvem escura, Will concluiu que era perigoso para ele brincar com prostitutas.

— Aquela moça, Polaski... — começou ele, tentando pensar em algo que um idiota diria a respeito de uma mulher, mas sem muito sucesso. — Ela é muito atraente.

Michael pareceu ficar surpreso, como se não achasse que Will tinha um pênis.

— É — disse ele. — Mas, escute, de homem para homem, eu ficaria longe dela.

— Por quê?

— Ela é esquentada. Entendeu? Ela parece ser doce, mas na verdade é um pé no saco de primeira categoria.

Will apoiou o cotovelo na janela e olhou para fora.

Então ele *havia* dormido com Angie.

Michael mudou de assunto.

— Me desculpa, acho que perdi a cabeça ontem quando vi Cynthia. Já estou trabalhando na homicídios há algum tempo, mas nunca se espera que uma coisa daquelas aconteça, conhecer a pessoa.

Will contou os postes, olhou para os outdoors, um borrão de letras que nunca fariam sentido naquela velocidade.

— É.

— Vou dizer uma coisa. Nunca serei capaz de fazer esse trabalho da mesma forma. Quero dizer, informar as pessoas. Conhecer as pessoas envolvidas, a vítima e o pai, dá uma nova perspectiva a tudo.

— Imagino que sim.

— Você chegou a consultar a pasta do caso Monroe?

— Folheei — mentiu Will, valendo-se do que Angie dissera a respeito da prostituta. — Você a prendeu algumas vezes quando trabalhava no combate à prostituição.

Michael finalmente sentiu a tensão no ar. Ele e Will trocaram olhares de canto de olho.

— É — admitiu ele. — Polaski me disse isso ontem. Eu havia esquecido. Aquelas batidas. Você já trabalhou no combate à prostituição? — Com algum esforço, Will fez que não. — Não é raro prender cem em uma semana. É como correr atrás do rabo, sem brincadeira. Você as prende e elas estão de volta às ruas uma hora depois.

— Você nunca havia encontrado o cafetão dela antes? Baby G.?

Michael deu de ombros.

— Não que eu me lembre. Esses caras crescem rápido demais. Uma hora eles são moleques matando aula, na outra carregam uma 9 milímetros e negociam de tudo, de boceta a metanfetamina. — Michael sacudiu os ombros outra vez. Talvez tenha sido com ele que Angie aprendeu o gesto. — Baby G. pode até ter me reconhecido, mas não deixaria transparecer. Você acha que ele tem algum tipo de envolvimento com os assassinatos? Não cheguei a confirmar o álibi dele para domingo à noite.

— Ele estava com a gente quando Cynthia foi assassinada — lembrou Will.

— Tenho certeza de que tem soldados para fazer o trabalho sujo.

Will assentiu.

— Preciso consultar meus casos dos tempos da unidade de combate à prostituição. Vou levá-los para casa hoje à noite.

Will sentiu que precisava oferecer ajuda.

— Posso ajudar, se você quiser.

— Não. — O tom foi brusco, mas o detetive o suavizou na explicação. — Você sabe como é. A gente só coloca metade das informações nos relatórios. O resto fica na cabeça, para que não nos peguem em contradições, digam que escrevemos uma coisa quando na verdade queríamos dizer outra.

— Certo. — Will lançou outro olhar de esguelha para Michael Ormewood. Ele não era tão alto quanto o agente, mas tinha a boa aparência obscura e o corpo sólido que sempre atraíram Angie. Ele, provavelmente, não se exercitava tanto quanto Will, mas também não se tornara sedentário. Talvez tenha jogado futebol americano na escola. Will adorava futebol, mas tinha vergonha de se juntar a qualquer time porque isso implicaria em precisar tirar as roupas no vestiário. Ormewood, provavelmente, fora um jogador de destaque, o capitão do time, o cara a quem todos os outros recorriam.

Mais uma vez, Will respirou fundo e soltou um lento suspiro.

Aquilo era perfeito. Uma divagação sobre Angie dormir com Michael Ormewood e agora ele relembrava as frustrações esportivas dos tempos da escola. Will sabia que Angie não diria grande coisa a homem algum. As novas conquistas eram um jogo para ela, um jogo no qual ela tinha a possibilidade de reinventar a si mesma. Contar a verdade sobre o passado estragaria a diversão. Se quisesse um relacionamento sério com alguém, uma pessoa que a conhecesse por dentro e por fora, ela ficaria com Will.

Michael tamborilou os dedos no volante.

— Greer me disse que eu deveria tirar uma folga. Não sei. Não sou muito bom em ficar à toa. Eu nunca perdoaria a mim mesmo se deixasse passar alguma coisa e esse cara tirasse outra vida. Ele pode estar por aí, procurando uma nova vítima agora mesmo.

— É — concordou Will, se dando conta de que na sua busca por castrar a si mesmo deixara de perceber que Michael falava com ele como um igual, não um adversário.

O detetive entrou no conjunto habitacional e eles passaram pelos garotos andando de bicicleta que Will vira no dia anterior.

— Devíamos dar uma dura neles — disse Michael. — Eles deveriam estar na escola.

— Por que Cynthia não estava na escola? — perguntou Will.

— Não sei. Talvez não estivesse se sentindo bem.

— Com que frequência ela faltava à escola?

— O que isso tem a ver?

— O pai dela estava fora o tempo todo. Ela ficava muito tempo sozinha, sem supervisão familiar.

— Gina e eu fazíamos o possível para ficar de olho nela.

O detetive vira as palavras de Will como uma condenação pessoal.

— A sua sogra costumava vê-la em casa durante o dia?

— Você vai precisar perguntar isso para Barbara — disse Michael, estacionando em frente ao edifício nove.

— Você se incomoda se eu fizer isso?

— Eu e Barbara somos bem próximos, e ela nunca mencionou nada sobre Cynthia estar em casa. Vou perguntar a ela, está bem? Mas acho que isso é um beco sem saída. Cyn era uma boa menina. Tirava boas notas, nunca se envolvia em confusão. Phil sempre dizia que ela era um anjo.

— Você parece saber bastante a respeito dela.

Michael olhou para as mãos no volante. Quando voltou a falar, usou um tom de confidência.

— Tentávamos ficar de olho nela. Phil nunca estava em casa. A esposa dele foi embora com um idiota qualquer há seis anos e nunca olhou para trás. Ele fez o melhor que pôde, mas eu não sei... — Ele se voltou para Will. — O melhor não é o bastante quando se tem um filho. É preciso fazer mais. Mudar as prioridades, não trocar de carro a cada dois anos, não usar ternos caros e não ir a restaurantes e ao cinema o tempo todo. É preciso fazer sacrifícios.

— E Phil não fazia isso?

— Eu já falei demais — disse Michael, tirando a chave da ignição. — Phil já tem problemas suficientes agora, não precisa de amigos falando mal dele pelas costas.

Michael abriu a porta do carro.

— O BMW não está aqui. — O que significava que o cafetão não estava em casa.

Will o seguiu até o apartamento da avó, que ficava no térreo. Eles bateram diversas vezes, mas apesar de ouvirem o televisor e a velha dando risadas junto com a plateia, ninguém atendeu.

— O apartamento de Monroe fica no último andar? — perguntou Will.

— É — disse Michael. — Eu não pegaria o elevador se fosse você.

Will seguiu o detetive pelas escadas. A não ser pelo apartamento da avó, o edifício estava quieto. Os moradores estavam no trabalho ou dormindo depois de chegarem tarde da noite, e o único som era dos seus passos arrastados nos degraus.

Will desacelerou quando chegaram ao local onde Aleesha Monroe foi encontrada. Os degraus estavam manchados de sangue, apesar de alguém obviamente ter tentado limpar as marcas.

— Ela morreu aqui — disse Michael, fazendo uma pausa no patamar para recuperar o fôlego.

Will se ajoelhou para observar os padrões, os borrões ensanguentados de uma mão subindo as escadas. As fotografias da cena do crime já haviam sido bastante soturnas, mas havia algo de estranho em estar no lugar onde uma mulher morrera.

— Não acho que ele quisesse matá-la — disse Michael.

Will ergueu o olhar, pensando que o homem já dissera aquilo pelo menos duas vezes.

— Por quê?

— Ela rolou de costas. — O detetive indicou o contorno de onde Monroe estivera deitada. — O sangue deve ter se acumulado e ela sufocou até a morte. — Ele esperou um segundo, olhando para as escadas ensanguentadas. — É triste, mas acontece.

Will não se lembrava de ter investigado um caso no qual aquilo acontecera, mas assentiu, como se as pessoas morressem daquela forma o tempo todo.

— O que você acha que aconteceu?

Michael se voltou para as escadas e apertou os olhos, como se pudesse ver os acontecimentos.

— Eu acredito que eles estavam no apartamento quando começou algum tipo de discussão. O cliente foi embora e talvez ela não quisesse que o sujeito fizesse isso. Eles brigaram aqui — ele indicou os degraus —, e as coisas esquentaram.

— A porta estava trancada quando o primeiro policial chegou aqui?

— Destrancada.

Will visualizou a cena mentalmente, concluindo que a teoria de Michael era tão boa quanto qualquer outra.

— Você está com a chave?

— Sim. — Michael tirou um saco plástico do bolso. Ele o desenrolou e mostrou a Will uma chave com uma etiqueta vermelha. — Estava na bolsa dela.

— O que mais você encontrou?

— Maquiagem, alguns dólares e um emaranhado de cabelo.

— Vamos — disse Will, subindo as escadas. Ele sentiu os pelos do pescoço se eriçarem quando se aproximavam do último andar. Will nunca acreditou em fantasmas e demônios, mas não havia como negar que a cena de um crime os traz à mente, além da forte energia que diz que uma morte violenta aconteceu ali.

— Aqui vamos nós — disse Michael, cortando a fita amarela da polícia com a chave. Ele abriu a porta. — Depois de você.

Aleesha, obviamente, não era rica, mas pela aparência do apartamento a mulher cuidava bem do pouco que possuía. Além de um banheiro pequeno, havia apenas dois cômodos no apartamento, um quarto e uma sala/cozinha. Mas o que mais surpreendeu Will foi que o lugar estava impecavelmente limpo. Não havia pratos sujos na pia e o fedor que pairava no corredor não parecia impregnar as paredes.

— Era assim que o apartamento estava quando você chegou aqui? — perguntou Will.

— Sim.

A equipe de Michael já havia revistado o lugar duas noites atrás. O fato de ele agora ficar à porta, encostado no batente, indicava claramente que achava aquilo uma perda de tempo.

Will ignorou a mensagem ao caminhar lentamente pela sala, à procura de qualquer coisa incomum. A cozinha era uma quitinete com apenas um armário e duas gavetas. Em uma eram guardados os talheres, na outra, os itens que acabam indo parar numa gaveta em qualquer casa: algumas canetas, uma confusão de recibos e um chaveiro cujas chaves, provavelmente, sobreviveram às portas que abriam.

Ele parou ao lado de uma planta em frente à janela. A terra estava seca, a planta, morta. A mesa de vidro próxima ao sofá brilhava de tão limpa, a mesa de centro do mesmo conjunto igualmente impecável. Havia uma pilha organizada de revistas ao lado de um cinzeiro que, obviamente, havia sido limpo. Não havia poeira no chão ou, inclusive, qualquer indício de que uma viciada em drogas morara ali. Will já estivera em muitas casas de drogados e sabia como eles viviam. A heroína era especialmente ruim. Os usuários da droga eram como animais doentes que haviam parado de se limpar, e o ambiente geralmente refletia isso.

Will notou indícios do pó preto usado para a coleta de impressões digitais nas maçanetas e nas molduras das janelas, mas ainda assim perguntou:

— Quantas impressões digitais vocês encontraram?

— Por volta de 6 mil — disse Michael.

— Mas não nas mesas de vidro?

Michael olhava para o corredor como se tivesse ouvido um barulho.

— Ela devia trazer os clientes para cá. Havia DNA suficiente nos lençóis para clonar uma vila.

Will entrou no quarto, fazendo uma anotação mental para continuar naquela linha de raciocínio. Ele abriu as gavetas, e notou que as roupas não haviam sido reviradas. O armário estava cheio de roupas e um velho aspirador de pó Hoover repousava entre caixas de sapatos. O saco do aspirador havia sido removido. Os peritos devem tê-lo levado para análise. Eles provavelmente tinham levado também os lençóis. O colchão da cama de Monroe estava exposto, havia uma mancha de sangue do centro.

Michael estava parado à porta do quarto. Ele, obviamente, acreditou que podia antecipar a próxima pergunta de Will.

— Sangue menstrual, de acordo com Pete. Ela devia estar naqueles dias.

Will ficou em silêncio e continuou a busca pelo quarto, ainda pensando nas mesas de vidro limpas. Ele ouvia Michael andando pelo quarto, impaciente. Will conferiu os pontos com pó preto onde os peritos haviam procurado digitais nas superfícies de costume: as bordas da mesa de cabeceira, os puxadores, o pequeno baú onde havia basicamente camisetas e calças jeans. Eles devem ter conferido as mesas no outro cômodo. A ausência do pó preto indicava que não foram encontradas digitais no vidro.

— Você leu a reportagem no jornal de hoje? — perguntou Michael.

— Não — admitiu Will. Por motivos óbvios, ele acompanhava as notícias pela televisão.

— O assassinato de Monroe só teve menos destaque do que um escândalo no hospital.

Will ficou de joelhos e olhou embaixo da cama.

— Você já divulgou o nome dela?

— Não posso, até que achemos um parente próximo. Também não falamos nada sobre a língua.

Will sentou-se sobre os calcanhares e correu o quarto com os olhos.

— Ela não informou o nome dos pais em nenhuma das vezes que foi presa?

— Apenas Baby G.

Ele abriu a gaveta da mesa de cabeceira. Vazia.

— Nada de agenda telefônica?

— Ela não tinha telefone. Fixo ou celular.

— Isso é estranho.

— Tudo custa dinheiro. Ou se tem, ou não. — Michael ainda observava Will. — Você se importa se eu perguntar o que espera encontrar?

— Quero apenas sentir o lugar — respondeu Will, apesar de ter conseguido muito mais. Ou Aleesha Monroe era a Miss Limpeza das prostitutas ou alguém tivera o cuidado de limpar o apartamento dela.

Will ficou de pé e voltou para a sala. Michael estava outra vez parado à porta da frente, com os braços cruzados. Por que ele não percebeu que o apartamento havia sido limpo? Até mesmo um detetive de poltrona com nada além de filmes policiais como treinamento teria percebido isso.

— A pia foi lavada — disse Will. A esponja ainda estava úmida e, quando a levou ao nariz, sentiu forte cheiro de água sanitária.

— Está cheirando isso por algum motivo em especial? — perguntou Michael. Ele observava Will com atenção, já não se recostava casualmente no batente da porta.

Will colocou a esponja de volta na pia.

— Ela guardava dinheiro aqui? — perguntou ele, intencionalmente evitando a pergunta de Michael.

— Está no relatório.

Will não tinha tempo para verificar o relatório da cena do crime.

— Leia para mim.

Michael obviamente ficou irritado com o pedido, mas ainda assim atendeu.

— Ela guardava um pouco de dinheiro numa meia encontrada no forro do sofá. Tinha 8 dólares e alguns trocados. O kit estava dentro de uma caixa de metal encontrada sob a pia da cozinha. Seringas, palha de aço, um isqueiro, o de sempre.

— E drogas?

— Havia resíduos no fundo da lata, mas não encontramos nada mais.

— Então ela precisava trabalhar.

— É — disse Michael. — Não tinha escolha.

Will voltou ao banheiro. A cortina do boxe era de um azul-escuro impecável, assim como um tapete e o forro da tampa do vaso. Ele levantou o tapete e percebeu que o piso de linóleo havia sido varrido.

Uma viatura demorava 32 minutos para chegar. O assassino contou com essa demora, tirou vantagem dela para limpar as marcas da sua presença. Não havia sinal de pânico, de pressa para limpar as pegadas e sair. O sujeito sabia o que estava fazendo.

— Bem? — perguntou Michael. Ele estava parado à porta do banheiro, observando.

— Ela mantinha a casa limpa — disse Will, abrindo o armário de remédios. Além do Tylenol e da pasta de dentes de costume, não estava muito diferente do que ele esperava.

— Nenhum preservativo aqui.

— Eu achei que já havíamos concordado que os clientes os traziam.

— Talvez — disse Will, pensando que confiava mais na opinião de Angie sobre o assunto. Ele parou à porta porque o policial bloqueava o caminho. — Algum problema?

— Não. — Michael deu um passo para trás. — Só tenho a sensação de que você está conferindo o meu trabalho.

— Já disse que não estou fazendo isso — disse Will, que, apesar de estar sendo sincero, começava a duvidar da competência do detetive. Até um cego podia ver que aquele apartamento havia tido uma faxina completa.

— Você já chamou a equipe de limpeza?

— O quê?

— Eu vi que as escadas foram lavadas — disse Will. — Concluí que você tivesse solicitado uma equipe de limpeza.

— Deve ter sido um dos moradores — respondeu Michael, a caminho da porta. — A fita não havia sido cortada e eu não chamei ninguém. Posso perguntar ao Leo.

— Não precisa. Eu estava apenas curioso. — Will fechou a porta. Ele girava a chave na fechadura quando um estrondo ecoou pelas escadas, seguido por um grito de criança.

Will passou Michael nas escadas, agarrou o corrimão e saltou para o patamar. E ouviu mais gritos e uma segunda criança gritando por socorro ao disparar pelos últimos degraus e escancarar a porta.

— Socorro! — gritava um menino que era perseguido por uma garota no estacionamento.

— Ah, puta que... — Michael respirou. Ele arfava da corrida. — Meu Deus! — disse ele, soltando o ar e curvando-se para a frente.

O menino correu para um pequeno espaço de gramado onde ficavam as caixas de correio do prédio. Ele se esquivou uma vez antes de ser agarrado pela garota, que se sentava sobre as suas costas quando Will os alcançou.

— Devolva! — exigiu ela, socando a presa no rim.

— Jazz! — gritou o menino.

— Espere — disse Will. — Vamos. — Gentilmente, ele segurou o braço da garota, que se desvencilhou com um safanão.

— Isso não é da sua conta, seu idiota.

— Certo — disse Will, ajoelhando-se para falar com o menino. — Você está bem?

O garotou rolou sobre o corpo. Will concluiu que o soco deve tê-lo deixado com falta de ar. Ele ajudou o menino a se sentar, sabendo que aquilo lhe daria um alívio. O menino tinha 9 ou 10 anos, mas as roupas que usava pareciam ser mais adequadas para um adulto. Até mesmo os sapatos eram grandes demais para os seus pés.

— Me diga o que aconteceu — Will disse para a menina.

— Ele pegou o meu... — Ela se calou ao ver Michael se aproximar, boquiaberta, os olhos esbugalhados de medo voltados para o detetive.

— Está tudo bem — disse Michael, erguendo as mãos. A menina não identificara Will, mas Michael parecia usar uma placa pendurada no pescoço na qual se lia "policial". Ela, provavelmente, havia sido orientada pela mãe a não falar com policiais.

A menina deu um passo para trás, se aproximou do irmão e o levantou puxando-o por um braço.

— Fique longe da gente. A gente não tem nada pra falar.

Michael apontou para o menino.

— Ele é seu irmão? — O detetive sorriu para o menino. — Qual é o seu nome, amigão? Eu tenho um filho da sua idade.

— Não fale com ele — advertiu a garota.

— Não vamos fazer mal a vocês — garantiu Will. Ela parecia ter 13 ou 14 anos, mas pela forma como agitava os punhos pequeninos ele não queria estar ajoelhado no chão caso a garota ficasse muito irritada para começar a socar.

— Estamos investigando uma coisa ruim que aconteceu aqui na noite de domingo.

— Leesha — disse o menino, e a garota imediatamente cobriu-lhe a boca. Ele se contorceu, impaciente. Obviamente, tinha algo a dizer, e a irmã não queria que os homens escutassem.

— Qual é o seu nome? — perguntou Michael.

— Não temos nada pra falar — repetiu a garota. — Não vimos nada no domingo à noite. Não vimos nada. Não é, Cedric?

— Você disse... — tentou o menino, mas a boca dele estava coberta outra vez antes que tivesse chance de dizer qualquer coisa.

Michael abaixou a voz e falou com Will:

— Qual dos dois você quer?

— Você escolhe.

— Tem certeza?

Will fez que sim.

— Muito bem — Michael ergueu a voz. — Menina, esta é a última vez que eu vou perguntar. Qual é o seu nome?

Ela adotou uma postura de desafio, mas respondeu:

— Jasmine.

— É um belo nome — tentou Michael. Como ela não cedeu, o detetive voltou a usar o tom autoritário. — Venha comigo.

— Venha comigo o caralho.

Michael trocou um olhar com Will.

— Você tem a boca suja, menina.

— Eu não sou menina!

— Meu anjo, você realmente quer dificultar as coisas?

Michael levou as mãos aos quadris. O gesto teria sido quase feminino se ele não tivesse aberto o paletó, mostrando o coldre com a 9 milímetros. Uma atitude típica de policial: assuste-os logo, e com frequência. Funcionou. Os olhos da garota brilharam de medo e ela olhou para o chão; toda a combatividade havia desaparecido.

Michael chegou a piscar para Will, como que dizendo "É assim que se faz".

— Sua mãe está em casa? — perguntou ele para Jasmine.

— Está trabalhando.

— Quem está cuidando de vocês?

Ela murmurou alguma coisa.

— Como?

Ela olhou para o menino.

— Eu perguntei se Cedric vai ficar bem.

— Ele é seu irmão?

A garota hesitou, então assentiu.

— Ele vai ficar bem assim que eu e você descobrirmos quem deveria estar cuidando de vocês e por que não estão na escola. — O detetive colocou a mão no ombro da garota e a conduziu de volta ao prédio. — Você não deveria correr e gritar daquele jeito.

Ela murmurou algo que Will não conseguiu escutar, mas Michael riu.

— Veremos — disse ele para a garota.

Will os observou entrar no prédio, então se voltou para o menino.

— Cedric? — perguntou ele. — Esse é o seu nome, certo?

O menino fez que sim.

— Venha comigo. — Ele estendeu a mão para o menino, que fez uma careta.

— Eu não sou uma criancinha, cara.

Will suspirou. Ele encostou-se às caixas de correio e tentou facilitar as coisas.

— Só preciso fazer algumas perguntas.

Cedric repetiu as palavras da irmã.

— Não tenho nada pra falar. — O lábio inferior do menino se projetou em um bico exagerado e ele cruzou os braços finos como gravetos sobre o peito em uma imitação de gângster. Will teria rido não fosse o fato de que ele, provavelmente, tinha mais acesso a armas do que a maioria dos policiais.

— Ei — começou Will, tentando outra estratégia. — O que o número zero disse para o número oito?

Cedric deu de ombros, mas Will percebeu que ele estava curioso.

— "Belo cinto."

A boca de Cedric formou um sorriso, mas ele se conteve.

— Essa foi besta, cara.

— Eu sei — admitiu Will. — Só estou tentando fazer você falar comigo.

— Não vou falar nada.

— Você conhecia Aleesha?

Os ombros magros do menino projetaram-se outra vez, mas ele era uma criança e ainda não dominava a habilidade de ocultar emoções.

— Aleesha era sua amiga? — especulou Will. — Ela tomava conta de você?

O menino deu de ombros outra vez.

— Eu fiz algumas perguntas sobre ela, sabe? Perguntei a alguns amigos. Parece que ela era uma boa moça.

Cedric esfregou a ponta do sapato no chão de concreto.

— Talvez.

— Ela tomava conta de você?

— A minha avó dizia para ficar longe dela, pelo que Lessha fazia.

— É — disse Will. — Acho que ela não tinha um emprego dos melhores. Mas era legal com você, não era?

Dessa vez o menino assentiu.

— É difícil perder um amigo.

— O meu primo Ali morreu no ano passado. Atiraram nele na cama.

Will ajoelhou-se em frente ao menino.

— Você viu alguma coisa naquela noite, Cedric?

Os olhos do menino ficaram vermelhos e cheios de lágrimas que ele não queria que escorressem.

— Pode me dizer, Cedric. Eu não vou machucar você. Você não vai ter problemas com a polícia. Tudo que quero é descobrir quem matou Aleesha, porque ela era uma boa moça. Ela era legal com você e agora é a sua vez de ser legal com ela.

— Eu não posso dizer nada.

Will analisou a frase.

— Não quer ou não pode? — Ele pensou em algo. — Alguém o ameaçou? Talvez Baby G.?

Cedric fez que não.

— Só estou tentando descobrir quem machucou sua amiga — tentou Will. — Você pode confiar em mim.

O olhar do menino ficou duro, o semblante de gângster estava de volta.

— Não conheço essa palavra, confiança.

Will não havia crescido no conjunto, mas quando criança havia confiado em muitos adultos que não podiam ou queriam ajudá-lo. Não havia como saber quem era bom ou mau. Um distintivo brilhante não era necessariamente uma referência.

— Está vendo isso? — perguntou Will, colocando o dedo na face, tocando a cicatriz que serpenteava pescoço abaixo. — Consegui isso por denunciar uma pessoa. Eu não era muito mais velho do que você.

Cedric, virou a cabeça, olhou para a cicatriz.

— Doeu?

— No começo, sim — admitiu Will. — Mas então não senti mais nada e quando acordei estava no hospital.

— Você estava doente?

— Perdi muito sangue.

— Você ia morrer?

Will quisera, mas precisava contar uma história para desarmar Cedric, e não confessar os seus segredos mais sombrios.

— Os médicos tomaram conta de mim.

O menino olhou para a cicatriz um pouco mais e então assentiu, em aprovação. Nas ruas, uma experiência de quase morte era uma medalha de honra, principalmente se fosse provocada em circunstâncias perigosas.

Will levou a mão ao bolso e pegou um cartão de visita.

— Esse é o número do meu celular, está bem? Se você se lembrar de alguma coisa ou apenas quiser conversar, ligue para mim. Certo? E não precisa ser sobre Aleesha.

Cedric olhou para a cicatriz de Will outra vez, então pegou o cartão num movimento rápido, para o caso de alguém estar olhando.

— Posso ir agora?

— Pode — disse Will. — Mas ligue para mim, certo? Pode ligar a qualquer hora do dia ou da noite.

— Certo. — O menino se afastou, correndo a mão pelas caixas de correio ao seguir para a rua.

Will aprumou-se e, ao se virar, viu Michael caminhando pelo estacionamento, desta vez sem Jasmine. Quando o detetive se aproximou, percebeu que ele tinha um ferimento no rosto. O sangue escorria no colarinho da camisa. Will olhou para o prédio e então para Michael.

— Você está bem?

— Ela me atacou. Você acredita nisso? A menina tem o quê, 12 anos? — Ele balançou a cabeça, mais surpreso do que irritado. — Eu a seguia pelas escadas e de repente ela disparou. Corri atrás, agarrei a perna dela, e a pirralha se virou e me esbofeteou com a mão fechada. — Ele girou o punho para ilustrar. — Que sorte que ela bate como uma menina, não? — Will nunca entendeu aquela expressão. Apenas uma mulher o socara na vida, e Angie sabia muito bem como usar o ombro no movimento.

Michael olhava para o prédio. Uma cortina se mexeu.

— Aquele é o apartamento dela. Terceiro andar.

— A mãe está em casa?

— Porra — disse ele, com um tom que perguntava se Will era mesmo tão idiota. Michael tocou o arranhão na face e olhou para o sangue nas pontas dos dedos. — Deve ter sido uma unha. Está feio?

— Não muito — mentiu Will. Ele pegou o lenço no bolso e o ofereceu para Michael. — Você quer ir pegá-la ou coisa parecida?

— O quê? Colocar as algemas nela e ter uma foto publicada no jornal por agredir uma menor? Não, obrigado. Além disso, agora ela não falaria conosco nem que os cabelos estivessem em chamas. — Ele sentou-se no meio-fio com um grunhido. Will não sabia o que fazer, a não ser juntar-se ao detetive.

Michael riu outra vez.

— Caramba, ela me acertou. — O detetive olhou para os pontos de sangue no lenço. — Eu deveria ter deixado você tomar conta dela. Talvez ela tivesse reagido a uma abordagem mais delicada. — Ele percebeu o que tinha dito. — Ei, sem ofensa...

— Não se preocupe.

— Eu não sabia que ainda houvesse quem carregasse essas coisas — disse ele, dobrando o lenço em dois e voltando a pressioná-lo contra o rosto.

— É um hábito antigo — admitiu Will. A Sra. Flannery obrigava todos os meninos do orfanato a carregarem lenços no bolso. Will nunca questionou a prática, acreditava ser algo que os garotos normais faziam.

— Você conseguiu alguma coisa com o irmão? — perguntou Michael.

— Cedric se recusou a falar.

— Você acha que ele sabe de alguma coisa?

Will acreditava que sim, mas por algum motivo sentiu a necessidade de mentir.

— Não, ele não sabe de nada.

— Tem certeza?

— Absoluta. Ele é linguarudo. Teria dito alguma coisa.

— Você tem sorte por ele não ter lhe dado um chute no saco ou coisa parecida. — Michael dobrou o lenço outra vez e fez menção de devolvê-lo para Will. — Desculpa — disse ele, recolhendo a mão. — Vou pedir para a minha esposa lavá-lo para você.

— Tudo bem. — Will pegou o lenço, sentindo-se desconfortável com a ideia da esposa de Michael Ormewood lavando-o para ele.

— Cara — disse Michael, apoiando os cotovelos nos joelhos e abaixando a cabeça. — Vou dizer uma coisa, aquela garota me lembra muito Cynthia. Tem o mesmo fogo nos olhos, sabe?

— É mesmo? — perguntou Will, pensando que Michael criava uma imagem bem diferente da vizinha do que aquela que sugerira antes.

— Cyn era uma boa garota, não me entenda mal. Mas também tinha um lado rebelde. Seus pais eram divorciados?

Will foi pego desprevenido com a pergunta. E isso deve ter transparecido no seu rosto.

— Não é da minha conta, certo? — Michael esfregou a nunca, olhando novamente para o prédio. — Meu pai morreu quando eu tinha mais ou menos a mesma idade. Talvez tenha sido por isso que tomei conta dela.

Will não teve certeza da garota sobre a qual ele falava.

— Só estava pensando que ficamos um pouco rebeldes na adolescência, e que isso só piora quando nossos pais se separam. Começamos a agitar as coisas, certo? Passamos a testar os limites, ver até onde conseguimos chegar antes que reajam. A minha mãe me puxava pelo colarinho; imagine Willy Coiote levando um safanão. Não tirava o olho de mim, sempre com pulso firme. Os pais de hoje não fazem isso. Não querem ser o bandido da história.

— Cynthia era um pouco mais rebelde do que Phil imaginava? — especulou Will.

— Talvez um pouco mais rebelde do que eu imaginava — admitiu ele. — Ou do que eu estava disposto a acreditar.

— Isso me parece um erro honesto.

Michael sorriu para Will.

— Eu conheci uma garota na escola. Meu Deus!, ela era linda. Não dava a mínima para mim. O meu primo ficou com ela. Ele era um moleque magricela, não tinha um fio de cabelo no corpo a não ser na cabeça. — Michael o olhou de canto de olho. — Conhece o tipo, certo?

Will assentiu por acreditar que era isso que o detetive esperava que fizesse.

— Um completo inútil — continuou Michael. — E acabou com uma garota bonita. Não apenas isso, mas ela deixou o cara tocá-la, ia transar com ele. — A risada foi diferente dessa vez. — Quem geralmente se dava bem era eu, sabe? E não ele. — Ele se voltou para Will. — Acho que não deveria ter ido atrás dela.

Will fiou confuso.

— Jasmine?

Michael olhou para a frente, para o prédio.

— Deveria tê-la deixado ir, mas houve um segundo onde... sabe quando o seu cérebro pensa em um bilhão de coisas ao mesmo tempo? Pensei em Cynthia correndo, em como ela tropeçou na cerca. Eu deveria ter consertado aquela cerca no ano passado. Deveria ter consertado aquela droga de cerca! — Ele levou as mãos ao rosto. — Ah, meu Deus!

Will estava perplexo. Uma hora antes, queria esmurrar aquele homem por ter dormido com Angie. Agora apenas sentia pena dele.

— Foi nisso que pensei quando Jasmine correu — prosseguiu Michael —, em Cynthia correndo no nosso quintal. E agarrei o pé dela sem pensar, para segurá-la. Para que não se ferisse como Cynthia. — Ele se voltou para Will. — Acho que preciso daquela folga que Greer me ofereceu. Isso está me afetando mais do que eu pensava. Você se incomoda?

Will ficou surpreso com a pergunta, mas concordou prontamente.

— Tudo bem.

— Sinto muito por deixá-lo na mão. Eu pareço uma mulher. Que diabo, estou agindo como uma. Todo esse papo-furado; você deve estar achando que sou louco ou coisa parecida. — Ele balançou a cabeça outra vez. — Acho que preciso de uns dois dias. Apenas algum tempo para processar tudo, aceitar o que aconteceu.

— Está bem — disse Will, feliz por Michael ter chegado àquela conclusão por conta própria. Agora ficava claro que o detetive lutara para manter o controle por toda a manhã. — Faça o que precisa fazer.

— Só preciso que você me mantenha informado. Preciso saber o que está acontecendo. Você se incomoda? Não quero ficar no seu pé, amigão. Só não posso ficar afastado de tudo. Eu sei que você vai pegar esse filho da puta, mas preciso saber o que está acontecendo no caso.

Will não gostou da ideia, mas cedeu.

— Telefone sempre que quiser.

— Obrigado — disse Michael. Will sentiu o alívio na voz do detetive, percebeu a gratidão em seus olhos. — Obrigado.

26

19h22

John estava tão exausto que quase passou do ponto. Ele deu um salto da cadeira e gritou "Pare!" quando o motorista começava a fechar as portas do ônibus.

E praticamente caiu na calçada, sentindo como se os músculos tivessem sido massacrados com uma marreta. Art pedira um voluntário para trabalhar até mais tarde e John ergueu a mão com satisfação, acreditando que era melhor ter outra coisa para ocupar a mente do que Joyce e a confusão em que se envolvera. Ele não conseguia fechar os olhos sem pensar na garotinha loira no quintal de Michael. Na noite passada, tremia com tanta intensidade que acordou. O corpo estava coberto de suor e ele passou a choramingar como uma criança, embalando o corpo para a frente e para trás até cair em um sono intermitente.

O trabalho extra de Art era o tipo de coisa que não se pede ao pior inimigo: limpar um entupimento no reservatório principal do sistema de aspiração. O tanque era subterrâneo e havia sido projetado para acumular o que parecia ser 1 milhão de litros de fiapos de carpete, salgadinhos e uma gosma que cheirava a bala azeda podre, toda a sujeira que aspiravam dos carros antes de mandá-los para a lavagem. John precisou se espremer pela abertura e, depois que entrou, pensou que o tanque de 3,5 metros de comprimento por 2,5 de diâmetro era mais parecido com um caixão do que ele gostaria.

Art lhe deu um par de luvas de borracha e uma lanterna. As pilhas duraram trinta minutos. As luvas grudaram uma na outra antes que ele desobstruísse a entrada de ar. John enfiou a mão nua no tubo sujo e tirou um bolo do que parecia ser cabelo humano. Pensou nas escamas de pele e no muco que a pessoa média libera por dia e vomitou o sanduíche de banana que tinha no estômago antes de voltar à superfície.

— Você é duro na queda — dissera Art. O homem olhou para o rosto pálido de John, viu o vômito na camisa e lhe estendeu uma nota de 50. Cinquenta dólares por menos de duas horas de trabalho. John nadaria no próprio vômito se Art se oferecesse para dobrar o pagamento.

O ar puro estava agradável quando caminhou de volta ao quarto de pensão. Sempre havia um cheiro na rua, independentemente do clima ou da hora do dia. John passara a associar aquele odor com a pobreza. Os pulmões provavelmente o absorviam, com carcinógenos se acumulando nas paredes internas como os fios de cabelo no tanque dos aspiradores.

— Ei, caubói.

Ele ergueu os olhos e viu Martha Lam sentada na escada da pensão. Ela vestia couro preto dos pés à cabeça e usava maquiagem mais pesada do que de costume. Ele quis fazer uma pergunta irreverente para a agente de condicional, algo como se ela havia levado um cano do namorado, mas preferiu a abordagem mais tradicional.

— Olá, Sra. Lam.

Ela ficou de pé com os braços ao lado do corpo e deu uma pequena volta.

— Me vesti especialmente para a sua inspeção surpresa.

Ele não sabia o que dizer. "A senhora está bonita" parecia ousado demais, algo que poderia ser entendido como um flerte.

— Sim, senhora — foi a opção escolhida por John antes de abrir a porta e dar passagem para a mulher.

— Levei o Sr. George de volta para Bosticks essa manhã — disse ela.

— Quem?

— O seu amigo do andar de cima.

John não sabia do que ela estava falando. Então se lembrou.

— Ele não é meu amigo. — A agente de condicional o encarou com uma expressão que o alertava a medir as palavras. — Me desculpa. Foi um longo dia. Não esperava encontrar a senhora aqui.

— É por isso que a chamam de inspeção surpresa.

Eram 13 degraus até o quarto e John praticamente precisou se arrastar por cada um deles. A verdade é que ele não dormia de fato desde que seguiu Michael até o Grady Homes dois dias antes e descobriu o que o primo estava fazendo. Os gritos de pavor da mulher negra ainda ecoavam em sua cabeça. John se lembrou dos próprios gritos quando Zebra começou a estuprá-lo na primeira noite em Coastal. Eram quase iguais.

Ele destrancou a porta e a abriu. A primeira coisa que percebeu foi que a janela estava aberta, uma fresta de 15 centímetros, e que a cortina de papel pardo estava rasgada no canto. A outra coisa que percebeu foi o cheiro. Ele precisou de alguns segundos para se dar conta de que vinha do próprio corpo. Era medo.

— Você mudou a arrumação. — A Sra. Lam pendurou a bolsa na maçaneta para ficar com as mãos livres. — Gostei do que fez com o lugar. — Ela passou a vasculhar as roupas, mas John não conseguia tirar os olhos da cama, a forma como estava com a cabeceira encostada na parede, e não a lateral esquerda, como sempre.

Quem quer que tivesse entrado ali queria que John soubesse disso.

A Sra. Lam ergueu o cooler e conferiu o interior.

— Recebi o resultado do seu teste de urina hoje. Deu negativo.

John não conseguia responder. A fotografia da mãe havia sido mudada de lugar. Alguém a havia rasgado, tirando John da imagem.

— John?

Ele olhou para o lado com um movimento brusco.

— Deu negativo — disse ela, então apontou para a cama. — Quer levantar isso para mim?

Ele se inclinou para levantar o colchão e os dedos tocaram algo sólido, frio.

John congelou, com uma das mãos sob o colchão e a outra em cima.

— John? — insistiu a Sra. Lam. Ela bateu palmas uma vez para apressá-lo. — Vamos, querido, eu não tenho a noite toda.

Escorreu um fio de saliva pela boca aberta dele. O peito se contraiu. Ele começou a tremer.

— John? — A Sra. Lam estava ao lado dele, com a mão em suas costas. — O que foi, caubói? O que está acontecendo?

— E-e-enjoado — balbuciou ele, com tremores lhe sacudindo o corpo. Ele sentiu os intestinos se contraírem e ficou aterrorizado com a ideia de não conseguir segurá-los.

— Vamos sentar um pouco. — Ela o tranquilizou, guiando-o para que sentasse na cama. A mulher pressionou as costas da mão na testa dele. — Você está muito frio. Não vá desmaiar, hein, garoto?

— Eu... — John não conseguiu formar uma frase. — Eu... — Ele olhou para a janela, para a abertura de 15 centímetros.

— Você quer um pouco de água?

Ele assentiu, movimentando a cabeça bruscamente para cima e para baixo.

— Tenho uma garrafa de água mineral na bolsa.

A mulher se virou para pegar a bolsa na porta e, em um movimento desesperado, John puxou a faca debaixo do colchão e a atirou na direção da fresta de 15 centímetros.

A Sra. Lam pareceu se virar em câmera lenta. John prendeu a respiração e, com a visão periférica, viu um lampejo de metal quando a faca cortava o ar em direção à janela.

Instintivamente, ele tossiu e se inclinou para a frente, na esperança de abafar os sons produzidos quando a faca batesse na moldura e caísse no chão.

— Aqui — disse a Sra. Lam, abrindo a garrafa. — Tome alguns goles.

John obedeceu, então arriscou olhar para baixo enquanto enxugava a testa, vasculhando o carpete abaixo da janela. Nada. Não havia nada no chão.

— Está bom — disse a Sra. Lam, dando tapinhas nas costas dele. — Você acaba de ter um acesso de tosse, não é?

Ele assentiu, incapaz de responder.

— Agora vamos olhar embaixo do colchão. — A mulher fez que não quando John estendeu a garrafa de volta. — Fique com ela. Tenho mais no carro.

John se levantou, com as pernas ainda trêmulas. Ele olhou outra vez para a janela, para o espaço vazio no carpete abaixo. A faca só pode ter passado pela fresta, não havia outra explicação.

— O boxe também — ordenou a Sra. Lam, depois que John encostou o colchão na parede.

Não havia nenhuma barata sob a cama desta vez, mas o carpete ainda estava imundo. John estava tão nervoso, já que a faca poderia ter caído no chão.

— Está bem, coloque de volta. — Ela folheou os livros sobre a caixa ao lado da cama. Se viu a fotografia rasgada da mãe, preferiu não dizer nada. — Terminou o seu livro? *Tess?*

— Hã? — disse John, surpreso com a pergunta. — Sim, senhora.

— Me diga, John, quem batizou o bebê de Tess?

Ele olhava para os olhos bem maquiados da mulher. Ela piscou.

— John.

Era uma cilada. Ela queria confundi-lo.

— Tess — disse ele por fim, e apesar de saber que estava certo, sentiu pavor de estar enganado. — O padre se recusou, então a própria Tess fez.

— Bem... — A mulher sorriu, então correu o quarto com os olhos outra vez. — Ainda não conseguiu encontrar outro lugar para morar?

Ela já havia feito aquela pergunta uma vez.

— Eu deveria estar procurando?

A Sra. Lam colocou as mãos nos quadris estreitos.

— Não sei, John. Mas me parece que já é hora de você deixar este lugar para trás.

— Bem, eu...

— Tem uma casa na Dugdale Drive. Administrada por um certo Sr. Applebaum. Posso telefonar hoje à noite e recomendar o seu nome, se você quiser.

— Sim — disse ele. A agente de condicional não se oferecera para ajudar antes, e John ficou preocupado com o motivo de ela fazê-lo agora, mas ainda assim agradeceu. — Obrigado, seria simpático da sua parte.

— Mude-se o quanto antes, está me ouvindo? Amanhã.

— Está bem — concordou ele, apesar de não entender a pressa.

Ela colocou as alças da bolsa no ombro e passou a procurar pelas chaves.

— E, John?

— Sim, senhora?

— O que quer que tenha atirado pela janela quando eu me virei — ela ergueu os olhos da bolsa e sorriu com ironia. — Cuide para que não o acompanhe até a nova casa.

John abriu a boca, mas ela o calou balançando a cabeça.

— Não gosto quando tentam armar para um dos ex-presidiários sob os meus cuidados — disse ela. — Quando você voltar para a prisão, e confie em mim, 65 por cento dos seus colegas em liberdade condicional dizem que vai, isso acontecerá porque *você* deu mancada, e não porque um policial de merda tem tara por você.

O coração dele estava para sair pela boca. Michael ligara para Martha Lam. Ele encontrou o que John deixou no fundo da caixa de ferramentas e decidiu agir. O único motivo de não estar de volta na prisão era o fato de Martha Lam jogar de acordo com as regras.

— Fique de olho, John. — A agente de condicional apontou para ele com as chaves do carro. — E não se esqueça, amor, eu também vou ficar de olho em você.

27

20h48

As unhas de Betty estalavam no asfalto quando Will a levou para o passeio noturno. Ele tentara levar a cadela para correr no primeiro dia deles juntos, mas acabou carregando Betty na maior parte do caminho. E ficou irritado com a forma como ela se adaptou aos movimentos ascendentes e descendentes, com a língua balançando fora da boca, as pernas traseiras encaixadas na palma da sua mão e o corpo pressionado contra o seu peito, enquanto ele tentava ignorar os olhares curiosos que as pessoas lhe dirigiam.

Poncey-Highlands era um bairro de classe média com um misto de artistas em busca de espaço, gays e um ou outro morador de rua. Da varanda dos fundos ele via o Carter Center, que abrigava a biblioteca do presidente Carter, e o Piedmont Park, que ficava bem próximo. Nos fins de semana, seguia pela Ponce de Leon Road até o Stone Mountain Park, onde andava de bicicleta, caminhava pelas trilhas ou apenas se sentava e admirava o nascer do sol, com o astro erguendo-se acima do maior volume de granito exposto da América do Norte.

Por mais bonitas que fossem as montanhas do norte da Georgia, Will sentira falta da familiaridade de casa, de saber instintivamente onde tudo ficava, as regiões seguras, os restaurantes com aparência duvidosa com a melhor comida e o melhor serviço da cidade. Ele adorava a diversidade, o fato de haver uma igreja menonita em frente a uma comuna hippie pintada com as cores do arco-íris no final da sua rua. A forma como os moradores de rua reviravam o lixo e gritavam com você se não encontrassem nada de bom. Atlanta sempre foi a sua cidade, e se Amanda Wagner soubesse o quanto estava feliz por estar de volta, o mandaria de volta às montanhas antes que ele conseguisse dizer “filé de frango frito”.

— Oi — flertou um rapaz que passou correndo na direção contrária, o peito definido brilhando à luz da lua. Tendo morado em uma cidade com uma grande população gay a vida toda, Will aprendeu a ver esses flertes casuais como um elogio e não como um desafio à sua masculinidade. Mas é claro que passear com um cachorro de 2 quilos em uma guia rosa-shocking (a única longa o bastante que encontrou) é pedir por atenção, não importa onde.

Will sorriu consigo mesmo ao pensamento de como deveria estar ridículo, mas isso não durou muito tempo, já que os pensamentos voltaram para o assunto que o atormentou a maior parte do dia.

Ele estava empacado no caso, e quanto mais pensava, mais eram amplificadas as más impressões iniciais a respeito de Michael Ormewood. O detetive pareceu ser um bom sujeito à primeira vista, mas uma observação mais atenta revelava alguns defeitos, sendo o pior deles o fato de ter usado o emprego para obrigar mulheres a fazerem sexo com ele. Esse era o detalhe que Will não conseguia deixar passar. As prostitutas não iam para a rua pelo sexo sensacional e pelas conversas estimulantes. Elas eram pagas, e Will acreditava que isso podia ser considerado consentimento, mas não houve pagamento com Michael. Ele usou o poder proporcionado pelo distintivo para exercer controle sobre as mulheres. E para Will isso era estupro.

Mas Will tinha dificuldade para ver o sujeito com quem passou a maior parte dos dois últimos dias como um estuprador. Pai, marido, ao que parecia um policial respeitado; sim. Mas estuprador? Sem dúvida havia duas facetas naquele homem, e quanto mais pensava nisso, menos tinha certeza sobre ambas.

Por trabalhar no GBI, a maior parte do tempo dele era consumida perseguindo criminosos abjetos, mas se a temporada nas montanhas ensinou uma coisa a ele, foi o fato de que as pessoas raramente são totalmente boas ou totalmente más. Em Blue Ridge, onde a pobreza, o fechamento de fábricas e a greve em uma mina haviam praticamente incapacitado a pequena comunidade, a linha entre certo e errado já não era tão bem-definida. Will aprendeu muito por lá, não apenas sobre a natureza humana, mas também sobre si mesmo.

A região oito do Georgia Bureau of Investigation era a maior unidade regional do estado, servia 14 condados, tinha alcance até as divisas com o Tennessee e a Carolina do Norte. Os homens que Will conheceu na unidade do noroeste da Georgia eram bastante rígidos com os habitantes locais, como se acreditassem estar acima das pessoas a quem deviam servir. O chefe de Will chamava-se "Yip" Gomez por motivos que ele nunca foi capaz de determinar e, quando se conheceram, o homem disse num tom de brincadeira que ele desistisse de tentar desfrutar dos talentos locais.

— Já faturei todas que ainda não usam dentadura — dissera ele em meio a risadas. — E são pouquíssimas, meu rapaz. Pouquíssimas.

O semblante de Will deve ter traído seus pensamentos (Angie sempre dizia que ele tinha mais estrogênio do que deveria), já que Yip lhe dera missões sem maior importância depois disso. Ele foi deixado de fora da operação de maior impacto da história da unidade. Com a cooperação da polícia local, Yip ajudou a desmantelar uma rede que organizava rinhas de galo em três estados e 12 condados. O prefeito de uma cidade vizinha estava envolvido. O político tinha até mesmo uma poltrona reclinável ao lado do ringue para não perder nenhum detalhe. Apesar de a informação ter partido de esposas irritadas com os maridos por jogarem fora o dinheiro dos contracheques, isso não tirava a glória da operação. Yip e os rapazes comemoraram no Blue Havana naquela noite, enquanto Will estava encolhido dentro de um carro vigiando uma granja abandonada, supostamente transformada em laboratório de metanfetamina. Não que ele quisesse beber com aqueles homens, o que acontece é que nem ao menos foi convidado.

Apesar de ter sido deixado de fora das operações mais glamorosas, Will gostava de pensar que o trabalho dele nas montanhas era importante. A metanfetamina era uma droga terrível. Transformava as pessoas em seres sub-humanos, as levava a abandonar os filhos na beira da estrada, a abrir as pernas por qualquer coisa que desse barato. Will já vira muitas vidas serem arruinadas pela metanfetamina bem antes de chegar a Blue Ridge. Não precisava de uma cartilha que o estimulasse a querer estourar todos os laboratórios da sua jurisdição. O trabalho era perigoso. Os homens que produziam o composto estavam sempre com as vidas por um fio. Uma única fagulha podia lançar o laboratório pelos ares. O pó resultante do processo podia entupir os pulmões como massa de modelar. O esquadrão antibombas precisava ser chamado para limpar a área antes que Will pudesse entrar para coletar provas. A limpeza desses laboratórios estava acabando com os orçamentos das polícias locais e dos departamentos de xerife, e o estado não tinha a menor intenção de oferecer ajuda.

Will algumas vezes pensava que para certos tipos de habitantes das montanhas a metanfetamina era o novo uísque ilegal, um produto que traficavam para vestir os filhos e botar comida na mesa. Ele tinha dificuldade para relacionar os viciados que via nas ruas de Atlanta com algumas das pessoas comuns que produziam metanfetamina nas montanhas. Não que achasse que fossem anjos. Alguns eram pessoas terríveis, lixo que faria qualquer coisa para financiar o vício. Outros não eram tão fáceis de definir. Will os via no mercadinho numa pizzaria do bairro ou saindo da igreja com os filhos aos domingos. Geralmente não usavam o produto. Era um trabalho; para alguns, a única alternativa que acreditavam ter para ganhar dinheiro. Pessoas estavam morrendo, vidas estavam sendo destruídas, mas isso não era problema deles.

Will não sabia como eram capazes de desvincular as coisas com tanta clareza, mas via a mesma tendência em Michael Ormewood. O detetive tinha o seu trabalho, e, ao que tudo indicava, o fazia com competência, mas havia outra parte nele que o fazia ferir as mesmas pessoas que ele deveria ajudar.

Betty usou uma moita e Will se agachou com um saco plástico na mão para fazer a limpeza e jogou o saco em uma lata de lixo a caminho de casa. Ele se pegou olhando para as janelas da vizinha idosa ao passar, se perguntando quando ela estaria de volta. Como se sentisse os seus pensamentos, Betty deu um puxão na guia, conduzindo-o de volta para casa.

— Está bem — ele a acalmou, usando a chave para abrir a porta. Ele se abaixou para soltar a guia da coleira e a cadela disparou pela sala, saltou no sofá e passou a procurar uma posição confortável nas almofadas. Todas as manhãs antes de sair para o trabalho Will arrumava as almofadas no encosto do sofá e toda noite quando chegava via que Betty de alguma forma conseguira puxá-las para fazer uma cama. Ele poderia ter chamado aquilo de trono, mas, para um homem barbado, esse era um pensamento constrangedor para se ter com um cachorrinho.

Will foi até o quarto e tirou o paletó. Ele estava desabotoando o colete quando o telefone tocou. A princípio não reconheceu a voz aguda do outro lado da linha.

— Calma — disse ele. — Quem está falando?

— É Cedric — disse o menino. — Jasmine desapareceu.

Cedric devia estar esperando por Will, já que a porta da frente do prédio abriu e o menino disparou para fora assim que ele entrou com o carro no estacionamento.

— Você precisa fazer alguma coisa — disse o menino, exaltado. O rosto dele estava inchado de tanto chorar. Não se via qualquer sinal do aspirante a gângster daquela manhã. Ele era um menino assustado, preocupado com a irmã.

— Vai ficar tudo bem — disse Will, sabendo que aquelas palavras não queriam dizer nada, mas foi impelido a dizê-las de qualquer forma.

— Venha. — Cedric o puxou pela mão na direção do prédio.

Will acompanhou o menino pelos três lances de escada. No patamar, estava para perguntar o que estava acontecendo quando viu uma senhora parada no umbral da porta.

A mulher usava um vestido roxo simples e meias da mesma cor, folgadas nos tornozelos grossos. Ela segurava uma bengala em uma das mãos, um telefone sem fio na outra. Usava óculos com armação de plástico preto e os cabelos estavam desalinhados. Uma expressão séria realçava as rugas do seu rosto.

— Cedric — disse ela, e a voz grave ressoou pelo longo corredor. — O que você está fazendo com esse homem?

— Ele é polícia, vó. Ele vai ajudar.

— Ele é *um policial* — corrigiu a mulher, em tom professoral. — E duvido muito que isso seja verdade.

Will ainda segurava a mão de Cedric, mas usou a outra mão para procurar o distintivo no bolso. Ele avançou um passo para mostrá-lo à mulher.

— Cedric me disse que sua neta está desaparecida.

A mulher observou atentamente o distintivo e a identificação sob o brasão.

— O senhor não se parece muito com um policial.

— Não — admitiu Will, colocando a identificação de volta no bolso. — E estou aprendendo a ver isso como um elogio.

— Cedric — disse a mulher com severidade. — Vá arrumar o seu quarto.

— Mas vó... — Ela o calou com um olhar sério que o fez sair correndo.

A mulher abriu mais a porta e Will notou que o apartamento era exatamente igual ao de Aleesha Monroe. O sofá, obviamente, fazia as vezes de cama; um travesseiro, lençóis e um cobertor dobrados estavam arrumados em um canto. Duas poltronas flanqueavam o móvel, com forros que cobriam o estofado gasto. A cozinha era limpa mas bagunçada, e havia pratos em um escorredor. Diversas peças de roupa secavam em um varal dobrável em um canto. A porta do banheiro estava aberta, mas a do quarto, que tinha um pôster do Bob Esponja colado com fita adesiva, estava fechada.

— Sou Eleanor Allison — informou a mulher, se encaminhando para a poltrona próxima à janela. — O senhor gostaria de sentar?

Will percebeu que estava boquiaberto. Havia livros por todo lado — alguns amontoados em uma estante que parecia prestes a desmoronar, outros em pilhas espalhadas pelo chão.

— Está surpreso que uma mulher negra saiba ler?

— Não, eu só...

— O senhor também gosta de ler?

— Sim — respondeu Will, ciente de que dizia uma meia verdade. Para cada três audiolivros que escutava, se forçava a ler um livro. Era uma tarefa miserável que se arrastava por duas semanas, mas ele o fazia para provar que era capaz.

Eleanor o observava e Will tentou remediar a situação.

— A senhora era professora? — arriscou.

— História — disse a mulher. Ela apoiou a bengala ao lado da perna e descansou o pé em um banco em frente à poltrona.

Will viu que os tornozelos estavam enfaixados.

— Artrite — explicou Eleanor. — Sofro com ela desde os 18 anos.

— Sinto muito.

— Não é culpa sua, é? — A mulher indicou a outra poltrona, mas Will não se sentou. — Me diga uma coisa, Sr. Trent. Desde quando um agente do Georgia Bureau of Investigation se interessa por uma garota negra desaparecida?

Ele começava a ficar incomodado com as suposições da mulher.

— Não havia nenhuma garota branca desaparecida hoje, então tiramos no palitinho.

Ela o olhou com severidade.

— Você não é engraçado, meu jovem.

— Também não sou um porco racista.

Ela o encarou por alguns instantes, então assentiu como se houvesse se decido a respeito do agente.

— Pelo amor de Deus, sente-se.

Will finalmente aceitou o convite e afundou tanto na velha poltrona que ficou com os joelhos praticamente à altura dos olhos.

— Cedric me telefonou — disse ele, tentando ir direto ao assunto.

— E como o senhor conhece Cedric?

— Eu o conheci esta manhã. Vim até aqui com um detetive da polícia de Atlanta para investigar a morte de uma jovem que morava no sexto andar.

— Jovem? Ela tinha quase 40 anos.

Will ouvira Pete Hanson dizer aquilo durante a necropsia, mas ouvir aquela senhora dizê-lo deu mais credibilidade à informação. Aleesha Monroe era ao menos 25 anos mais velha do que as outras vítimas. O que levara o assassino a aventurar-se fora do seu grupo de preferência?

— Por que o GBI está investigando a morte de uma prostituta viciada em drogas?

— Faço parte de uma divisão que oferece apoio às forças policiais locais quando necessário.

— Essa é uma boa resposta, meu jovem, mas você não respondeu a minha pergunta.

— A senhora está certa — admitiu ele. — Quando a senhora percebeu que Jasmine estava desaparecida?

A avó da garota o observou com olhos de aço, os lábios contraídos. Ele lutou para não desviar os olhos, se perguntando como Eleanor deveria ter sido em sala de aula, se era do tipo que deixava os alunos menos aplicados sentarem-se no fundo da sala ou se o teria arrastado pela orelha para a primeira fila, gritando por ele não saber a resposta à pergunta no quadro-negro.

— Está bem — disse a mulher. — Eu achava que Jasmine estava no quarto fazendo o dever de casa. Quando a chamei para jantar ela não veio. Olhei no quarto e ela não estava lá.

— E a que horas foi isso?

— Por volta das 5 da tarde.

Will olhou para o relógio, mas o relógio digital sobre o televisor o informou o horário.

— Então, até onde a senhora sabe, ela está desaparecida há cerca de cinco horas.

— O senhor vai me dizer que preciso esperar mais um dia?

— Eu não viria até aqui para dizer isso, Sra. Allison. Teria dado essa informação pelo telefone.

— O senhor acha que ela é apenas mais uma garota negra que fugiu com um homem, mas vou dizer uma coisa, eu conheço aquela menina.

— Ela não estava na escola hoje — lembrou Will.

A mulher abaixou o olhar. Will reparou que as mãos que repousava no colo mais pareciam garras, que a artrite as transformara em massas inúteis.

— Ela foi suspensa por responder a uma professora.

— Cedric também?

— Isso está soando como uma repreensão — disse a mulher, mas continuou a falar de qualquer forma. — Não me movimento com muita facilidade, principalmente depois que me tiraram o meu Vioxx. A mãe deles está presa há mais da metade da vida de Cedric. Ela é viciada em heroína, assim como Aleesha Monroe. A única diferença é que a minha Glory foi pega.

Will sabia que não deveria interrompê-la.

— Eu era severa com a minha Glory. Ficava acordada à noite, a seguia sempre que ela saía de casa. Era a sombra dela, estava sempre por perto. E ela me odiava a cada minuto, e ainda me odeia, mas eu sou a mãe dela, e era isso que eu deveria fazer. A mesma coisa com eles. — Com dificuldade, ela ergueu a mão, indicando a porta fechada. Will viu uma sombra mover-se na fresta e concluiu que Cedric estava escutando.

— Glory deixava esses dois soltos — continuou Eleanor. — Não se importava com o que faziam desde que ela não se envolvesse em confusão e fosse capaz de continuar a espetar aquela agulha nas veias. — A mulher suspirou, perdida em lembranças. — Jasmine é tão rebelde quanto Glory, não consigo acompanhar o ritmo dela. Precisei de cinco minutos para andar até a porta da frente hoje à noite para ver o que Cedric estava aprontando.

Will quis dizer que sentia muito, mas sabia que a mulher o corrigiria, lembraria que a doença e a forma sofrida como deve ter passado a vida tentando fazer a coisa certa enquanto as paredes desmoronavam à sua volta não eram culpa dele.

— Cedric ainda era um bebê quando Glory perdeu a guarda dele — disse Eleanor, fazendo esforço para inclinar-se para a frente. — Ele é inteligente, Sr. Trent. Um garoto inteligente com um futuro promissor se conseguir ficar longe disso tudo tempo suficiente para crescer. — Ela contraiu os lábios. — Ele não está me dizendo alguma coisa. Ele ama a irmã, e a irmã o ama; como uma mãe, que é o que precisou ser para Cedric enquanto Glory estava ocupada demais injetando aquele lixo no organismo. — Eleanor fez uma pausa. — Acredito que tenho mais influência sobre ele. E não há como negar que Jasmine o ama. Ela não quer o irmão envolvido na vida deste lugar, com as gangues, os traficantes e vagabundos. Ela abraça essa vida, mas sabe que o irmão caçula pode mais.

— Jasmine já fugiu antes? — perguntou Will.

— Duas vezes, mas sempre depois de uma briga. Não brigamos ontem. E, por sinal, não brigamos há uma semana. Jasmine não estava brava comigo, ou pelo menos não estava mais brava do que qualquer adolescente fica com a pessoa no comando.

— Ela tem namorado? Um garoto do conjunto?

— Garoto? Ele é 15 anos mais velho do que Jasmine.

— Qual é o nome dele?

— Luther Morrison. Ele mora na Basil Avenue, a uns 5 quilômetros daqui, no Manderley Arms. Já liguei para Luther. Ele disse que Jasmine não está lá. — Eleanor explicou: — Liguei para ele todas as vezes que a minha neta fugiu. Ambas as vezes ele disse que Jasmine estava lá. Luther finge acreditar que Jasmine tem 17 anos, mas sabe a idade daquela menina tão bem quanto eu, e faz qualquer coisa para evitar que eu ligue para a polícia.

— E por que a senhora não ligou para a polícia? — Will foi forçado a perguntar. — Jasmine tem 13 anos, ele tem quase 30. Isso é estupro presumido.

— Porque aprendi com a mãe dela que uma garota determinada a destruir a si mesma não pode ser detida. Se eu fizer com que esse seja preso, ela vai simplesmente procurar outro, que pode ser ainda pior do que Morrison, se isso for possível.

— Vó? — perguntou Cedric. Ele ainda estava no quarto, espiando por uma fresta na porta. — Terminei de arrumar o quarto.

— Venha aqui, filho. — A mulher estendeu um braço para o garoto e ele veio. — Liguei para a polícia assim que percebi que Jasmine havia desaparecido. Tenho certeza de que o senhor sabe qual foi a resposta — disse ela para Will.

— Disseram para a senhora esperar 24 horas, talvez 48, se soubessem que Jasmine já havia fugido antes.

— Exato.

— Você me pareceu muito preocupado ao telefone — Will disse para Cedric. — Por quê?

O garoto olhou para a avó, então de volta para Will. Então ergueu os ombros.

A mulher se ajeitou na cadeira e levou a mão ao bolso na frente do vestido.

— Acompanhe o Sr. Trent e pegue a correspondência para mim, filho. Sr. Trent? — Will lutou para sair da cadeira. — Obrigado pelo seu interesse.

— Por favor, não se incomode — disse ele, percebendo que a mulher tentava se levantar. — Darei notícias quando descobrir alguma coisa. — Ele estendeu a mão para cumprimentá-la, mas lembrou que a artrite faria com que isso fosse doloroso. Eleanor agarrou a mão de Will antes que ele pudesse impedi-la, e ele ficou surpreso com a força do aperto.

— Por favor — implorou ela. — Por favor, encontre a minha neta Sr. Trent.

— Sim, senhora — disse ele, sabendo que a mulher era orgulhosa e que dera tudo de si para pedir ajuda.

Ele seguiu Cedric pelas escadas e até o estacionamento. Os postes lançavam um brilho estranho sobre tudo e Will percebeu que passavam apenas algumas horas do horário em que Aleesha Monroe foi assassinada na noite de domingo. Cedric seguiu para o trecho gramado em frente às caixas de correio onde Jasmine pulou sobre ele naquela manhã.

Will viu o garoto usar a chave em uma caixa e esperou até que pegasse a correspondência.

— Isso é sério, Cedric.

— Eu sei.

— Você precisa me contar o que sabe sobre Jasmine. Por que ela disse para você não falar com a polícia?

— Ela disse que todos os policiais são maus.

Aquela era uma opinião quase unânime em um raio de 8 quilômetros.

— Me diga o que aconteceu no domingo.

— Nada.

— Isso não vai funcionar desta vez, Cedric. Jasmine está desaparecida. E você escutou sua avó. Eu vi sua sombra na porta.

Cedric lambeu os lábios, manuseando a correspondência.

Will ajoelhou-se em frente ao garoto e colocou as mãos em seus ombros.

— Me diga.

— Havia um homem — admitiu Cedric por fim, sem sacrificar a gramática, agora que estava com a guarda baixa. — Ele deu dinheiro a Jazz para ela fazer um telefonema. Foi só isso.

— Que tipo de telefonema?

— Para a polícia. Para dizer que estavam machucando Leesha.

Will olhou por sobre o ombro do garoto, para o telefone público. A cabine estava escura, a luz interna, queimada.

— Ele disse para ela usar o telefone público?

Cedric fez que sim.

— Não fazia sentido. Ela poderia ter usado o celular. Não daria para rastrear.

— O homem pagou? — inquiriu Will.

— Vinte dólares — admitiu Cedric. — E uma moeda de 10 centavos para o telefone.

Will recolheu as mãos e sentou-se sobre os calcanhares.

— Quanto custa um telefonema? Uns 50 centavos?

— É — respondeu Cedric. — Jazz disse que uma moeda de 10 centavos não dava pra nada, então o cara ficou todo irritado e deu duas moedas de 25 pra ela.

Will se perguntou qual seria a probabilidade de encontrarem no telefone duas moedas de 25 centavos com as digitais do assassino. E se havia sido o assassino de Aleesha quem pagou à garota para fazer o telefonema, por que o assassino pagaria a alguém para denunciar o próprio crime?

— Você reconheceu o homem? — perguntou Will.

O garoto voltou a manusear a correspondência.

— Você acha que se lembraria do homem se visse uma foto dele?

— Ele era branco — disse Cedric. — Não vi direito. Eu estava ali.

Will se voltou para a cabine telefônica. As luzes ao redor do estacionamento e as caixas de correio eram fortes o bastante para cegar um adulto, mas nenhuma iluminava a cabine.

— O que você acha que aconteceu? — perguntou ele a Cedric.

O garoto não respondeu de imediato. Em vez disso voltou a embaralhar a correspondência.

— Ela sempre me disse das outras vezes. Quando ia fugir com Luther. Sempre me disse para eu não me preocupar.

— Depois que Jasmine fez o telefonema, para que lado o homem foi?

Cedric apontou para a avenida.

— Ele não estava de carro?

— Não sei — admitiu o garoto. — A gente estava indo para a casa de Freddy, e ele nos chamou. Jazz me disse para ir para a casa de Freddy, mas eu fiquei para ver se ela estava bem.

Will formou uma imagem da garota atendendo ao chamado de um homem desconhecido no escuro. Talvez estivesse seguindo pelo mau caminho mais cedo do que a avó imaginava.

— Onde fica a casa de Freddy? — perguntou ele.

Cedric apontou para um prédio do outro lado da rua.

— Jasmine foi com você depois de fazer o telefonema?

— Foi.

— E o homem se afastou pela rua, em direção à avenida?

Cedric fez que sim, mordendo o lábio inferior como se tivesse mais a dizer. Will deu tempo ao garoto.

— Jazz disse que escutou gritos nas escadas. Leesha estava gritando — disse ele por fim.

— O que ela estava gritando?

— Jazz não sabe. Ela estava gritando como se alguém a estivesse machucando. Mas ela já fez isso antes, sabe? Leesha levava homens para o apartamento às vezes, e eles eram maus, mas ela não se importava.

— Cedric — disse Will, voltando a colocar as mãos nos ombros do garoto. — Preciso que você seja sincero comigo agora. Jasmine viu quem estava fazendo mal a Aleesha? Alguém falou com ela, disse algo à sua irmã?

Cedric fez que não.

— Ela me disse que não viu nada, que não ouviu nada.

— E ela falou como fez hoje? Como, se você pensasse bem, poderia achar que na verdade dissesse que talvez *ouviu* alguma coisa, mas que não ia dizer a ninguém?

— Não — insistiu Cedric. — Ela teria dito para mim.

Will não sabia se aquilo era verdade ou não. Jasmine queria proteger o irmão. Ela não teria dito nada que pudesse colocá-lo em perigo.

Cedric levou a mão ao bolso e tirou uma nota de 20 dólares.

— Era isso que ela queria — disse ele a Will. — Peguei o dinheiro que o homem deu a ela para fazer o telefonema. Era por isso que ela estava correndo atrás de mim. — Ele tentou dar o dinheiro a Will.

— Guarde para mim — disse Will, sabendo que não poderia fazer nada com a nota. — Jasmine não foi embora porque você pegou o dinheiro, Cedric. Você sabe disso, certo?

O garoto deu de ombros e a correspondência caiu de suas mãos. Will se curvou para ajudar a recolhê-la. Pelas cores, supôs que eram basicamente contas e folhetos de propaganda. Provavelmente o mesmo tipo de oferta por tempo limitado que o esperava em casa.

Ele olhou para as caixas de correio.

— Cedric?

— Sim?

— Aleesha tinha uma caixa de correio?

— Tinha — disse o garoto, e apontou para uma das caixas mais altas.

Will se levantou e conferiu o número.

— Vou levá-lo de volta para casa, certo?

— Eu estou bem.

— Preciso conferir uma coisa no apartamento de Aleesha. Vamos.

Cedric subiu as escadas lentamente. Ele usou a sua chave para abrir a porta do apartamento da avó, mas não entrou. Em vez disso, observou Will continuar a subir para o apartamento de Aleesha Monroe. Will sentiu a reprovação silenciosa do garoto queimando às suas costas: *Para onde você está indo? Você prometeu que ajudaria.*

Will ainda estava com a chave do apartamento no bolso do colete. Ele a colocou na fechadura e a girou, ouvindo o barulho da tranca. Quando tentou a maçaneta, a porta não abriu. Will era a primeira pessoa a admitir, ao menos para si mesmo, que tinha problemas para distinguir esquerda e direita, e Deus sabe que isso só piorava quando estava cansado, mas já abrira muitas fechaduras para saber para qual lado girar a chave. Ele colocou a chave de volta e a girou para o outro lado, ouvindo novamente a tranca. Desta vez a porta abriu.

O apartamento ainda tinha a mesma atmosfera de que algo ruim acontecera ali. Will ficou parado à porta, com o interior iluminado apenas pelas luzes do corredor. Ele viu uma gota de sangue e se ajoelhou ao lado dela. Sem pensar, tocou-a com a ponta do dedo para conferir se estava seca.

O dedo voltou seco, mas Will não percebera aquela gota na primeira visita que fez ao apartamento. Ele acendeu as luzes pensando na fechadura. Naquela manhã, Jasmine e Cedric faziam uma algazarra quando Will trancava a porta. Ele e Michael desceram as escadas correndo. Talvez não houvesse trancado a porta completamente. Sem dúvida, estava com pressa.

Mas Will se lembrava de ter trancado aquela porta, de ouvir a tranca.

Ele conferiu o apartamento para se certificar de que não estava faltando nada. Tendo em vista o problema de leitura, Will duvidava que tivesse uma memória fotográfica, mas era capaz de memorizar as cenas dos crimes. Lembrava onde as coisas haviam estado e sabia quando estavam fora do lugar.

Mas algo estava errado. A *sensação* transmitida pelo apartamento estava diferente.

A gaveta de bugigangas parecia estar exatamente como antes, o chaveiro ainda estava em um canto, sob alguns recibos. Will conferiu as chaves até encontrar uma pequena, parecida com a que Cedric usara. Todo policial que esteve presente naquele prédio precisou passar pelas caixas de correio. E o mesmo fez Will, mas ele não perguntou se Monroe tinha correspondência. Mas Will não era o detetive à frente do caso. Com Michael de licença, o inimitável Leo Donnely era agora o policial responsável.

Will se certificou de que havia fechado a porta, conferindo-a duas vezes antes de descer as escadas. Assim como qualquer superfície do Grady, as caixas de correio eram cobertas de grafite, e Will identificou a de Aleesha pelo desenho obsceno que a indicava. Ele colocou a chave na fechadura e a destrancou com alguma dificuldade. Descobriu o problema quando abriu a portinhola. O pequeno escaninho estava atulhado de correspondência. Will tirou os envelopes aos punhados, reparando nas cores e nas logomarcas que os adornavam. Havia um envelope completamente branco com um volume em um canto, e ele o tateou com as pontas dos dedos, concluindo que era algo de metal. Pela forma, acreditava que deveria ser uma cruz. Alguém preenchera o envelope em letras cursivas arredondadas que ele não conseguiu decifrar.

Ele olhou para o relógio, olhou de verdade, como se o visse pela primeira vez, até conseguir ler as horas. Era quase meia-noite, Angie provavelmente chegaria em casa do trabalho em breve.

Will sentou-se na varanda da casa de Angie e esperou até ficar com o traseiro dormente pelo contato com o concreto. Ele não fazia ideia de onde ela estava e a bateria do celular finalmente havia descarregado, então não havia como ter certeza de que horas eram.

Ele dera bom uso ao telefone antes que o aparelho o deixasse na mão; ligara para um contato na polícia de Atlanta, para garantir que a queixa pelo desaparecimento de Jasmine Allison não fosse arquivada como as milhares de queixas semelhantes que a cidade recebia todos os anos. A central precisou dar um alerta a todas as viaturas e Luther Morrison recebeu a visita de um policial profundamente irritado. O homem revistou a casa e encontrou uma menor de idade, mas não era a garota por quem procuravam.

Will tinha um mau pressentimento sobre o desaparecimento de Jasmine. De acordo com Cedric, a irmã vira alguma coisa, falara com um homem que tinha ligação com o assassinato. Isso fazia com que fosse valiosa ou descartável, a depender do ponto de vista, mas no que dizia respeito à cidade de Atlanta o mau pressentimento do agente não justificava uma caçada.

Essa linha de pensamento forçou Will a ceder e ligar para Michael Ormewood para saber se a garota dissera alguma coisa antes de escapar pelas escadas. Michael poderia ser a última pessoa a tê-la visto. Mas, infelizmente, o detetive não estava em casa ou estava disposto a atender o telefone.

O Monte Carlo SS preto de Angie parou no acesso para carros da casa. O motor parecia ter peças soltas e ele não pôde evitar apertar os olhos quando o barulho continuou quando a chave foi tirada do contato. Will passara um ano reformando aquele carro para ela. Noites, fins de semana, um período inteiro de férias. Estava determinado a dar um presente perfeito para Angie, provar que conseguia construir algo com as próprias mãos sem consultar um manual ridículo que dizia que a porca C se encaixava no parafuso A. As manchas de óleo frescas no chão eram como um chute na cara.

Angie abriu a porta do carro irritada.

— Que porra você está fazendo aqui?

Will não pôde deixar de notar que ela estava vestida para o trabalho. A forma como girou no banco do carro dava a ele e quem estivesse daquele lado da rua uma visão desimpedida da sua calcinha.

— O que você fez com o carro? — perguntou.

— Eu o dirigi. — Angie bateu a porta com tanta força que o carro sacudiu.

— Há manchas de óleo para todo lado.

— Não me diga.

— Você não o levou ao mecânico?

— Que mecânico?

— Há bilhões de oficinas nas redondezas. É difícil atirar uma pedra sem acertar uma.

— Se eu fosse atirar uma pedra seria na sua cabeça, seu idiota. — Angie o empurrou para o lado para abrir a porta. — Estou cansada e estou puta e só quero ir para a cama. — Ela lançou um olhar por cima do ombro, como se esperasse que Will dissesse algo sobre fazer companhia.

— Preciso conversar com você — disse ele.

— Will, por que você não usou a sua chave? — Ela não precisava olhar para cima para vê-lo e se deu conta de que ainda usava os saltos altos. — Você ainda tem a sua chave. Por que ficou aqui fora, no frio?

O hálito dela cheirava a bebida.

— Você andou bebendo?

Angie suspirou, e Will sentiu um cheiro que só podia ser de uísque.

— Entre — disse ela, colocando a chave na fechadura. — Os meus vizinhos já têm sua cota de espetáculo vendo a minha boceta toda vez que desço da droga do carro.

Will a seguiu e fechou a porta.

Ela tirou os sapatos em frente ao sofá e calçou chinelos cor-de-rosa. Angie odiava ficar descalça.

— Podia passar sem você ter vindo até aqui. — Ela acendeu as luzes da sala, falando e tirando as roupas ao mesmo tempo ao seguir para o quarto. — Tive o pior dia da minha vida. As garotas surtaram com a morte de Aleesha, não pararam de chorar a noite toda, como se o meu dia já não tivesse sido ruim o bastante. — Will viu as costas nuas dela, a curva da coluna que sumia sob a calcinha cor-de-rosa, pouco antes de Angie bater a porta. — Recebi um telefonema do tenente Canton às três da tarde — continuou ela, com a voz abafada pela porta. — Ele me fez chegar mais cedo e trabalhar com aquele filho da puta do Ormewood para encontrar as porcarias das pastas dos casos de quando ele trabalhava na nossa divisão.

Will lembrou que Michael dissera que ia consultar os arquivos, mas ficou surpreso com o fato de o detetive tê-lo feito, levando em conta o estado em que se encontrava na última vez que se viram.

— Precisei passar duas horas comendo o pão que o diabo amassou — ele ouviu algo batendo contra a parede e supôs que fosse a saia — com aquele idiota fungando no meu cangote, dizendo gracinhas como se fosse a droga do meu melhor amigo.

Will usara sua chave cerca de uma hora antes para colocar a correspondência de Aleesha Monroe sobre a mesa de centro, para não precisar segurá-la a noite toda. Ele sentou no sofá e pegou as cartas, arrumando-as em pilhas impecáveis para Angie.

— Eu juro por Deus, Will — começou Angie, já no corredor. — Que alguns dias acho que aquelas garotas são mais bem-tratadas pelos cafetões do que eu por esses veados com quem preciso trabalhar.

Os chinelos estalavam nos calcanhares quando Angie entrou na cozinha. Will ouviu a porta da geladeira ser aberta, gelo caindo em um copo. Ela abriu uma garrafa e serviu algum líquido, então bateu a porta da geladeira. Segundos depois, sentou-se no sofá ao lado de Will, atirou longe os chinelos e tomou um longo gole do copo.

Will não conseguiu evitar. Ele empertigou-se como uma aluna de colégio católico.

— Você vai beber isso na minha frente?

— Só até você começar a ficar bonito — disse Angie, e empurrou a perna dele com um pé descalço.

— Não faça isso.

— Não faça o quê? — provocou Angie, cutucando-o com o pé outra vez.

Will se voltou para ela, que era exatamente o que a mulher esperava. Angie estava deitada no sofá, com o pé pressionando-lhe a perna. Ela vestia um penhoar preto curto e nada mais. O cinto estava atado de forma displicente na cintura, e Will via um tufo de pelos pretos insinuando-se pelas dobras do tecido.

Will sentiu a garganta estreitar. A boca tinha tanta saliva que ele apertou os lábios para não babar.

— Acho que você descobriu que o meu cara é pedófilo.

Will levantou-se tão rápido que sentiu a cabeça ficar mais leve.

— O quê?

— Shelley — disse ela de forma casual. — Você já levantou a ficha dele, não?

Will levou as mãos aos olhos, como se privar-se da capacidade de vê-la pudesse mudar o que acabara de ouvir.

— Ele é pedófilo?

Angie sorriu, divertida.

— Você sabia que está gritando?

Will abaixou a voz.

— Você me pediu para levantar a ficha de um *pedófilo?* — Ele caminhou até a lareira, desejando meter o punho nos tijolos. — No que diabo você está pensando? É esse cara com quem anda saindo agora? Meu Deus, eu estava preocupado com Ormewood e agora você...

— O que ele disse?

O tom de Angie havia mudado, e o ar na sala parecia ter esfriado junto.

— O que quem disse?

Ela sentou-se no sofá e cruzou as pernas, cobrindo o corpo com o penhoar.

— Você sabe muito bem de quem eu estou falando.

— Não — retrucou ele. — Não sei.

Angie colocou o copo na mesa, ao lado da correspondência.

— O que é isso?

— Eu sei que você dormiu com ele.

— Um verdadeiro cavalheiro, esse Michael Ormewood. Ele contou todos os detalhes, não foi? — Angie deu um riso seco ao folhear as cartas trazidas por Will. — Que diversão deve ter sido quando vocês compararam notas. Não é de estranhar que o filho da puta estivesse tão feliz esta tarde.

— Ele não me disse nada — disse Will. — Cheguei a essa conclusão sozinho.

— Uma estrela de ouro para o detetive. — Ela ergueu o copo em um brinde e tomou um longo gole.

Will observou a garganta de Angie trabalhar enquanto ela engolia e engolia até secar o copo.

Ele se virou e olhou para as pinturas sobre a lareira. Era um tríptico, três telas unidas que juntas formavam uma imagem quando abertas e outra imagem quando fechadas. Will sempre acreditou que ela gostasse da dualidade da obra. Era exatamente como Angie, uma por dentro, outra por fora. E exatamente como Michael Ormewood, se ele pensasse bem. Que par perfeito!

— A correspondência de Aleesha — Angie notou por fim. — Você acaba de encontrá-la?

Ele fez que sim.

— Por que a equipe de Michael não conferiu isso antes?

Will pigarreou.

— Não sei.

— Lixo, lixo, conta, conta. — Ele ouviu os envelopes serem colocados um a um sobre a mesa com uma pancada à medida que Angie os conferia. — O que é isso?

Will não respondeu, mas era uma pergunta retórica.

Ele a ouviu abrir o envelope, tirar a carta.

— Belo crucifixo — disse ela. — Lembro de ver Aleesha usá-lo algumas vezes.

Will olhou para a pintura, desejando que fosse um espelho capaz de mostrar o que se passava dentro de Angie. Talvez fosse. Duas imagens abstratas, nenhuma delas com qualquer sentido.

Will a sentiu às suas costas, a mão dela abrindo caminho pelo bolso do seu paletó. Ela tirou o gravador digital.

— É novo. — Angie estava tão perto que Will sentia o calor do seu corpo.

Ele a escutou mexer na máquina e se virou.

— É o botão laranja.

Angie estendeu o gravador. Will viu que o dedo dela já estava sobre o botão. Ele pressionou gentilmente o polegar sobre o indicador da mulher, ligando o aparelho.

— Obrigado.

Will não conseguia olhar para ela. Ele se virou e, mais uma vez, encostou-se na lareira. Ela voltou para o sofá e sentou-se. Ouviu-se o barulho de gelo no copo. Ela provavelmente se esquecera de que estava vazio.

— "Querida mãe" — Angie leu por fim. — "Eu sei que imagina que estou escrevendo para pedir dinheiro, mas só desejo dizer que não quero mais nada de você. Você sempre me culpou por partir, mas foi você quem nos abandonou. Foi você quem me transformou na pária. A Bíblia diz que os pecados do pai são punidos no filho. Eu sou a proscrita, a intocável que pode viver apenas com o outro pária, por causa dos seus pecados." Ela grafa o nome de forma diferente na assinatura: A-L-I-C-I-A e não A-L-E-E-S-H-A — disse Angie.

Will emitiu um som de contrariedade. Angie sabia que poderia estar falando chinês.

— Ela o soletra da forma correta, a forma mais comum, ao assinar. Provavelmente mudou a grafia quando foi para as ruas. — Angie continuava a falar, e ele não conseguia deixar de ouvir. — De acordo com o carimbo do correio, a carta foi postada há duas semanas. Há outro carimbo informando que foi devolvida por falta de selos. Acho que o crucifixo provavelmente extrapolou o peso, ou talvez tenha ficado preso em uma das máquinas. — Ela fez uma pausa. — Você vai falar com a mãe? O CEP não é de longe daqui, provavelmente uns 15 quilômetros. Me pergunto se ela sabe que a filha está morta.

Will se virou. Angie segurava o envelope, e o virou para ter certeza de que não deixara passar nada. Ela ergueu os olhos e viu que ele a observava.

— Will?

— Se eu pudesse estalar os dedos e fazer parecer que nunca a vira na vida, eu faria isso.

Ela colocou o envelope sobre a mesa.

— Também gostaria que você pudesse fazer isso.

— O que você fazia com um cara como aquele?

— Ele sabe ser encantador quando quer. — Ela falava de Michael.

— Foi antes ou depois de você descobrir o que ele fazia com as garotas?

— Antes, seu idiota.

Will a olhou com severidade.

— Não acredito que você tenha o direito de estar irritada comigo agora.

— É, você está certo — cedeu ela.

— Então, Shelley é pedófilo?

Ela sorriu, como se fosse engraçado.

— E assassino.

— Você acha que isso é algum tipo de piada?

Angie apoiou os cotovelos nos joelhos, dando um sorriso travesso, como se topasse qualquer coisa.

— Não fique bravo comigo, amor.

— Não envolva o sexo nisso.

— É a única forma que eu conheço de me comunicar com as pessoas — ela brincou, algo que uma psiquiatra disse para ela certa vez.

Will não tinha certeza se ela dormira ou não com a mulher, mas a observação era precisa.

— Angie, por favor.

— Eu disse que essa era uma noite ruim para você estar aqui. — Ela se levantou e colocou o envelope na mão de Will. — Vamos, Willy — disse ela, empurrando-o para a porta. — Você precisa ir para casa.

28

8 de fevereiro de 2006, 9h24

Angie se lembrava de ter sido apresentada a Gina Ormewood na festa de aposentadoria de Ken. Ela era uma mulher franzina que parecia alheia ao fato de que maquiagem pesada piora a acne e que um cabeleireiro que cobra menos de 10 dólares não faz exatamente um favor. Se não houvesse transado com o marido dela na mesma noite, ela provavelmente não lembraria nada a respeito da mulher. Mas sabia que Gina trabalhava no Piedmont Hospital, o que de forma indireta era possível dizer que seguia a mesma linha do trabalho de Angie — se era possível considerar um trabalho a calçada em frente à loja de bebidas na Cheshire Brige Road.

Ela ligara para o hospital para ter certeza de que Gina Ormewood estaria lá. O turno dela começaria em vinte minutos, mas Angie não tinha nada a fazer a não ser esperar. Havia carros estacionados na rua e não parecia haver vagas no estacionamento. Depois de algum tempo, desistiu. Ela mostrou o distintivo a um policial parado em frente à emergência e estacionou em uma vaga para deficientes.

Havia cerca de dez pessoas paradas na entrada da emergência, todas com cigarros acesos. Angie prendeu a respiração e atravessou a cortina de fumaça. Ela odiava cigarros porque a lembravam as queimaduras no corpo de Will. Alguém passara horas marcando a pele nos contornos das omoplatas, criando padrões obscenos ao longo do relevo das costelas.

Ela sentia um calafrio àquele pensamento.

O homem na recepção nem ao menos ergueu os olhos quando Angie parou à sua frente.

— Pegue uma ficha e sente-se.

Ela colocou o distintivo sob o nariz do sujeito, e nem assim ele lhe deu a cortesia do contato visual.

— Você precisa falar com a administração se quiser consultar os arquivos.

Ela leu o nome do funcionário no uniforme.

— Não preciso consultar os arquivos, Tank. Estou aqui para falar com Gina Ormewood.

Ele ergueu os olhos.

— O que você quer com Gina?

— É sobre o marido dela.

— Espero que aquele cretino esteja morto.

— Entre na fila. — As palavras foram automáticas, mas ela não perdeu de vista o fato de que o homem, obviamente, odiava Michael.

Tank se levantou e começou a estudá-la. Angie estava vestida para o trabalho, o que significava dizer que se parecia com uma prostituta. Mas ainda assim era policial, e o sujeito não era idiota.

— Quando você acha que Gina vai chegar? — perguntou ela.

— Você não vai importuná-la. — Não era uma afirmação retórica.

— Vou conversar com ela — disse Angie.

O homem a encarava, como se pudesse determinar apenas com o olhar se ela criaria ou não problemas. Por trabalhar num lugar como aquele, o sujeito provavelmente tinha o instinto.

— Dê a ela mais dez minutos. Gina sempre chega cedo.

— Obrigada. — Angie colocou o distintivo de volta na bolsa e ocupou a única cadeira vazia na sala de espera lotada.

Em frente estavam sentados um senhor e uma senhora que provavelmente tinham a idade de Angie quando chegaram. A mulher dirigiu a ela um olhar de asco. O homem a olhou com interesse. Meu Deus, o sujeito devia ter 80 anos e provavelmente se perguntava quanto dinheiro tinha na carteira. A esposa assoou o nariz em um lenço gasto. Ela parecia prestes a desmaiar a qualquer momento. Angie abriu as pernas e o homem empalideceu. A mulher parecia estar prestes a sofrer um infarto.

Antes que se retirassem, Angie se levantou e foi até a mesinha com revistas. Meu Deus, aquele lugar era deprimente. A sala de espera era uma fossa de germes e doença. Qualquer pessoa que acreditasse que os Estados Unidos não têm um sistema de saúde socializado deveria passar algumas horas na sala de emergência mais próxima. Alguém pagava para que pessoas sem acesso a planos de saúde e miseráveis tivessem a oportunidade de consultar um médico, e pode ter certeza de que não eram pessoas sem acesso a planos de saúde ou miseráveis. Que diabo, era mais vantajoso não ter plano de saúde. Tinha-se acesso ao mesmo atendimento de quinta, mas se gastava menos.

Ela folheou uma *Field & Stream* e então uma *Ladies' Home* do Natal do ano retrasado enquanto esperava por Gina Ormewood. Michael fora longe demais na tarde anterior. Ele sorrira como um macaco enquanto procuravam as pastas dos seus antigos casos no arquivo, e agora Angie sabia por quê. Uma coisa era importunar Angie, que diabo, ela provavelmente merecia, mas o fato de ele ter perturbado Will era imperdoável. Michael deve ter dito alguma coisa, soltado algumas palavras que diziam que tinha transado com ela. Ela trabalhava com homens o dia todo, prendia os filhos da puta, então sabia como a mente pequena deles funcionava. Não se passava um segundo sem que pensassem em sexo ou falassem sobre o assunto, e o fato de Michael ter transado com ela era fofoca das boas. Ele provavelmente dissera isso até mesmo àquele cretino do Leo Donnelly. O esquadrão inteiro deveria estar sabendo. Não era de estranhar que Will se sentisse humilhado.

Droga!, ela deveria parar de dar tanto ouvido às garotas. Ninguém odeia tanto os homens como uma prostituta. Elas passam horas falando sobre como são desprezíveis, então precisam sair com o primeiro cretino que agita algumas notas na sua cara. Angie já tinha problemas suficientes com os homens para passar a pensar como uma prostituta.

As portas se abriram e ela olhou de soslaio quando alguns homens entraram. Então voltou a atenção à revista, sem realmente ver a receita de bolo de frutas. A cabeça dela doía com pensamentos sobre Ormewood, a decepção no rosto de Will, a forma como ele a olhou quando ela gentilmente o empurrou porta afora. Ele deve ter espumado quando Michael passou a contar vantagem, quando passou a vangloriar-se com os detalhes íntimos da sua conquista.

Angie virou a página, para a próxima receita. Se Michael ia mexer com a pessoa com quem Angie mais se importava, ela precisava devolver na mesma moeda. Nada distrai mais um homem do que problemas em casa.

— Robin?

Angie virou outra página. Suéteres para mãe e filha. Que adorável.

— Robin? É você?

Merda. Ela ergueu os olhos. John Shelley estava parado à sua frente. Ele estava ao lado de um homem com a mão enrolada em uma atadura.

— Peguem uma senha, por favor — disse Tank.

— Já volto — disse John. Ele levou o homem até a recepção. Obviamente, um sangramento grave era o suficiente para furar a fila, porque Tank entrou com o sujeito na emergência.

John olhava para Angie.

— O que você está fazendo aqui?

— Manutenção de rotina — disse ela, apontando para baixo. — Qual é o problema com aquele cara?

— Ray-Ray — disse John, o idiota que queria dar umazinha fiado. — Ele cortou a mão em um carro. Art me pediu para trazê-lo.

— Ele vai ficar bem?

— Se Art não matá-lo antes — disse John. Ele parecia não saber o que dizer. — Você está bonita.

Ela parecia uma prostituta, mas um elogio é um elogio.

— Achei que você fosse ficar longe de mim.

— Ah! — Ele abaixou os olhos e por um segundo Angie se lembrou de Will, da forma como nunca conseguia esconder as emoções dela, da forma como a vergonha e a decepção muitas vezes ficavam estampadas no seu rosto.

— Venha aqui — disse ela, então pegou John pelo braço e o puxou pela sala de espera. Eles pararam em frente à porta. Angie conseguia ver os fumantes do outro lado.

— Você está bem? — perguntou ela para John.

Ele sorria agora, quase esperançoso.

— É. E você?

— Não — insistiu ela. — Da última vez que nos vimos você estava com algum problema.

Ele assentiu, olhando para os pés. Por que Angie sempre acabava falando com homens que olhavam para os pés?

— É bom ver você — disse ele. — Eu sei que disse que ia me afastar, mas é muito bom ver você.

— Você mal me conhece.

John sorriu outra vez. Meu Deus, ele tinha um sorriso tão doce!

— Eu sei sobre Stewie.

Ele sabe mentiras, pensou Angie. A primeira de muitas, se aprendera alguma coisa com o passado.

— Você está muito bonita.

— Você já disse isso.

John riu.

— Estou tentando pensar em outra coisa para dizer. — John riu outra vez, menos por desconforto do que por estar feliz e por estar na companhia dela. Ele olhou para os sapatos outra vez, e Angie notou que tinha os cílios mais bonitos que já vira em um homem. John era alto, quase tão alto quanto Will, com o peito mais amplo e muito mais autoconfiança. Apesar do frio, o rosto estava bronzeado e havia reflexos dourados em seus cabelos, por trabalhar ao ar livre o dia todo.

Quais mentiras ela contaria para John? Quanto tempo demoraria até que o levasse para um quartinho dos fundos ou um banheiro e transasse com ele, então passasse a odiá-lo por ter feito isso? Quanto tempo até que destruísse a vida dele também?

— Por que você foi preso, John? — perguntou ela.

O sorriso desapareceu. Os ombros caíram.

Angie havia lido o relatório de condicional de John, mas o documento dizia apenas quais haviam sido as acusações, não os detalhes do crime.

— Me diga o que você fez.

— Você não quer saber.

— Saí com um vendedor de esquadrias de alumínio ontem à noite que queria que eu chupasse os dedos dos pés dele e o chamasse de papai — disse ela. — Você acha que vai conseguir me chocar?

— Eu cometi alguns erros.

— Todos cometem erros.

Ele fez que não.

— Não quero falar nisso agora.

— Você ficou preso muito tempo — observou ela. — Você matou alguém?

John lambeu os lábios, nervoso. Ele era tão parecido com Will que os dois poderiam ser irmãos. Droga, levando em conta a mãe vadia de Will, eles *podiam* ser irmãos.

— É melhor eu ficar com Ray-Ray, para que ele não fale demais e se meta em confusão — disse John.

Angie olhou pelas portas de vidro. Gina Ormewood estava entre os fumantes, o uniforme azul de enfermeira em flagrante contraste com o cigarro que tragava.

— Foi muito bom ver você — disse John.

— Se cuide.

Ele começou a se afastar, então parou.

— Quando isso acabar — disse ele, gesticulando como se houvesse algo palpável entre os dois. — Quando o que está acontecendo tiver acabado — prosseguiu, ainda confuso —, talvez possamos sair para jantar, ver um filme.

— John? — começou ela. — Você realmente acha que isso vai acontecer?

Ele fez que não, mas ainda assim respondeu.

— Quero acreditar que sim, Robin. Isso é o que me mantém seguindo em frente. Vou pensar em ver um filme com você, comprar pipoca para você, talvez segurar a sua mão nas partes mais assustadoras.

— Sairia mais barato se você simplesmente me desse o dinheiro para segurar as suas partes assustadoras.

John pegou a mão dela. Ela ficou parada, aturdida, quando o homem levou os lábios às costas da sua mão e a beijou com delicadeza.

— Pense em um filme que você queira assistir. Algo bem assustador.

Então se foi.

Angie encostou-se à parede e soltou o ar. Ali estava outro homem perfeitamente doce que ela estava arruinando. Certo, ele era um pedófilo e assassino perfeitamente doce, mas todo mundo tem um telhado de vidro.

Gina Ormewood passou pelas portas deslizantes. Ela lançou um segundo olhar quando viu Angie, mas continuou a caminho da emergência.

— Ei — disse Angie. — Espere.

Gina parou, mas não se virou.

— Só quero que me deixem em paz — disse ela.

Angie circulou a mulher para olhá-la melhor. O lábio estava ferido. O olho esquerdo tinha uma marca roxa dolorosa de se olhar. Não era de estranhar que o sujeito da recepção odiasse Michael.

— O que aconteceu com você? — perguntou Angie.

— Caí — disse Gina. Ela tentou se afastar, mas Angie barrou seu caminho.

— Ele bateu em você?

— O que você acha?

— Meu Deus!

Gina estreitou os olhos, finalmente reconhecendo Angie.

— Você transou com o meu marido.

— É, bem. — Angie não tinha porque mentir. — Se servir de consolo, já tive transas bem melhores.

Gina riu, então fez uma expressão de dor quando a ferida no lábio abriu. Ela levou a mão à boca e olhou para o sangue nos dedos.

— Meu Deus! — gemeu. — Vamos para ali.

Ela abriu a porta do banheiro feminino e Angie a seguiu. Gina era pequena, tinha talvez 1,60m calçando os tênis e 45 quilos. Michael pesava pelo menos 35 quilos a mais do que a esposa. Era como chutar um filhotinho.

— Eu o conheci quando tinha 15 anos — disse Gina. Ela estava inclinada sobre a pia, olhando para o lábio partido no espelho. — Ele estava interessado na minha prima, um ano mais nova. Achei que a estava protegendo.

Angie a deixou falar.

— Ele era tão doce! Eu recebia cartas quando ele estava no Golfo, que diziam o quanto me amava, que queria cuidar de mim. — Os olhos de Gina encontraram os de Angie no espelho. — É assim que ele cuida de mim agora.

Angie procurou algo na bolsa.

— Eles sempre são doces no começo.

— Você sabe disso por experiência própria?

— Tenho a camiseta manchada de sangue e tudo mais.

Gina pegou um lenço de papel e o molhou na torneira.

— Depois que Tim nasceu — começou ela —, as coisas mudaram. Ele passou a ficar nervoso com tudo. Não queria mais me tocar. Saía de casa à noite e chegava a ficar quatro horas fora. — Gina passou o lenço de papel no lábio ferido. — Algumas vezes, sumia no fim de semana. Quando eu conferia o odômetro, via que ele tinha rodado 800, 900 quilômetros.

Angie encontrou o que procurava na bolsa.

— Para onde ele ia?

— Depois de alguns socos no rosto você para de fazer perguntas.

— Vire-se — disse Angie. — Ela passou um pouco de corretivo na esponja e o aplicou no olho roxo de Gina. — É Clinique. Se ficar um pouco mais claro do que a sua pele, esfregue um pouco com o dedo, ajuda a suavizar a mancha.

— Ele bateu em você também?

— Não — respondeu Angie, concentrando-se em esconder a mancha. A verdade era que estava bêbada demais para lembrar exatamente o que Michael fizera. Tudo que sabia era que tinha acordado na manhã seguinte no banco traseiro do carro com uma mordida dolorida no seio e uma dor entre as pernas que demorou algumas semanas para passar.

Não foi a primeira vez que algo do tipo lhe aconteceu, mas foi a primeira vez que aconteceu com um cara do trabalho.

— Ele me disse que estava com Ken — disse Gina.

— Wozniak? — perguntou Angie. O parceiro de Michael na homicídios. — O que ele estava fazendo com Ken?

— Disse que tinham ido pescar nas montanhas.

Angie contraiu os lábios e guardou o comentário para si mesma. Ela não conseguia imaginar Ken com uma vara de pescar e, mesmo que pudesse, Michael não era exatamente o tipo de camarada de Wozniak.

A voz de Gina transformou-se quase em um sussurro.

— Ele foi bruto com você?

Angie fez que sim. Ela ergueu o queixo de Gina com os dedos para conferir o trabalho sob a luz.

— Ele é um canalha — disse Gina, ainda sussurrando. — Eu só quero ir embora.

Angie aplicou um pouco mais de base.

— Você o deixou?

— Há dois dias.

— E onde está ficando agora?

— Com a minha mãe — respondeu ela. — Ele disse que ia me buscar.

Angie conferiu o olho de Gina outra vez. Perfeito.

— Você prestou queixa?

A mulher riu.

— Você é policial. Sabe que isso seria inútil.

— Isso é conversa — disse Angie. — Vá até o condado de DeKalb e faça a queixa. Para eles não fará diferença se Michael é policial. Olharão para você e irão atrás dele.

— Mas e depois? — perguntou Gina. — O que acontece quando ele for solto?

— Entre com uma medida cautelar para que ele não possa se aproximar de você.

— Olhe para o meu rosto — disse a mulher. — Você acha que uma medida cautelar vai pará-lo?

Era um bom argumento. Angie se lembrou dos tempos de policial fardada, da vez em que tirou uma medida cautelar ensanguentada da mão de uma mulher espancada até a morte pelo marido. O homem usara um martelo. As crianças estavam assistindo.

Gina lavou as mãos na pia.

— Por que você está aqui?

— Queria que você mandasse um recado para Michael.

Ela fechou a torneira e pegou uma toalha para enxugar as mãos.

— E acha que ele vai me escutar?

— Não — admitiu Angie, e pegou um cartão de visita na bolsa. — Quero que você fique com o meu número. Se ele fizer alguma coisa com você, me ligue.

Gina não pegou o cartão.

— Ele vai fazer o que quiser. Um telefonema não vai me salvar. — A mulher olhou-se no espelho, arrumou os cabelos. — Obrigado pela maquiagem. Clinique? — Angie fez que sim. — Vou comprar um no intervalo do almoço. Se Michael descobrir que eu falei com você, provavelmente vou precisar.

— Eu não direi a ele.

Gina se inclinou contra a porta, abrindo-a.

— Ele vai descobrir. Ele sempre descobre tudo.

Angie ficou no banheiro mais alguns minutos, tentando se recuperar. Ela queria falar com Will, mas o que poderia dizer? Fui ao hospital ameaçar a esposa de Michael? Ele quebra a cara dela o tempo e, ah, por sinal, foi tão bruto comigo na única noite que passamos juntos que tive dificuldade para urinar por uma semana? Assim como todas as emoções na sua vida, Will aprendera a controlar o temperamento colérico. Mas Angie sabia que ainda estava lá, logo abaixo da superfície, à espera que algo o disparasse. Se Angie dissesse o que realmente acontecera com Michael Ormewood, Will o mataria.

Uma jovem entrou no banheiro, viu Angie e saiu rapidamente. É ótimo para levantar o astral. Ela olhou para o próprio reflexo, a maquiagem pesada, a microssaia de vinil branco e o top cor-de-rosa que mal cobria os seios. Não era de estranhar que assustasse as pessoas.

Ela saiu para o saguão, olhando na direção das portas da sala de emergência. Tank segurava as mãos de Gina nas suas e falava com ela. Angie não escutava o que ele dizia, mas podia adivinhar. Então Gina começou a chorar e o homem a envolveu com os braços. Angie os observou por um instante, sentindo-se uma intrusa, mas incapaz de desviar o olhar.

Um analista certa vez disse que Angie procurava por homens que abusassem dela porque era a única coisa que havia conhecido na vida. O mesmo analista também sugeriu que Angie insistia em magoar Will porque queria que ele ficasse furioso, queria levá-lo ao ponto em que finalmente perderia a cabeça e a agrediria; só então seria capaz de finalmente se abrir com ele. Poderia amá-lo de verdade.

Mas é claro que Angie mentiu para o analista sobre seus relacionamentos, sobre Will. Ela não contaria a verdade a um completo desconhecido. Que diabo, ela já contara tantas mentiras àquela altura que provavelmente não reconheceria a verdade se a visse frente a frente.

29

11h31

Will estava sentado à sua mesa, escutando a gravação da leitura da carta de Monroe para a mãe feita por Angie. Ele a ouviu tantas vezes que já a sabia de cor, mas queria escutar a voz dela, perceber as inflexões. Algumas vezes, olhava para a carta enquanto escutava as palavras, tentando acompanhar. Angie odiava ler em voz alta e o tom deixava isso claro. Mas Will pensou que se fosse capaz de ler tão bem quanto ela, leria em voz alta o tempo todo.

Ele tirou os headphones e voltou ao diagrama mental que estava formando. Will via as coisas em imagens, como o storyboard de um filme. O rosto de Jasmine Allison surgiu. Ela ainda estava desaparecida. A polícia de Atlanta procurava pela garota, mas Will tinha certeza de que não levavam a tarefa tão a sério quanto precisava que levassem. Mesmo que o fizessem, onde procurariam? Havia um milhão de lugares onde era possível esconder uma garota, e outro milhão se ela não precisasse respirar no processo.

A mãe de Aleesha Monroe não estava em casa; ele ligou diversas vezes naquela manhã, até que a empregada finalmente atendeu e disse que a Sra. Monroe só deveria estar de volta ao meio-dia. Will ligou para DeKalb e ficou sabendo que não havia novidades no caso de Cynthia Barrett. E até enviou uma equipe de peritos ao Grady para inspecionar o telefone público. Havia apenas sete moedas de 25 centavos no aparelho, nenhuma com digitais aproveitáveis.

Nenhuma informação nova, nenhuma pista para seguir. Tudo que tinha era a carta e a tênue esperança de que Miriam Monroe soubesse de alguma coisa.

Leo Donnelly bateu na porta do escritório ao abri-la.

— E aí, cara?

Will colocou o gravador e os headphones na gaveta da mesa.

— Alguma novidade?

— Você tem um minuto?

— Claro.

Leo fechou a porta e sentou-se na cadeira ao lado da mesa de Will. O detetive correu os olhos pela sala, obviamente nervoso.

— Belo lugar que você tem aqui.

Will olhou em volta, se perguntando se o homem estava sendo sarcástico. O escritório era tão pequeno que Will precisou encostar uma ponta da mesa na parede para não ter que escalá-la para sair.

Leo esfregou as palmas das mãos nas calças ordinárias e olhou pela janela. O homem parecia estar em estado de choque.

— Alguma novidade? — repetiu Will.

— Acabei de falar com Greer. Ele é o meu tenente, certo?

— Sim. — Will conhecera o tenente na segunda-feira, quando solicitou participação no caso Monroe.

— Ele acaba de receber um telefonema de cortesia da polícia de DeKalb. — O tom do detetive ainda era de incredulidade. — Gina entrou com uma medida cautelar contra Mike.

— Gina Ormewood? — Will empertigou-se na cadeira. — E qual foi o motivo?

— O rosto quebrado. — Leo colocou o cotovelo sobre a mesa e apoiou o rosto na mão. — Greer não viu fotos nem nada, mas o policial que registrou a queixa disse que ela está bem machucada.

O detetive estava obviamente abalado. Will supunha que, a não ser por Michael, Leo não tinha muitos amigos no esquadrão. E mesmo que fosse próximo de alguns colegas, não se dedura um amigo. Isso não explicava por que procurou Will.

Leo esfregou o queixo com o dedão.

— O meu velho era chegado a dar umas sacudidas na minha mãe. Eu costumava assistir quando era criança.

— Sinto muito por saber disso.

— Eu achava que conhecia o cara — disse Leo, referindo-se a Ormewood. — Isso é uma surpresa, entende? A princípio achei que ela pudesse estar inventando a história, mas então liguei para Michael e... — A frase ficou no ar. — Ele tentou minimizar o caso, disse que era um grande mal-entendido, que ela retiraria a queixa, que inventara tudo para se vingar dele por trabalhar demais. — Leo torceu a boca, como se a explicação não o convencesse. O sujeito era policial há muito mais tempo do que Will e provavelmente já ouvira a mesma desculpa de muitos maridos agressivos.

— Então comecei a pressioná-lo — prosseguiu Leo —, perguntei o que estava acontecendo. Gina é uma boa moça, sabe? Inteligente. Não consigo imaginá-la colocando o dele na reta em troca de algumas risadas. — Leo olhou para Will, então voltou a olhar pela janela. — Ele me disse para não meter o nariz onde não era chamado.

Leo, obviamente, tomou aquilo como uma admissão de culpa. Will, como uma prova de que Michael atendia o telefone apenas quando o identificador de chamadas informava que era alguém com quem ele queria falar.

— Enfim — disse Leo, voltando-se para Will e batendo os joelhos na mesa. — Achei que podia vir até aqui e atualizá-lo no caso Monroe.

— Alguma novidade?

— O cafetão foi assassinado esta manhã.

— Baby G.?

— Dois tiros na barriga, um na cabeça. Os médicos dizem que é apenas uma questão de tempo. Ele não tem atividade cerebral.

— Pegaram o assassino?

— Dois primos dele, ambos de 15 anos. A avó de G. viu tudo da janela. — Leo ergueu um ombro. — Não que ela tenha dito nada. Ambos confessaram, então não precisamos dela, certo? Ainda assim era de se esperar que ficasse um pouco mais abalada com a morte do neto.

Will pensou em Cedric.

— Alguém mais se feriu?

— Não, foi um crime de gangue. Eles disseram que G. os insultou outro dia, não os respeitou. — Leo esfregou o queixo outra vez. — Droga, desde quando deve-se demonstrar respeito sem que se faça nada para merecê-lo?

— Você tem certeza de que não existe relação com Monroe?

— Não parece haver — disse Leo. — Eles têm o mesmo advogado, um filho da puta de Buckhead que faz bem ao espírito ajudando os pobres de graça. Ambos estarão livres em dez anos, no máximo.

— Talvez — disse Will, concluindo que era muito provável que Leo estivesse certo. — Você recebeu o memorando sobre Jasmine Allison que eu distribuí?

— Garota negra desaparecida? — confirmou ele. — Coloque uma peruca loira nela e é bem capaz que vá parar nos jornais.

Will não deu importância ao sarcasmo. Ele estava pensado em outra coisa.

— Você pode levantar a lista dos criminosos sexuais libertados recentemente?

— Quão recentemente?

Quatro meses antes a adolescente Julie Cooper, 15 anos, havia sido brutalmente estuprada, teve a língua arrancada. Não havia como dizer há quanto tempo o criminoso operava na surdina.

— Vamos voltar oito meses — ele disse a Leo.

— Apenas Atlanta ou também a região metropolitana?

— A grande Atlanta — disse Will, ciente de que havia triplicado o trabalho.

— Eles não mantêm exatamente a lista atualizada — destacou o detetive. — Precisarei cruzar algumas informações, excluir os caras que voltaram para a prisão, se mudaram, enfim.

— Eu agradeço — disse Will. — E sei que é uma agulha no palheiro, mas não temos muito mais com que trabalhar — ele sentiu necessidade de acrescentar.

— Estou com você, cara. — Leo se levantou. — Não devo demorar mais do que um ou dois dias para levantar tudo. Quer que eu deixe a lista na sua mesa?

— Seria ótimo.

— Fico com a primeira metade — ofereceu Leo. — Estamos trabalhando nisso juntos, certo?

— Certo — ecoou Will, apesar de não considerar Donnelly exatamente um aliado.

Will pegou o celular quando Leo fechou a porta. Ele discou o número de Angie e esperou que ela atendesse.

Angie deve ter reconhecido o número no identificador de chamadas.

— E aí?

— Por que a esposa de Michael entraria com uma medida cautelar contra ele?

Angie expirou lentamente, protelando a resposta.

— Porque ele bate nela.

Will sentiu como se houvesse levado uma bofetada.

— Você está aí? — perguntou ela.

Ele não acreditava que conseguiria formar as palavras.

— Ele bateu em você, Angie?

— O que você deveria estar perguntando é há quanto tempo eles estão casados.

— Ele bateu em você alguma vez?

— Não, Will. Ele nunca bateu em mim.

— Você está mentindo pra mim?

Ela soltou uma das risadas estranhas, frias, às quais recorria quando precisava distanciar-se de alguma coisa.

— Por que eu mentiria para você, amor?

— O cafetão de Aleesha levou três tiros esta manhã.

— Não fui eu.

— Você pode falar com seriedade por apenas um minuto?

— O que você quer que eu diga, Will?

— Uma garota está desaparecida — disse ele. — O nome dela é Jasmine Allison. Ela mora três andares abaixo de Aleesha. No domingo à noite, alguém pagou 20 dólares para ela telefonar para a polícia e dizer que Aleesha estava sendo atacada. Agora ela está desaparecida.

— Quando ela foi vista pela última vez? — o tom de Angie havia mudado.

— Ontem à tarde.

— Você tem alguma pista?

— Nenhuma.

— Qual é a idade dela?

— Catorze anos.

Angie expirou lentamente.

— Alguém no centro está levando isso a sério?

— Ah, sim, eles estão ficando de quatro para ajudar o GBI.

— Eles têm muito trabalho por lá — disse Angie, em defesa da corporação.

— Eu não disse que não têm.

— Ela já fugiu antes?

— Duas vezes.

— Não é algo que eu colocaria no topo das minhas prioridades se trabalhasse no Departamento de Pessoas Desaparecidas. Garotas adolescentes fogem de casa o tempo todo. Nós dois sabemos disso. Eles provavelmente têm casos mais urgentes.

— A situação na casa dela não é ruim.

— As pessoas fogem por outros motivos. — Como Angie bem sabia. Ela fugira tantas vezes que até mesmo Will perdera a conta.

Will olhou para a cópia da carta de Aleesha para a mãe. A mulher usara lápis e papel pautado, então a legibilidade não era das melhores. Ele tentou ler algumas palavras, mas os olhos não conseguiam focalizá-las. Aleesha, provavelmente, também fugira de casa.

— Vou falar com algumas pessoas que conheço no centro e ver se consigo agitar as coisas — prometeu Angie. — Elas podem ser mais receptivas a um pedido meu do que de um filho da puta do GBI.

— Obrigado.

Will desligou o telefone e olhou para o visor.

Era hora de fazer uma visita à mãe de Aleesha Monroe.

Will raramente ia de carro para o trabalho, a não ser que soubesse que trabalharia sozinho naquele dia. Ele ia de moto a maioria das vezes, de modo que quem quer que estivesse trabalhando com ele fosse forçado a dirigir. A não ser que fosse para um dos locais de costume — o mercadinho, o restaurante cubano perto de casa ou o cinema —, colocá-lo na direção de um carro era um convite para se perder. Will acabava conseguindo ler as placas, mas acabava atrapalhando os carros atrás do seu. Mapas, com as letras miúdas que pulam de uma página para outra, poderiam estar escritos em suaíli, e quando ficava frustrado, o que costumava acontecer quando as buzinas começavam, Will logo passava a confundir esquerda e direita.

Dirigir até a casa de Miriam Monroe foi um exercício de paciência. Will ignorou os olhares irritados e os gritos desaforados ao avançar lentamente pela DeKalb Avenue. Os Monroe moravam em Decartur, próximo à Agnes Scott College, em uma região rica com antigos casarões vitorianos e o tipo de casa com a qual a maioria das pessoas podia apenas sonhar. Felizmente, o bairro não era grande, e com um pouco de sorte ele encontraria a casa antes do pôr do sol.

Will beliscava o pedal do freio ao acompanhar a linha férrea e seguir pela College Avenue. Ele tentou não levar para o lado pessoal quando uma senhora idosa em um Cadillac azul-bebê acelerou para ultrapassá-lo, agitando a mão pela janela.

Com grande esforço, Will conseguiu afastar Angie dos pensamentos. Ele precisava trabalhar o caso do começo e ver se deixara alguma coisa passar. Deveria haver um detalhe, uma pista que não percebera.

O número 32 da Paisley Avenue era um antigo casarão de tijolinhos, rodeado por uma varanda, cuja frente era sombreada por um enorme salgueiro-chorão. O telhado estava coberto de agulhas de pinheiro e Will imaginou que com a quantidade de árvores no quintal os Monroe travavam uma batalha constante para manter as calhas de chuva limpas.

Ele estacionou o carro na rua e conferiu a caixa de correio duas vezes, soletrando o nome MONROE, escrito em letras pretas. Mas também checou o número da casa com o do endereço no envelope.

A campainha à moda antiga era na verdade um sino instalado no centro da pesada porta da frente. Depois de girar uma alavanca de metal em forma de borboleta, Will escutou o tinido agudo ecoar pelo interior da casa.

E ouviu passos se aproximando, de uma mulher e um cachorro.

— Sim?

Will percebeu que era observado pelo olho mágico. Aquela era uma boa vizinhança, mas a proximidade de Atlanta fazia com que os moradores fossem cautelosos ao abrir a porta para estranhos.

— Sou o agente Will Trent do Georgia Bureau of Investigation — disse Will, erguendo o distintivo. — Desejo falar com Miriam Monroe.

Houve alguma hesitação, talvez um suspiro, então a fechadura foi destrancada, e a porta, aberta.

Miriam Monroe se parecia muito com a filha. Aleesha ao menos teria aquela aparência se tivesse levado uma vida diferente. Enquanto a filha era subnutrida, quase esquelética, a mãe era uma mulher robusta, com longos cabelos cacheados e uma espontaneidade que parecia convidar as pessoas a entrarem. As faces eram coradas, os olhos, brilhantes, e apesar de ter a boca contraída ao olhar para Will, o semblante reservado à espera que falasse, ele podia dizer que Miriam era o tipo de mulher que buscava o que havia de positivo na vida.

Ele olhou para o poodle preto aos pés de Miriam, então para o rosto da mulher.

— Estou aqui para falar a respeito da sua filha.

Ela levou a mão ao peito e agarrou a porta para se equilibrar.

— Ashley...?

— Não — Will a tranquilizou, estendendo a mão para segurá-la. Ele nunca considerara que poderia haver mais de uma filha. — Aleesha. Estou aqui para falar sobre Aleesha.

A mulher piscou diversas vezes, aparentemente confusa.

— O quê?

Will também ficou confuso. Será que lera errado o nome na caixa de correio? Será que estava na rua errada?

— A senhora é Miriam Monroe?

Ela assentiu. O cachorro latiu, sentindo a tensão no ar.

— Me desculpe — disse Will. — Fui informado de que a senhora tem uma filha chamada Aleesha.

— Tive sim uma filha — concordou ela. A voz estava distante, como se houvesse perdido a filha há muito tempo, o que, a julgar pelas palavras seguintes, era exatamente como se sentia. — Aleesha nos deixou quando ainda era adolescente. Não a vemos há quase vinte anos.

Will não sabia ao certo o que dizer.

— Posso entrar?

Ela sorriu, dando um passo para trás e gentilmente afastando o cachorro com o pé.

— Onde estão os meus modos?

— Não se preocupe — disse Will, pensando que não importava quantas vezes fizesse aquilo, nunca seria capaz de prever como um pai ou uma mãe reagiria à notícia da perda de um filho.

— Vamos até a sala de estar? — sugeriu ela.

Will tentava não admirar o vestíbulo, o maior que vira em uma casa. Uma escadaria enorme levava ao segundo andar e um candelabro que parecia pertencer a uma ópera pendia sobre sua cabeça.

— Nós o compramos em Bolonha — explicou Miriam, conduzindo-o a uma sala anexa. — Meu marido, Tobias, é um colecionador amador.

— Ah! — disse Will, como se aquilo fizesse todo sentido. Ele pensou nos lares que visitara nos últimos dias, o quarto e sala ordinário de Aleesha, o apartamento bagunçado onde Eleanor criava os netos. Aquilo era uma mansão, pura e simplesmente. Dos tapetes felpudos nos pisos à arte africana nas paredes, aquele era o tipo de lugar onde se vivia quando dinheiro não era uma preocupação.

Miriam sentou-se em uma poltrona de aparência confortável e o cachorro acomodou-se aos seus pés.

— O senhor aceita uma limonada?

— Não, obrigado — disse Will, sentando-se no sofá. As almofadas eram firmes, o que sugeria que aquela sala não devia ser usada com muita frequência. Ele se perguntou se o piano de cauda aos pés da janela seria apenas uma peça de decoração. E também o que diabos estava fazendo. Will aprendera há muito tempo que a notícia sobre a morte de um filho deveria ser comunicada rapidamente. Arrastar a situação só dificultava as coisas quando a informação finalmente vinha à tona. Will não era o melhor amigo de Miriam Monroe; o trabalho dele era simplesmente contar a verdade, e ir embora.

Então, por que não o fazia?

Talvez porque havia algo de calmante na voz da mulher, na presença dela. Aquele rosto podia ser uma ilustração de dicionário para a palavra "mãe". Quando Will era criança, ele acreditava que as crianças negras eram mais amadas do que as brancas pela simples razão que das cerca de cem crianças que sempre viviam na Atlanta Children's Home apenas duas eram negras. Era engraçado como os estereótipos marcam a mente das crianças.

— Como posso ajudá-lo? — disse ela. A voz era muito culta, e a mulher conseguiu olhar para o relógio sem sugerir impaciência.

— Me desculpe por tê-la assustado. Eu imaginava que a mulher com quem falei mais cedo poderia ter dito que telefonei.

— Ela disse que alguém havia telefonado, mas eu não esperava um policial na minha porta.

— Me desculpe — repetiu Will, e tirou uma caderneta espiral e uma caneta do bolso da camisa. Ele fazia isso mais pelo efeito psicológico, para que as pessoas soubessem que prestava atenção. Ele ligou o gravador ao tirar a caneta do bolso.

— A senhora não parece surpresa por eu estar aqui para falar a respeito de Aleesha — disse ele.

— Claro que não. Aleesha escolheu seguir uma vida com a qual eu e o pai dela não concordávamos. Tenho certeza de que o senhor não ficará surpreso se eu disser que não é o primeiro policial a bater na nossa porta. — Ela sorriu, mas agora agia com mais cautela. — Se o senhor acha que podemos ajudá-lo a encontrá-la, sinto muito em dizer que não podemos.

Apesar, ou talvez devido à atitude da mulher, Will sabia que aquilo não seria fácil.

— Onde está o seu marido?

— Está dando uma palestra em Nova York. Ele é especialista em problemas de saúde femininos.

Will rabiscou na caderneta.

— Entendo.

— O senhor acha irônico que um homem que dedicou a vida a ajudar as mulheres tenha uma filha que é prostituta e viciada em drogas.

— Sim — admitiu Will. — Acho.

A mulher recostou-se na cadeira, aparentemente aliviada por terem tirado aquilo do caminho.

— Fizemos tudo que pudemos para ajudar nossa filha.

— Tenho certeza que sim.

— Será que tem? — perguntou ela, como se quisesse pegá-lo desprevenido. — Gastamos milhares de dólares em tratamentos, terapia familiar, terapia individual. Fizemos tudo que acreditamos que pudesse ajudá-la. — Ela entrelaçou as mãos sobre o colo. — Mas o simples fato é que Aleesha não queria ajuda. Ela começou a fugir antes dos 13 anos.

Will repetiu algo que Angie tinha dito sobre Jasmine:

— Não se pode ajudar quem não quer ser ajudado.

— É verdade — concordou a mãe. — O senhor tem filhos?

— Não, senhora. Não tenho filhos.

— É a bênção mais maravilhosa que Deus nos deu, a nossa capacidade de trazer filhos ao mundo. — Ela levou as mãos ao peito e aninhou um bebê imaginário. — Quando os seguramos pela primeira vez, eles são mais preciosos do que ouro. E cada respiração que damos a partir de então é apenas para os nossos filhos. O senhor entende o que eu estou dizendo?

Will fez que sim, com o peito tão vazio quanto os braços da mulher. Ele acreditava que mesmo que a mãe o tivesse embalado, ela obviamente não teve nenhum problema para entregá-lo a outra pessoa pouco depois.

— Aleesha envolve-se com um rapaz — continuou ela, e Will viu que lágrimas molhavam-lhe os cílios. — Tive uma infância pobre, assim como o Dr. Monroe. Mas ambos conhecíamos o valor de uma boa educação, e trabalhamos muito duro para nos beneficiarmos das oportunidades pelas quais outras pessoas lutaram, e pelas quais até mesmo morreram.

— E obviamente tiveram sucesso — Will tentou elogiá-la.

Ela o olhou de uma forma que dizia que ambos sabiam que bens materiais dificilmente eram uma medida de sucesso.

— Acreditamos que criar os nossos filhos nessa vizinhança os protegeria. Decartur sempre foi um pequeno oásis.

— As drogas encontram uma forma de chegar a qualquer comunidade.

— Acredito que isso seja verdade — concordou. — Queríamos muito mais para ela. Vivemos pelos nossos filhos. Sofremos por eles, sentimos dor por eles, respiramos por eles quando possível. Ela fugiu com um homem que conheceu na clínica. Foi presa algumas semanas depois em uma operação policial. Aleesha foi para a prisão, e o homem desapareceu, provavelmente encontrou outra garota inocente.

Quando começou a trabalhar no GBI, Will ficou surpreso com a quantidade de mulheres que acabavam presas porque os namorados as haviam mandado fazer uma negociação, convencendo-as de que a polícia era mais leniente com o sexo feminino. A prisão estava cheia de jovens que acreditavam estar amando.

Miriam interrompeu os pensamentos dele.

— O Dr. Monroe e eu percebemos muito gradualmente que o vício em drogas é uma doença terminal. É um câncer que come as famílias vivas. — Ela levantou-se e foi até o piano de cauda. — Chega-se a um ponto em que você olha em volta e pergunta a si mesmo: "O que estou fazendo com o restante da minha família? Que mal estou fazendo aos meus *outros* filhos ao concentrar toda a energia nesse filho que não quer ser salvo?"

Havia porta-retratos sobre o tampo do piano, e Miriam pegou cada um deles.

— Aleesha foi a nossa última menina. Nós a chamávamos de filha do meio, porque era muito difícil. — Ela passou para outra fotografia, outro filho. — Ashley é a mais velha. É ginecologista, como o pai. — Miriam indicou outro porta-retratos. — Clinton é ortopedista. Gerald, psiquiatra. Harley é pianista clássico. Mason... — Ela pegou um porta-retratos pequeno com a forma de um cachorro e riu. — Ele é cabeleireiro de cães, o meu Mason. — Miriam colocou a fotografia de volta no lugar com todo cuidado, e Will se perguntou se Mason seria o preferido da mãe.

Seis filhos. Uma casa confortável. Muitas roupas e comida e pais para cuidar de você. Como seria crescer em uma família como aquela? Por que Aleesha dera as costas para tudo aquilo?

Mas, é claro, Will trabalhava com segurança pública há muito tempo para tomar aquelas coisas pelo valor de face. Ele sabia que os viciados em drogas geralmente não entram nessa vida por serem as pessoas mais felizes do mundo. Buscam as drogas por um motivo, seja o desejo de fazer parte ou desligar-se. O pai ausente podia ser algum tipo de sádico. Os irmãos podem ter buscado o quarto ao lado para desfrutar das primeiras experiências sexuais. A irmã mais velha poderia ser tão bem-sucedida que lançava o tipo de sombra sob a qual nada é capaz de vicejar.

Mas Will não estava ali para descobrir os segredos da família Monroe, e sim para dizer àquela mulher que a sua filha, perdida há tanto tempo, estava finalmente perdida para sempre.

— A senhora não vê a sua filha há vinte anos? — perguntou ele.

— Pelo menos.

— Nenhum telefonema? Nenhum cartão, cartas?

— Recebemos um telefonema há alguns anos — lembrou Miriam. — Ela estava presa. Queria dinheiro.

Michael disse que Aleesha listara apenas Baby G. como contato quando foi presa, mas o policial de plantão teria feito um registro das pessoas para quem ela ligara quando estava presa, as visitas que recebera se ficou presa mais de um dia.

— Foi a senhora quem falou com ela?

— Sim — respondeu Miriam. — A conversa não durou mais de um minuto. Eu disse à minha filha que não lhe daria dinheiro, e ela bateu o telefone na minha cara. Essa foi a última vez que tivemos notícias dela. Nem ao menos sei onde ela mora agora.

— A senhora tem ideia das pessoas com quem ela convivia? Quem eram os amigos de Aleesha?

Ela fez que não.

— Sinto muito. Já disse ao senhor que não seria capaz de ajudar a encontrá-la. — Miriam olhou para a mão, que ainda estava sobre o piano. — O senhor poderia me dizer o que ela fez? Aleesha não... — Ela olhou para Will, então voltou a abaixar os olhos. — Ela não fez mal a ninguém, fez?

Will sentiu um aperto na garganta.

— Seus outros filhos moram aqui perto?

— Não tão perto — disse ela, com uma insinuação de sorriso. — Mason mora no final da rua, mas isso nunca é perto o bastante quando se é uma avó com três netos para mimar.

— Talvez a senhora deva telefonar para ele.

O sorriso desapareceu.

— E por que eu deveria fazer isso?

— Sra. Monroe, eu realmente gostaria que a senhora ligasse para o seu filho, ou para alguém que possa vir lhe fazer companhia.

A mulher se apoiou no piano da mesma forma como se apoiara na porta. O cachorro rosnou baixo quando Will se levantou.

— Acho que o senhor vai me dizer que ela finalmente usou uma dose forte demais.

— Não, senhora. — Ele indicou o sofá. — A senhora poderia sentar-se?

— Eu não vou desmaiar — disse Miriam, mas a sua pele cor de chocolate estava com uma coloração mais clara. — Me diga o que aconteceu com a minha filha.

Will deveria ter dito de uma vez e deixado a mulher a sós com o sofrimento, mas não conseguiu. Para sua surpresa, quando voltou a falar a voz tinha um tom de súplica.

— Sra. Monroe, por favor, sente-se.

A mulher permitiu que ele a amparasse até o sofá e se sentasse ao seu lado. Will deveria pegar a mão dela, fazer algo para consolá-la, mas não se sentia em condições de confortar aquela mãe. Ele sabia que prolongar o inevitável era uma das coisas mais egoístas que já fizera na vida.

— Aleesha foi assassinada na noite de domingo, nas escadas do prédio dela.

A boca de Miriam se abriu quando ela arfou em busca de ar.

— Assassinada?

— Alguém a matou — esclareceu Will. — Acredito que ela provavelmente conhecia o assassino, que ele a seguiu até as escadas e a atacou... — Ele hesitou. — Ele a feriu de tal forma que isso a matou.

— "De tal forma" — repetiu Miriam. — O que isso quer dizer? Ela sofreu?

Will deveria mentir, não havia mal algum em dizer a uma mãe que a filha dela morreu rapidamente, mas não podia.

— Não acredito que haja como afirmar que Aleesha sabia o que estava acontecendo com ela. Espero que não... — Ele parou. — Espero que houvesse drogas suficientes no organismo para que ela não tivesse ideia do que estava acontecendo.

Miriam arfou.

— Eu li a notícia no jornal. Uma mulher foi assassinada no conjunto Grady Homes. A reportagem não dizia o nome... eu nunca pensei, eu só...

— Sinto muito — disse Will à pobre mulher, pensando que tinha dito aquela frase mais vezes nos últimos dias do que em toda a vida. Ele pegou a fotocópia da carta de Aleesha. — Encontramos isso na caixa de correio dela. Foi devolvida por falta de selos.

A mãe agarrou a carta como à ponta de uma corda de salvação. Lágrimas rolaram pelo rosto enquanto ela olhava para as palavras. E deve tê-las lido uma dezena de vezes antes de voltar a falar.

— O pária — murmurou ela.

— A senhora pode me dizer do que ela estava falando?

Miriam segurou a carta no colo com as mãos trêmulas.

— Havia uma casa do outro lado da rua, três portas abaixo e a um mundo de distância. — Ela olhou pela janela como se pudesse vê-la. — Éramos a única família negra na vizinhança naquela época. Eu e Tobias ríamos com o fato de as pessoas comentarem coisas como "Lá se vai a vizinhança", quando na verdade tinham o diabo vivendo no quintal.

— A família ainda mora aqui?

Ela fez que não.

— Cerca de dez famílias moraram naquela casa desde que os Carson se mudaram. Ela foi reformada, transformada em um palácio, mas naquela época era apenas uma casa pequena onde coisas ruins aconteciam. Todo bairro tem um lugar assim, não? A casa ruim, com o jovem ruim?

— Sim, senhora.

Ela voltou a olhar pela janela.

— Festas todo fim de semana. Carros acelerando pela rua. Aquele rapaz era veneno para todos que conviviam com ele. Nós o chamávamos de o Pária da Paisley Street.

Will pensou na carta, na forma como Aleesha referia-se a si mesma como uma pária.

— A mãe nunca estava em casa — prosseguiu Miriam. — Era advogada, se o senhor consegue acreditar. — Ela se voltou para Will. — Acredito que seria capaz de culpá-la até ficar exasperada, mas a verdade é que ela foi tão incapaz de controlar o filho quanto nós.

— Aleesha fugiu com esse rapaz?

— Não — disse a mulher. — Ela fugiu com um homem de 39 anos chamado Marcus Keith. Era um dos conselheiros da clínica para dependentes. Ficamos sabendo depois que ele já cumprira pena por se relacionar com uma menor. — Miriam deu um riso amargo. — Eles deveriam instalar uma porta giratória em todas as prisões dos Estados Unidos.

Will tentou agir com tato.

— Na carta ela parece culpar a senhora por alguma coisa.

Miriam deu um sorriso tenso.

— Quando Aleesha tinha 11anos, abandonei a minha família. Havia um homem. Tal mãe, tal filha, eu suponho. — Ela olhou para a carta. — Ou "os pecados do pai", como a minha filha coloca com tanta eloquência.

— Mas, obviamente, a senhora voltou.

— Eu e Tobias nos reconciliamos, mas as coisas ficaram turbulentas por algum tempo. Aleesha perdeu o caminho nesse ínterim, e então se apaixonou por aquele rapaz. — Ela levou a mão ao pescoço e puxou um pequeno crucifixo que trazia em um cordão de ouro.

Will pegou no bolso o crucifixo encontrado na carta de Aleesha.

— Encontramos isso também.

Miriam olhou para a peça, mas não a pegou.

— Todos os meus filhos têm um igual.

Ele não queria dizer que Aleesha o devolvera. A carta já era ruim o bastante. Mas precisava perguntar.

— Esse crucifixo tem algum significado?

— Tobias os comprou quando voltei para casa. Nos reunimos à mesa e ele os entregou, um a um. Eles significam a nossa união, a nossa fé de que poderíamos voltar a ser uma família.

Will colocou o crucifixo na mão de Miriam, e ela o envolveu com os dedos.

— Tenho certeza de que Aleesha gostaria que a senhora ficasse com isso.

Ele a deixou sozinha na sala e seguiu para o vestíbulo, passando por obras de arte, fotografias, tudo que Miriam e Tobias Monroe acumularam com o passar dos anos para transformar aquela casa em um lar. Havia uma mesa alta ao lado da porta, e Will deixava nela um cartão quando ouviu a mulher falar na outra sala. A voz estava abafada pela distância e pelo sofrimento. Ela, obviamente, falava ao telefone.

— É mamãe — disse ela a um dos muitos filhos. — Preciso de você.

30

21h16

Angie estava esgotada quando terminou o turno. Graças ao seu trabalho duro, uma dupla de vendedores de propano a negócios na cidade, um caminhoneiro e um pai de três filhos desempregado estavam na prisão agora, tentando pensar em como diriam às esposas que haviam sido presos por abordar uma prostituta. Se as explicações fossem parecidas com as que deram a Angie — *A minha esposa não me entende... Fico solitário na estrada... Meus filhos me odeiam* —, tinham pela frente uma noite longa em uma cela fria.

De modo geral, Angie via o que fazia todos os dias como algo inútil. Os clientes continuavam sendo presos, as garotas continuavam sendo soltas. Ninguém estava interessado em ir à raiz do problema. Ela passara os últimos seis anos conhecendo aquelas mulheres. Todas tinham um passado de abuso sexual e negligência; todas precisaram fugir de alguma coisa. Não era preciso um economista de Harvard para apontar que sairia muito mais barato investir em dar segurança a jovens e crianças do que em colocá-los na cadeia quando adultos. Mas aquele era o jeito americano. Gaste 1 milhão de dólares para resgatar uma criança que caiu em um poço, mas nem pense em gastar 100 dólares, antecipadamente, para tapar o poço e evitar que ela caia.

Jasmine Allison, provavelmente, era uma das crianças perdidas que nunca seriam encontradas. Ela acabaria nas ruas com um novo nome, nova atitude, novos vícios que um cafetão poderia usar para controlá-la. Pela forma como Will falava na garota, Angie sabia que ele estava preocupado. E tinha bons motivos, levando-se em conta que Jasmine havia recebido dinheiro para fazer o telefonema na noite do assassinato de Aleesha. Por outro lado, Angie também sabia que havia um milhão de coisas que poderiam afastar a garota de casa. Mas, apesar disso, ligou para dois contatos no centro e pediu que dessem atenção ao caso.

Ela olhou para as anotações que rabiscou na página arrancada do catálogo telefônico. Ken Wozniak estava morando em um asilo na Lawrenceville Highway. A enfermeira de plantão que deu as orientações para Angie pareceu ficar feliz ao saber que o homem receberia uma visita. Angie se encontrara com Ken poucas vezes. Duvidava que o ex-policial se lembrasse dela.

O horário de visitas acabava às 22 horas. A julgar pelo estacionamento vazio, Ken não era o único interno a receber poucas visitas. O saguão era simples, limpo, com os azulejos brancos e as luzes fluorescentes de sempre. Havia algumas flores de plástico em uma mesa na pequena sala de espera e um bebedouro soltou uma bolha quando ela se aproximava da recepção.

O homem recostou-se na cadeira, com um sorriso malicioso ao medir Angie de cima a baixo, absorvendo cada detalhe do figurino de prostituta com o tipo de desdém que dizia saber exatamente o que ela era e quanto custaria. Ele entrelaçou as mãos atrás da cabeça, puxando a camisa para cima e expondo a barriga volumosa e cabeluda.

— Quanto? — perguntou depois de lamber os lábios.

Angie levou a mão à bolsa e pegou o distintivo.

O sujeito, literalmente, caiu da cadeira e tentou se levantar com esforço.

— Eu só... — balbuciou o recepcionista.

— Quero falar com Ken Wozniak.

— Ah, meu Deus! — ele disse com voz trêmula ao desvirar a cadeira. — Eu preciso desse emprego.

Angie se perguntou se ele precisava do emprego para bolinar velhinhas adormecidas.

— Tome um calmante, seu idiota, não estou aqui pra quebrar a sua cara.

— Eu só...

— Wozniak — repetiu Angie. — Onde ele está?

As mãos tremiam quando o homem usou o teclado do computador.

— No fim do corredor, à esquerda. Quarto 310. Meu Deus, moça, me desculpe, certo? Nunca fiz isso antes.

— É, sei. Eu também não.

Os saltos altos de Angie estalavam quando ela subiu o corredor. Ela ainda conseguia ver a forma como o recepcionista a olhara quando entrou pela porta da frente. Aquele olhar malicioso, como se ela fosse apenas um buraco que ele iria foder. Quando chegou ao quarto 310, sentia como se tivesse meio metro de altura.

— Olá? — disse ela, batendo na porta. Sob o som da televisão, ouviu um grunhido de satisfação que tomou como um convite para entrar.

— Een — disse Ken quando a viu, a boca curvada para cima em um lado do rosto quando tentou sorrir. Ele perdera quase 30 quilos sentado na cadeira de rodas, e Angie se perguntava como conseguia levantar todas as manhãs sabendo que aquela era a vida que o aguardava.

— Lembra-se de mim?

Ele soltou uma risada profunda, de reconhecimento, como que dizendo "Como eu poderia me esquecer?".

Angie puxou uma cadeira e sentou-se de frente para ele. Ken tateou o controle remoto sobre o colo, tentando apertar o botão do mudo. Ela odiava asilos tanto quanto odiava hospitais, e lá estava, visitara os dois no mesmo dia. O cheiro químico de desinfetante, os lençóis brancos e as luzes fluorescentes a lembravam a primeira vez que vira a mãe depois da overdose. Deidre estava deitada na cama, imóvel, a boca aberta como se estivesse surpresa por estar ali. Angie era apenas uma criança, mas depois das telenovelas *General Hospital* e *Days of Our Lives* sabia exatamente o que aquilo queria dizer: meu amor, você está fodida.

— Een — disse Ken, quando finalmente conseguiu tirar o som da televisão.

— Como você tem passado? — Angie tentou soar animada.

O homem ergueu um ombro. Ele certamente já estivera melhor.

— Pergunta idiota, não?

Ken formou um sorriso no lado do corpo que ainda conseguia controlar.

— Você não consegue falar muito bem?

— Ão — admitiu ele.

— Estou aqui para falar sobre Michael Ormewood.

Ele olhou para a televisão silenciosa por algum tempo. Por fim, soltou uma baforada.

Angie foi direto ao assunto.

— Eu sei que ele é um babaca, então você não precisa se preocupar em me dizer isso.

Ken assentiu.

— Você sabia que ele bate na esposa?

Ele arregalou os olhos, surpreso.

— Acho que não — disse Angie. — Eu a vi esta manhã. Pela aparência da moça ele poderia ter usado um taco de beisebol.

Wozniak travou o maxilar e pressionou a mão boa contra a coxa. Ainda um policial, apesar de provavelmente não poder ir ao banheiro sem alguém para limpá-lo.

Angie curvou-se para a frente, apoiando os cotovelos nos joelhos.

— Eu sei que você não gostava dele. Por quê? O que você não gostava nele?

Ele soltou o ar lentamente como resposta.

Angie fez que não entendeu e Ken soltou o ar mais uma vez.

— Ah! — disse ela, finalmente entendendo. — Papo furado. Ele é cheio de papo furado.

Ken fez que sim, animado, e Angie sentiu como se estivesse brincando de um doloroso jogo de charadas.

Mas não podia parar.

— Quando trabalhava no combate à prostituição, Michael se aproveitava das garotas.

Ken ergueu um ombro.

— Isso quer dizer "O que você esperava?" ou "Não estou surpreso"?

Ele olhou para a mão sobre a coxa e apontou lentamente o indicador e o dedo médio para mostrar que era a segunda opção. *Não estou surpreso.*

— Eu disse para ele pedir transferência, caso contrário o denunciaria.

— E eu ie cm ee — Ken fechou a boca. Angie percebeu que ele odiava falar. — Eu ique cm e-e.

— É — disse ela. Michael foi alocado como parceiro de Ken. — Você ficou com ele.

Ambos se olhavam, a boca de Ken mexia, mas ele não emitia som algum. Angie se esforçou para manter uma expressão neutra, tentou não mostrar como era difícil vê-lo daquele jeito.

— Você — disse ele por fim, de forma bem clara para que fosse compreensível.

— Você o quê?

Ken apenas olhou para ela, e Angie percebeu que o homem olhava para o seu decote. Ela se ajeitou na cadeira, rindo.

— Meu Deus, Wozniak. Seu velho safado.

— Nã. — Ele fez um gesto impaciente com a mão. — Nã, nã. — O homem olhou em volta como se precisasse encontrar uma dica. Por fim, voltou a olhar para a mão. Angie observou enquanto ele se esforçava para apontar com o dedo indicador direito, então fez um círculo com o polegar e o indicador da mão esquerda. Ele deslizou o círculo para cima e para baixo no indicador.

Angie cruzou os braços.

— O que diabos há de errado com você?

— Nã — insistiu ele. *Não.*

— É — disparou ela, repetindo o gesto obsceno com as próprias mãos. — Já entendi, Ken. Eu sei exatamente o que você está dizendo e devo admitir que estou impressionada que ainda pense nisso, mas pode esquecer.

— Você! — gritou ele, apontando um dedo para ela com irritação. — Ma-al. — Ele voltou a fazer o gesto.

— Ahhhh! — Ela finalmente entendeu a palavra e o que Wozniak queria dizer. *Você e Michael.*

— Você sabia? — perguntou ela.

Ken arqueou as sobrancelhas. *E quem não sabe?*

— É — admitiu ela. — Eu transei com ele.

— E-e... e... isse.

— Aposto que sim. — Meu Deus!, todos sabiam.

— Ê — disse Ken. *Ei.*

Angie ergueu os olhos. Ele levantou o ombro e a mão, perguntando o que mais ela queria.

— Uma das minhas garotas foi assassinada.

— Ei-i. — Ken apontou para a televisão. Ele obviamente vira a notícia nos telejornais.

— É, ela morava no Grady — disse Angie. — A língua foi arrancada com uma dentada. Ela sufocou até a morte no próprio sangue.

— Ma-al?

Por um minuto Angie pensou se Wozniak perguntava se Michael havia matado a mulher. Então entendeu o que ele estava perguntando.

— Eu não sei se Aleesha foi uma das garotas que saíram com ele para evitar ser presa — admitiu Angie. — Eu parei de trabalhar no Grady na mesma época em que vocês se tornaram parceiros. Fui descoberta.

— Em?

Angie riu consigo mesma. Ela nunca pensara naquela pergunta, supunha que simplesmente havia um limite de vezes para sair com um cliente e não voltar sem que começassem a desconfiar que você seja um policial.

— Acho que Michael pode ter me dedurado — concordou. — Ele pode ter acreditado que estava me causando problemas, mas o tenente simplesmente me alocou em outra calçada. Novas garotas. Novos clientes. — Angie pensou em um cliente em especial. — Michael foi até o meu novo ponto há alguns meses — ela disse a Ken. — Eu achei que ele estava apenas sendo um babaca, mas ele nos disse para ficarmos de olho em um sujeito que acabava de ser solto em liberdade condicional. Disse que o homem era um filho da puta.

Ken fungou. Ele, obviamente, tivera o prazer de estar no papel de receptor do linguajar chulo de Michael.

— É, eu também não pensei nisso — admitiu ela. — Então topei com o cara sobre quem ele nos alertou. O nome é John Shelley.

Ken ergueu um ombro. *Nunca ouvi falar dele.*

— Enfim — disse Angie, sabendo que estava dando voltas. — No dia seguinte à morte de Aleesha Monroe, a vizinha de porta de Michael foi encontrada morta no quintal de casa.

— Hm?

— É — concordou Angie. Ela contava detalhes que Ken não ouviria no telejornal. Ela própria não saberia desses detalhes se não fosse por Will. — A língua da vizinha foi cortada. A de Monroe foi arrancada com uma mordida, mas ainda assim...

Ken ficou em silêncio. Angie sentiu-se mal. O homem já estava confuso o suficiente sem que ela despejasse nele suas inquietações.

— Eu não deveria incomodá-lo com isso.

— Ais. — Ken fez um movimento circular com a mão. Ele queria ouvir mais.

— A vizinha de Michael tinha apenas 15 anos. — Angie fez uma pausa. — Gina Ormewood não tinha 15 anos quando Michael a conheceu? Quando foi a Guerra do Golfo, 1990, 1991? — perguntou ela.

Ken levantou um dedo.

— Qual é a idade de Michael? Ele tem 40 anos, certo? Fizeram uma festa para ele no ano passado. Lembro que havia balões pretos por todo lado.

Ken fez que sim.

Angie era péssima em matemática. Will teria feito a conta de cabeça, mas ela precisava escrever. Ela achou um pedaço de papel na bolsa e anotou os números com um lápis de olho.

— Michael nasceu em 1966, menos 2006 — murmurou ela, e conferiu os números para ver se a conta estava certa. Lentamente, olhou para Ken. — Gina tinha 15 anos quando o conheceu. E disse que antes Michael estava interessado em uma prima dela, um ano mais nova.

Angie mostrou a folha de papel para Ken.

— Ele tinha 25 anos. O que um homem de 25 anos fazia com uma menina de 15?

Ken fez um som sugestivo, o significado, alto e claro.

— Me diga uma coisa — começou ela. — Você já foi pescar com Michael nas montanhas?

A expressão no rosto do ex-policial era tão óbvia como se ele tivesse pronunciado as palavras. *Sem chance.*

Angie passou pela sua casa mas não parou; ela ainda tentava organizar as ideias sobre o que descobrira na conversa com Ken. O fato de Michael Ormewood ter cortejado e se casado com uma adolescente há quase 15 anos não era exatamente uma prova de que estivesse envolvido em alguma coisa agora, mas a coincidência estava lá, e Angie era policial há tempo demais para acreditar em coincidências.

Ela montava um cenário mentalmente quando fez o retorno no final da rua e passou de novo pela casa a caminho de Piedmont. Ela entrou à esquerda no sinal e então mais uma vez à esquerda, entrando na Ponce de Leon, enquanto deixava que as possibilidades se encaixassem. Michael ainda usava as garotas, se aproveitava do distintivo para conseguir sexo de graça. Baby G. descobrira o esquema. Talvez Aleesha Monroe fosse uma das garotas, e o cafetão pode não ter ficado feliz com a queda na receita. Ele matou Aleesha Monroe, então usou a vizinha de Michael como uma lição.

Mas por que Baby G. mataria Cynthia Barrett? Mesmo que Michael sentisse atração por adolescentes, isso não queria dizer que estivesse transando com a vizinha. Não que esse tipo de depravação seja rara em quarentões. Prova disso é que basta abrir qualquer revista de moda ou ir ao cinema mais próximo para dar com imagens de meninas com pouca roupa penduradas no pescoço de homens com idade para ser seus pais. Que diabo, é impossível ir a qualquer shopping sem ver meninas de 12 anos com blusas que mal cobrem os seios e calças jeans com a cintura quase na altura da virilha. E as mães geralmente vestem a mesma coisa.

Angie passou pelo City Hall East, então entrou à direita em Poncey-Highlands. Ela reduziu a velocidade e conferiu se a moto de Will estava em frente à casa antes de estacionar na rua.

Ela desceu do carro, sem se dar tempo para mudar de ideia. Então bateu na porta e tocou a campainha algumas vezes.

Will não teve a menor pressa para atender a porta. Angie viu que ele havia desenrolado as mangas, mas não abotoara os punhos da camisa.

Ele ainda vestia o colete e aquela cadela estúpida estava aninhada na mão dele como uma caixa de chocolates.

— Por que você sempre demora para atender a porta? — perguntou ela irritada.

— Qual é o problema?

Angie deixou a bolsa ao lado da porta e entrou na casa, passando por ele. Um audiolivro tocava ao fundo e um relógio de bolso estava desmontado sobre a mesa. Ela olhou para os parafusos e para as minúsculas porcas que Will espetara em um pedaço de cortiça, as diversas ferramentas que usava para consertar o mecanismo de corda. Angie sempre ficava admirada com o fato de que Will era capaz de entender como um relógio funcionava em dez segundos, mas precisava de meia hora para ler a página de um livro.

Will colocou a cadela no chão. Ela correu para a cozinha e Angie a ouviu beber água.

— Qual é o problema? — repetiu Will, tirando o volume do som.

— Você precisa falar com o cafetão de Aleesha.

— Baby G.? Ele está morto.

— O quê?

— Ele morreu esta tarde — disse Will. — Os primos cansaram de ser espezinhados.

— Espere um pouco — disse Angie, mas era ela quem estava com o coração acelerado. — Me diga o que aconteceu.

Ele estreitou os olhos, mas explicou.

— No dia que eu e Michael conversamos com Baby G., dois garotos estavam sentados no capô do BMW dele. G. disse que eram seus primos.

Angie sentou-se no sofá.

— Certo.

— G. os enxotou com um taco de beisebol, e acho que eles não gostaram. Os rapazes o emboscaram, atiraram três vezes.

— Sente-se — disse Angie. Ela odiava quando Will a olhava de cima a baixo. — Você tem certeza de que foi isso que aconteceu? Que os primos o mataram?

— Tanta certeza quanto se pode ter quando o assunto são esses marginais. — Will sentou-se ao lado dela. — Falei com o policial que fez a prisão hoje à tarde. Os rapazes provavelmente serão julgados como adultos. Um já entregou o outro. Ele tem passagem, uma prisão por porte de drogas, outra por agressão. Essa foi a terceira. Ele está tentando evitar a prisão perpétua com a delação.

— Você tem certeza de que eles não estão envolvidos no caso?

— Nenhum dos dois nem ao menos conhecia Aleesha.

Angie assentiu, para informar que o escutara. Ela estava chocada demais para falar. O que quer que Baby G. soubesse a respeito de Michael Ormewood iria com ele para a sepultura.

— Você não está bem — disse Will.

— Obrigada.

— É sério — disse ele. — Qual é o problema?

— Tive um dia muito difícil — disse Angie, subitamente sentindo o peso de tudo. — Precisei ir ao hospital.

Will se sentou, pegou a mão dela.

— Você está bem?

— Não por minha causa. — Angie mentiu porque era mais fácil lidar com a raiva de Will se ele descobrisse que ela tinha ido ao Piedmont naquela manhã para dar um susto na esposa de Michael Ormewood. — Levei uma das garotas. Coisa de mulher.

Will assentiu, e Angie sabia que ele não insistiria.

Meu Deus!, ela tinha tanta coisa a dizer que não sabia por onde começar. O que poderia dizer? Que na noite da festa de Ken, Michael foi bruto com ela? Que Michael era o tipo de cara que não aceita não como resposta? Que com ele, depois que as coisas começavam, não havia a menor possibilidade de parar?

Ela lembrava a dor que sentira no dia seguinte, os hematomas nas pernas, a sensação de que algo dentro dela havia rasgado. Droga, ela estava completamente embriagada, mas as marcas no corpo bastavam para contar a história.

— Você está bem? — Ele arrumou uma mecha atrás da orelha de Angie. O gesto gentil era novo. Will nunca a tocara daquela forma, ou ao menos ela nunca permitira.

— Foi difícil estar lá — disse ela, sem entrar no mérito de onde era "lá". — Não conseguia deixar de pensar na minha mãe.

Will acariciou seus cabelos, e Angie quis fechar os olhos e colocar a cabeça no ombro dele. Ela o levara para ver a mãe algumas vezes. Visitar um cemitério teria sido mais fácil para Angie do que ver Deidre deitada naquela cama de hospital, sem saber se em algum lugar por trás dos olhos fechados ela gritava por ajuda. Por que Angie amava a pessoa que mais deveria odiar?

— Vem cá — disse Will, puxando-a para mais perto, envolvendo-a com os braços. Ele se recostou no sofá, levando Angie consigo. — Só fique assim um pouco.

Angie queria chorar, mas não podia se permitir desmoronar na frente de Will. Ela apertou o rosto contra o ombro dele, sentindo o cheiro do detergente que usava e do molho de soja que deixara cair na gravata. Se ela conseguisse ficar daquele jeito, se o deixasse abraçá-la, talvez as coisas pudessem ser melhores. Talvez pudessem completar um ao outro.

Ela se virou para Will e o beijou no pescoço. A pele do homem reagiu, e Angie beijou o pomo de adão quando ele engoliu.

— Nós não precisamos... — disse ele.

Angie o segurou pelo pescoço e colou os lábios nos dele. Will estava relutante, mas ela o excitou com a língua, até que ele retribuiu o beijo com intensidade. Os braços dele tensionaram quando ele a levantou e a deitou no sofá. Will apoiou o corpo no cotovelo esquerdo, a mão acariciando o rosto de Angie enquanto a beijava.

O punho da camisa deslizara, e Angie viu a cicatriz rosada no pulso de Will. Ela o levara ao hospital naquela noite, ficara ao lado da cama esperando que ele acordasse e percebesse que não funcionara, que ainda estava vivo.

Hesitante, ela tocou o pulso, correndo o dedo pelo mesmo caminho traçado pela lâmina de barbear ao rasgar a pele.

Will a afastou com um movimento brusco, chocado.

— Desculpe — disse Angie.

Ele tentou sentar-se, mas ela agarrou o colete com as duas mãos, puxando-o de volta.

— Eu disse desculpe.

— Angie... — Will tentou afastá-la novamente, mas não conseguiu. Então tentou se desvencilhar, mas nunca usaria toda a força contra ela. Angie conseguiu puxá-lo, colou os lábios nos dele, e Will parou de resistir. Angie o beijou mais profundamente, com mais ânsia do que o comum e, para sua surpresa, Will retribuiu com a mesma intensidade.

Ela sentiu a respiração acelerar, a mente anuviar. O peso de Will bastou para levá-la às lágrimas, e ela levou a mão até a cintura das calças, precisando que aquilo acontecesse logo, antes que se perdesse.

— Meu Deus! — murmurou ela, abrindo o colete, puxando a camisa de dentro das calças, então a camiseta, para que houvesse espaço para a sua mão.

Will puxou a blusa dela e buscava o seio com a boca. Quando Angie o apertou com a mão ele perdeu o ritmo. Ela assumiu o controle, usando a mão livre para tirar a calcinha. Angie o guiou para dentro de si antes que Will a parasse.

Will prendeu a respiração quando Angie sentou sobre ele, o apertando, tentando fazê-lo gozar.

— Não — sussurrou ele, lutando para diminuir a velocidade. Will apertava os olhos e tremia do esforço que fazia para se segurar. Angie lambeu a orelha dele, mordeu o lóbulo, fez tudo para forçá-lo a deixar de resistir. Ele gemeu alto ao ceder, estremecendo em clímax.

— Ah, meu Deus! — ofegou ele. — Angie...

Ela o deixou beijá-la um pouco mais, e o segurou quando a boca passou a descer pelo seu corpo.

— Não — disse ela, puxando o rosto de Will para o seu. — Eu preciso ir.

Ele suava, arfava ao beijar-lhe os seios.

— Me deixe sentir o seu gosto.

A rouquidão da voz de Will fez um calafrio cortar-lhe o corpo. Ela mordeu o lábio, tentando não pensar em como a boca dele seria prazerosa quando os lábios chegaram à barriga.

— Não — ela conseguiu dizer, puxando-o com delicadeza. — Preciso ir.

— Fique comigo.

De alguma forma, o tom de súplica facilitou a partida.

— Preciso trabalhar amanhã.

— Eu também.

Ela o empurrou com mais firmeza desta vez.

— Will.

Ele rolou de cima do corpo dela e afundou no sofá com outro gemido, mas este estava distante de ser uma expressão de prazer.

Angie puxou a calcinha ao se levantar. A saia estava torta e ela se curvou para a frente para ajeitá-la.

Will envolveu a perna dela com a mão.

— Por que você faz isso?

Ela se afastou e pegou a bolsa na mesa ao lado da porta.

— Por que você deixa?

31

9 de fevereiro de 2006, 21h58

Ao que parecia, Martha Lam telefonara não apenas uma, mas diversas vezes. John recebeu de volta o mês que pagara adiantado na pensão, e o quarto na casa do Sr. Applebaum era quase 30 dólares mais barato por mês. E com os 50 dólares que recebera para desentupir o tanque dos aspiradores podia ser que fosse capaz de comer naquele mês.

— Caramba — disse Ray-Ray. Ele olhava para uma mulher que acabava de estacionar um Toyota Camry cheio de crianças se esgoelando. — Ninguém tem culpa de ser feio, mas ela pelo menos podia ficar em casa.

John o olhou de soslaio.

— Desde quando você sabe formar frases?

— Há muito mais em um homem do que você pode ver — disse Ray-Ray.

Ele deixou John com a secadora e foi ajudar a secar um dos carros. A tensão entre John e Ray-Ray transformou-se em cordialidade quando ele o levou ao hospital. John não sabia ao certo o que provocara a transformação, mas não ia reclamar. Ele já tinha gente demais com que se preocupar. Qualquer coisa que tirasse Ray-Ray da sua cola era bem-vinda.

A ida ao hospital também havia sido boa para John. Ele ainda sentia o coração acelerar quando se lembrava da surpresa ao ver Robin na sala de espera. A mulher estava vestida para trabalhar, mas ele não conseguia deixar de reparar na pela macia, nos lábios carnudos. A forma como apoiava o peso do corpo em uma perna, projetando o quadril. Como seria passar as mãos naqueles quadris e puxá-la para perto? Esse é o tipo de pensamento que tira o sono de um homem à noite.

Mas Robin não era a razão de John ter chegado cedo ao trabalho naquela manhã, antes mesmo de Art. Fazer a mudança não foi complicado. John botou as roupas dentro do cooler e o usou como mala ao caminhar os seis quarteirões até a casa do Sr. Applebaum. Depois de instalado, voltou à Ashby Street mais uma vez e desenterrou a faca, que havia escondido sob uma árvore, como medida de segurança. Quando tomou o ônibus, ele suou o trajeto todo, com medo de ser pego com uma arma. Já no lava-rápido, John a atirou no tanque dos aspiradores e sentou-se na mureta sob a magnólia e esperou até que Art aparecesse no seu Cadillac.

— O que aconteceu, Shelley? Está querendo uma promoção? — perguntou o chefe, trancando a porta do carro.

John tentava pensar logicamente, determinar o que fazer em seguida, mas por mais que tentasse se concentrar só conseguia sentir raiva fervendo dentro dele. Michael colocara a faca sob o colchão na pensão, assim como plantara a faca de cozinha, a suposta arma do crime, no armário de John todos aqueles anos atrás. O que o cara tinha contra ele? O que John fizera a Michael para justificar aquela perseguição? Não apenas contra ele, mas toda a sua família.

Uma coisa era armar para ele anos atrás, mas continuar com aquilo, usar sua identidade enquanto ele estava preso... Aquilo era algum tipo de obsessão doentia. Michael o odiava. Não se aferra ao nome de um homem por tanto tempo a não ser que se odeie o cara. E o canalha, obviamente, usara a influência como policial para procurar a Sra. Lam, tentar fazer com que ela mandasse John de volta para Coastal com os pedófilos e estupradores. Não bastava armar para ele. O homem queria que John sofresse.

John se acostumou à perda de liberdade com o passar dos anos, passou a acreditar que, de alguma forma, seu lugar era ao lado de homens como Ben Carver. Ele foi um mau rapaz, um mau filho. Richard Shelley poderia tê-lo afirmado no tribunal. Mas mesmo sem o testemunho condenatório do pai, no tribunal da consciência de John ele não era de todo inocente pela morte de Mary Alice. Ele a convidou para a festa. Estava chapado. Ofereceu a bebida à garota. Entrou na casa dela, se esgueirou até o quarto. Cheirou o speedball que o derrubou. Permitiu que acontecesse.

Mas saber que tinha sido Michael, seu primo Woody, quem assassinara Mary Alice deixava John doente de tão furioso. Ele não podia ter raiva por si próprio, mas podia ter raiva por Mary Alice, ficar enfurecido que Michael a tivesse não apenas estuprado, mas a massacrado como um animal raivoso.

As fotografias da cena do crime no tribunal eram chocantes, mas John estava lá, viu o corpo com os próprios olhos. As marcas de dentadas nos seios pequenos. Os hematomas e os cortes na parte interna das coxas.

Os olhos abertos, encarando a porta como se ela aguardasse a mãe, que entraria a qualquer minuto e a acordaria para irem à igreja. Da boca transbordava o próprio sangue; os cabelos estavam grudados no travesseiro ensanguentado.

Aquele maldito! Aquele maldito maníaco!

Mas ele não parou em Mary Alice. Michael ainda estava à solta, ainda fazia o que bem entendesse sob o nome de John. E ele era um policial. Um policial! Ele poderia prender John a qualquer momento. Provavelmente pensava agora mesmo em outra forma de incriminá-lo pelos seus próprios crimes doentios. A lembrança da noite anterior, das pontas dos dedos tocando a faca dobrável, de quase ser pego com uma arma, fazia com que John suasse frio. Michael era capaz de fazer qualquer coisa. Podia prendê-lo agora mesmo, e não havia nada que John pudesse fazer.

E talvez ele merecesse. Talvez, depois do que fez à vizinha de Michael, ele merecesse ser atirado de volta na prisão com todos aqueles maníacos. Ele mutilou uma criança. Usou as próprias mãos para macular a garota. Não parecia certo que ficasse impune por uma coisa dessas.

E, pelo andar da carruagem, provavelmente não ficaria.

A secadora parou e John passou a dobrar as toalhas. E, em seguida, a colocá-las em um tonel com rodas para que estivessem à mão enquanto secavam os carros. Ele precisava falar com Ben outra vez. John cresceu na prisão, mas ele pensava como um detento, não como um criminoso. Precisava de alguém para dizê-lo o que fazer.

— Você é John?

A mulher à sua frente era magra, tinha por volta de 1,70m de altura. Seus cabelos pretos eram curtos e ela usava um terninho de bom corte e calças jeans justas.

— Pois não? — disse ele, olhando para um possível volume sob o terninho. A mulher não parecia ser policial, as roupas eram elegantes demais, mas John nunca foi bom em identificar os bandidos.

— Você é John Shelley?

Ele olhou sobre o ombro da mulher. Ray-Ray chupava um pirulito, mas John percebeu que ele observava a cena.

— Eu a conheço? — perguntou ele.

— Você se mudou. Achei que morasse na Ashby Street.

Ele tentou sorrir quando na verdade queria soltar as toalhas e correr.

A mulher estava com as mãos nos quadris, e John pensou na Sra. Lam. Ele não conseguiu evitar, olhou para a tampa metálica do tanque dos aspiradores.

— Eu sou Kathy Keenan — disse a mulher. — Amiga da sua irmã.

John soltou as toalhas.

— Joyce está...

— Ela está bem — garantiu a mulher. — Mas você precisa falar com ela.

— Eu... — Ele abaixou os olhos para a pilha de toalhas, então voltou a olhar para a mulher. John não sabia quem ela era ou o que estava fazendo ali, mas ela era louca se acreditava que podia convencer Joyce a fazer uma coisa que não queria.

John se abaixou para pegar mais um punhado de toalhas.

— Ela não quer falar comigo.

— Eu sei que ela não quer — disse Kathy. — Mas ela precisa.

— Quem é você?

— Já disse. Sou amiga de Joyce.

— Mas não deve conhecê-la muito bem, se acha que isso vai funcionar.

— Eu divido uma cama com ela há 12 anos, John. Então acho que a conheço melhor do que qualquer outra pessoa.

Então Joyce era gay. John se perguntou o que Richard achava daquilo. Um filho presidiário, estuprador e assassino, uma filha lésbica. John não conseguiu conter um sorriso ao imaginar a magnitude da decepção de Richard.

— Você se incomoda que a sua irmã seja lésbica? — perguntou Kathy.

— Acho que não estou na posição de julgar ninguém — admitiu John, enquanto pensava, meu Deus!, Richard deve ter ficado apoplético quando descobriu. Sua perfeita Joyce jogava no time adversário.

Kathy tinha um Porsche preto, o tipo de carro que John só via quando estava de joelhos, limpando a sujeira do carpete. Ela seguiu pela Piedmont Road, então entrou no Sidney Marcus Boulevard e estacionou em frente a um prédio pequeno na Lenox Road, próximo à rodovia interestadual. Em uma placa na fachada ele leu Keener, Rose and Shelley gravado em elegantes letras douradas. O carro ao lado, um BMW cinza-escuro, estava estacionado na vaga reservada para Joyce Shelley.

Joyce trabalhava a menos de 3 quilômetros do Gorilla. Era possível que até mesmo passasse pelo lava-rápido todos os dias a caminho do trabalho.

— Ela está com um cliente — disse Kathy. — Mas não deve demorar.

Os joelhos de John estalaram quando ele desceu do carro baixo. Ele frequentemente precisava lembrar a si mesmo de que tinha quase 40 anos.

Por algum motivo, ainda sentia-se um adolescente de 15, como se Coastal houvesse acontecido para outro John, como se a mente tivesse sido presa enquanto o corpo ficara solto, sem envelhecer, esperando que ele voltasse e o reclamasse.

— Vamos esperá-la no escritório dela — sugeriu Kathy, conduzindo-o pelo prédio. Os olhos da recepcionista o acompanharam quando ele passou, e John imaginou que, além do zelador, a moça não devia estar acostumada a ver o seu tipo de gente naqueles corredores imaculados.

— Por aqui. — Kathy pegou alguns recados em um escaninho com o seu nome e os leu enquanto seguiam pelo corredor.

O escritório de Joyce era elegante, exatamente como John imaginaria se pensasse na irmã e em sua vida, e não apenas no relacionamento deles. O tapete persa tinha padrões em tons de azul e vinho e as cortinas eram de um linho leve que deixava passar a luz do sol. As paredes tinham um tom bege-escuro. As cores eram masculinas, mas havia algo de muito feminino na forma como Joyce as usara, ou talvez o escritório tivesse sido projetado por uma decoradora, alguma moça de Buckhead que era paga para gastar o dinheiro dos ricos. Havia duas pinturas de aparência oriental nas paredes, que não eram do gosto de John, mas ao ver as fotografias em um móvel sob a janela ele sentiu um aperto no coração.

Os adolescentes Joyce e John na montanha-russa aquática do Six Flags. O bebê John no colo de Richard, que dava uma mamadeira a ele. Joyce aos 10 anos na praia, de biquíni, um picolé em cada mão. Também havia fotografias mais recentes. Kathy montada em um cavalo com montanhas ao fundo. Dois labradores rolando na grama.

Mas a fotografia que fez parar era da mãe. Emily com uma echarpe enrolada na cabeça, os olhos fundos, o rosto encovado. Mas sorria. Sua mãe sempre teve um sorriso luminoso. John enfrentou muitas noites pensando naquele sorriso, em como era fácil, na bondade genuína que transmitia. Lágrimas rolaram pelos olhos, e ele sentiu uma dor física por saber que nunca mais a veria.

— Emily era uma pessoa maravilhosa — disse Kathy.

John forçou a si mesmo a colocar o porta-retratos de volta no lugar. Ele usou as costas da mão para enxugar os olhos.

— Você a conhecia?

— Sim — disse Kathy. — Ela e Joyce eram muito próximas. Foi muito difícil para nós quando ela adoeceu.

— Eu não... — John não sabia como dizê-lo. — Eu não me lembro de vê-la no enterro.

— Eu estava lá — disse ela, e John percebeu a tensão no olhar da mulher. — Seu pai não aceita o nosso relacionamento.

— Não — disse John. — Imagino que não. — Richard sempre teve certeza de que conhecia a diferença entre certo e errado, bom e mau. Quem quer que atravessasse essa linha era extirpado da sua vida como os tumores cancerosos que ele retirava na sala de cirurgia. — Sinto muito em ouvir isso — John sentiu necessidade de dizer. — Ele sempre amou Joyce.

Kathy dirigiu um olhar cuidadoso para ele.

— Você está tentando defender o seu pai?

— Acho que me ajuda se eu tentar entender o lado dele, por que ele pensa como pensa.

Kathy andou pela sala e abriu uma porta. John acreditava que fosse um banheiro, mas viu que era um armário com três arquivos. Cadernos espirais, provavelmente cinquenta ao todo, estavam organizados em pilhas sobre cada um deles.

— Essas são as transcrições da sua audiência preliminar, do julgamento, dos recursos. — Kathy apontou para as gavetas ao falar. — Esses são os seus arquivos médicos. — Ela apoiou a mão no topo do arquivo mais próximo de John. — Os prontuários médicos da sua primeira overdose, da internação depois que o prenderam e... — A boca de Kathy abriu, mas ela se calou. Mas ainda o olhava no olho. — Os prontuários da enfermaria de Coastal.

John engoliu em seco. Zebra. Elas sabiam sobre Zebra.

— Esses são, basicamente, relatórios dos pedidos de liberdade condicional — disse Kathy, abrindo uma gaveta com seis ou sete pastas suspensas volumosas. — Joyce conseguiu a cópia do último há cerca de um mês.

— Por quê? — perguntou John, pensando no volume de documentos que Joyce reunira em vinte anos. — Por que ela faria isso?

— Eram da sua mãe — disse Kathy. — Esses cadernos. — Ela tirou um da pilha mais próxima. — Essas são todas as anotações dela. Ela conhecia o seu caso de trás para a frente.

John abriu o caderno e olhou para a letra delicada da mãe sem realmente vê-la. Quando Emily estava na escola, a caligrafia era importante. A escrita em letras cursivas era bonita, fluía pelas páginas como flores perfeitas.

As palavras, entretanto, não eram tão bonitas.

Speedball = heroína + cocaína + ??? Por que a bradicardia? Por que a apneia? John virou a página. *Marcas de mordida nos seios batem com as impressões dentais?* E, *não foi coletado sêmen. Onde está o preservativo???*

— Ela tentava conseguir as provas físicas com o condado no final — disse Kathy.

— Por quê?

— Emily quis que fosse realizado um teste de DNA na faca para provar que o sangue era dela, mas a amostra era tão pequena que eles só conseguiram fazer um teste mitocondrial. — John fez que não e Kathy explicou. — O DNA mitocondrial vem da mãe, então mesmo que o sangue fosse de Emily, não havia como excluir a possibilidade de que fosse dela. Ou de Joyce, então isso não teria ajudado no caso.

— "Marcas de mordida"? — ele leu.

— Emily acreditava que era possível provar que a sua impressão dental não batia com as marcas de mordida, mas houve um caso julgado pela Suprema Corte no qual provas envolvendo marcas de mordida foram consideradas inelegíveis — acrescentou Kathy —, mas ela acreditava que poderia ajudar com a... a avulsão.

— O quê?

— O odontologista do estado não foi chamado para testemunhar. Cerca de três anos antes de morrer Emily entrou com uma petição para ter acesso a todas as provas do seu caso, todos os arquivos. Ela estava determinada a recomeçar, a ver se deixara passar alguma coisa. E encontrou um relatório no qual o especialista do estado dizia acreditar que a língua havia sido... arrancada com uma mordida, não cortada.

— Arrancada com uma mordida? — repetiu John. A mente dele gravitou para Cynthia Barrett, para a repulsa que sentiu quando segurou a língua escorregadia da garota com o polegar e o indicador. Cortar já havia sido difícil, mas morder? Que tipo de monstro arranca a língua de uma garota com os dentes?

— John?

Ele pigarreou, esforçou-se a falar.

— A faca foi a prova que usaram. Um especialista testemunhou afirmando que havia sido usada para cortar a língua. Que isso era uma prova de premeditação.

— Isso. Emily ia entrar com uma ação por má conduta da acusação. Foi alegado que o relatório do médico sobre a mordida foi entregue a Lydia na audiência preliminar, mas Emily não encontrou nenhum registro disso. Isso poderia fundamentar um recurso.

John folheou as páginas, olhou para as datas.

— A minha mãe continuou a trabalhar nisso quando estava doente.

— Ela não conseguia parar — disse Kathy. — Queria tirar você da cadeia.

John não conseguiu continuar a ler as anotações da mãe. Eram páginas e mais páginas preenchidas com todo tipo de detalhes horríveis sobre os quais Emily nunca deveria ter ouvido falar. Pela segunda vez naquele dia ele chorava na frente da amante da irmã.

— Por quê? Por que ela fez isso? Não havia mais a possibilidade de recursos.

— Ainda havia uma possibilidade mínima — respondeu Kathy. — E Emily não queria abrir mão dela.

— Ela estava doente — disse John, folheando o caderno até o fim e se dando conta de que as últimas anotações haviam sido feitas uma semana antes da última internação da mãe. — Ela não deveria estar fazendo isso. Deveria ter se concentrado em ficar mais forte, em melhorar.

— Emily sabia que não iria melhorar. Ela passou os últimos dias de vida fazendo exatamente o que queria fazer.

John chorava de verdade agora, vertia lágrimas volumosas ao pensar na mãe se debruçando naquelas informações todas as noites, tentando encontrar alguma coisa, qualquer coisa que pudesse colocá-lo em liberdade.

— Ela nunca me disse. Nunca me disse que estava fazendo isso.

— Ela não queria dar falsas esperanças a você — disse Joyce.

John se virou, se perguntando a quanto tempo a irmã ouvia atrás dele. Joyce não soava irritada quando falou novamente.

— Kathy, o que você está fazendo?

— Interferindo — respondeu a outra mulher, sorrindo da forma que um pessoa sorri quando sabe que fez algo errado, mas que também sabe que será perdoada.

— Vou deixar vocês dois sozinhos. — Ela segurou a mão de Joyce, então saiu e fechou a porta.

John ainda segurava o caderno, o trabalho da vida de Emily.

— O seu escritório é bonito — disse ele. — E Kathy...

— Quem diria, hein? — disse ela secamente. — Uma autêntica homossexual no clã Shelley.

— Aposto que o nosso pai ficou orgulhoso.

Joyce riu com sarcasmo.

— É. Tão feliz que mudou o testamento.

John travou os dentes. Ele não sabia o que aquilo queria dizer.

— Mamãe me fez prometer que não jogaria isso tudo fora — disse Joyce, gesticulando na direção do armário. — Era o que eu queria. Queria atirar tudo no quintal e fazer uma fogueira. E quase fiz. — Ela soltou uma risada irônica, como se ainda estivesse surpresa por não ter queimado os documentos. — Era o que eu deveria ter feito. Ou ao menos jogado em algum depósito ou enterrado. — Ela suspirou com força. — Mas não fiz.

— Por quê?

— Porque é ela. Todas essas pastas, todos esses cadernos inúteis. Você sabia que ela nunca ia a lugar algum sem um deles? — acrescentou Joyce com ironia. — É claro que não sabia. Ela nunca os levava quando o visitava, mas trabalhava neles, pensava neles, o tempo todo. Algumas vezes me ligava no meio da noite e pedia que eu interpretasse alguma lei obscura que havia descoberto, algo que acreditava que pudesse justificar um novo julgamento. — Joyce olhou para os arquivos, os cadernos. — É como se fossem pedaços pequeninos do coração, da alma dela; se jogá-los fora, também estarei jogando mamãe fora.

John passou a mão na capa do caderno. A mãe dera a vida por ele, dedicara cada segundo da vida a tirá-lo de Coastal.

Tudo por causa de Michael Ormewood!

Michael deveria ter matado Emily depois que terminou com Mary Alice. Deveria ter enfiado a mão no peito de Joyce e espremido a vida do seu coração. Oh, Deus!, John queria matá-lo. Queria esmurrá-lo até que ele perdesse os sentidos, então colocar as mãos no pescoço de Michael e olhar para os olhos do homem quando ele percebesse que ia morrer. John diminuiria a força do aperto para que ele retomasse a consciência, então voltaria a apertar, apenas para desfrutar do medo, do terror, quando Michael percebesse que não tinha a menor chance. Então John o deixaria. O deixaria sozinho no meio do nada para que morresse sozinho.

— John? — disse Joyce. Ela sempre foi intuitiva, sempre soube quando algo o incomodava.

Ele abriu o caderno outra vez e acompanhou a caligrafia da mãe.

— O que é isso? — perguntou ele. — Bradicardia? O que isso quer dizer?

Joyce foi até o armário e abriu uma gaveta dos arquivos.

— Quando você foi preso — disse ela —, estava fraco demais para ficar de pé por si mesmo.

— É. — Ele estava aterrorizado.

— Eles o levaram para o hospital. Mamãe insistiu que algo estava errado com você. — Joyce corria os dedos pelo documentos em uma das pastas. — Ela os convenceu a fazerem um eletrocardiograma, um eletroencefalograma, exames de sangue, uma ressonância magnética.

John lembrava vagamente daquilo.

— Por quê?

— Porque ela sabia que havia algo errado. — Joyce finalmente encontrou o que procurava. — Aqui.

Ele pegou o prontuário médico e o leu cuidadosamente enquanto Joyce esperava. John não entendia os resultados dos exames, mas trabalhara na enfermaria da penitenciária. Ele sabia onde procurar, e leu em voz alta as anotações feitas à mão por um médico sob o campo "conclusões".

— Frequência cardíaca em repouso abaixo de 60, respiração atáxica e condição física geral indicam toxicidade por drogas. — Ele olhou para Joyce. — Eu havia usado drogas, Joyce. Nunca disse que não havia.

— Não — disse ela, balançando a cabeça. — Leia o resto.

John leu em silêncio desta vez. O médico afirmava que os sintomas de John não eram consistentes com uma overdose de cocaína ou heroína. Ele suspeitava que outra droga estivesse envolvida. Os resultados dos exames de sangue não foram conclusivos, mas foi recomendado que o pó encontrado na cena do crime fosse testado.

O pó. Michael dera um papelote a John, que nunca usara heroína na vida. Ele acreditara que o bom e velho Woody estivesse fazendo um favor, quando na verdade queria derrubá-lo. Não apenas derrubá-lo. Talvez houvesse algo além de cocaína e heroína naquele papelote. John sabia, de ouvir na prisão, que os laboratórios só eram capazes de encontrar o que procurassem. Michael pode ter batizado o speedball com algo ainda mais potente, algo que terminasse o trabalho se a mistura explosiva não o fizesse.

— O quê? — perguntou Joyce.

A surpresa de John deve ter ficado estampada no rosto. Ele se concentrou em Mary Alice o tempo todo. Será que Michael também queria matá-lo? Será que concluíra que tudo ficaria mais fácil se fizesse o que queria com Mary Alice e então deixasse que John levasse a culpa com ele para o caixão?

Dois dias depois que o corpo de Mary Alice foi encontrado, Michael e a mãe fizeram uma visita. John estava deitado no quarto, sentindo-se péssimo, escondendo-se atrás da história que contara à mãe sobre estar resfriado quando na verdade mal conseguia respirar sempre que pensava no corpo de Mary Alice ao seu lado na cama.

Michael agira como sempre, ao menos pelo que John conseguia lembrar. O primo ficou com ele no quarto, conversando sobre — o quê?, John não conseguia lembrar. Algo idiota, com certeza. John caiu no sono. Foi então que Michael plantou a faca no armário? Foi então que Michael pensou no plano? Ou outra pessoa o idealizara desde o começo, mandara Michael ao quarto dele com a faca, disse que a colocasse no quarto de John para que houvesse algo de concreto que o ligasse ao quarto de Mary Alice?

— Johnny? — disse Joyce. Ela não o chamava daquele jeito desde que eram crianças. — O que foi?

Ele fechou a pasta.

— O que você se lembra de tia Lydia?

— Ela era a sua advogada — disse Joyce. — Abandonou o direito criminal e passou a trabalhar com direito comercial depois do que aconteceu com você. Disse que havia perdido a disposição. Ela nunca se perdoou por não ser capaz de ajudá-lo.

— Aposto que não.

Joyce ficou obviamente surpresa com o ódio na voz do irmão.

— Estou falando sério, John. Ela foi visitar mamãe no hospital.

— Quando?

— Acho que um dia antes da morte de mamãe. Eles haviam acabado de entubá-la para que ela continuasse respirando. — Joyce fez uma pausa para se acalmar. — Ela estava sentindo muita dor. Estava tomando morfina intravenosa. Não tenho certeza que soubesse que eu e Kathy estávamos lá, muito menos Lydia.

— O que Lydia disse para ela?

— Não faço ideia. Nós as deixamos sozinhas. Ela não me parecia muito bem — acrescentou Joyce. — Tia Lydia, quero dizer. Ela não via mamãe há anos mas não conseguia parar de chorar, nunca pensei que fossem próximas, mas talvez durante o julgamento... não sei. Eu estava tão abalada que não prestava muita atenção em ninguém.

— Você não escutou nada?

— Não — disse Joyce. — Bem, só no final. Voltei cedo demais, acho. Lydia segurava a mão de mamãe. Dissemos a ela que os médicos haviam dito que mamãe não tinha muito tempo, talvez um dia, no máximo. — Joyce fez uma pausa, talvez lembrando-se da cena. — Os olhos de mamãe estavam fechados, não acho que ela tinha consciência de que Lydia estava ali perto dela. — Ela inclinou a cabeça. — Mas Lydia estava chorando. Chorando de verdade, John, como se estivesse arrasada. Ela tremia e repetia "Sinto muito, Emily. Sinto muito". Ela nunca se perdoou. Nunca superou a sua condenação.

Certo, pensou John. Tia Lydia provavelmente já a havia superado. Nada como confessar os pecados a uma pessoa que não viveria para contá-los.

— Como mamãe ficou depois que ela saiu? — perguntou John.

— Ainda inconsciente — respondeu Joyce. — Ela dormiu o tempo todo. Era difícil manter os olhos abertos.

— Ela disse alguma coisa?

— Ela não podia, John. Estava com o tubo na garganta.

John assentiu. Tudo fazia sentido agora. A primeira coisa que tia Lydia fizera como sua advogada foi sentar com John e pedir que contasse tudo sobre aquela noite, tudo que acontecera. John estava aterrorizado. Disse toda a verdade, e foda-se qualquer código de honra quanto a não dedurar os amigos. Contou sobre Michael atirando o papelote que John pensava que era cocaína, sobre levar Mary Alice para casa e entrar no quarto dela pela janela. Contou sobre o beijo, a forma como o cérebro explodiu como se um foguete houvesse decolado na cabeça. Falou sobre acordar na manhã seguinte deitado em uma piscina do sangue de Mary Alice.

Quando John terminou de contar a história, tia Lydia estava com os olhos marejados. Ela pegou a mão dele, a agarrou na verdade, com tanta força que doeu.

— Não se preocupe, John — foi o que ela disse. — Vou tomar conta de tudo.

E tomou. Aquela vadia sem dúvida tomou.

Joyce ainda olhava para ele, ansiosa. John notou que ela estava cansada, talvez exausta. A maquiagem não escondia completamente as olheiras. Os ombros estavam caídos, numa postura de derrota. Mas John não pôde deixar de notar que a irmã conversou com ele no escritório por trinta minutos sem gritar ou acusá-lo uma única vez.

— Eles testaram a droga? O pó branco?

— Claro. Lydia o enviou para um laboratório particular. Mas não descobriram nada de incomum. Era cocaína e heroína.

John sentiu uma pontada no maxilar. Ele estava com os dentes travados outra vez.

— Johnny — disse Joyce, com voz cansada. Muito cansada. — Me diga.

Ele fechou o caderno da mãe, o último caderno que ela usara, a última coisa que segurara nas mãos e que a colocava em contato com o filho.

— Chame Kathy — disse John. — Acho que ela também precisa ouvir isso.

32

21h22

Will estava no escritório, esforçando-se para conseguir se concentrar. Ele fizera uma visita a Luther Morrison, o... o quê de Jasmine Allison? Como qualificar um homem de 30 anos que mantém relações sexuais com uma menina de 14? Canalha doente era a escolha de Will, e ele precisou dar tudo de si para não socar o animal.

Depois dessa visita agradável, ele voltou ao City Hall East e colocou Amanda Wagner a par da evolução do caso. Ela não demonstrou nenhuma percepção reveladora, mas tampouco o imprensou contra a parede por não ter muito a dizer. Amanda podia ser exigente, mas ela conhecia um caso difícil quando via um.

Uma coisa que disse foi para ele não se concentrar demais na garota desaparecida. O caso de Will era o assassinato de Aleesha Monroe e a forma como ele se relacionava às outras vítimas, e não o desaparecimento de Jasmine Allison. Tudo que ele tinha era a história de um menino de 10 anos e um pressentimento, e mesmo Amanda respeitando os instintos do agente, ela não tinha a menor disposição para desperdiçar tempo e recursos com base em nenhuma dessas duas coisas. Ela resumiu a situação com o característico pragmatismo caloroso: a garota já havia fugido de casa duas vezes. Ela namorava um homem com o dobro da sua idade. A mãe estava presa, o pai, sabe Deus aonde e, na maioria dos dias, a avó não conseguia se levantar de uma cadeira sem ajuda.

A novidade seria se ela *não tivesse* fugido.

A polícia de DeKalb não havia avançado 1 centímetro no caso de Cynthia Barrett e não estava disposta a compartilhar o que sabia com Will. O DNA da amostra de esperma retirada da vagina da garota estava contaminado demais para testar. Os resultados do teste de toxicologia ainda não haviam saído, mas Will não prendia a respiração na expectativa de uma revelação milagrosa.

Quanto a Aleesha Monroe, o relatório da perícia sobre o apartamento não revelou nada além do que o próprio Will vira: o lugar estava surpreendentemente limpo. Ele até mesmo mandara os peritos de volta para testar a gota que encontrara perto da porta na noite do desaparecimento de Jasmine. Não havia o suficiente para determinar nada além de ser sangue humano.

Tudo que Will tinha para trabalhar agora era a pilha de papéis que Leo Donnelly deixara na sua mesa. Ele contara as páginas, então sabia o que tinha pela frente. Cerca de sessenta fichas, com duas ou três páginas cada, que detalhavam os feitos hediondos dos criminosos sexuais da Grande Atlanta recentemente libertados.

Ele ainda não estava tão desesperado.

Will abriu a pasta rosa-shocking sobre a mesa e pegou um DVD gravável, então colocou o disco no computador e apertou play.

O monitor mostrou duas mulheres e um homem sentados a uma mesa com uma adolescente. O homem falou primeiro, identificando a si mesmo como detetive Dave Sanders da polícia de Tucker, então apresentou as duas mulheres e disse:

— Este é o depoimento de Julie Renee Cooper. Caso número 16-40-37. Hoje é 9 de dezembro de 2005.

Julie Cooper inclinou-se na direção do microfone. A filmagem tinha ângulo aberto, e Will via os pés da garota balançando para a frente e para trás acima do chão.

— Eu fui ao cinema — começou ela, as palavras difíceis de entender. Will sabia que à época da gravação a língua arrancada havia sido recentemente reimplantada. — Havia um homem no beco. — Ele assistira ao depoimento tantas vezes que quase conseguia recitar a história junto com a garota. Sabia quando a jovem parava para chorar, com a cabeça apoiada nas mãos sobre a mesa, e quando a gravação precisava ser parada porque ela estava transtornada demais.

O homem a havia arrastado para o beco. Julie estava assustada demais para gritar. Ele usava uma máscara preta com buracos para a boca e para os olhos. A garota sentiu gosto de sangue quando o homem colou a boca à dela, enfiou a língua entre os seus lábios. Quando tentava virar o rosto, ele a esmurrava.

— Me beije — dizia ele. — Me beije.

Will deu um salto ao som da campainha do telefone. Ele pegou o fone.

— Will Trent.

Houve uma pausa do outro lado, mas nenhuma palavra.

— Alô? — disse Will, abaixando o volume das caixas de som do computador.

— Ei, cara — disse Michael Ormewood. — Não achei que estivesse aí tão tarde.

Will recostou-se na cadeira, se perguntando por que Michael havia ligado se acreditava que ele não estaria lá.

— Por que não tentou o meu celular? — perguntou ele.

— Não encontrei o número — explicou Michael, mas como isso seria possível, Will não sabia. Ele dera todos os números ao detetive, até mesmo o de casa, em cada mensagem que deixara desde a noite de segunda-feira. A princípio, Will queria apenas falar com ele sobre Jasmine; agora, queria saber por que Michael estava evitando os seus telefonemas.

— Está tudo bem? — perguntou Will.

— Está. Obrigado por perguntar. — Will ouviu o estalido de uma tampa de isqueiro. Michael inalou. — Estou tentando ser útil por aqui. Fiz algumas das coisas que Gina vinha me enchendo a paciência para fazer.

— Bom. — Will ficou calado, sabendo que Michael preencheria o silêncio.

— Falei com Barbara, como você pediu — disse o detetive. — A minha sogra. Ela disse que nunca viu Cynthia faltar à escola. Talvez ela não estivesse se sentindo muito bem naquele dia.

— Faz sentido — concedeu Will. Ele não estava acostumado a falar com gente como Michael a não ser em interrogatórios, e lutava para não deixar transparecer o ódio que sentia. Era isso o que sentia, ódio. O sujeito batia na esposa. Do ponto de vista de Will, estuprava prostitutas. E apenas Deus sabia o que havia feito com Angie.

— Como está a sua família? — perguntou Will.

Michael hesitou.

— O quê?

— Você disse que não se sentia seguro. Só quero saber se estavam bem.

— Sim — disse Michael. — Eu os levei para a casa da minha sogra, como disse. — Ele riu. — Quer saber? Ela mima Tim. Muita coisa vai mudar quando ele voltar pra casa.

Will pensou em Miriam Monroe, na enorme diferença entre a forma carinhosa como ela falava dos filhos e a forma como Michael falava de Tim. Michael apenas falava da boca para fora, dizia as palavras que acreditava que um bom pai deveria dizer. O homem batia na esposa. Será que também agredia o filho deficiente mental?

— Você ainda está aí, cara? — perguntou Michael.

— Sim.

— Eu disse que a polícia de DeKalb está no meu pé. — Ele fez uma pausa, provavelmente dando espaço para a resposta de Will, mas o agente ficou em silêncio. — Você teve alguma notícia deles?

Ormewood referia-se à medida cautelar. Will deu uma meia resposta.

— Eles não têm exatamente a reputação de colocar as cartas na mesa.

— Certo, certo — concordou Michael. Ele soltou uma baforada. — Phil está arrasado. Tentei ver se ele sabia de alguma coisa, mas o cara está destruído, sabe?

— Agradeço por tentar. — Will decidiu assumir o risco. — A detetive Polaski me disse que o ajudou com os arquivos dos seus antigos casos na divisão de combate à prostituição.

Michael hesitou por tempo demais.

— Isso, ajudou. Ótima garota. Você falou com ela?

— Você encontrou algo nos arquivos?

Michael fez uma pausa, soprou mais fumaça.

— Nada. Eu a prendi algumas vezes, como Polaski disse.

— Aleesha?

— É. Duas vezes. Talvez três. Anotei as datas. Quer que eu as pegue? Em algumas das batidas que fazíamos, como eu disse. Umas 20, 30 de cada vez. Não estou surpreso de que não me lembrasse dela.

— E quanto a Baby G.?

— Nada sobre ele. O cara é novo no Grady. Pode ser que o tenha visto antes, mas não encontrei nada nos arquivos e certamente não me lembro. Talvez devamos tentar falar com ele outra vez. Levá-lo até a delegacia para ver o que ele sabe.

Will se perguntou se ele sabia que o cafetão estava morto.

— Enfim — continuou Michael. — Como vão as coisas? Alguma novidade sobre Aleesha?

— Nada importante — respondeu Will. — Me fale sobre Jasmine.

— Ela é uma das garotas?

— A menina que arranhou o seu rosto.

— Ah, ela. — Will sentiu tensão no riso de Michael. — É, aquela menina é endiabrada.

— Ela disse alguma coisa antes de fugir pelas escadas?

— Nada que eu queira repetir na frente da minha esposa.

— Sua esposa está com você?

Michael soltou outro riso tenso.

— Onde mais ela estaria?

Seguiu-se um longo silêncio. Michael tinha dito há menos de um minuto que a família estava na casa da sogra. Por que ele estava mentindo?

— Enfim -- disse o detetive. — A menina, como é o nome dela? Ela não disse nada? Você acha que ela viu alguma coisa na noite em que Aleesha foi assassinada?

— Não sei. — Ele estava constrangido? Foi por isso que mentiu?

— Eu a levaria até a delegacia se fosse interrogá-la. Não estou tentando dizer como você deve fazer o seu trabalho, cara, mas você não quer uma moleca negra o atacando. Eu dei sorte por me safar apenas com um tapa.

— Me lembrarei disso. — Will se perguntava se Michael já sabia que Jasmine estava desaparecida. Se mentira sobre uma coisa, não teria o menor problema para mentir sobre outra. — Tenho pensado, Michael, que é muito estranho o fato de Aleesha ser bem mais velha do que as outras vítimas.

— Como assim?

— Ela era adulta, as outras garotas, adolescentes. E tem a língua. A da sua vizinha foi cortada, a das outras vítimas, arrancada a dentadas.

— É — disse Michael, cauteloso. — É mesmo estranho, se pensarmos bem.

Will observou Julie Cooper na tela do computador. Ela estava para pedir aos detetives que desligassem a câmera por um minuto para que pudesse se acalmar. Como uma menina sobrevivia a uma coisa daquelas? Como conseguia ir para a escola, fazer o dever de casa como qualquer adolescente, com a consciência do que sofrera martelando na mente o tempo todo?

— Talvez ele tenha procurado prostitutas para relaxar um pouco entre as meninas — sugeriu Michael, então fez uma pausa. — Eu trabalhei um bom tempo no combate à prostituição, lembro como as garotas costumavam arrumar confusão com os clientes. Algumas vezes queriam aumentar o preço no meio do programa. Outras vezes negociavam certas coisas, posições, para atrair o sujeito, então mudavam as regras, diziam que não fariam o combinado ou que queriam mais dinheiro.

Will não pensara naquela possibilidade, mas era um bom caminho a seguir. Mas aquilo ainda não explicava Cynthia Barrett.

— Você tem certeza de que não irritou ninguém, Michael? Talvez tenha irritado muito uma pessoa para que ela imitasse os crimes com Cynthia, para que nos levasse à sua porta?

Michael riu.

— Você está falando sério?

— Me diga você.

— Isso é loucura, cara.

— Como assim?

— Essa pessoa precisaria saber muita coisa sobre o caso — observou Michael. — Não divulgamos detalhes sobre a língua para a imprensa. As únicas pessoas que sabem a respeito disso são policiais. — Michael cobriu o fone, mas Will ouviu o que ele disse. — Certo, amor, já vou. — Ele voltou a falar com Will. — Olha, Gina precisa da minha ajuda com Tim. Posso voltar a ligar daqui a uns dez minutos?

— Não tem necessidade — disse Will. — Não preciso de mais nada.

— Ligue se precisar.

Will desligou o telefone. Ele recostou-se na cadeira e olhou pela janela. Já estava escuro há algum tempo, mas os postes das ruas projetavam uma iluminação artificial na estação ferroviária abandonada vizinha ao prédio. Will se acostumara àquela vista deprimente.

O computador apitou como um trem a vapor e Will fechou o programa de DVD e abriu o e-mail. O computador do estado não era muito sofisticado: o dicionário era extremamente limitado e o corretor ortográfico não conhecia metade das palavras que usavam em um dia qualquer de trabalho. Mesmo que tivesse perguntado, Will sabia que não permitiriam que instalasse programas na máquina, então precisava se contentar com ela. Mas, assim como na maioria dos computadores, havia o recurso de fala.

Will viu alguns spams e um novo e-mail de Pete Hanson. Ele abriu a mensagem e selecionou o texto, então selecionou "fala". Uma voz robótica leu a mensagem do legista. Saíra o resultado do exame de toxicologia de Cynthia Barrett. A última refeição da garota havia sido ovos e torrada. Havia um alto nível de nicotina no organismo. Também havia traços de álcool e cocaína no sangue.

Outro beco sem saída.

Will pegou a cópia da carta de Aleesha Monroe para a mãe e a abriu sobre a mesa, alisando as dobras. A letra cursiva da mulher era um pesadelo, mas Will já havia memorizado a carta, então era mais fácil lê-la do que se começasse do zero. Agora a acompanhou linha a linha, batendo cada frase com o texto que memorizara. Mas, a não ser pela tendência de Allesha de usar letras maiúsculas quando lhe convinha, ele não descobriu nada de novo.

Will dobrou a carta e a colocou no bolso. Ele olhou para as fichas de condicional levantadas por Leo. Havia uma fotografia grampeada no canto de cada perfil, e os criminosos olhavam para a câmera segurando uma placa preta nas mãos, que continha as seguintes informações: nome, crime, data de condenação, data de concessão de liberdade condicional.

Com relutância, Will abriu uma gaveta da mesa. Ele encontrou um extrator de grampos e soltou a fotografia do perfil do primeiro criminoso. A porta do escritório estava fechada, as luzes do corredor, apagadas. Ainda assim, ele usou uma voz pouco mais alta do que um sussurro ao ler o nome.

Depois de uma hora disso, pouco havia avançado na pilha. A cabeça estava martelando e ele tomou um punhado de aspirinas a seco, pensando que preferia morrer por intoxicação de analgésico do que da dor de cabeça que pulsava atrás dos olhos. Leo Donnely ficou com metade das fichas. O detetive provavelmente terminou a leitura em menos de uma hora.

Will levantou-se e pegou o paletó, concluindo que aquela tarefa provavelmente era inútil. Se houvesse na base de dados um criminoso com o hábito de arrancar línguas com os dentes, Will já o teria descoberto quando leu sobre o caso de Monroe pela primeira vez e fez uma busca no sistema. As fichas levantadas por Leo eram de municípios diferentes e muitas vezes de outros estados, então não havia uniformidade na descrição dos crimes. Alguns policiais que efetuaram as prisões haviam registrado pouco além do crime e a idade da vítima, outros entraram em detalhes chocantes ao descrever as ações predatórias dos criminosos. A não ser que uma das fotos mostrasse um homem com uma língua arrancada na mão, Will procurava uma agulha no palheiro.

Ainda assim, pegou as fichas e seguiu para o elevador. As fichas estavam no banco do passageiro quando ele voltava para casa e Will se pegou olhando para elas com frequência, como se não conseguisse entender direito por que estavam ali. Ele estacionou atrás da moto e foi recebido pelos latidos de Betty antes de chegar à porta. A cadela correu porta afora assim que ele a abriu. Will pegou a guia, preparado para o passeio noturno, mas Betty fez o que queria no jardim e disparou de volta para a sala antes que ele descesse os degraus da varanda.

Will se virou e a viu refestelada nas almofadas do sofá.

— Boa noite para você também — disse ele, e fechou a porta. Então parou e voltou ao carro para pegar as fichas. Will as colocou sobre a mesa e olhou para a secretária eletrônica. A luz que indicava novas mensagens estava acesa, e ele tirou o fone do gancho para conferir se o telefone estava funcionando.

O sinal de linha zumbiu no seu ouvido.

O jantar foi idêntico ao café da manhã, uma tigela de cereal que comeu de pé, em frente à pia. Tudo que Will queria fazer era deitar no sofá e cair no sono vendo televisão. Mas as fichas o impediam. Um leitor normal teria dado cabo delas horas atrás. Um policial encarregado daquele trabalho as teria lido durante o almoço, sabendo que provavelmente era um desperdício de tempo, mas também que o bom trabalho policial implicava esgotar todas as possibilidades.

Will não podia deixar o trabalho pela metade.

Ele tirou o paletó e o colocou no encosto da cadeira. Aquilo não demoraria tanto, no máximo outras três horas. Will não desistiria apenas porque era difícil, e de modo algum iria ao trabalho no dia seguinte sabendo que deixara algo por fazer. Ele deveria ter ido para casa mais cedo e se dedicado às fichas. Havia certas coisas que não podia fazer no trabalho sem trair a si mesmo.

O extrator de grampos estava no bolso do paletó e Will o colocou ao lado da pilha de fichas sobre a mesa. Ele pegou duas réguas na gaveta, ajustou a luminária de modo que a lâmpada ficasse voltada para a parede, projetando pouco mais do que uma luminosidade prateada sobre a superfície de trabalho.

— Muito bem, bonitão — murmurou Will, olhando para a fotografia grampeada na primeira ficha. O sujeito tinha no máximo três dentes e o tipo de cabelo ralo e ensebado tão comum nos estacionamentos de trailers mais ordinários.

Will retirou a fotografia e a colocou de lado. Então posicionou as duas réguas no topo da página e isolou a primeira linha. Usando o indicador, passou a cobrir as palavras de modo a lê-las individualmente. A tendência era lê-las de trás para a frente, e separar as palavras com os dedos evitava que os olhos se voltassem para onde não deveriam. Por mais estranho que possa parecer, as palavras longas eram as mais fáceis. Ele sempre via algo simples como "nunca" e transformava em "cano", de modo que as frases acabavam não fazendo sentido algum no final.

Ele olhou para as três palavras no topo da página e as leu em voz alta para compreendê-las melhor. "Carter, Isaiah Henry." Mas não saiu assim tão fácil. Primeiro ele disse "Cash", então "Ford", talvez pela primeira sílaba do nome ser "car". "Isaiah" foi fácil. Já "Henry" era outro departamento.

Deus, como ele era burro!

Will olhou para a tela do monitor desligado à sua frente e piscou os olhos para clarear a vista. Ele ligou a máquina, apenas para ganhar algum tempo enquanto a mente disparava com as zombarias de sempre, dizendo que ele devia ser retardado, que talvez tivesse algum problema no cérebro que ninguém nunca se deu ao trabalho de descobrir. Ele, sem dúvida, recebera pancadas o suficiente na cabeça para soltar alguns parafusos. No final das contas, nenhum dos possíveis motivos para o seu problema importava, e nenhum mudava o fato de que havia crianças no quarto ano que liam melhor do que Will. E ele estava falando das que se sentavam no fundo da sala.

O computador iniciou e o ventilador zumbiu como a hélice de um aeromodelo. Will abriu seu e-mail e olhou para a caixa de entrada por um ou dois minutos antes de apagar uma mensagem que oferecia garantia estendida para um eletrodoméstico que ele não possuía. Não havia nada mais para distraí-lo.

Ele voltou para a pilha de fichas, tentando abordar o trabalho com bom humor. A fotografia era de um homem na casa dos 60 anos. Os cabelos estavam bem-penteados e os olhos azuis faziam com que o rosto comum ficasse mais interessante. Com um chapéu na cabeça, ele poderia ser um caixeiro-viajante. Com uma bíblia nas mãos, o diácono da igreja mais próxima.

Lentamente, Will deslizou os dedos pela página, lendo a ficha linha a linha. Vendedor de ração animal por profissão, o homem era um estuprador que gostava de torturar as vítimas. Ele foi sentenciado a uma pena de 12 anos, mas libertado depois de cumprir sete por bom comportamento. O que exatamente constituía bom comportamento para um homem que arrancou as unhas de uma universitária de 22 anos era algo que Will não conseguia precisar.

Então foi a vez de outra foto, de outra ficha para ler com a ajuda das réguas. Will trabalhou por horas a fio, lendo detalhes terríveis dos crimes de predadores sexuais que cumpriram pena e receberam liberdade condicional por bom comportamento. Nenhum cumprira a pena integral, e todos, a não ser alguns poucos, aparentavam ser o tipo de homem para quem você sorriria ao cruzar na rua. O tempo se arrastava, mas Will não desviou os olhos do trabalho até que restassem apenas três fichas.

Ele se inclinou para trás e alongou as costas, sentindo a coluna ajustar-se ao encosto duro da cadeira. O joelho bateu na mesa e o monitor piscou.

Já passava da meia-noite. O melhor seria fazer uma pausa e conferir os e-mails antes de decifrar as últimas fichas.

Havia um novo e-mail de Amanda na caixa de entrada, mas Will não sentiu o menor desejo de lê-lo. Havia duas mensagens de Caroline, a secretária de Amanda, com perguntas sobre as provas de outro caso. Will abriu o programa de fala e usou o microfone para ditar a resposta, então passou o corretor ortográfico no texto e o ouviu outra vez. Quando ficou satisfeito com a mensagem, selecionou o texto e o colou em uma nova mensagem de e-mail, então passou o corretor ortográfico mais uma vez antes de enviá-la.

Will recebeu outra dica quente do mercado de ações enquanto respondia a mensagem e a mandou para o lixo. Então abriu a pasta de lixo eletrônico e deletou todas as mensagens.

Ele pensou que se houvesse uma medalha olímpica para perda de tempo, estaria ao menos qualificado como um dos candidatos. Mas havia mais o que fazer. Ele abriu a pasta de spam, selecionou todas as mensagens e clicou em excluir. Uma mensagem apareceu na tela e, a julgar pelo ícone, perguntava se ele queria mesmo fazer aquilo. Will clicou no botão azul que queria dizer sim e observou o lixo eletrônico ser expurgado.

Ele voltou às mensagens não lidas, decidindo que poderia se dar o trabalho de conferir o que Amanda tinha a dizer. Um novo e-mail de Caroline acabava de chegar, a moça provavelmente apenas fazia um comentário espirituoso por ambos estarem trabalhando até tão tarde, mas, àquela altura, Will teria aberto uma oferta de Viagra natural para adiar por um segundo que fosse a leitura das fichas.

Havia um arquivo jpeg anexado ao e-mail de Caroline e ele clicou no botão de download antes de selecionar o texto para colá-lo no programa de fala. Betty se mexeu no sofá e soltou um latido abafado, então Will se virou para ver se estava tudo bem com ela. A cadela estava deitada de costas e agitava as pernas no ar, sonhando com... o que quer que cachorros pequenos sonhassem. Queijo?

Will se voltou para o computador e o sorriso evaporou quando ele viu o que havia na tela. O download da imagem já havia sido concluído. O rapaz tinha provavelmente 16 anos. Ele tinha os cabelos à altura dos ombros e o tipo de sorriso de canto de boca que surge de forma automática quando se olha para uma câmera em viagens de família ou almoços de domingo. Ele segurava uma placa preta em frente ao peito estreito, a pele das pontas dos dedos em carne viva de tanto roer as unhas. Will não tentou ler a placa; ele sabia que nela constavam o nome, a data de condenação e a acusação. Foram os olhos que chamaram a atenção dele. Uma pessoa pode mudar bastante dos 15 aos 35 anos, mas os olhos eram constantes: o formato amendoado, a variação de cores da íris, os cílios compridos, quase femininos.

A foto da ficha seguinte ainda estava ao lado do cotovelo de Will. Ele a ergueu, pensando que não havia dúvida, o garoto na tela crescera para se transformar no detento da foto.

Will colou a mensagem de Caroline no programa de fala. Ele aumentou o volume das caixas de som, então clicou no menu e escolheu a opção fala. As palavras eram lentas e metálicas, e o conteúdo, bastante para fazê-lo sentir como se levasse um soco no estômago.

O programa terminou a leitura. Will não precisava ouvi-la uma segunda vez.

Ele agarrou as chaves do carro.

O tenente de Angie disse que ela estava em uma loja de bebidas na Cheshire Bridge Road. Will encontrou o lugar com certa facilidade, mas Angie não estava entre as prostitutas encostadas no prédio.

— Estou procurando uma pessoa — disse ele.

— Eu também, bonitão.

— Não — disse Will. Ele sabia que Angie não usava o nome verdadeiro, mas também não conhecia o codinome que escolhera. — Ela tem mais ou menos 1,70m. Cabelos castanhos, olhos castanhos. Pele morena.

— Parece comigo, meu amor. — Isso veio de uma loira platinada baixa com uma falha tão grande nos dentes da frente que assobiava ao falar.

— Você está procurando por Robin, amor?

— Não sei — admitiu ele, voltando-se para a mulher mais velha. Ela tinha um olho roxo que só ficava mais evidente com a maquiagem carregada.

— Eu sou Lola. — Ela se afastou da parede. — Você é o irmão dela?

— Sim — disse Will, sem se importar em explicar. — Preciso falar com ela.

— Espere um minuto, amor — propôs Lola. — Ela saiu com um cliente há uns dez minutos. Já deve estar terminando.

— Obrigado — disse Will. — Ele colocou as mãos nos bolsos, dando-se conta de que estava frio. Ele havia saído tão apressado que se esquecera de levar o paletó.

Atrás dele, a porta de um carro bateu. Uma mulher desceu e, enquanto Will observava, ela levou a mão entre as pernas, limpou-se e sacudiu a mão. Ela viu Will, então olhou para as outras prostitutas com uma expressão de dúvida.

— Ele é o irmão de Robin — disse Lola.

A mulher caminhou na direção de Will com seu gingado de prostituta e o mediu de cima a baixo.

— Se tivesse um irmão desses, nunca teria saído de casa.

Will olhou para o relógio. Ele passou a caminhar para tentar aliviar a tensão que se acumulava em cada um dos seus músculos, mas cada segundo que passava sem que Angie aparecesse só piorava a situação.

Ela sempre fazia aquilo. Sempre se envolvia em confusão, e não dava a mínima que Will sofresse as consequências. Desde que a conhecera, Angie empurrava as pessoas com toda a força que tinha, testando seus limites constantemente. Era um jogo que acabaria lhe custando a vida um dia, e então seria Will quem estaria sentado no sofá, e outro policial, o infeliz que precisaria segurar sua mão e dizer que ela havia sido encontrada estrangulada, espancada, estuprada, assassinada.

As garotas papeavam, mas Will percebeu que ficaram em silêncio. Ele ouviu um farfalhar vindo da direção do matagal e Angie surgiu com uma lanterna na mão.

Ela olhou para Will, para as garotas e novamente para Will. A boca estava contraída, os olhos brilhavam de raiva. Ela se virou e voltou na direção do matagal, seguida por Will.

— Pare — disse ele, tentando acompanhá-la. — Você pode parar?

Ela se recusava. Tudo que Will podia fazer era seguir o facho da lanterna.

Depois de avançar cerca de 10 metros matagal adentro ela se virou.

— Que porra você está fazendo aqui? — O tom era afiado como uma faca.

— Sou apenas o seu irmão vendo se está tudo bem.

Angie olhou sobre o ombro dele e Will se virou. Ele via claramente as garotas em frente à loja de bebidas. Elas não faziam a menor questão de ocultar a curiosidade.

— Esse é o lugar errado para isso, Will — sussurrou ela irritada, tentando manter a voz baixa. — Lola já está desconfiada de alguma coisa.

Ele sacudiu a ficha de John Shelley em frente ao rosto de Angie. Ela desviou o olhar e então se voltou para as folhas de papel quando viu a fotografia de John Shelley. Will podia jurar que o olhar dela suavizou.

— Leia — ordenou ele. — Leia para mim, para que eu tenha certeza de que entendi direito.

Angie iluminou a primeira folha com a lanterna. Will viu os olhos dela se moverem, lendo as palavras. Ela ergueu o olhar.

— Will — disse ela, como se ele não estivesse sendo razoável.

— Leia.

Angie segurou a lanterna sob o braço e apontou o facho para a primeira folha, então para a segunda e a terceira.

Por fim, ergueu os olhos.

— E?

Will queria sacudi-la.

— Você leu?

Sem a menor pressa, Angie voltou para a primeira página e passou a lê-la em voz alta, entediada.

— Jonathan Winston Shelley, 1,85m, cabelos castanhos, olhos castanhos. Passagem anterior: furto. Admitido em 10 de maio de 1986 na penitenciária de segurança máxima Coastal State Prison, ala especial, aos 16 anos. Liberdade condicional concedida em 22 de julho de 2005, aos 35 anos. Criminoso sexual, pedófilo. — Ela ergueu os olhos novamente. — E?

— Leia a última página — disse ele, referindo-se à impressão do e-mail de Caroline.

A ficha de Shelley era breve, listava apenas descrições breves dos crimes, mas os registros encontrados pela secretária preenchiam as lacunas com detalhes repulsivos.

— Leia — exigiu ele.

Pelo olhar duro que dirigiu a ele, Will sabia que Angie não queria fazê-lo.

— Você quer que eu leia para você? — perguntou ele.

— Eu só tenho uma hora de intervalo para o jantar.

Will arrancou as folhas de papel da mão dela, tentou encontrar os campos certos. Estava tão irritado que as palavras dançavam na página, fundindo-se umas às outras.

— Ca... — Will sentiu uma dor lancinante na têmpora. Que diabo, ele sabia ao menos duas daquelas palavras. — Jonathan Shelley. — Ele tentou ler outra. — Mata. Não, ele... morto. Ele matou...

Angie colocou a mão sobre a dele e tentou pegar os papéis, mas Will não permitiu.

— Por favor — disse ela com doçura, puxando o documento.

Will contraiu as mãos e olhou para o chão. Meu Deus!, não era de estranhar que ela não suportasse a sua companhia.

— Me desculpe — disse ela baixinho.

Will queria afundar no chão, sumir para outro lugar num passe de mágica.

— Me desculpe
— Eu li isso antes
— Eu sei que leu — disse Angie, segurando a mão dele outra vez. — Olhe para mim, Will. Me desculpe.
Ele não conseguia.
— Você quer que eu leia em voz alta?
— Não me importo.
— Will.
Ele sabia que parecia petulante, mas não conseguia agir de outra forma.
— Não me importo.
A lanterna caiu e Angie se abaixou para pegá-la, ainda segurando a mão de Will. Ela iluminou as páginas e leu.
— Em 15 de julho de 1985 Shelley agrediu sexualmente Mary Alice Finney, branca, 15 anos, então removeu a língua da adolescente com uma faca de cozinha serrilhada, levando-a à morte. Shelley deixou ainda diversas marcas de mordida no corpo e urinou sobre ele. Impressões digitais ensanguentadas de Shelley foram encontradas na cena do crime e no corpo. A arma do crime foi encontrada no armário de Shelley. Uso de drogas conhecido: heroína, cocaína.
— Angie — foi tudo que Will conseguiu dizer.
Ela ficou em silêncio e deixou alguns carros passarem antes de falar:
— Lembra que eu disse que Michael Ormewood veio até aqui uma vez?
Will estava farto de ouvir falar em Ormewood. Se nunca mais ouvisse aquele nome, Will morreria feliz.
— Ele nos disse para ficarmos de olho em um criminoso sexual recém-libertado chamado John Shelley. Disse que o sujeito era perigoso e que era para ficarmos longe dele. — Angie olhou para a ficha. — Michael estudou na Decartur High School. Ele deve ter crescido na região.
— Você conseguiu perguntar sobre os tempos de escola do cara enquanto o chupava?
— Você quer que eu te chupe, Will? É por isso que está aqui?
— Pare. — Ele afastou a mão de Angie com um tapa.
— Eu li a ficha dele — disse Angie.
— Você está interessada em Michael por algum motivo. Por que ele é diferente? O que o torna especial?
— Você não está me escutando. — Angie falava como se Will fosse uma criança, e ele não estava gostando. — Michael estudou na Decartur High School, então devia morar na região. Ele era alguns anos mais

velho do que John, mas deve ter ouvido falar no crime. Deveria saber os detalhes sobre a língua. Por que não disse isso a você? Por que não disse "Ei, isso me lembra de uma coisa que aconteceu há uns vinte anos numa rua perto da minha".

Will estava perturbado demais para considerar a pergunta.

— John me disse que alguém o está chantageando.

Will riu.

— Você acha que Michael Ormewood sabe que tem um cara por aí estuprando e assassinando mulheres, arrancando a língua delas, mas que em vez de prender o criminoso ele o chantageia? Por quê? O que John Shelley poderia ter que Michael Ormewood queira?

— Como você explica o fato de Michael ter me falado para ficar de olho em John Shelley? Como explica o fato de Michael não ter mencionado que a mesma coisa aconteceu com uma garota na vizinhança onde ele cresceu?

Will tentou convencê-la a ser razoável.

— Como você explica as outras garotas?

— Que outras garotas?

— No ano passado duas garotas foram sexualmente agredidas por um homem que usava uma máscara de esqui preta. Ambas tiveram a língua arrancada a dentadas.

Angie abriu a boca, surpresa.

— John Shelley está em liberdade há sete meses — disse Will. — Ambas as meninas viviam a trinta, quarenta minutos daqui. — Angie ficou em silêncio. — Julie Coorper tinha 15 anos, a outra garota, apenas 14. O que esses crimes têm em comum? Qual é a ligação?

— Você sabe que os criminosos têm uma forma particular de agir. Por que ele mudaria? Por que cortaria algumas línguas e morderia outras? Por que passaria de adolescentes para uma mulher?

Will lembrou a resposta de Michael Ormewood à sua pergunta, mas não a compartilhou com Angie.

— Por que você não me falou sobre os outros casos antes?

— Quando, Angie? Durante o jantar? Ou quando passeávamos no parque de mãos dadas?

— Você poderia ter me contado.

— Por quê? — perguntou ele. — Como eu poderia saber que você acabaria transando com um pedófilo?

Angie ergueu a cabeça.

— Eu não dormi com ele.

— Ainda.

Angie suspirou alto.

— Este é um fato inquestionável: Shelley estuprou e matou uma adolescente de 15 anos. Ele cortou a língua da garota.

— Ele não... — Angie olhou para a fotografia de John. — O que quer que ele tenha feito, ele não é mais aquela pessoa.

— Julie Cooper tinha 15 anos — disse Will. — Ele a estuprou em um beco nos fundos de um cinema. Arrancou a língua da garota com os dentes.

Angie fez que não.

— Anna Linder tinha 14 anos. Ela foi encontrada no Stone Mountain Park no dia seguinte. Segurava a língua como se fosse um amuleto.

Angie continuou em silêncio.

— Cynthia Barrett, Angie. Cynthia Barrett tinha 15 anos.

— E era vizinha de Michael.

— E daí? — Will deu de ombros.

— Me responda: como eles se conheciam? E, mais, por que Michael me alertou a ficar longe de Shelley? — Ela indicou a loja de bebidas com um gesto irritado. — Você não estava aqui, Will. Há algo entre eles. Michael odeia esse cara.

— O que será que não estou percebendo? — perguntou Will. — Porque o que me parece é que você está tão furiosa com Michael Ormewood que não consegue ver com clareza. Por que, Angie? Por que não consegue tirar esse idiota da cabeça?

Will via o ódio nos olhos de Angie, sabia que ela se lembrava das milhões de vezes que já fizera aquela pergunta. Mas a voz da mulher estava estranhamente calma ao responder.

— Você sabe quantos anos tinha a esposa de Michael quando ele a conheceu? — Angie não deixou que ele respondesse. — Ela tinha 15 anos, Will. Ele tinha 25.

— Ormewood a estuprou e arrancou a língua dela com os dentes? Porque, a não ser que tenha feito isso, não vejo a menor relevância nisso.

— Estou dizendo, John não fez isso.

— Eu mesmo vou fazer essa pergunta a Shelley quando prendê-lo.

— Não — ela agarrou o braço de Will como se pudesse impedi-lo. — Eu faço isso.

— Você só pode estar brincando — respondeu ele, com um olhar de incredulidade.

— No instante em que você colocar as algemas nele, Shelley vai se fechar.

— Você não pode afirmar isso.

— Ele é ex-presidiário. É claro que vai se fechar. O máximo que vai fazer é peidar até que chegue o advogado, então o advogado vai dizer para você se foder.

— Você não vai controlar isso.

— Qual é a acusação? Atravessar a rua fora da faixa de pedestres? — Ela arqueou as sobrancelhas, como se esperasse uma resposta. — Você pode levá-lo para a delegacia e interrogá-lo, mas o que mais você tem? Pode revistar a casa dele, mas o que vai dizer ao juiz quando pedir o mandato? "Ele fez a mesma coisa há vinte anos, excelência, então talvez, provavelmente, possivelmente pode tê-lo feito outra vez agora"? — Angie cruzou os braços. — Pelo que eu saiba, a não ser que você seja o presidente dos Estados Unidos, precisa de algum tipo de prova para jogar alguém na cadeia.

Will não respondeu porque sabia que ela estava certa.

— Você encontrou as impressões digitais de John em alguma coisa? Tem testemunhas? Uma pessoa que tenha visto alguma coisa?

Jasmine, pensou Will. Talvez ela tenha visto alguma coisa. E se viu, provavelmente estava agora no leito de um rio.

Angie resumiu a situação:

— Você não tem provas forenses, não tem testemunhas. Mas está bem, Will. Vamos prendê-lo agora mesmo. Por que não?

— Ele pode estar espreitando a próxima vítima — disse Will, sem acrescentar que podia muito bem ser Angie.

— Se prendê-lo agora, só poderá mantê-lo sob custódia por 24 horas. E *se* o criminoso for mesmo Shelley, ele vai saber que você está na cola dele e vai desaparecer. Você nunca mais o encontrará.

— E o que você propõe que eu faça? Espere até que outra menina seja estuprada? Talvez morta? — argumentou Will. — Ele pode estar com a próxima vítima agora mesmo, Angie. E se ele estiver com Jasmine? Devo esperar sentado enquanto ela conta os minutos que ainda tem de vida?

— Ele vai falar comigo. Ele não sabe que eu sou policial.

— Qual é a história com esse cara, Angie? Por que você não o vê pelo que ele é?

— Talvez seja uma boa coisa o fato de eu não julgar os homens com base no que fizeram no passado.

— E isso deveria me magoar?

— Me deixe falar com ele — implorou Angie. — Você pode vigiar a casa dele até amanhã de manhã, para garantir que ele não saia. Se ele estiver com a menina, não fará nada com ela sem que você saiba. Eu irei até o lava-rápido amanhã de manhã e conversarei com ele.

— Você acha que ele vai se abrir com você?

— Se ele for inocente... — Ela fez que sim. — Sim. Posso fazê-lo falar.

— E se não for?

— Você estará lá. — Angie tentou provocá-lo. — Você vai me proteger, não vai, Willy?

— Isso não é motivo de brincadeira.

— Eu sei. — Ela olhava sobre o ombro de Will outra vez, observando as garotas. — Preciso voltar ao trabalho.

— Eu não gosto disso — disse ele. — Não gosto disso e não quero fazer isso.

— O que não é nenhuma novidade para nenhum de nós dois, certo? — Ela colocou a mão no rosto de Will e encostou os lábios nos dele. — Vá embora, Will.

— Não quero deixá-la.

— Você não tem escolha.

33

10 de fevereiro de 2006, 7h22

John estava sentado em um banco do balcão do Empire Diner. Ele estava faminto quando entrou no restaurante, mas, por algum motivo, apenas remexeu o prato quando a comida chegou. A tensão contraía o estômago com urgência enquanto esperava pelo começo da sua vida.

Ele passou a maior parte da noite com Kathy e Joyce, tentando traçar um plano de ação. Kathy queria ir à polícia, mas se havia uma coisa com que os irmãos Shelley concordavam, era que não se podia confiar na polícia. Michael nunca confessaria. Ele era esperto demais para se deixar incriminar. A análise de crédito de John poderia levantar algumas perguntas, mas as respostas poderiam muito bem se voltar contra ele. No final das contas, decidiram que Joyce usaria os contatos que tinha na prefeitura para descobrir onde tia Lydia morava. Tio Barry ficou casado com ela por alguns anos, até morrer, e eles não acharam nada sob o nome Carson. Precisava haver alguma pista. Assim que a encontrassem, os irmãos Shelley confrontariam Lydia sob o papel dela na armação contra John. A mulher, obviamente, confessou os pecados antes. E eles não dariam sossego a ela até que voltasse a fazê-lo, desta vez de forma oficial.

Já no que dizia respeito à confissão de John, ele não disse tudo à irmã e sua companheira. Foi o mais honesto possível, até certo ponto. Não falou sobre a vizinha de Michael. Pensar no que fez, ao ponto em que chegara, o deixava enjoado. Todo aquele tempo John acreditou que Michael era o animal, nas no momento em que a oportunidade se apresentou, John foi tão sádico e vingativo quanto o primo. Foi por aquilo que Emily havia lutado? Foi por aquilo que a mãe passara horas e mais horas escrevendo nos cadernos, para que seu pequeno Johnny saísse da cadeia e mutilasse uma garota de 15 anos? Pela primeira vez na vida John estava feliz que a mãe estivesse morta, feliz por nunca precisar olhar para os seus belos olhos e saber que ela olhava para uma pessoa capaz de tal atrocidade.

— Mais? — perguntou a garçonete, mas já enchia a caneca de John com café.

— Obrigado — murmurou ele.

As portas se abriram e John olhou de relance para o espelho sobre o balcão e viu Robin parada com as mãos nos quadris, olhando em volta à procura de uma mesa. O restaurante estava movimentado, então ela não o viu.

John combateu o impulso de se virar. Queria chamá-la, apontar para o banco vazio ao seu lado e escutá-la falar. Mas muita coisa estava acontecendo. Ele tinha sangue nas mãos, culpa no coração. John abaixou os olhos para a caneca, para o líquido escuro, desejando que lhe revelasse o futuro. Será que um dia haveria uma mulher em sua vida? Será que encontraria alguém que soubesse o que aconteceu com ele, o que fizera, que não fugisse correndo?

— Olá! — Robin acomodou-se no banco ao seu lado. Ela se vestia de forma diferente. Os cabelos estavam presos em um rabo de cavalo e ela usava jeans e camiseta, em vez do uniforme de prostituta usual.

— Oi! — respondeu John. — De folga?

— É — disse ela, então virou a caneca e fez um sinal para a garçonete.

Algo estava diferente nela, mas John não sabia exatamente o quê. Não tinha a ver com a forma como se vestia ou com o fato de não usar 1 quilo de maquiagem. Se eu a conhecesse melhor, diria que ela estava nervosa.

— Você já se pegou pensando que odeia o seu trabalho? — perguntou ela. — Que devia simplesmente fugir de casa e não olhar para trás?

John sorriu. Ele pensou em fugir de casa o tempo todo que passou em Coastal.

— Você está bem?

Ela fez que sim e deu um sorriso de canto de boca.

— Você está me seguindo? Primeiro o hospital e agora isso.

John olhou em volta.

— Você é dona do lugar ou coisa parecida?

— Costumo tomar café aqui.

— Me desculpe. Só me pareceu um bom lugar para sentar um pouco.

Pela primeira vez na vida ele tinha algum dinheiro no bolso e queria agradar a si mesmo.

— Eu menti para você — disse ela.

— Sobre o quê?

— O meu primeiro beijo. Não foi com o melhor amigo do meu irmão caçula.

John tentou fazer uma brincadeira, mas na verdade estava muito magoado.

— Por favor, não me diga que foi com o seu irmão.

Ela sorriu, colocando creme no café.

— Os meus pais eram viciados em speed. Ao menos a minha mãe e a pessoa com quem quer que ela estivesse transando. — Robin pegou a colher e mexeu o café. — O estado me tirou dela quando eu era criança.

John não sabia o que dizer.

— Sinto muito por ouvir isso.

— É — disse ela. — Passei muito tempo em orfanatos. Tive pais adotivos que ficaram muito felizes por terem uma garotinha morando sob o mesmo teto.

John ficou em silêncio e a observou mexer o café. Ela tinha mãos pequenas e delicadas. Por que as mãos das mulheres eram tão mais atraentes do que as dos homens?

— E você? — perguntou ela. — Também vem de uma família destruída?

Ela disse aquelas palavras com sarcasmo. John conheceu muitos presidiários que se diziam vítimas das circunstâncias, que suas famílias problemáticas os forçaram à vida no crime. Pela forma como contavam suas histórias, não havia como pensar que tinham uma alternativa.

— Não — disse ele. — Venho de uma família perfeitamente normal. Mãe maravilhosa, que cozinhava biscoitos. Pai distante, mas que estava em casa todas as noites e se interessava pelo que eu estava fazendo. — Ele pensou em Joyce. A irmã, provavelmente, estava ao telefone naquele exato momento, tirando o coelho da cartola. John não sabia se tia Lydia faria a coisa certa, mas podia enfrentar o resto da vida em paz apenas por saber que pela primeira vez em vinte anos Joyce acreditava nele.

Robin bateu a colher duas vezes na caneca, então a colocou sobre o balcão.

— Então o que aconteceu com você, John? Como acabou na prisão?

Ele deu de ombros.

— Más companhias.

Robin riu, mas, obviamente, não achou engraçado.

— E imagino que você era inocente.

Ela já fizera aquela mesma pergunta há dois dias no hospital, e ele deu a resposta padrão:

— Todos na prisão são inocentes.

Robin ficou em silêncio, olhando para o espelho atrás do balcão.

— Então — disse ele, desejando mudar de assunto. — Com *quem* foi o seu primeiro beijo?

— Meu primeiro beijo de verdade? O primeiro cara que beijei e que queria beijar? — Ela pareceu pensar na pergunta. — Eu o conheci no orfanato. Ficamos juntos por 25 anos.

John soprou o café e bebeu um gole.

— É bastante tempo.

— É, bem. — Ela pegou a colher outra vez. — Aprontei muito com ele.

John se engasgou com o café. Ele sorriu, porém mais por simpatia do que qualquer coisa.

— Nos separamos há dois anos.

— Por quê?

— Porque quando se conhece alguém por tanto tempo, quando se cresce com uma pessoa daquele jeito, é tudo muito... — Ela procurou a palavra. — À flor da pele — decidiu ela. — Você fica muito vulnerável. Eu sei tudo sobre ele e ele sabe tudo a meu respeito. É impossível amar alguém assim. Quer dizer, é claro que se pode amar; ele faz parte de mim, do meu coração. Mas não é possível estar com a pessoa como se deseja. Amá-la como um amante. — Ela deu de ombros. — Se o amasse de verdade, eu o deixaria em paz para que seguisse em frente.

John não sabia como responder.

— Ele é louco se deixou você partir.

— Bem, há mais nessa história do que o meu lado — admitiu ela. — Eu não sou exatamente um doce de pessoa, caso você ainda não tenha notado. E você?

John a olhou, surpreso.

— Eu?

— Você tem namorada?

Ele riu.

— Você está falando sério? Fui preso quando tinha 16 anos. A única mulher que via era a minha mãe.

— E quanto a... — A frase perdeu-se no ar. — Você era adolescente, certo? Quando foi preso.

John sentiu os músculos da mandíbula tensionarem. Ele assentiu sem olhar para o lado, tentando não permitir que a mente formasse a imagem de Zebra, aqueles dentes pretos e brancos, aquelas mãos o agarrando pela nuca.

Se percebeu o constrangimento, ela não fez nenhum comentário. Em vez disso, soprou o café e bebeu um gole.

— Droga, está frio.

John fez um sinal para a garçonete.

— Tudo bem com vocês? — perguntou a mulher.

— Bem, obrigado — disse John, e deixou que enchesse sua caneca outra vez. Ele não estava acostumado a consumir tanta cafeína pela manhã, suas mãos estavam suando. Ou talvez apenas estivesse nervoso porque Robin estava ali. Ela conversava com John como se não fossem estranhos. Ele não se lembrava de ter tido uma conversa como aquela na vida.

— Me chamem se precisarem de alguma coisa — disse a garçonete.

Robin esperou que a mulher se afastasse antes de voltar a falar.

— Então, John, o que você tem feito desde que saiu?

— Estou me reaproximando da minha família — disse ele, mas não conseguiu deixar de acrescentar: — E tenho procurado o meu primo. Precisamos conversar sobre algumas coisas.

Robin olhou sobre o ombro para um homem sozinho em um reservado. John conferiu o reflexo do sujeito no espelho, se perguntando se seria um dos clientes dela. O homem usava um terno de três peças. Era provavelmente um médico, casado.

— John? — ele olhou para Robin. — Em que tipo de problema você está envolvido? — perguntou ela, surpreendendo-o.

— Não estou envolvido em problema nenhum.

— Você disse que estava sendo chantageado.

Ele assentiu.

— Disse.

— Por quem?

John segurou a caneca com as duas mãos. Ele queria responder, contar tudo que havia acontecido, mas Robin já tinha problemas suficientes, não precisava que deixassem seu fardo ainda mais pesado. E mais, ele não tinha o otimismo de Joyce quanto a tia Lydia fazer a coisa certa. Michael era filho dela, mesmo que fosse um assassino sádico. Não havia como saber do que ele era capaz. John não conseguiria viver em paz se algo de ruim acontecesse com Robin por sua causa.

— Não posso envolvê-la nisso — disse ele.

— E se eu quiser me envolver? — Ela colocou a mão na coxa de John, e ele prendeu a respiração quando Robin a subiu um pouco mais. — Eu sei que você é um bom homem.

Ele abriu a boca para conseguir respirar.

— Talvez você não devesse...

— Eu sei que você não tem com quem falar — disse ela, a mão firme na perna de John. — Quero que saiba que pode falar comigo.

Ele fez que não e sussurrou:

— Robin...

Ela esfregou a mão para a frente e para trás.

— Já faz um bom tempo, não?

Nunca, ele pensou. Nunca.

— Quer ir a algum lugar e conversar?

— Eu não... — Ele não conseguia pensar. — Eu não tenho dinheiro para...

A mulher se aproximou.

— Eu já disse. Estou de folga.

Se a mão subisse 1 centímetro sequer, John precisaria pedir uma toalha à garçonete. Ele apertou os olhos, tentando encontrar alguma força. E colocou a mão sobre a de Robin.

— Não posso.

— Você não me quer?

— Não existe um homem vivo que não a queira — disse ele, pensando que nunca foram ditas palavras mais verdadeiras. — Eu gosto de você, Robin. Eu sei que isso é idiota. Sei que nem ao menos a conheço. Mas não posso envolvê-la nos meus problemas, está bem? Pessoas demais já se feriram. Se algo acontecesse como você, se você também... — Ele fez que não. Não conseguia nem ao menos pensar naquilo. — Quando isso tiver acabado — disse ele. — Quando isso tiver acabado, eu a encontrarei.

Robin tirou a mão. Ela levou a caneca à boca e repetiu a pergunta:

— Quem está chantageando você, John?

O tom havia mudado. Ele não sabia exatamente o porquê, mas aquele tom lembrava os guardas da prisão, a forma como faziam uma pergunta sabendo que você precisaria respondê-la ou seria atirado em um buraco.

— Tudo estará resolvido em breve — disse ele.

— Como assim?

— Já estou cuidando de tudo. Não posso dizer mais nada agora.

— Você não vai me dizer nada?

— Não — disse ele.

— Tem certeza, John?

Robin estava séria, mas ele sorriu.

— Vamos falar sobre outra coisa.

— Preciso que você fale comigo — disse ela. — Preciso saber o que está acontecendo.

— Do que você está falando, Robin?

— Sobre a sua vida, John. Você não pode se abrir comigo?

Os pelos do pescoço dele se eriçaram.

— Não estou gostando disso.

Robin colocou a caneca sobre o balcão. Ela se levantou, endurecendo o olhar.

— Eu tentei ajudar. Não se esqueça disso.

— Ah, Robin... — disse ele, sem saber o que fizera de errado.

John sentiu uma mão no ombro. Quando se virou, viu o homem do terno de três peças parado às suas costas.

— O que está acontecendo?

O homem olhou para Robin, então John também o fez.

— Sinto muito, John — disse ela, e realmente parecia sentir aquilo, mas John não sabia por quê. Ela levou a mão à bolsa e pegou a carteira. Estupidamente, ele achou que a mulher fosse pagar a conta. E abriu a boca para dizer que não se preocupasse, mas percebeu o brilho dourado quando Robin abriu o distintivo.

— Sou policial — disse ela, como se John já não houvesse visto por si mesmo.

— Robin...

— É Angie, na verdade. — O homem firmou a mão no ombro de John. — Vamos lá para fora.

— Não... — John sentia o corpo começar a tremer, os músculos se liquefazendo.

— Para fora — ordenou ela, colocando a mão sobre o braço de John para fazê-lo levantar.

Ele caminhou como um inválido, apoiando-se em Angie quando o homem abriu a porta. Os policiais de Decartur fizeram a mesma coisa quando o arrastaram para fora do quarto. Eles o levaram pelas escadas, até a frente da casa, e o algemaram sob os olhares dos vizinhos. Alguém gritou e, quando olhou para trás, John percebeu que era sua mãe. Emily caíra de joelhos e chorava, e Richard não fazia qualquer menção de ajudá-la a se levantar.

O sol do lado de fora estava brutal e John piscou os olhos. Ele percebeu que ofegava. Prisão. Eles o levariam para a prisão. Tirariam suas roupas, o revistariam, coletariam as digitais e o atirariam em uma cela cheia de homens que esperavam pela sua volta, que esperavam para mostrar-lhe o que pensavam sobre estupradores de crianças que não conseguiam se adaptar ao mundo exterior.

— Will. — Ela falava com o homem. — Não.

John viu as algemas prateadas que o homem segurava.

— Por favor... — conseguiu dizer.

Ele não conseguia respirar. Os joelhos fraquejaram. A última coisa que viu foi Robin dando um passo à frente para amparar sua queda.

34

8h55

Angie sentia-se suja. Mesmo depois de um banho escaldante, ela sentia como se nunca fosse se livrar da sujeira que tinha dentro de si.

O olhar de John, o medo, o sentimento de traição lhe cortavam o coração como um caco de metal. Will carregou John até o carro e o ajudou a se sentar no banco traseiro como se fosse uma criança a caminho das compras. Angie ficou parada, pensando. Aí estão os dois homens cuja vida mais arruinei.

E foi embora antes que Will conseguisse impedir.

O que havia em John Shelley que a fazia querer salvá-lo? Talvez fosse o fato de ele ser sozinho no mundo. Talvez porque enxergasse a solidão como uma armadura que apenas ela conseguia ver. Ele era como Will. Exatamente como Will.

Apesar de ter feito faxina na casa de cima a baixo alguns dias antes, Angie calçou as luvas e atirou-se ao trabalho. Ela usou uma garrafa de água sanitária no banheiro, esfregando os azulejos de um branco imaculado com uma escova de dentes. Will assentara o piso para ela, em padrão diagonal, por saber instintivamente que isso faria o espaço parecer maior. Ele pintou as paredes de amarelo-claro e os detalhes de branco-gelo, sob as provocações de Angie quanto às suas habilidades como decorador.

Ela poderia telefonar. Will estava apenas fazendo o seu trabalho. Ele era um bom policial, mas também um bom homem, e não era certo puni-lo porque John Shelley se envolvera em algo ruim. Assim que terminasse de limpar a casa, ela ligaria para o celular de Will, explicaria que o que ela odiava era a situação, e não ele.

Angie passou para a cozinha. Ela tirou potes e panelas dos armários e começou a limpá-los. Mas não conseguia deixar de pensar no que acontecera aquela manhã, tentando pensar se havia uma forma que pudesse ter facilitado a situação.

— Droga!

Ela precisava de papel para forrar. Era inútil limpar os armários quando provavelmente havia todo tipo de imundície sob o forro. Ela levantou uma ponta do papel do armário sob a pia e começou a arrancá-lo. Estava limpo, mas o papel estava rasgado. Ela precisava pegar mais, mas se deu conta de que havia acabado antes mesmo de chegar à despensa.

— Droga! — disse outra vez, tirando as luvas de limpeza. Angie as atirou na pia e soltou mais alguns impropérios enquanto procurava as chaves.

Dez minutos depois ela estava no carro, a caminho não do supermercado, mas subindo a Ponce de Leon a caminho de Stone Mountain. Ela sabia onde Michael morava. Depois que transaram, ou, mais precisamente, depois que Michael transou com ela, Angie ficou um pouco obcecada. Ela foi até a casa do ex-colega algumas vezes, viu a esposa e o filho, Michael lavando o carro. Mas não durou muito tempo, talvez uma semana, até que percebesse que agia como uma pessoa desequilibrada. Não era com Michael que estava furiosa, mas consigo mesma, por envolver-se em outra situação ruim.

Os Ormewood moravam em uma casa térrea parecida com as demais da vizinhança. Angie estacionou na entrada para veículos vazia. Se os vizinhos notaram que o Monte Carlo SS preto estava fora do lugar, não vieram correndo. Cada centímetro da sua pele formigou quando ela desceu do carro.

Angie envergava o uniforme de faxina de costume: bermuda jeans cortada, uma camisa velha de Will e sandálias cor-de-rosa que calçou ao sair de casa. As sandálias estalavam contra as solas dos pés quando ela se aproximou da porta da garagem. Ventava, e Angie envolveu o corpo com os braços. Ela ficou na ponta dos pés e observou a garagem.

Os vidros das janelas haviam sido pintados.

Um carro passou, e Angie o acompanhou com os olhos para garantir que não desaceleraria antes de seguir para a porta da frente. Ela tocou a campainha e esperou, saboreando a surpresa que Michael teria quando abrisse a porta e a visse. Angie diria que John havia sido preso, então perguntaria de onde Michael conhecia John Shelley, por que alertara ela e as garotas para ficarem atentas a um assassino recém-libertado.

Angie bateu na porta e tocou a campainha outra vez.

Nada.

Ela girou a maçaneta, mas a porta estava trancada. Forçando a si mesma a não olhar para trás ou fazer qualquer coisa que a fizesse parecer uma arrombadora, caminhou casualmente até o quintal, com passos lentos, olhando pelas janelas como se fosse apenas uma amiga que fazia uma visita. Ela desejava poder usar o celular como cobertura, mas o deixara em casa, carregando.

Havia uma portinhola para cachorros na porta dos fundos. A porta parecia antiga, e Angie concluiu que deveria estar ali desde a construção da casa. Michael odiava cachorros. Ela se lembrava da primeira batida da qual participaram juntos. Uma das garotas tinha um cachorro que não parava de latir e Michael sacou a arma quando o animal se aproximou. A prostituta riu, assim como Angie. Pensando bem, foi a mesma prostituta que falou sobre a chantagem de Michael para conseguir sexo de graça.

Angie ficou de joelhos e contorceu os ombros para conseguir passar pela portinhola. Os quadris largos ficaram presos — obrigada, mãe —, mas ela acabou conseguindo passar. Engatinhou pelo chão e ficou de pé, com os ouvidos atentos, para garantir que não havia ninguém ali. Pela primeira vez desde que saíra de casa ela se perguntava o que diabos estava fazendo. Por que invadira a casa de Michael? O que esperava encontrar?

Talvez Will estivesse certo. Michael, sem dúvida, era um idiota, ele batia na esposa e provavelmente a estuprou naquela noite em que ela estava embriagada demais para se defender, mas isso não queria dizer que estivesse envolvido naquilo. Então, por que ela estava ali?

— Droga! — sussurrou entre os dentes, se virando para sair por onde entrara. Então ouviu um ruído e parou quando começava a se agachar. Um ganido? Foi isso que ouviu? Michael tinha um cachorro agora?

Angie congelou, com os ouvidos atentos. O som não se repetiu e, por uma fração de segundo, ela se perguntou se estava enlouquecendo. Não havia como negar que o fato de ter invadido uma casa deixava dúvidas quanto à sua sanidade.

Angie se levantou, talvez o melhor fosse terminar o que havia começado. Ela deixou as sandálias ao lado da porta. Ela odiava ficar descalça, mas não queria que os ruídos a acompanhassem pela casa.

Ela parou próximo à porta da cozinha, escutando um carro passar. Angie concentrou toda a atenção nos ouvidos. Alguém abriu e fechou uma porta, mas o som vinha do outro lado da rua. Ela relaxava os músculos quando ouviu uma pessoa falar alguma coisa, o início de uma conversa. Meu Deus!, tudo que ela precisava era que Michael aparecesse e a encontrasse ali bisbilhotando a casa dele.

A sala era como esperava: um sofá com estofado macio e uma TV de tela grande. Angie olhou para o corredor, mas não queria entrar nos quartos. Não queria ver onde Michael transava com a esposa, saber que aquele provavelmente era o lugar onde batia em Gina.

Ele bateu em Angie? Ela não sabia. Os braços estavam com hematomas no dia seguinte, as partes íntimas queimavam. Ela desmaiou no carro e Michael fez o que bem quis. Idiota! Será que não sabia, apenas de olhar para ela, que poderia fazer praticamente qualquer coisa? Não era como se precisasse esperá-la desmaiar.

Havia uma porta nos fundos da sala. Uma fechadura com ferrolho a trancava por dentro. Angie tentou orientar a si mesma e concluiu que a garagem ficava do outro lado. Por que havia uma trava na porta da garagem quando qualquer um poderia entrar pela portinhola da cozinha? E por que os vidros das janelas estavam pintados?

Angie foi até a porta e encostou a orelha no metal frio. O ferrolho rangeu quando o puxou. Ela colocou a mão na maçaneta e abriu a porta. A sala estava em completa escuridão, e ela tateou a parede em busca do interruptor. As lâmpadas fluorescentes piscaram algumas vezes e, sob os clarões, ela viu uma bancada de trabalho, um cortador de grama e uma mesa de sinuca.

As luzes se acenderam. Uma menina nua estava amarrada ao pé da mesa de sinuca. A boca estava amordaçada, o rosto, ensanguentado. Os olhos se arregalaram ao verem Angie, o branco em círculos perfeitos ao redor das íris. A não ser pelo movimento rápido do peito, a menina não se mexia.

Angie prendeu a respiração. Ela sentiu uma dor lancinante na parte de trás da cabeça, então viu uma explosão ofuscante ao cair. Ela ouviu a menina gemer, um homem rir e nada mais.

35

10h13

Will recostou-se na cadeira, olhando para a vista deprimente que tinha da janela do escritório. Ele pegou o telefone e tentou o celular de Angie outra vez, e esperou até ouvir o comunicado da caixa de mensagens antes de colocar o fone no gancho. Tentava falar com Angie há uma hora; primeiro, em casa e, depois, no celular. Ela dissera que ia direto para casa, e não era típico de Angie não atender quando ele ligava. Mesmo que estivesse zangada com Will, atendia ao menos para xingá-lo ou dizer que parasse de ligar.

E estava certa sobre uma coisa, pelo menos. John Shelley não disse uma palavra desde que Will o colocou no carro.

Leo Donnely bateu na porta do escritório e abriu antes de ser convidado.

— A advogada está aqui.

— Obrigado.

— Diz que é amiga da irmã.

Will se levantou e vestiu o paletó.

— Você não acredita nela?

O detetive entregou um cartão para Will.

— É advogada imobiliária. — Ele abaixou a voz. — Uma sapata sensacional.

Will não sabia o que Donnelly esperava que ele dissesse. Ele olhou para o cartão pelo tempo apropriado antes de colocá-lo no bolso do colete.

Leo acompanhou Will pelo corredor.

— Vou dizer uma coisa, ela é uma perda e tanto para o nosso lado. Entendeu?

Will não queria ter aquela conversa.

— Você alguma vez ouviu Michael mencionar o nome John Shelley?

— O assassino? — Leo contraiu os lábios, pensando a respeito. — Não.

— Há uma detetive que trabalha no Departamento de Combate à Prostituição... Angie Polaski.

Leo soltou um sorriso de reconhecimento.

— É, eu a conheço.

Will abriu a porta das escadas. Leo não parecia satisfeito que não tomassem o elevador para descer os dois andares até as salas de interrogatório, mas o homem devia estar feliz por Will não apagar aquele sorriso com um soco.

— A detetive Polaski disse que há alguns meses Michael a alertou, e algumas das garotas, a ficarem de olho em um ex-presidiário chamado John Shelley.

Leo já não sorria ao chegarem ao patamar.

— Mike já sabia algo a respeito desse cara?

— É o que parece.

Donnelly continuou a descer as escadas correndo os dedos pelo corrimão. Ele parou no patamar e Will se virou.

— Escuta — disse o detetive. Ele olhou sobre o corrimão e abaixou a voz. — Essa Polaski... Mike deu uns apertos nela há algum tempo. Você sabe como é, ele é casado, ama a esposa, mas isso não quer dizer que não dê umas escapadas por aí, principalmente com uma coisinha daquelas. Está entendendo?

— O que aconteceu?

— Polaski não entendeu as regras. Estava em busca de algo um pouco mais permanente. Mike tentou pular fora, mas a mulher tem uma queda de verdade por ele desde então.

Will quase riu ao pensamento de alguém imaginar que Angie buscasse um relacionamento sério. Ele continuou a descer as escadas.

— Você acha que ela inventou a história?

— Mulher rejeitada, você sabe como é.

— Mas por que inventaria algo assim?

Leo pensou na resposta por alguns segundos, e finalmente deu de ombros.

— Mulheres.

— Você não me disse outro dia que Gina entrou com uma medida cautelar contra Michael por ter sido agredida?

— Bem... — Leo fez outra pausa. — Sim. E daí?

Will continuou a descer.

— Mas não achou que ela estivesse inventando a história.

— Não — admitiu Leo. Ele esfregou o polegar no queixo, um gesto que Will identificou alguns minutos depois de conhecer o detetive. Ele esperava que o sujeito não jogasse pôquer. — O que acontece é o seguinte — disse Leo por fim. — Mike me telefonou ontem à noite e perguntou como ia o caso.

— Ele também telefonou pra mim.

— E o que você disse?

Will abriu a porta do segundo andar.

— Provavelmente a mesma coisa que você. Que estamos num beco sem saída.

— É, mas então eu mencionei que você me pediu para levantar a lista dos criminosos sexuais. Ele ficou puto. Disse que era brilhante. — Leo deu um sorriso de canto de boca, desculpando-se com Will. — E não que esteja sendo desrespeitoso com você, mas acho que aquelas fichas não deram em absolutamente nada.

Will assentiu. Shelley estava na pilha dele, mas a ficha de liberdade condicional não tinha os detalhes levantados por Caroline. Se Angie não tivesse pedido para Will pesquisar sobre o homem, Shelley provavelmente ainda estaria nas ruas.

Mas é claro que foi Michael Ormewood quem falou com Angie sobre Shelley.

Os passos de Leo eram mais curtos do que os de Will, e ele se esforçou para acompanhá-lo quando desciam o corredor.

— Mas acontece que Mike está na polícia há quase tanto tempo quanto eu. Ele sabe tão bem quanto eu que era um tiro no escuro. — Will reduziu o passo. — E também que uma puta viciada que morava no Grady nunca viveria em um apartamento limpo como aquele.

Will parou, pensando que talvez houvesse subestimado Leo Donnely.

— Aposto meu colhão esquerdo que alguém limpou aquele apartamento antes de chegarmos lá.

— Você disse isso a Michael?

— Ele discutiu comigo — admitiu Donnely. — Mike geralmente é um cara tranquilo, sabe? Mas ficou puto de verdade quando eu disse que o apartamento havia sido limpo. Ele não colocou isso no relatório.

— Talvez estivesse sendo cuidadoso.

— Ser cuidadoso é deixar de incluir que encontrou o seu nome na caderneta de telefones da puta, não fazer vista grossa ao fato de que alguém limpou o apartamento com um litro de água sanitária.

Will colocou as mãos nos bolsos.

— O que você vai fazer agora?

Leo deu de ombros.

— Estou trabalhando em outros três casos. Por quê?

— Você se incomoda em ir até a casa de Michael?

— Pra quê?

— Fazer uma visita — disse Will. — Só para garantir que está tudo bem com ele.

— Vou te dizer — começou Leo. — Pela forma como ele anda agindo, não dou a mínima se o cara está bem ou não.

— Só faça uma visita — insistiu Will, colocando a mão no ombro de Leo. — Quero saber onde ele está.

Leo olhou para ele por alguns segundos, então assentiu.

— Claro — disse ele por fim. — Tudo bem.

Will colocou a mão na maçaneta da porta da sala de interrogatório, mas não a abriu. Ele fechou os olhos tentando se concentrar. Quando entrasse naquela sala, não poderia pensar em Angie, Michael, Jasmine ou nada que pudesse desviá-lo do objetivo. John era o alvo e Will não se contentaria com nada que não fosse um tiro certeiro.

Ele bateu uma vez na porta e entrou sem esperar ser convidado. John Shelley estava sentado à mesa. A advogada estava sentada ao lado dele e segurava as suas mãos.

Os dois se afastaram rapidamente quando Will entrou.

— Desculpem por interromper — disse Will.

A mulher se levantou. A voz era forte, indignada. Ela podia ser especializada em direito imobiliário, mas ainda assim era uma advogada.

— Meu cliente está preso?

— Sou o agente especial Will Trent. E a senhora é?

— Katherine Keenan. O senhor pode me dizer por que o meu cliente está aqui?

— Acredito que a senhora seja advogada imobiliária — disse Will. — Está representando o Sr. Shelley em uma compra?

Os olhos da mulher se estreitaram.

— Ele está preso ou não?

Will puxou uma cadeira.

— A senhora se importa?

— Detetive, eu não dou a mínima se o senhor senta, fica de pé ou levita. Pare de me enrolar e responda a minha pergunta.

John olhou para o tampo da mesa, mas não antes que Will o visse sorrir.

— Muito bem. — Will sentou-se à frente deles e se dirigiu à advogada. — Mas se a senhora não se incomoda, sou o agente especial Trent. Os detetives trabalham para a polícia local. Eu sou agente estadual. Do Georgia Bureau of Investigation. Talvez a senhora tenha nos visto na TV.

Katherine, obviamente, não se deu conta da importância daquela informação, mas John pareceu perceber o que aquilo queria dizer. A agência estadual entrava na investigação quando a polícia local não era capaz de lidar com o caso ou quando o crime envolvia diversas jurisdições.

— Não vou responder nenhuma pergunta — disse John.

— Não tem problema, Sr. Shelley — disse Will. — Não tenho nenhuma pergunta para o senhor. Se tivesse, poderia perguntar algo como "Onde o senhor estava na noite de 3 de dezembro do ano passado?". Ou talvez perguntasse sobre 13 de outubro. — Se as datas diziam alguma coisa a John, ele não deixou transparecer. — Ou poderia ficar curioso e perguntar sobre domingo passado. — Agora houve uma reação. Will pressionou um pouco mais. — O senhor se lembraria desse dia, já que era noite de Super Bowl. Ou sobre o dia seguinte, 6 de fevereiro. Foi uma segunda-feira. Talvez perguntasse onde o senhor estava na última segunda-feira.

— Ele não precisa responder a nenhuma das suas perguntas — disse Katherine.

Will falou diretamente com John:

— Você precisa confiar em mim.

John olhou para o agente como se ele fosse uma parede vazia.

Will recostou-se na cadeira e resumiu a situação para ambos:

— Eu tenho uma prostituta morta, uma adolescente morta e duas garotas tentando descobrir como suportar o resto da vida depois de terem as línguas arrancadas a dentadas.

Will olhava para a advogada ao falar. Ela não tinha tanta experiência quanto John, não aprendera a disfarçar as emoções tão bem quanto o cliente.

— Também tenho uma adolescente desaparecida — prosseguiu Will. — O nome dela é Jasmine. Ela tem 14 anos. Mora no Grady Homes com o irmão caçula, Cedric. No último domingo, um homem branco pagou 20 dólares para que Jasmine desse um telefonema.

John apertou as mãos sobre a mesa.

— O interessante é que esse homem deu 10 centavos para ela dar o telefonema. — Will fez uma pausa. — E eu imagino que ligações de telefones públicos não custem 10 centavos desde pelo menos 1985.

John mexeu as mãos.

— Sra. Keenan, esta é a pergunta que nos persegue: como John Shelley conhece Michael Ormewood?

A advogada literalmente arfou ao escutar o nome.

— Kathy — alertou John.

Will explicou a situação:

— Na última segunda-feira uma adolescente de 15 anos morreu. Alguém cortou a língua dela. Não consigo deixar de pensar, Sr. Shelley, que há vinte o senhor cortou a língua de outra adolescente de 15 anos.

Katherine não suportava mais.

— A língua não foi cortada!

— Kathy — disse John. — Espere lá fora.

— John...

— Por favor — disse ele. — Espere lá fora. Tente encontrar Joyce.

A mulher, obviamente, não queria sair.

— Por favor — repetiu ele.

— Está bem. Mas estarei aqui fora.

— Na verdade — começou Will, levantando-se — a senhora não pode esperar no corredor, Sra. Keenan. Edifício do governo, terroristas, a senhora sabe como é. — Ele abriu a porta para a mulher. — Há uma sala para advogados no andar de baixo, bem ao lado da máquina de lanches. A senhora pode fazer ligações, talvez comer alguma coisa.

Ela fuzilou Will com o olhar ao sair da sala. Mas a saída da advogada aumentou a tensão na sala, em vez de aliviá-la.

Will fechou a porta sem pressa e voltou a sentar-se. Ele cruzou os braços, à espera que John Shelley falasse. Ao menos cinco minutos se passaram.

Will esperou um pouco mais, então decidiu ceder:

— Como você conhece Michael?

As mãos de John ainda estavam entrelaçadas sobre a mesa, e os dedos apertaram com mais força.

— O que ele disse?

— Não estou perguntando para ele. Estou perguntando para você.

John olhou para Will com ódio.

— Joyce é sua irmã?

— Deixe-a fora disso.

— Deve ter sido difícil todos esses anos. Você ter sido preso daquela forma, ela aqui fora.

— Ela sabe que eu sou inocente.

— Isso deve ter dificultado ainda mais as coisas.

— Pare de usar essa sua psicologia furada em mim.

— Eu só estava curioso para saber como foi.

— Como foi o quê? — disse John, liberando parte do ódio que sentia. — Como foi arruinar a minha família, mandar a minha mãe para o cemitério mais cedo? Como foi ser tratado como um maldito pária pelo meu próprio pai? O que você acha, cara? Que porra você acha?

As palavras de John ficaram suspensas no ar, sua voz ecoando nos ouvidos de Will. O que Will achava? Ele achava que as peças finalmente estavam se encaixando.

— Quero que você faça uma coisa pra mim.

John ergueu os ombros em um gesto evasivo.

Will mantinha no bolso uma cópia da carta de Aleesha Monroe, um tipo de talismã para ajudá-lo no caso. Ele desdobrou a folha e a empurrou a para John sobre a mesa.

— Você pode ler isso pra mim? Em voz alta, por favor.

O homem o encarou desafiadoramente, mas a curiosidade acabou vencendo. Ele inclinou-se sobre a mesa, sem tocar no papel ao ler a carta em silêncio.

John olhou para Will, confuso.

— Você quer que eu leia isso em voz alta?

— Se você não se importa.

John pigarreou. Ele, obviamente, não sabia o que estava acontecendo, mas começou a ler, o que Will interpretou como um sinal de confiança.

— "Querida mãe" — começou ele, mas Will o interrompeu.

— Me desculpe. A terceira linha — disse ele. — Comece pela terceira linha.

John o olhou como se dissesse que leria, mas que já bastava.

— "A Bíblia diz que os pecados do pai são punidos no filho. Eu sou a proscrita, a intocável que pode viver apenas com o outro Pária, por causa dos seus pecados." — Ele parou, olhando para as palavras como se soubesse que não percebia algo que estava debaixo do seu nariz.

— Quem é Alicia? — perguntou John.

— Aleesha Monroe — disse Will, e a expressão no rosto de John disse tudo que ele precisava saber. — Falei com a mãe dela ontem pela manhã. Precisei dizer que a filha estava morta.

John engoliu visivelmente.

— Morta?

— Aleesha Monroe foi estuprada. Espancada. A língua dela foi arrancada com uma mordida.

— Então foi... — John sussurrou, mais para si mesmo. Ele pegou a carta e olhou as palavras escritas por Aleesha para a mãe.

— Ela escreveu pária duas vezes — disse Will, sabendo que aquela era a sua única chance de conquistar a confiança de John. — Na primeira, usou um p minúsculo. Na segunda, usou letra maiúscula. *Pária*, e não *párias*. Ela referia-se a uma pessoa, não a um grupo.

Os olhos de John corriam pela página, e Will sabia a frase que ele estava lendo. *A intocável que pode viver apenas com o outro Pária.*

Will inclinou-se sobre a mesa, garantiu que tinha a atenção de John.

— Quem é o pária, John?

Ele olhava para a carta.

— Não sei.

— É alguém que Aleesha conhecia no passado. Alguém com quem precisava viver agora. — O telefone de Will tocou no bolso, mas ele o ignorou. — Preciso que me diga quem é o Pária, John. Preciso ouvir de você.

John sabia a resposta, deduziu pelo que leu. Will podia ver em seus olhos.

— Seu telefone está tocando — foi tudo que ele disse.

— Não se incomode com isso — disse Will. — Quem é o Pária?

Ele fez que não, mas Will sabia que estava no limite.

— Me diga do que ela está falando.

O telefone continuou a tocar, mas Will não fez a menor menção de desligá-lo. Ele viu John começar a escorrer pelos seus dedos, o toque funcionando como um sino de alerta, lembrando o ex-presidiário a ficar de boca fechada.

— John — insistiu Will.

John levantou-se, agitou a folha de papel e a atirou no rosto de Will.

— Eu disse que não sei! — gritou ele.

Will recostou-se na cadeira, amaldiçoando Angie por escolher aquele momento para retornar a ligação. Ele abriu o telefone.

— O que é?

— Trent — disse Leo Donnelly. — Estou na casa de Mike.

— Espere um minuto — disse Will, então apertou o aparelho contra o peito. — Preciso sair um minuto para atender esta ligação, está bem?

John balançou a cabeça.

— Como quiser.

Will saiu da sala e levou o telefone ao ouvido enquanto fechava a porta.

— O que foi, Leo?

— Vim para a casa de Michael como você pediu.

Ele sentiu uma fagulha de raiva. John estava prestes a cair na arapuca. Se a porcaria do telefone não tivesse tocado, o homem estaria contando a história toda agora mesmo.

— Bati na porta, e sei que Mike está em casa porque o carro dele está estacionado na rua.

Will encostou-se na parede, sentindo o efeito da noite em claro.

— E?

— Nada. Mas então uma viatura da polícia de DeKalb encosta, seguida por Gina. Gina é a esposa, certo? Ela pediu proteção para tirar algumas coisas da casa.

— Certo.

— Ela entrou de ré no acesso da garagem, e eu não ia me esconder em uma moita, então fui até ela, perguntei como ela estava. Ela me olhou como se eu fosse um inseto no cereal, acho que acreditando que eu sou amigo de Mike.

Will pensou em John sentado na sala de interrogatório.

— Isso vai chegar em algum lugar?

— Você acha que eu estou ligando pra bater papo, júnior? Tenho pelo menos dez anos de polícia a mais do que você.

— Você está certo — disse Will, voltando a se encostar na parede e se perguntando quanto tempo aquilo duraria. — Continue.

— Enfim, o pessoal de DeKalb não ficou muito contente por me ver, certo? Ao que parece, Mike tem evitado os caras no caso da vizinha morta. Não falou com eles, não prestou depoimento, não permitiu que entrassem na casa.

Agora ele tinha a atenção irrestrita de Will.

— Na minha opinião, usaram o pedido de Gina para dar uma olhada por aqui.

— E?

— Depois que descobriu que Mike não estava em casa, Gina não os deixou entrar — disse Leo, e acrescentou com alguma admiração: — Ela pode odiar o cara, mas ainda é esposa de um policial. Gina sabe que não se deixa ninguém bisbilhotar a não ser que a pessoa tenha um papel assinado pelo juiz.

— O que eu não estou entendendo?

— Me deixe terminar — disse Leo. — O policial Barkley ficou puto, e estava fanfarronando por aqui com o pau na mão. Então descontou em mim, disse para eu dar o fora da propriedade. — Will escutou o estalido da tampa de um isqueiro quando Leo acendeu um cigarro. — Fui para a rua. Esse é um país livre, certo? Barkley não é o dono da rua.

Will conseguia imaginar a cena. Não se diz a um policial para sair, a não ser que se queira que o sujeito fique no seu cangote pelo resto da vida.

— Fui até o carro de Mike — continuou Leo — me perguntando por que está estacionado na rua, e não no acesso da garagem, quando uma vizinha chegou com as compras. Uma mulher barulhenta, mas perguntei onde Mike estava e ela disse... — Leo fez uma pausa para tragar o cigarro. — Ela disse que Mike estava aqui há coisa de uma hora. Que estava pegando a correspondência quando ele chegou. Que ele perguntou sobre o carro estacionado no acesso da garagem dele.

Will se afastou da parede.

— Que carro?

— Um carro estacionado em frente ao portão da garagem — respondeu Leo. — Mike queria saber há quanto tempo estava ali. A mulher disse cinco, dez minutos, e ele se afastou sem nem ao menos agradecer.

— E então?

— A vizinha entrou em casa, pegou a lista de compras e saiu de novo. — Leo deu outra tragada. — Só que percebeu que agora o carro estava estacionado na direção contrária. Com o fundo voltado para a casa. Ela viu Mike fechando o portão da garagem.

— Puta merda.

— Ele acenou, fechou o porta-malas, entrou e foi embora.

Fechou o porta-malas, Will repetiu mentalmente. Michael colocou alguma coisa na mala do carro.

— Ela disse qual era o modelo do carro? — perguntou Will.

— Preto. Ela não conhece modelos.

O coração dele não estava mais batendo.

— Leo, o policial ainda está aí?

— Está.

— O carro de Gina ainda está estacionado no acesso da garagem?

— Sim.

— Preciso que vá até lá e olhe debaixo da traseira do carro. Diga se vê uma mancha fresca de óleo no concreto.

— Você quer que o cara arranque o meu pau com um tiro?

— Você precisa fazer isso — insistiu Will, com a garganta doendo com o esforço que fazia para falar. — Veja se há manchas frescas de óleo.

— Meu Deus! — murmurou Leo. Will escutou-o soprando fumaça. — Certo. Espera um pouco.

Will fechou os olhos com força, visualizando Leo caminhando até o acesso da garagem da casa. Ele ouviu uma voz masculina, provavelmente o policial chamado Barkley, então alguns grunhidos quando Leo se agachou. Mais gritos do policial, respostas desaforadas de Leo. Finalmente ele voltou ao telefone.

— Sim, tem uma macha fresca de óleo. Não pode ser do carro de Gina, porque ela estacionou de ré na...

Will fechou o telefone, colocou o aparelho no bolso e abriu a porta da sala de interrogatório com uma pancada.

John o viu avançar e recuou.

— Mas o que...

Will torceu o braço do homem atrás das costas e empurrou o rosto dele contra a parede. Ele colocou a boca a centímetros da orelha para garantir que o canalha ouviria cada palavra.

— Me diga onde ele está.

John gritou de dor e ficou na ponta dos pés.

— Me diga onde ele está — repetiu Will, empurrando o braço para cima.

— Eu não...

— Ele está com Angie, seu idiota. — Will torceu o braço com mais força. — Diga onde ele está.

— Tennessee — sussurrou John. — Ele tem uma casa no Tennessee.

Will o soltou e John caiu no chão.

— Onde no Tennessee?

John fez que não, tentou se levantar.

— Me leve com você.

— Diga o endereço.

John levantou-se com esforço, apertando os olhos pela dor que sentia no ombro.

— Me leve com você.

— Só vou perguntar mais uma vez. — Como John não respondeu, Will deu um passo em sua direção.

— Está bem! — gritou John, erguendo o único braço que conseguia mexer. — Elton Road, número 29. Ducktown, Tennessee.

36

Angie vomitou em algum momento, mas a mordaça segurou a maior parte na boca. A julgar pelo cheiro acre no porta-malas, também deve ter urinado nas calças. A cabeça martelava e o corpo doía tanto que ela não conseguia mover-se sem gemer de dor. As mãos e os pés estavam amarrados atrás do corpo. Mesmo que fosse capaz de se mexer, ela não tinha para onde ir, não tinha nada que pudesse fazer. Estava completamente impotente.

Ela tentou se concentrar na respiração, em manter-se orientada para não voltar a enjoar. Aquela não era sua primeira concussão, nem a pior, mas a escuridão no porta-malas fazia com que fosse difícil controlar o pânico. Cada vez que o carro parava em um sinal ela não conseguia refrear o medo que ardia no peito como ácido.

O carro reduziu a velocidade outra vez e ela tensionou os músculos, escutando os pneus contra o cascalho em uma estrada de chão. Haviam deixado o asfalto. Angie não fazia ideia há quanto tempo estava no porta-malas. Não viu quem a golpeou na cabeça, mas sabia que era Michael. A risada ainda ecoava em seus ouvidos. Era a mesma risada que dera quando a atirou no banco de trás do próprio carro na noite da festa de Ken.

A menina.

Havia uma menina amarrada ao pé da mesa de sinuca; sangue e hematomas se espalhavam por todo o seu delicado corpo. Jasmine. Só podia ser Jasmine.

O carro parou lentamente. Angie contou os segundos. Quando chegou a 12, a porta foi aberta. O carro balançou quando o motorista desceu. A porta bateu. Passos soaram no cascalho. A porta do passageiro foi aberta e então fechada com força, como que com o pé.

Vinte segundos. Cinquenta. Cem. Angie já havia desistido de contar quando escutou o ruído da chave sendo colocada na fechadura do porta-malas.

Ela foi cega pela luz do sol e apertou os olhos de dor. O ar fresco era como o paraíso e ela abriu a boca amordaçada, dilatou as narinas, desesperada por respirar.

Uma sombra bloqueava o sol. Lentamente, ela abriu os olhos. Michael sorria, a cicatriz denteada que Jasmine fizera no seu rosto três dias antes mais parecendo uma pintura de guerra.

— Dormiu bem?

Ela forçou as cordas.

— Calma — alertou Michael.

— Vá se foder — disparou Angie por trás da mordaça.

Ele tirou uma faca de caça longa da bainha e a alertou a não tentar nada, então cortou as cordas.

Angie gemeu de alívio ao alongar as pernas o máximo que conseguiu. As mãos ainda estavam amarradas às costas, mas ao menos ela conseguia se mexer.

— Desça do carro.

Angie tentou sentar-se com esforço. Michael colocou a faca de volta na bainha e sacou a arma de serviço. Ele a apontou contra a cabeça da mulher e ela parou de se mexer.

— Devagar — ordenou. — Não pense por um minuto que não vou puxar o gatilho.

A corda feriu os pulsos quando ela pressionou as palmas das mãos contra o piso do porta-malas. Depois de diversas tentativas, Angie conseguiu equilibrar o corpo. Ela passou as pernas sobre a borda do porta-malas. Gemendo, saiu com esforço, cambaleando quando os pés tocaram o chão, mas de alguma forma conseguindo manter-se de pé.

Ela olhou em volta, tentando descobrir onde estava.

— Isso foi impressionante. Já havia me esquecido de como você é flexível.

Ela quis arrancar os olhos do homem com as mãos.

— Olhe em volta — disse Michael. Angie viu morros e montanhas com picos nevados ao fundo de uma cabana rústica. — Você pode gritar quanto quiser; ninguém vai te ouvir.

O homem puxou a mordaça para baixo e Angie buscou o ar com sofreguidão. O nariz parecia estar quebrado e, quando cuspiu no chão, ela viu uma mistura de sangue e restos do café da manhã.

Ela gritou como uma *banshee*.

Michael apenas observou enquanto ela se curvava com o esforço, os pulmões chiando no peito. Angie gritou até ficar sem ar, sem nada na mente a não ser o som dos próprios gritos.

— Terminou?

Ela investiu contra o homem, mas ele a golpeou no peito com o joelho. Angie caiu no chão, sentindo pontadas nas pernas pelo contato com o cascalho.

Michael pressionou a Glock contra a cabeça dela e levou o rosto a centímetros do seu.

— Não se esqueça disso, Angie: o prato principal não é você.

Jasmine.

— Onde ela está?

Ele a puxou pelos cabelos e a arrastou em direção à cabana. Angie tentou se desvencilhar, forçou as cordas ao tropeçar nas escadas.

— Me solte! — gritou ela. — Me solte, seu filho da puta!

Michael abriu a porta e a empurrou para dentro.

— Entre — disse ele ao empurrá-la para dentro do banheiro.

Angie caiu dentro da banheira, batendo a cabeça na parede de plástico. Michael ainda segurava a arma com uma das mãos. Com a outra, ligou o chuveiro. Angie tentou se levantar, escorregando, quando a água fria bateu no seu rosto.

— Tire a bermuda — ordenou Michael. Ele esguichou xampu em Angie, que tentava se levantar com esforço. — Tire a bermuda.

Mesmo que quisesse, ela não conseguiria fazer nada com as mãos amarradas atrás das costas. Michael pareceu perceber isso. Ele abriu o botão da bermuda e abaixou o zíper.

— A calcinha também — disse. — Agora.

Os dedos estavam insensíveis, a circulação, presa. Angie conseguiu colocar os polegares na cintura e empurrou a bermuda, então a chutou para longe.

— O que você fez com a menina? — perguntou ela exaltada, enquanto tirava a calcinha. — O que você fez com Jasmine?

— Não se preocupe. — Michael sorriu, como se achasse graça de uma piada particular. — Ela não vai falar nada.

Angie arremeteu contra o homem, batendo com a cabeça na barriga dele. Michael caiu de costas no corredor e a arma deslizou pelo chão molhado. Em um movimento rápido, ele agarrou Angie e a jogou para o lado. Ela caiu de mau jeito, projetando as mãos para o vazio atrás de si numa tentativa de aparar a queda. A mão direita torceu quando o pulso recebeu todo o peso do corpo, e ela ouviu um estalo quando uma descarga de dor deixou seu braço em chamas.

— Levante — ordenou Michael.

A mão latejava, agulhas corriam pelo braço. Angie girou para o lado, gemendo. Deus, ela havia quebrado o pulso. O que iria fazer? Como fugiria daquele lugar?

Ela ouviu ruídos na sala. Michael havia sumido. Onde estava a menina? O que ele estava fazendo com Jasmine?

Angie pressionou o rosto contra o chão e forçou a si mesma a ficar de joelhos, então de pé. Ela encostou-se na parede quando tudo começou a girar, os olhos ficaram embaçados. Ela respirou fundo e se afastou da parede. A calcinha molhada estava enrolada no tornozelo e Angie a chutou para longe ao mancar em direção à sala.

Michael estava sentado no sofá de pernas cruzadas, balançando o pé. A Glock estava sobre a almofada ao lado. Ele sabia que a mulher não conseguiria pegá-la a tempo.

— Sente — disse ele, indicando uma cadeira de balanço em frente à lareira.

Com cuidado, Angie sentou-se na borda do assento, tentando não cair para trás.

— O que você estava fazendo na minha casa?

Angie olhou em volta. A sala devia ter 3 metros por 6, com uma cozinha pequena ao fundo. Ela se lembrou das montanhas, do absoluto isolamento da cabana. Michael estava certo: ninguém a ouviria gritar.

— O que você vai fazer? — perguntou Angie.

Ele estava com o mesmo sorriso insano, o sorriso que ela vira na festa de Ken e pensara que fosse um flerte.

— O que você acha que eu vou fazer?

Angie não conseguiu controlar o tremor no lábio inferior. Sua mão estava ficando insensível, o pulso latejava com a dor. A corda estava molhada, o que de alguma forma a deixava mais grossa e pesada. A pele parecia estar queimada pela abrasão.

Ela olhou para a arma no sofá.

— Não seja idiota.

Angie pigarreou, sentindo como se tivesse engolido algodão.

— John me contou tudo — disse ela, se perguntando quanto conseguiria pressioná-lo antes que acabasse com ela. Ninguém sabia onde estava. Will, provavelmente, ainda investigava John Shelley, tentando descobrir a verdade. Mas se John aprendeu alguma coisa na prisão, estava de boca fechada. Passariam horas, talvez dias até que Will ao menos pensasse em procurar por ela, e quando finalmente o fizesse, não havia como saber sobre aquela cabana nas montanhas.

— O que John contou pra você? — perguntou Michael.

— Sobre Mary Alice — disse Angie, rezando para ter acertado o nome da garota. — Ele me disse o que realmente aconteceu.

Michael riu, mas não estava sorrindo.

— John não sabe o que realmente aconteceu.

— Ele juntou as peças.

— John é burro demais para juntar as peças.

— Eu contei pra todo mundo.

— Não minta pra mim — alertou ele. — Estou sendo gentil, mas nós dois sabemos do que sou capaz.

— Will. Eu contei pro Will.

Michael tinha medo de Will. Angie via isso nos olhos dele.

— Trent? — perguntou ele.

— Ele é meu namorado.

Michael a encarou, sem dúvida pensando se dizia ou não a verdade. Finalmente, fez que não.

— Hã, hã.

Ele não acreditou.

— É verdade — insistiu Angie. — Nos conhecemos a vida toda.

O olhar do homem percorreu o corpo dela. Angie estava nua da cintura para baixo e mantinha as pernas afastadas para não cair.

— Você precisa lembrar que há muitas formas diferentes de morrer.

— A cicatriz no rosto de Will — tentou ela. — Desce pelo rosto e pelo pescoço.

Michael deu de ombros.

— Qualquer pessoa pode ver isso.

— A mão dele. Will se feriu com uma pistola de pregos. Eu o levei para o hospital.

Um brilho de raiva iluminou os olhos do homem. Ele levantou-se lentamente do sofá e foi até onde ela estava sentada. Angie tentou afastar-se, mas ele colocou as mãos ao lado dela, apoiando-se nos braços da cadeira de balanço. A voz era um rosnado baixo quando falou:

— O que você disse para Trent?

O medo a sufocava.

— Tudo... — Ela ouviu o terror na própria voz, sabia que Michael também podia ouvi-lo, mas a boca não parou de se mexer, as palavras continuaram a brotar. — John me contou... e eu contei... contei pro Will.

Ele agarrava os braços da cadeira com tanta força que o móvel parecia vibrar.

— Contou o quê?

— Que você conhecia Aleesha!

— Porra! — Michael empurrou com tanta violência para se afastar que a cadeira quase virou. Angie conseguiu se equilibrar com algum esforço. — Puta que pariu. — Ele ergueu o pé para chutar a mesa de centro, mas se conteve no último instante. Lentamente, o pé voltou ao chão, mas os punhos ainda estavam fechados ao lado do corpo e vibravam de fúria.

Angie olhou para as costas dele, ofegando de medo. Cuidadosamente, parou a cadeira de balanço e se aproximou mais da borda do assento. O chão rangeu quando ela firmou o corpo.

Michael se virou e bateu nela com tanta força que ela caiu no chão.

Angie ficou deitada. Não conseguia se mexer. Na sua cabeça ainda ecoava o estalo do tapa.

— Levante.

Ele não precisava ameaçá-la. Angie tentou sentar, mas não conseguiu. Ela pressionou o rosto contra o chão e fechou os olhos, à espera da punição.

Nada aconteceu.

— Meu pai me abandonou quando eu tinha 10 anos.

Angie abriu os olhos. Deve ter desmaiado, deixado de ouvir alguma coisa. Michael estava na cozinha e tirou uma lata de um dos armários. Ela não respondeu, apenas o observou abrir a lata e conferir o conteúdo.

— John achava que a vida dele era difícil. Ele não sabia o que era dificuldade.

Michael agitou um saco com pó branco no ar. Voltara a ser o cara de sempre, o cara normal que mostrava ao mundo para que ninguém visse o monstro que era na verdade.

— É da boa. Quer um pouco?

Angie tentou fazer que não com a cabeça.

— Você também não quis aquele último drinque. — Ele sorriu como se fosse engraçado. — Lembra, Angie? Na festa de Ken? Eu ofereci um drinque pra você.

Ela não conseguia lembrar, mas assentiu de qualquer forma.

— Boa noite cinderela, garota. — Ele sentou-se no sofá e colocou a lata sobre a mesa de centro entre eles. — Você engoliu alguns comprimidos.

Rohypnol. Ele a drogara!

Michael riu ao ver a expressão no rosto dela. Ele pegou um espelho pequeno e uma lâmina de barbear da lata e colocou um pouco de pó sobre o vidro. Angie o viu bater o pó.

— Você já teve um filho? — perguntou ele, sem olhar para Angie. — Aposto que já deve ter feito uns sessenta abortos a essa altura. — Ele continuou a bater o pó, com habilidade. — O meu filho tem problemas. Você sabe disso.

Angie forçou o corpo para se mexer. Ofegava de dor quando conseguiu se sentar. Mas conseguiu. Pelo menos não estava mais indefesa deitada no chão.

— Ele é retardado — disse Michael, batendo a última das quatro carreiras. Ele pegou uma nota de dólar enrolada da lata e aspirou uma das carreiras e soltou um "Ahh".

— Isso é ótimo. Tem certeza que não quer?

Angie fez que não outra vez.

— Não gosta de perder o controle? Foi o que disse na festa de Ken quando te dei a bebida. — Ele gargalhou. — Mas bebeu de qualquer forma, não foi? Podia ter deixado o copo sobre a mesa, mas o entornou com vontade. — Ele estendeu o espelho. — Tem certeza?

— Você quebrou o meu nariz.

— Você é que sabe. — Ele colocou o espelho sobre a mesa de centro.

— Me deixe ir. — Ela tremia tanto que mal conseguia falar. — Não vou contar pra ninguém.

— Você não acha mesmo que vai sair daqui, acha?

— Onde Jasmine está?

— Você a encontrará em breve. — Ele recostou-se no sofá, estudando-a. — Não quer saber mais sobre John?

— O quê, por exemplo?

— Meia penitenciária enrabou o cara. Aposto que ele tem Aids.

Angie respirou fundo e tossiu com esforço. O pulso latejava a cada batida do coração. A corda apertava cada vez mais a pele ao secar, com o calor da cabana.

— E Tim, certo? — Ele soltou o ar. — Tivemos um diagnóstico há seis anos.

Angie testou as cordas que prendiam seus pulsos, puxando gentilmente para ver se cediam.

— Deve ter sido... difícil.

— No final das contas, tudo se resume a dinheiro, não é? — Ele gesticulou para o espelho sobre a mesa, as carreiras de cocaína. — Foi com isso que paguei as contas. Ofereça um pozinho às meninas e elas ajudam a pagar para que o meu menino aprenda a amarrar os malditos sapatos. O plano de saúde do governo não cobre metade do que ele precisa. O que eu ia fazer, deixar que o meu filho definhasse em uma clínica qualquer?

Angie não respondeu. A mente dela processava as palavras, tentava dar algum sentido a elas. Será que Michael vendia drogas para as garotas, que recebia com sexo quando convinha? Ele trabalhou no Combate à Prostituição por pelo menos dez anos. Tim não tinha nada a ver com aquilo.

— Então eu tinha aquela grana toda, mas não podia usá-la. Não podia depositar na minha conta, porque o Tio Sam podia ficar curioso. Não podia carregá-lo no bolso, porque Gina passaria a fazer perguntas. — Ele apontou para Angie. — Então pensei: por que não abrir algumas contas para o meu bom e velho primo Johnny? Já havia conseguido o número do seguro social na papelada do julgamento que a minha mãe espalhava pela casa.

Primo. Angie não sabia se Michael queria dizer que os dois eram parentes ou apenas usava uma gíria.

— E não exatamente precisava me preocupar com ele ser libertado algum dia — acrescentou Michael.

Angie sentiu os olhos querendo se fechar e lutou para ficar acordada.

— Cadê as suas perguntas, Angie? — A cocaína o deixara mais alerta, falante. — Vamos, garota. Faça as suas perguntas.

A mente de Angie disparou em todas as direções, mas ela só conseguiu pensar em uma pergunta:

— Então você conhecia Aleesha Monroe?

— É, a nossa história é antiga.

Angie esperou que Michael percebesse que mentira antes, mas a mente do sujeito estava ocupada demais com a própria história para dar atenção à dela.

— No meu primeiro dia de uniforme — disse ele —, fui mandado para o Grady Homes; fiquei preso na droga do elevador. Os veteranos rachavam o bico quando me resgataram. E lá estava Leesha, rindo ao lado deles. Ou pelo menos até me reconhecer. — Ele agitou o dedo. — Ninguém ri de Michael Ormewood, Angie. Ninguém ri dele, e ninguém o joga para escanteio.

Angie sentiu um filete de sangue escorrer pela garganta. O gosto a fez sentir ânsia de vômito.

— Ela era uma puta na escola e também 15 anos depois. Aquela puta chuparia um cachorro por uma dose. — Ele sorria outra vez, o sorriso que dizia que estava no comando. — O que eles não percebem é que é preciso controlar a fissura. Use quando quiser, não quando precisar. — Ele falava da cocaína. — Não fume, não injete, não seja guloso.

Michael era mais idiota do que ela pensava, se acreditava que podia controlar um vício.

— Por que você matou Aleesha?

— Ela me irritou. Tentou mudar as regras.

— Você não queria pagar. — Angie convivia com prostitutas há bastante tempo. — Jasmine também irritou você?

— Jasmine... — Ele sorriu. — O que será que o seu namorado pensaria se descobrisse que eu a deixei escondida no apartamento de Aleesha enquanto o levava de volta para a delegacia? — Michael a observou de perto, parecia deliciar-se com a reação de Angie. — Lembra quando procurávamos as pastas dos meus casos? Quando você usava aquela saia apertada e me dava uma mostra dos seios toda vez que se inclinava? Ela estava na mala do carro o tempo todo, Angie. O tempo todo. Enquanto você se esfregava em mim, ela estava no porta-malas, se mijando só de pensar no que iria acontecer.

Angie entreabriu os lábios, deixou um pouco de sangue escorrer. Um dos dentes do fundo latejava; provavelmente estava quebrado.

Michael parou de falar e Angie se perguntou se o efeito da cocaína estava passando. Ela não sabia quanto tempo havia se passado desde que ele havia cheirado a carreira. Talvez fosse uma daquelas pessoas que têm efeitos contrários a estimulantes. Talvez tivesse tanto controle sobre si mesmo que não fazia diferença.

Ele ficou em silêncio por tanto tempo que Angie sentiu os olhos fecharem, sentiu o corpo relaxar, sonolento. Michael voltou a falar e ela despertou com um movimento brusco.

— Eles agem como se fossem os tais, mas só é preciso um tiro, uma carreira e são dominados pela fissura. Voltam o tempo todo, implorando aos seus pés. Todos. Principalmente John.

Angie precisou pigarrear algumas vezes antes de conseguir falar.

— Foi por isso que você armou pra ele?

— Aquilo foi ideia da minha mãe, mas ele teve o que merecia. Todos tiveram o que mereceram. — Ele olhou para Angie. — Assim como você.

Angie sentiu os olhos ficarem pesados outra vez, os músculos relaxarem. Ela combateu a sensação mordendo o lábio ferido até o gosto de sangue ficar mais forte, usou a dor para mantê-la viva.

Ela testou as cordas outra vez. Os ossos do pulso quebrado roçaram um no outro, produzindo um estalo que ecoou em sua mente.

— Providenciei alguns cartões de crédito para Johnny — continuou Michael. — Comprei esta casa. — Ele falava da cabana. — Você acha que eu sou idiota, mas está enganada. — Ele bateu na lateral da cabeça com a ponta do dedo. — Pense, está bem? Qual é a primeira coisa que você faz quando tenta ligar um criminoso à cena do crime? Confere os recibos do cartão de crédito: postos de gasolina, hotéis, esse papo todo. Coloque o sujeito perto da cena do crime no mesmo dia, na mesma hora, e pronto, ele está no papo. — Ele balançou a cabeça. — Eles não encontrarão nada no nome de Michael Ormewood, disso você pode ter certeza. Não no Alabama, não no Tennessee, e, com certeza, não em Atlanta. Eu sou apenas um pai de família que cuida do filho retardado e da esposa, que passa as noites em casa na frente da televisão.

— Você vendia drogas pra elas — disse Angie, pensando em todas as garotas que conheceu nas ruas, em todas as viciadas que fariam qualquer coisa para alimentar o vício. O fornecedor era um policial. Um policial que explorava as necessidades delas e alimentava as suas próprias. Quantas ele havia estuprado? Quantas havia matado?

— Eu deveria estar com raiva de você, mas não estou. — Michael esfregou o queixo sem tirar os olhos dela. — Pessoas idiotas permitem que as emoções entrem no caminho; e é então que cometem erros. Eu estou no controle da situação, Angie. Sou eu quem vai decidir como você vai morrer.

Michael se levantou do sofá e ela contraiu o corpo à espera de mais dor, mas o homem foi até a lareira e apoiou as mãos no consolo. Angie se lembrou de ter estado com Will três noites antes. Ele ficou parado em frente à lareira e ela olhou para suas costas, os ombros fortes, e não quis nada além de abraçá-lo. Nunca mais teria momentos como aquele com Will. Ele nunca saberia como ela se sentia.

— Você não sabe como é ter um sonho na sua cabeça — disse Michael. — Que terá a vida perfeita, a família perfeita, então algo como Tim acontece e você se sente um fracasso.

Angie inspirou fundo, tentou pensar com clareza.

— Como começou?

— Você sabe sobre Mary Alice.

— As outras. — Com certeza havia outras.

— Quanto tempo você quer voltar? Para 1985? 1995? O ano passado? — O sorriso estava de volta. — Droga, eu nem me lembro do estado em que ficaram. O seu namorado curte esse papo-furado de traçar perfis, certo? Acho que ele diria que entrei em escalada depois que o velho Johnny foi solto. Tirei as luvas porque sabia que quando as coisas esquentassem, tudo que eu precisaria fazer era apontar o dedo para ele.

— Elas eram apenas crianças.

— Acredite, eram muito mais experientes do que pareciam. Muito maduras para a idade. — Ele balançou a cabeça, como se não conseguisse evitar a ironia. — Provocar, é só isso que vocês sabem fazer.

De súbito, Angie sentiu vergonha aflorar de dentro dela. Quantos namorados da mãe disseram a mesma coisa a seu respeito? Quantas vezes aceitou os bichos de pelúcia, os jantares ou as belas roupas e então ouviu que precisaria pagar com a boca?

— A maioria dessas garotas já deu tantas vezes que não sente nada a não ser que você soque com força. — Michael olhava para ela outra vez, avaliando-a. — Você agiu exatamente como Mary Alice, sabia? Me provocou, me deixou beijá-la, tocá-la por algum tempo, e então me repeliu como se eu não fosse bom o bastante para você. — Ele torceu o nariz de aversão. — Se fez de inocente, mas quando entrei em você, parecia que o meu pau estava dentro do vácuo.

Angie olhou para a arma no sofá.

— As putas são boas pra isso. A gente pode fazer qualquer coisa com elas, certo? Quer dizer, é para isso que pagamos. — Ele estava de costas para Angie, as mãos pressionando o consolo da lareira. Angie não tirava os olhos da Glock, esperando que a arma não fosse algum tipo de peça pregada pela mente. — Tudo que eu queria era relaxar um pouco com Aleesha antes do jogo. E então ela ficou toda eriçada, me expulsou do apartamento, me enxotou pelas escadas como se eu fosse um moleque. Eu não pago para ter esse tipo de coisa. Ela continuou a me empurrar, a me empurrar, então aprendeu uma lição. Michael Ormewood não paga.

Angie pressionou o rosto contra o chão, dando forças a si mesma para suportar aquilo.

— É, eu permiti que ela me fizesse perder a cabeça. — Angie ouviu passos a centímetros do seu rosto. — Mas ninguém dá a mínima quando uma puta morre, certo? Ninguém dá a mínima para você.

Angie fechou os olhos com força. Ela permitira que Michael entrasse em sua cabeça, que assumisse o controle, exatamente como ele queria.

— Tudo que John precisaria fazer era contar a verdade — disse ela, e arriscou acrescentar: — Você é primo dele.

— Ah, meu amor — disse Michael em tom condescendente. — Você realmente acha que John teria chance de abrir a boca em um tribunal? — Ele fez que não. — Tenho brincado com ele o tempo todo, puxando as cordas sempre que quis. — Michael riu consigo mesmo. — Claro, quase borrei as calças quando abri a caixa de ferramentas, vi o que havia deixado lá, mas isso não é nada comparado ao choque que preparei para ele. Vou me divertir com aquela menina e depois deixar tudo na porta de John. Ou melhor, daquele quartinho ordinário onde ele vive.

— Não funcionaria — disse ela, sabendo que provavelmente funcionaria.

— "Policial herói pega serial killer em flagrante." O meu DNA espalhado por todo lado, por ter segurado a pobrezinha nos braços. Os policiais chegam, vêm Johnny morto, eu chorando de aflição. Eu ganharia uma promoção por matar aquele idiota. Você sabe quanto custa colocar um homem no corredor da morte? Eu estaria economizando 20 milhões de dólares para a cidade.

— Eles descobririam a verdade.

— Para quem? Os amigos dele? A família querida? A dedicada e falecida mãe?

— As pessoas se lembrariam de você.

— *Ninguém* se lembra de mim — disparou Michael, e ela percebeu que havia acertado muito perto do ponto fraco. — Era John quem sempre sobressaía. Eu ficava em segundo plano, sempre em segundo plano. Ninguém nunca me notava, e quer saber? A única coisa pela qual vão se lembrar do precioso Johnny é por ser um *serial killer*.

— Mas John não é um assassino, é?

Michael não respondeu, então ela ergueu os olhos.

Ele estava em frente a uma porta fechada que Angie suspeitava ser um armário. Então ficou na ponta dos pés e tateou a moldura até encontrar uma chave. Ela viu a fechadura. O coração quase parou.

— O que você está fazendo?

— Já chega de conversa — disse ele, colocando a chave na fechadura.

Os músculos da perna estremeceram quando Angie se levantou. Ela avançou em direção ao sofá.

O homem leu a mente dela e pegou a arma.

— Vamos. — Ele usou o cano para indicar o armário. — Andando.

Angie deu passos curtos, aproximando-se da porta. Não era um armário. Escadas levavam ao que parecia ser um porão.

— Você estragou tudo — disse Michael. — Aquela garotinha e eu, nós estávamos nos divertindo de verdade.

As escadas se aproximavam. Se entrasse naquele porão, Angie sabia que morreria.

— Vamos.

Ela parou e Michael a cutucou nas costas com o cano da arma.

— Não faça isso.

A respiração do homem estava quente na orelha dela.

— Eu vou te foder, Angie. Vou te foder em todos os buracos. — Ele continuou a forçá-la na direção das escadas. — Você vai sentar lá e esperar por mim. Pense no que eu vou fazer com você.

— Não! — Ela forçou os pés descalços contra o chão e se lançou para trás, contra Michael. As solas dos pés deslizaram na madeira. Ela tentou esquivar-se para o lado, mas Michael a agarrou pala cintura e a levantou, então avançou em direção à porta. — Não! — gritou Angie, empurrando a maçaneta com o pé, com toda força que tinha.

— Para! — gritou Michael, erguendo-a outra vez.

As pernas de Angie se agitavam em desespero quando o homem a atirou pelas escadas. Ela tentou agarrar-se às paredes ao cair. Quando tudo acabou, estava inerte na base das escadas, chorando de dor.

Uma luz piscou. Uma única lâmpada iluminava o que um dia deve ter sido um porão. Jasmine estava em um canto, dobrada em uma bola sem vida. Angie tentou se aproximar da menina, mas algo a deteve. Ela olhou para baixo e viu que um caco de vidro havia atravessado o seu braço. Mais cacos cimentados no primeiro degrau das escadas projetavam-se como dentes de tubarão.

O vidro fez um som de sucção quando ela tentou se mover.

— Pense — disse Michael, parado à porta no topo das escadas. — Pense no que vai acontecer com você.

A luz foi apagada. A porta bateu. Uma chave girou na fechadura.

Ela ia morrer.

37

Will manteve o celular no ouvido ao dirigir, rezando para que Amanda estivesse no escritório. Ele levou John porque precisava ouvir a história dele, queria saber com que tipo de animal lidaria quando chegasse ao Tennessee. John, por sua vez, estava mais do que disposto a colaborar. Toda recalcitrância do homem havia desaparecido, e a cabeça de Will girava com suas teorias.

Caroline finalmente atendeu o telefone.

— Escritório de Amanda Wagner.

— Preciso falar com Amanda agora. É urgente.

A secretária o colocou na espera. Will manteve os olhos na estrada e seguia a 120 quilômetros por hora na pista preferencial da Interstate 75, 40 quilômetros por hora acima do limite de velocidade.

— Will? — disse Amanda. — O que está acontecendo?

— Estou a caminho do Tennessee.

— Não me lembro de ter assinado as suas férias.

— Acredito que Michael Ormewood é o assassino.

— Está bem — ela falou com o sotaque arrastado. — Estou ouvindo, Will.

Will contou a história de John, como Michael tentara manipular a agente de condicional, como a irmã de Shelley contara sobre a cabana no Tennessee. E terminou com as manchas de óleo na casa de Michael e com o relato da vizinha a Leo Donnelly.

— Você foi à casa de Polaski?

— Solicitei uma viatura para fazer isso. O carro não está lá.

Amanda ficou em silêncio. Will se apresentara, mas não por escolha Angie o levara ao hospital quando Amanda o feriu com a pistola de pre gos. Surpreendentemente, as duas mulheres se deram bem.

— Então o que você está me dizendo — disse ela por fim — é que, com base em alguns telefonemas não atendidos e algumas manchas de óleo, você vai atravessar a divisa do estado com um criminoso condenado para procurar um detetive da polícia de Atlanta que pode ou não ter raptado uma colega em plena luz do dia.

— Você precisa revistar a casa.

— Essa é a casa no condado de DeKalb? Como você propõe que eu consiga um mandato, Dr. Trent? Não que as suas manchas de óleo não sejam convincentes, mas eu duvido muito que qualquer juiz assine um mandato com base nelas.

— Amanda — disse Will, tentando controlar a voz. — Você é uma pessoa má, horrível, mas sempre me apoiou nas minhas investigações. Não faça isso comigo agora.

— Bem, Will — retorquiu ela. — Você é um disléxico funcional que lê como um estudante do terceiro ano, mas não atiremos pedras.

Will sentiu a boca ficar seca. Quando ela descobrira?

— Não tenho muitos amigos no Tennessee, Will — disse Amanda. — Não posso procurar os poucos que tenho e pedir que o ajudem com base em nada mais do que um mau pressentimento, e ambos sabemos que Yip Gomez preferiria comer a própria merda a ajudá-lo. — Yip era o antigo chefe de Will na unidade do noroeste do estado. — É por isso que insisto com você para não queimar pontes — acrescentou ela, como se aquele fosse o momento para uma de suas lições de moral.

— Não sei o que quer que eu diga — admitiu ele. — Você está certa. Pode não ser nada. Posso chegar lá e descobrir que foi perda de tempo, mas não posso ficar parado e não fazer nada, Amanda.

— Você solicitou um alerta para o carro de Polaski?

— Sim.

Amanda ficou em silêncio por alguns segundos.

— Me diga uma coisa, esse detetive Donnelly foi a última pessoa a deixar a casa de Ormewood?

— Sim.

— Ah, que interessante — exclamou Amanda, fingindo surpresa. — Caroline acaba de me entregar uma mensagem. É uma denúncia anônima. Um cidadão preocupado notou que a porta dos fundos da casa do detetive Ormewood foi arrombada. Seria interessante se eu conferisse pessoalmente, você não acha?

Will sentiu uma onda de alívio. Amanda ajudaria. Ele quase conseguia escutar as reflexões da chefe ao telefone.

— Obrigado — disse ele, soltando o ar. — Obrigado.

— Entrarei em contato quando chegar lá.

Will desligou o celular. Ele ainda segurava o aparelho ao entrar no retorno para a rodovia 575 com uma guinada que fez John Shelley agarrar a porta, como se temesse que fossem rodar. Will estava com tanta pressa que nem ao menos pensou em como encontraria a cabana até que John pediu um mapa. O retorno de cinco minutos até um posto de gasolina pareceu uma eternidade. Se o que a vizinha dissera a Donnelly estava certo, Michael estava uma hora à frente deles. Mas Ormewood provavelmente respeitava o limite de velocidade, para evitar atenção desnecessária. Will não estava sendo tão cauteloso.

— O que ela disse? — perguntou John.

— Você poderia ter evitado isso — disse Will. — Poderia ter dado um basta nisso quatro dias atrás.

— Eu não sei do que você está falando.

— Michael estava comigo quando Cynthia Barrett morreu.

John olhou para o mapa que abrira no colo.

— Ouvi dizer que ela estava correndo e tropeçou. Que bateu a cabeça em uma pedra e morreu.

— E então cortou a própria língua?

John não respondeu.

— Você deveria ter feito alguma coisa.

— O quê? — perguntou John exaltado. — Procurado você? Você ainda não acredita na minha história agora, cara. O que eu ia fazer? Denunciar um policial? Quem ia acreditar em um ex-presidiário que trabalha em um lava-rápido?

Will apertava as mãos no volante. John envolveu Angie naquilo. Ela estaria em segurança agora não fosse a arrogância e a estupidez daquele homem.

— Você o estava provocando. E sabia exatamente o que estava fazendo.

John dobrou o mapa ainda mais, tentando se defender.

— Diga o que eu deveria ter feito que eu entro na minha máquina do tempo e faço. Mas vamos fazer o seguinte? Não vamos parar em quatro dias. Vamos voltar vinte anos. Me devolva minha juventude. Devolva a minha mãe, os meus avós e a minha família. Droga! E inclua uma esposa e um casal de filhos quando fizer isso.

— Ela fugia de alguma coisa naquele quintal.

John ainda estudava o mapa, mas Will percebeu a angústia em sua voz quando ele voltou a falar.

— Você acha que eu não sei disso?

Will olhou para a estrada, observou as placas ficarem para trás em borrões, as placas de milhagem emergindo na paisagem. Ele não refletiu bem na situação; não pensou que podia estar colocando John em risco.

— Atravessar a fronteira do estado é uma infração à sua condicional.

— Eu sei.

— Você pode ser preso. Não posso te ajudar no Tennessee.

— Também não pode me ajudar em Atlanta.

Will mordeu o lábio e olhou para o asfalto, os outros carros na estrada. Ele viajara muitas vezes entre Atlanta e as montanhas nos dois últimos anos, então sabia exatamente onde estavam todos os radares. Ele reduziu a velocidade ao atravessar Ellijay, e só voltou a acelerar quando deixaram o rio Miciak para trás. Eles passaram pelo novo Wal-Mart e o antigo, em seguida por diversos mercados de pulgas ao ar livre e por algumas lojas de bebidas. Na cidade de Blue Ridge, entraram à esquerda. Eles avançavam em alta velocidade pela Coote Mason Highway e, pouco depois da plantação de maçãs, o telefone tocou.

Ele abriu o aparelho na lateral da perna.

— Amanda?

O tom da mulher era grave.

— Encontramos sangue na garagem. Muito, e de dois tipos diferentes.

— Angie?

— Ela não está lá, Will.

Ele abriu a boca, mas faltaram-lhe palavras.

— Vamos fazer o seguinte — disse Amanda. — Vou telefonar para Bob Burg, do Tee Bees. O Tennessee Bureau of Investigation. Ele está reunindo uma equipe agora mesmo. Estão a cerca de quarenta minutos da cabana.

— Estou mais perto.

— Imaginei que sim — disse ela. — Passe o telefone para o pedófilo. Estou com as orientações para a Elton Road.

38

Angie quase desmaiou quando tirou o braço do caco de vidro cimentado no primeiro degrau da escada; nem tanto pela dor, mais pela sensação do vidro deslizando na carne. Não havia muito sangue, e comparado com o pulso latejante o ferimento era suportável. Ela teve sorte. O pulso direito era o que provavelmente estava quebrado e, por algum milagre, ela caiu sobre o ombro direito quando foi atirada no porão. Assim como Will, Angie era canhota.

— Jasmine? — sussurrou ela, e a voz ecoou pelo porão em completa escuridão. — Jasmine? — Não houve resposta.

Angie pressionou o ombro bom contra a parede e se levantou. Ela ficou parada por algum tempo para recuperar o fôlego, então passou a cuidadosamente deslizar os pés descalços pelo chão de terra à procura da garota.

— Jasmine? — repetiu ela, quando fez contato com o pé. — Você está bem?

A menina estava aterrorizada demais para responder ou morta. Angie se ajoelhou, levou a cabeça para onde acreditava estarem a boca e o nariz de Jasmine, atenta para sinais de vida.

Nada.

Angie se virou e passou a tatear às cegas. Ela correu as mãos pelo corpo nu da menina, sentindo o contato com o sangue grudento, até perceber movimentos fracos de respiração no peito de Jasmine. Angie não tocava muito a mãe, mas nas poucas vezes em que visitou Deidre no asilo a sensação foi a mesma: um corpo inerte, apenas uma casca que se parecia com um corpo.

— Jasmine? — sussurrou Angie.

A menina não se mexeu quando ela a tocou no rosto, nos cabelos. Os dedos deslizaram na cabeça imóvel e ela recuou.

— Meu Deus! — Angie curvou-se, tentando não vomitar outra vez. Ela tocara o crânio da menina, sentiu o osso rachado e a matéria cinzenta macia, úmida.

Elas precisavam sair dali. Precisavam encontrar ajuda.

Angie se levantou e caminhou pelo porão. Três metros de largura, talvez 4 de comprimento. Antes de a luz ser apagada, ela viu prateleiras de madeira rústica nas paredes. Com as mãos amarradas atrás das costas, era difícil conferir o que havia nas prateleiras mais altas. Ao tatear as mais baixas em busca de algo que servisse como arma, não encontrou nada.

O porão estava vazio. Até mesmo o chão de terra batida havia sido varrido.

Talvez o pulso não estivesse totalmente fraturado. Angie conseguia mexer os dedos, mas estavam inchados e quentes, como se uma infecção já começasse a se desenvolver na corrente sanguínea. Ela estava se acostumando à dor, quase a saudava por afastar a mente do latejar na cabeça e do embrulho no estômago. A escuridão também ajudava. Não havia nada em que concentrar os olhos, nada para atormentá-la.

Michael estava no andar de cima. Angie imaginava que o homem preparava uma refeição, almoço ou jantar. Ela não sabia que horas eram ou há quanto tempo estava naquele maldito buraco.

Cada barulho que ele fazia, o arrastar de uma cadeira, os rangidos no piso quando andava, aumentava sua fúria.

Angie fervia de ódio. Michael conseguiu o que queria. Entrou na mente dela e a fez sentir-se uma inútil. Ela perdera a conta de quantos homens haviam entrado no seu corpo, mas nenhum entrara em sua mente daquela forma.

Angie o mataria quando ele voltasse. O mataria ou faria com que a matasse. Aquelas eram as duas únicas opções.

Ela firmou o corpo e deslizou pela parede até ficar de joelhos. A duas passadas das escadas ficava a trama de cacos de vidro. Ela se virou e tateou com cuidado, para não cortar ainda mais os dedos ao posicionar a corda grossa sobre os cacos maiores. Ela inspirou entre os dentes e tentou não pensar na dor ao serrar a corda no vidro.

As algemas de Michael estavam em Jasmine. Ele usara corda para prender Angie.

— Seu filho da puta — repetiu ela em voz baixa, em um mantra para si mesma. Michael Ormewood não cometia erros. Estava sempre no controle, sempre a par de tudo. A não ser do fato que vidro podia cortar corda.

— *Seu idiota filho da puta.*

Sangue lhe molhava as mãos, encharcava a corda que prendia seus pulsos. Angie parou de serrar, tentou recuperar o fôlego, a calma. Ela quase desmaiou na primeira vez que tentou cortar a corda, mas aprimorava a técnica a cada nova tentativa, aprendia mais sobre os nós, sobre a forma como a corda atava os pulsos. A corda folgou um pouco, agora arranhava um novo trecho de pele. O sangue agia como lubrificante.

Ela se libertaria. Serraria a própria mão se fosse preciso.

— Ah! — ela gemeu, quando a corda escorregou no vidro e as pontas aguçadas cortaram-lhe os dedos.

Angie prendeu a respiração e ficou atenta para ruídos de Michael. Meu Deus!, ela nunca se ferira tanto na vida. Quase não suportava mais a sensação da carne ser cortada até o osso. Ela se curvou para a frente e encostou a cabeça no chão, chorando.

— Will — sussurrou ela. Angie não podia rezar para Deus, não depois de tudo que fizera, então rezava para Will. — Eu vou sobreviver a isso — prometeu. — Vou sobreviver e... — Ela não disse as palavras, mas as sabia de cor. Deixaria Will para sempre. Finalmente o deixaria escapar.

Acima dela, passos soaram no piso. Angie ergueu o tronco e passou a tatear o vidro com os dedos e começou a serrar a corda com fúria, com o medo como anestésico.

— Angie? — disse Michael. Ele estava do outro lado da porta trancada. — Responda. Eu sei que você está me ouvindo.

Ela forçou as cordas ainda firmes até sentir dores lancinantes nos ombros, desesperada para se libertar.

— Vá se foder, seu filho da puta!

— Fique longe das escadas, Angie. Eu vou abrir a porta, e a minha arma vai estar apontada para você.

Ela não respondeu, não podia responder. Rápido, cada vez mais rápido, ela serrava a corda no caco de vidro.

A chave entrou na fechadura.

— Não — sussurrou Angie, serrando ainda mais rápido. — Ainda não, ainda não.

— Fique longe da escada, Angie. Estou falando sério.

— Não! — gritou ela, e saltou para longe dos cacos de vidro quando a porta foi escancarada.

A luz foi acesa. Angie olhou para Jasmine e viu o rosto da menina voltado para ela, os olhos abertos, mas perdidos. A boca estava aberta, a cabeça, ensanguentada.

— Não tente nada — alertou Michael. Ele estava parado no patamar da escada, com a pistola na mão.

Ele estava sem camisa, a única coisa que lhe cobria o corpo era a calça jeans e os tênis.

— Me deixe em paz — disse Angie. Ela sentiu a corda ceder, mas não o bastante. Sangue molhava suas mãos como água. Ela ainda estava presa, ainda indefesa.

O homem colocou a arma na cintura da calça e levou a mão ao bolso de trás.

— Vá embora.

Ele vestiu uma máscara de esqui preta, com buracos para olhos e a boca.

— Vá embora! — gritou Angie ao recuar em direção à parede, tentando ficar de pé.

Michael pegou a arma e começou a descer as escadas. Lentamente, um degrau de cada vez.

Angie forçava a corda ao ponto de sentir os ombros no limite de quebrarem. Ela a sentira ceder antes. Sentira ceder.

Michael continuou a descer sem pressa. A máscara de esqui era intimidadora, mais aterrorizante do que qualquer coisa que ele pudesse dizer. A arma estava apontada para o peito de Angie e ela viu a faca em uma bainha presa ao cinto do homem.

A garganta estava tensa. Ela mal conseguia falar.

— Não...

Ele chegou ao último degrau e parou. Os olhos estavam escuros, quase pretos. Angie viu sangue coagulado ao redor da boca da máscara.

A visão do homem provocou um tremor incontrolável pelo seu corpo.

Michael olhou para Jasmine caída no canto e deu um passo em direção a Angie. Ambos ficaram em silêncio, olhando um para o outro. No porão, o silêncio era absoluto, a não ser pela respiração curta de Angie.

— Michael vai machucar você. — A voz estava tão suave que Angie mal conseguiu ouvi-lo.

— Eu vou matar você — disse ela, ofegando. — Vou te matar se você encostar em mim.

— Deite.

Angie tentou chutá-lo.

— Seu doente.

— Deite no chão. — A voz continuava suave.

— Vá se foder!

Michael ergueu a arma e a golpeou na cabeça.

Angie caiu no chão. Ela não conseguia erguer a cabeça. Por um instante, não se lembrou de onde estava.

O homem ergueu o queixo dela com a mão e falou em voz baixa, com o tom que usaria com uma criança malcriada:

— Não desmaie. Está me ouvindo?

Angie viu Jasmine deitada atrás dele, inerte. O que Michael fez com a menina? O que ela sofreu antes que o corpo simplesmente desistisse?

— Olha pra mim — disse Michael com suavidade, como se aquilo fosse algum tipo de sedução. — Olha pra mim, Angie. Olha pro Michael.

A cabeça dela tombou para o lado, os olhos não conseguiam focalizar o que viam.

— Vamos, amor, não desmaie. — Michael ergueu o queixo dela outra vez. — Você está bem?

Ela fez que sim, mais para provar a si mesma que ainda havia uma parte do corpo que conseguia controlar.

— Que bom — ele a confortou, e colocou a arma em uma das prateleiras acima da sua cabeça, fora do alcance da mulher. Então desembainhou a faca e se ajoelhou, segurando a lâmina em frente ao rosto de Angie, de modo que a visse.

— Não... — implorou ela.

Michael usou a lâmina para rasgar a camiseta, a camiseta de Will, e empurrou as dobras para trás dos ombros. Angie tentou observá-lo, tentou ver a mão do homem quando ele corria os dedos pelos seus seios, mas podia apenas sentir o que fazia.

— Não — implorou ela. — Não.

— Deite — ele pediu de forma sedutora. — Deite e eu serei doce com você.

Angie inclinou a cabeça para trás, tentou olhar para o rosto. Quem estava atrás da máscara? Era John? Será que John a enganara, a fizera acreditar que era Michael?

— Angie? — O homem estava tão calmo! Como Will. Ele sabia que aquela era a melhor forma de irritá-la. Angie explodia e Will apenas a observava, esperava pacientemente que despejasse tudo, olhando para o chão. Ah, meu Deus, Will! Como ele suportaria aquilo? Como conseguiria viver consigo mesmo sabendo que não conseguira deter aquele canalha?

— An-gie — ele murmurou. — Olha pra mim.

Ela conhecia aquela voz, conhecia aquele corpo.

— An-gie...

Ela fechou os olhos com força, vendo o braço de Will, a cicatriz deixada pela lâmina de barbear.

— Está bem — disse ela. — Está bem.

Ela caiu de lado, o ombro bom batendo contra o chão de terra batida. O homem a ajudou a deitar de costas e puxou a camiseta mais para trás. Com o peso do corpo apoiado nas mãos, a pélvis estava arqueada como que se exibindo para o homem.

— Assim está bom — sussurrou ele, afastando as pernas.

Angie viu a língua mover-se pela boca do homem quando ele correu a ponta da faca pelo seu abdome, parando pouco acima da vagina.

Onde estava a arma? Onde ele colocara a arma?

— Olha pra mim. — O homem curvou-se e pressionou a faca no pescoço dela.

A prateleira. Ele a colocara na prateleira.

— Olha pra mim.

Ela olhou.

— Me beija.

Alto demais. A prateleira era alta demais.

— Me beija — disse ele.

O corpo todo estremeceu, mas Angie inclinou-se para a frente, forçando a corda com toda a energia que tinha ao levar a boca à dele. O homem ainda tentava ser gentil, seus lábios estavam macios. Ela sentiu o gosto do próprio sangue, sentiu o coração dele batendo quando o homem pressionou o corpo contra o dela. Quando sentiu a língua, ela engasgou e instintivamente tentou afastá-lo, mas ele pressionou a faca com mais força no pescoço, e Angie não teve escolha a não ser deixar que a beijasse.

Ele estalou a língua ao sentar-se, satisfeito.

— Se você tivesse me beijado assim no banco de trás do carro, as coisas poderiam ter sido diferentes.

Angie olhou para ele. A lâmpada nua formava um halo atrás da cabeça do homem. Ela se virou, viu Jasmine, o sangue na boca da menina, o olhar sem vida.

— Angie — sussurrou Michael, passando os dedos no rosto dela, no corpo.

Will a tocara daquela forma há muito tempo. Por que parara? Quando ela passou a repeli-lo?

Michael voltou a curvar-se, o peso do seu corpo pressionando-a contra o chão.

— Por favor... por favor, não...

Ele a beijou outra vez. Angie transferiu o peso para a mão direita e puxou a corda com a esquerda com toda força, para fazer a corda ceder. Os músculos abdominais estremeceram e ela prendeu a respiração quando a pele da mão passou a desprender-se, como uma luva. Michael enfiou a língua na boca de Angie, os dentes batendo nos seus. Ela sentia os ossos quebrados do pulso direito roçarem uns contra os outros. A dor era tão insuportável que ela finalmente cedeu, permitiu que percorresse o corpo como uma maré vermelha.

Michael sentou sobre os calcanhares, observando-a.

— Não... — ela arfou. — Ah, meu Deus, não... — Ela ia desmaiar. Não conseguiria evitar. As pálpebras estremeceram. A visão ficou turva.

Ela sentiu Michael pressionar seu corpo com mais força, excitado pela dor.

— Tire a máscara — ela ofegou. — Tire.

Ele fez que não.

— Eu quero te ver.

— Não.

— Will — sussurrou ela. — Onde está Will.

— O quê?

Ela agitou a cabeça, piscando os olhos, esforçando-se para não perder os sentidos.

— Ah, Will...

— Não é Will — disse ele, usando a mão livre para tirar a máscara, que atirou para o lado. — É Michael. Sou eu que estou fazendo isso com você.

— Will.

Michael segurou o rosto de Angie, forçou-a a olhar para ele.

— Quem está fazendo isso com você, Angie?

— Will...

— Olha pra mim — disse ele, sério. — Olha pra mim, Angie. — Ele a pressionou com mais força contra o chão.

Angie gemeu quando os ossos quebrados do pulso se moveram.

— Socorro... — sussurrou ela, de forma quase inaudível.

— Isso — disse Michael. — Grite por socorro.

— Não... — Angie contorceu-se sob o corpo dele, choramingando. — Por favor, não me machuque... por favor.

Michael soltou a faca e passou a tatear o botão da calça. Ele abria a braguilha quando Angie arremeteu e bateu a cabeça contra a dele.

A pancada o desnorteou e Angie pegou a faca com a mão esquerda antes que ele recobrasse os sentidos. Os papéis haviam se invertido. Era ela que o ameaçava agora. Era ela que segurava uma faca contra o pescoço de Michael.

— Seu imbecil — disse ela de forma ininteligível, espirrando sangue e saliva no rosto do homem. — Os cacos de vidro na escada. Eu cortei a corda nos cacos de vidro.

Michael não falou, mas ela viu nos seus olhos. *Não.*

O corpo tremia de fúria quando Angie pressionou a faca com mais força. Michael não reagiu, não lutou; o estuprador brutal, o assassino violento, ele se entregou com muita facilidade.

Quantos homens, pensou Angie. Os rostos de quantos homens estavam gravados no seu cérebro, as bocas contorcidas enquanto socavam, as mãos grandes segurando seus pulsos com tanta força que no dia seguinte a dor era quase tão forte quanto a que sentia entre as pernas?

Mesmo que saísse viva daquele lugar, Jasmine teria para sempre o rosto daquele canalha gravado na mente, sentiria as mãos dele no seu corpo cada vez que um homem a tocasse. Mesmo que amasse esse homem. Mesmo que o desejasse mais do que qualquer outra pessoa no mundo, seria sempre o rosto de Michael que veria quando fechasse os olhos.

Ser estuprada não era o mais difícil. Era sobreviver que matava.

— Angie!

Houve um estrondo no andar de cima, sons de madeira rachando. A porta da frente havia sido arrombada.

— Angie! — gritou Will. — Onde você está?!

Ela aproximou o rosto do de Michael, obrigando-o a olhar nos seus olhos.

— Beije isso, seu filho da puta — sussurrou ela, ao enterrar a faca sob as costelas do homem

A boca de Michael abriu tanto quanto a dela. Ela soltou um grito de morte ao tirar a faca e voltar a enterrá-la até o cabo.

— Socorro! Estou aqui embaixo!

Ela puxou a faca e golpeou repetidas vezes, gritando até sentir a garganta arder.

— Will! Estamos aqui embaixo!

— Angie! — A porta do porão estremeceu quando Will tentou arrombá-la.

— Will! — implorou ela, torcendo a lâmina nas entranhas de Michael. — Me ajuda!

Três tiros estouraram a fechadura. Ela usou o cabo da faca como alavanca para transferir o peso de Michael contra si quando passos trovejaram na escada.

Will agarrou Michael e o atirou contra a parede como um saco de lixo.

— Angie! — Will ofegava tanto que mal conseguia falar. — Ele te machucou? Você está bem? — Ele tentou tirar a faca da mão de Angie, mas ela não a soltou. — Ele te machucou? Amor, por favor, fale comigo.

— Will — sussurrou ela, desejando tocar o rosto dele, enxugar as lágrimas que lhe brotavam dos olhos.

— Está tudo bem — disse ele, abrindo gentilmente os dedos de Angie para que ela soltasse a faca. — Está tudo bem agora. Eu estou aqui.

— Will...

— As suas mãos — disse ele horrorizado. — O que ele fez com as suas mãos?

Outra pessoa entrou no porão. Ela viu outro homem descer correndo as escadas. John Shelley parou pouco antes dos cacos no último degrau. Ele olhou para Michael, depois para Jasmine, como se não conseguisse se decidir quanto ao que fazer.

— Angie. — Will a abraçou, amparando-a. — Ah, Angie!

John foi até a menina. Ele tomou o pulso, olhou para o ferimento na cabeça.

Angie só conseguia olhar para Michael. Ela queria que o homem a visse, queria que a imagem do seu rosto o aterrorizasse.

Os olhos estavam abertos. Ele piscou uma, duas vezes. Sangue se acumulava em uma poça à sua frente, como se um rio fluísse do corpo. Bolhas translúcidas rosadas estouravam nos lábios do homem à medida que os pulmões se enchiam de sangue. A respiração assobiava pelos buracos abertos por Angie no seu peito.

Ele sabia o que estava acontecendo.

E estava aterrorizado!

Will pressionou os lábios na testa de Angie.

— Você está bem — sussurrou ele. — Você está bem.

As pálpebras de Michael estremeceram. Um ruído de borbulhar preencheu o porão quando ele começou a sufocar no próprio sangue. A boca estava aberta, um filete de sangue escorria pela face.

Angie contraiu os lábios e jogou um beijo de despedida.

39

13 de fevereiro de 2006

— Você — foi tudo que Lydia Ormewood disse quando abriu a porta e viu John e Joyce.

A mãe de Michael estava bem para a idade; muito provavelmente havia gastado bastante dinheiro para garantir que isso acontecesse. Apesar de John saber que a mulher se aproximava dos 70, a pele do seu rosto era lisa e de aparência saudável. Mesmo as mãos e o pescoço, que geralmente traem as mulheres, eram tão lisos quanto os de Joyce.

A vida, obviamente, a tratara bem. Lydia morava em Vinings, um dos subúrbios mais caros de Atlanta, em uma casa de três andares, nova em folha. Havia paredes brancas para todo lado, tapetes brancos cobriam o piso de carvalho decapê. Um piano de cauda branco reluzia na sala de estar, com dois sofás de couro pretos voltados um para o outro em frente a uma lareira de mármore. Cortinas de seda cor de creme cobriam as janelas. Pinturas abstratas em cores primárias decoravam as paredes, todas, provavelmente, obras originais. A própria Lydia era monocromática. Ela vestia preto. John não sabia se era um hábito ou se a mulher estava de luto pelo filho.

Quando John foi preso, Joyce estava no tribunal do condado de DeKalb folheando registros antigos página a página à procura de Lydia. Desde então, tirou alguns dias de folga do trabalho para fuçar nos arquivos públicos em busca de tudo que pudesse encontrar. Lydia havia se casado e se divorciado duas vezes desde a morte de Barry. E mudou de sobrenome nas duas ocasiões, mas Joyce acabou conseguindo localizar a mãe de Michael com a ajuda de um contato na previdência social. Tio Barry já tinha direito a aposentadoria quando morreu. Lydia passou a receber os cheques da pensão há quatro anos.

Joyce conseguiu o endereço três dias depois.

Eles sentaram-se em frente à lareira, Joyce e John em um sofá desconfortável, Lydia no outro. A tia sentava-se com a coluna ereta, os joelhos unidos, as pernas inclinadas para o lado, como uma fotografia saída de uma revista de etiqueta. E olhava para John com evidente aversão.

Ele sabia que estava com uma aparência péssima. A Sra. Lam havia batido na porta dele às 5 horas daquela manhã. A agente de condicional entregou a ele um copo de coleta de exame e passou a revistar o quarto. Quando voltou do banheiro, ela segurava o porta-retratos com a fotografia de Emily. John ficou parado, segurando a própria urina e sentindo uma vergonha lenta arder dentro dele. Aquela era apenas mais uma degradação que forçara Emily a suportar. Quando aquilo acabaria? Quando a mãe dele teria direito de descansar em paz?

— Estamos aqui para falar sobre Michael — disse Joyce.

— Ele era meu filho — disse Lydia, como se fosse tão simples.

John sentiu Joyce empertigar-se ao seu lado, mas balançou a cabeça, alertando-a a ter paciência. Ele amava a irmã, mas ela morava em um mundo preto e branco. Não sabia como lidar com os cinzas.

— A menina que ele sequestrou vai ficar bem — disse John.

— Bem — disse Lydia, ignorando o comentário com um movimento sutil dos ombros estreitos.

John esperou, mas a mulher não perguntou sobre Angie Polaski, não parecia estar interessada no estado de saúde da última vítima do filho. Na verdade, não parecia estar interessada em nada.

John pigarreou.

— Se você pudesse apenas...

— Ele odiava você.

John já havia chegado àquela conclusão, mas precisava saber.

— Por quê?

— Não sei — respondeu ela, alisando a saia. A mulher usava um solitário com um diamante enorme em um dedo, o anel de ouro com pelo menos 1 centímetro de largura. — Ele parecia ser obcecado por você. Mantinha um álbum de recortes. — Lydia levantou-se subitamente. — Vou pegá-lo.

Ela saiu da sala, as sandálias deslizando pelo tapete branco.

Joyce soltou ar entre os dentes.

— Se acalme — disse John. — Ela não é obrigada a fazer isso.

— A sua vida está nas mãos dela.

— Eu sei — disse John, mas ele estava acostumado a ter outras pessoas no comando da sua vida, fosse o pai, Michael, os guardas da penitenciária ou Martha Lam. John não vivera um momento na vida adulta sem que precisasse deixar alguém feliz para conseguir sobreviver mais um dia.

Joyce começou a chorar outra vez. Ele esquecera como a irmã era chorona.

— Eu odeio essa mulher, John. Muito. Como você suporta estar na mesma sala que ela?

Ele usou o dorso do dedo para enxugar as lágrimas da irmã.

— Precisamos de algo dela. Ela não precisa de nós para nada.

Lydia voltou, segurando um álbum de fotografias grande contra o peito. Ela o colocou sobre um pufe de couro entre os sofás e se sentou.

John viu uma fotografia dele colada na capa. Ao menos achava que fosse uma fotografia dele. O rosto havia sido riscado a caneta.

— Meu Deus! — murmurou Joyce, puxando o álbum. Ela o abriu e olhou para a primeira página, então a segunda, com John observando por cima do seu ombro. Ambos ficaram sem palavras ao verem fotos de John dos tempos do ginásio: do livro do ano da escola, do time de futebol, John correndo na pista de atletismo. Michael catalogara cada momento da adolescência de John.

— Barry só piorou as coisas — disse Lydia. Tio Barry, marido dela, irmão de Emily. — Barry falava de você o tempo todo, o usava como exemplo.

— Exemplo de quê? — perguntou Joyce, obviamente horrorizada com o álbum.

— Michael seguiu pelo caminho errado depois que o pai foi embora. Tinha problemas na escola. As drogas... bem, eu não sei. Havia um garoto mais velho que o fez interessar-se pelas coisas erradas. Michael nunca teria agido daquela forma por si só.

Joyce abriu a boca, mas John apertou a mão da irmã, alertando-a a não falar. Não se conseguia nada de uma pessoa como Lydia Ormewood dizendo a ela o que fazer. Você entrava com o chapéu na mão e esperava. John fez isso a vida toda. Sabia que uma palavra errada podia estragar tudo.

— Barry achava que você seria um bom exemplo para Michael — continuou Lydia. — Você sempre foi bom aluno. — Ela suspirou. — Michael era um bom menino. Ele apenas se envolveu com a turma errada.

John assentiu, como se entendesse. E talvez entendesse, de alguma forma. Ele próprio foi atraído pela turma de Michael. Assim como Aleesha Monroe. Ela estava na casa de Michael o tempo todo, estava lá na noite da festa, inclusive. Aleesha tinha bons pais, irmãos que sempre se destacavam em suas turmas. Será que John teria acabado como ela se Mary Alice não tivesse morrido? Será que a vida dele também teria sido desperdiçada?

O peito de Lydia se moveu quando ela suspirou outra vez.

— Fiz com que ele se alistasse no exército. Não deixei que ficasse à toa depois que você se foi. Ele lutou na guerra. Ajudou a tentar garantir a segurança daqueles árabes e levou um tiro na perna por isso.

Joyce estava tão tensa que John quase conseguia senti-la vibrar como uma corda de piano.

Lydia tirou um fiapo da saia.

— E então ele voltou para Atlanta, acomodou-se, formou uma família. — Ela olhou para Joyce. — Aquela garota com quem casou, obviamente há algo de errado com ela. Tim *não* foi culpa de Michael. — A mulher falou com veemência, e John olhou em volta à procura de fotografias de Michael ou do filho dele. O consolo da lareira estava vazio, a não ser por um vaso com flores de seda. A mesa de metal encostada a uma parede tinha apenas uma pilha impecável de revistas e um telefone antigo, como o que Joyce tinha no quarto quando eram adolescentes. Até mesmo o fio do telefone estava sem uma dobra sequer, como se também temesse contrariar Lydia.

A casa parecia uma tumba.

— Ele foi condecorado por salvar a vida de uma mulher — prosseguiu Lydia com orgulho. — Você sabia disso?

A resposta de John quase ficou presa na garganta.

— Não, não sabia.

— Ela sofreu um acidente. Michael a tirou do carro antes que explodisse.

John não sabia o que dizer. Michael pode ter salvado uma mulher, mas arruinou a vida de muitas outras, vendendo drogas para as prostitutas, estuprando e matando para satisfazer seu prazer doentio.

— Michael *era* bom — insistiu Lydia. — A outra parte dele... — ela agitou a mão, menosprezando o mal provocado pelo filho —, aquele não era Michael. O meu Michael era um bom rapaz. Ele tinha tantos amigos!

Tantos amigos que viciou em drogas pesadas, pensou John. Como Aleesha.

— Era tão promissor!

— Você não pode fazer isso. — A voz de Joyce estava trêmula de raiva. — Não pode sentar aí e dizer que Michael era um anjo. Ele era um animal.

— Joyce — tentou John. Ela não conhecia as regras, não sabia como abrir mão do controle. Nunca atiraram fezes no rosto dela apenas por ter olhado para o lado errado. Nunca precisou tentar dormir enquanto o homem de 60 anos da cela ao lado sussurrava como seu corpo era bonito, dizia nos mínimos detalhes o que queria fazer com ele.

Lydia arqueou uma sobrancelha fina.

— Você devia escutar seu irmão, minha jovem.

— Não ouse falar do meu irmão.

Os olhos de Lydia brilharam de surpresa. John sabia que haviam perdido. Que naquele momento, haviam perdido tudo.

— Você está me ameaçando? — perguntou Lydia.

Joyce explodiu no sofá, e passou a falar aos gritos:

— Você sabia que John não havia matado Mary Alice!

— Não sabia de nada disso.

— Como pode defendê-lo? — John tentou puxar a irmã de volta para o sofá, mas ela afastou a mão dele com um tapa. — Como pode sentar aí e...

— Você não tem filhos, então não sabe — disparou Lydia. — Você e a sua... amiga.

Joyce fechou os punhos.

— Não — respondeu ela. — Não tenho filhos. Você está certa. Não criei um filho. Mas também não criei um estuprador e assassino.

Lydia parecia ter recebido uma bofetada.

— Você não tem direito de falar comigo nesse tom.

— Você contou à minha mãe? — perguntou Joyce exaltada. — Quando foi ao hospital, foi isso que disse para ela, que o seu filho havia assassinado Mary Alice, e não o dela?

— Deixe que os mortos descansem em paz — aconselhou Lydia.

John não sabia se a mulher falava de Emily ou de Michael. Quanto a John, ele não tinha certeza se a morte de Michael trouxera qualquer paz. Naquele porão, ele desejou com cada grama do seu ser atirar-se de joelhos e esmurrar o peito de Michael para trazer a vida de volta, ou fazer o que quer que fosse preciso para reanimá-lo, para que pudesse matá-lo outra vez, com as próprias mãos.

Mas não o fez. John salvou Jasmine. A menina havia parado de respirar e John respirou por ela, fez RCP por mais de quarenta minutos até que a ambulância chegasse à pequena cabana que Michael comprou no seu nome. As mesmas mãos que mutilaram Cynthia Barrett deram vida a outra menina. Precisava haver alguma justiça nisso. Precisava haver algum tipo de paz.

John observou a irmã caminhar até o outro extremo da sala para colocar algum espaço entre ela e a mulher que destruíra a sua família. Joyce apenas tentava defendê-lo. John sabia disso. Mas também sabia que ela destruíra qualquer possibilidade que tinham de limpar o seu nome.

Mas, ainda assim, ele precisava tentar. John aprendera a ter paciência de uma forma que a irmã nunca precisou. Também aprendera como falar com as pessoas no comando.

— Joyce está nervosa — disse ele a Lydia, uma meia desculpa que sabia que a mulher esperava. — Tem sido difícil para ela.

— Você tem a sua liberdade — salientou Lydia. — Eu não sei o que você quer de mim. Sou uma velha. Quero ser apenas deixada em paz.

— Não é tão simples.

— Você está livre, não está? — disse ela, como se fosse uma coisa simples, como se John não precisasse olhar sobre os ombros o tempo todo, sempre à espera que aquelas algemas fossem recolocadas, que aqueles guardas o atirassem em uma cela com Zebra. Ele quase se borrou quando Will Trent o empurrou contra a parede. Nunca nos libertamos de certas prisões.

John respirou fundo, concentrando-se para explicar à antiga advogada criminalista como o sistema judiciário funcionava.

— Sou registrado como um criminoso sexual. Um pedófilo. Sou incapaz de conseguir um bom emprego, comprar uma casa. Nunca terei uma vida.

— E quanto a Michael? — perguntou ela exaltada. — Ele também não tem uma vida.

Joyce emitiu um som de repulsa. Ela estava parada ao lado do piano, com os braços cruzados. Ela parecia exatamente com o pai deles.

John voltou-se para Lydia e falou com calma, tentando fazer com que ela entendesse:

— Michael matou uma mulher chamada Aleesha Monroe.

— Ela era uma prostituta.

Então Lydia estava assistindo aos jornais.

— Ele sequestrou uma policial — prosseguiu John. — Os ossos do pulso dela foram fraturados de tal forma que pode ser que nunca se recupere totalmente.

Lydia não tinha uma resposta para aquilo.

— Ele sequestrou uma menina e a estuprou, espancou-a quase até a morte.

— Pelo que fiquei sabendo — disse ela com sarcasmo —, a garota não era nada inexperiente.

— Michael arrancou a língua dela com os dentes.

Lydia alisou a saia e permaneceu em silêncio.

— Michael arrancou a língua dela a dentadas, da mesma forma como arrancou a língua de Mary Alice a dentadas.

Se não estivesse olhando para Lydia, John não teria percebido a reação da mulher. Por um instante, teve certeza de que ela ficou surpresa.

— Sei sobre o relatório do perito dental do estado — disse John.

A mulher ergueu o queixo em desafio.

— Não sei do que você está falando.

— Imagino que sabe.

— Não me lembro de relatório algum. E, mesmo que lembrasse, não há nada que eu possa fazer a respeito agora.

— Você pode me devolver a minha vida — tentou John. — Tudo que precisa fazer é uma declaração juramentada...

— Não seja ridículo.

— Isso é tudo que eu quero, Lydia. Declare, sob juramento, que foi Michael quem matou Mary Alice, e não eu. Convença-os a limpar a minha ficha criminal e eu...

— Meu jovem — ela interrompeu-o mais uma vez, em tom áspero. Pela postura da mulher, John sabia que estava acabado. Ela apontou para a porta. — Quero que você e sua irmã saiam da minha casa agora.

John levantou-se em um movimento automático, em uma ação involuntária ao receber ordens. Joyce ainda estava ao lado do piano. Lágrimas de derrota marejavam seus olhos. Ela lutara com garra pelo irmão e finalmente percebia que não havia nada mais que pudesse fazer.

— Sinto muito. — A boca de Joyce mexeu-se silenciosamente.

John olhou em volta. Admirou a casa, o mausoléu que Lydia construiu com o dinheiro que ganhou ao processar empresas, médicos e qualquer pessoa que houvesse cometido um erro sobre o qual pudesse lucrar. Ela passou horas com John na prisão do condado tentando forjar sua defesa. Vinte anos atrás, o convenceu a não testemunhar em defesa de si mesmo. Cuidou pessoalmente dos exames laboratoriais, dos especialistas, das testemunhas de acusação. Foi até Coastal naquele dia para dizer que estava acabado, que não havia mais possibilidades jurídicas a explorar. Lydia chorou, e John tentou confortá-la.

John também lembrou outro dia em Coastal, a primeira visita da mãe depois que Zebra o rasgara em dois.

— Você não vai desistir — ordenara Emily, agarrando as mãos de John com tanta força que os dedos começaram a ficar insensíveis. — Você está entendendo, Jonathan? Você não vai desistir.

Não se enfrenta vinte anos de tempos difíceis sem aprender alguma coisa. A prisão nada mais era além de um relógio enorme que nunca parava de fazer tique-taque. Tudo que tinham era tempo, que passavam conversando. Havia as bravatas, planos de escapar, planos de furar o idiota que o desrespeitou no horário do almoço, mas havia um limite para isso. Invariavelmente, todos acabavam falando sobre como acabaram presos. Todos eram inocentes; vítimas da armação de algum policial corrupto, vítimas do sistema. Todos trabalhavam em um plano, uma forma de conseguir o cartão verde da liberdade.

Em 1977, a Suprema Corte dos Estados Unidos aprovou uma resolução que previa a criação de bibliotecas jurídicas adequadas em todas as unidades prisionais estaduais e federais. Ninguém sabia o que queria dizer adequadas, mas a biblioteca de Coastal rivalizava com a de qualquer faculdade de direito, e todos os presidiários acabavam com a cara enfiada em algum livro, procurando uma passagem obscura, uma lei ininteligível, qualquer brecha que pudessem explorar. A maioria dos presos entendia mais sobre direito do que os advogados que o estado providenciava para defendê-los, já que, via de regra, o barato sai caro.

John pegou o vaso de flores sobre o consolo da lareira.

Lydia levantou-se, com a coluna rígida como uma tábua.

— Coloque isso no lugar.

Ele ergueu o vaso. Cristal de chumbo, pesado como um tijolo. Provavelmente, valia o peso em ouro. Aquela era a única coisa com que Lydia se importava agora: dinheiro — quanto podia faturar, quanto poderia embolsar. Quatro casamentos, um filho, um neto, e tudo que ela tinha para mostrar eram aqueles pequenos objetos frios espalhados pela sua mansão impecável.

— Você tem uma bela casa, tia Lydia — disse ele.

— Vocês dois, saiam da minha casa agora.

— Sua casa — repetiu John, tirando as flores e largando-os uma a uma no caro tapete branco. — Essa é uma forma interessante de ver a situação.

— Vou telefonar para a polícia.

— É melhor se abaixar antes.

— O q... — Lydia era velha, mas se moveu com agilidade quando viu John erguer o vaso. Ele o atirou contra a parede, acima da cabeça da mulher, mas os cacos de vidro choveram sobre o sofá onde ela estivera sentada.

— Como você *ousa*!

Aquele vaso, provavelmente, valia mais do que todos os salários de John desde que saíra da prisão, mas ele não dava a mínima para dinheiro. Havia ricos por todo o mundo vivendo em suas próprias prisões, encarcerados pela ganância, distanciados do mundo que os cerca. Tudo que John queria agora era a liberdade, e ele faria o que fosse preciso para tê-la de volta.

— Quanto você acha que esta casa vale? — perguntou ele para a irmã.

Joyce estava paralisada, boquiaberta. Para ela, conflito geralmente queria dizer negociações acaloradas com ameaças veladas feitas em mesas de conferência envernizadas ou bebendo martínis em algum bar elegante. Uma ameaça velada não queria dizer grande coisa na Coastal State Prison.

— Duzentos e cinquenta mil dólares, meio milhão? — estimou John.

Joyce fez que não, chocada demais para responder.

— Você! — disse Lydia, com a voz esganiçada de raiva. — Você tem exatamente um minuto para sair desta casa antes que eu chame a polícia para prendê-lo.

— Um milhão? — provocou John. — Qual é, Joycey. Você trabalha com isso o dia todo. Você sabe quanto vale esta casa.

Joyce balançou a cabeça como se não estivesse entendendo. Mas então fez algo que o surpreendeu. Ela olhou em volta, tensa, viu o pé-direito altíssimo, as janelas enormes com vista para o quintal com grama impecável. Quando olhou para John, ele percebeu que a irmã ainda estava confusa. Mas Joyce confiava nele. Confiava nele o bastante para responder.

— Três.

— Três milhões — disse John, incrédulo. Ele achou que estava rico quando sacou os 3 mil e 800 dólares da conta aberta por Michael em seu nome.

— Se dividirmos isso por vinte anos temos... o quê? Uns 150 mil dólares por ano?

Joyce estava começando a entender.

— É, Johnny. Acho que por aí.

— Não me parece o bastante. Nem de longe. O que você acha?

Os olhos da irmã brilharam. Ela sorriu.

— Acho que não.

— Quanto você acha que ela tem no banco? — Ele se voltou para Lydia. — Talvez eu deva passar a dirigir as perguntas para você.

— Você deveria sair por aquela porta agora mesmo se tiver algum juízo.

— Que carro você tem? Mercedes? BMW? — John sentia-se um advogado de programa de televisão. Talvez ele pudesse ter sido um advogado. Se Michael Ormewood não houvesse entrado em sua vida, talvez John Shelley pudesse ter se tornado médico, advogado, professor ou... ou o quê? O que ele poderia ter se tornado? Ele nunca saberia. Ninguém nunca saberia.

— John? — O tom de Joyce era de preocupação. O irmão estava quieto demais.

— E quanto a esse anel no seu dedo? — perguntou ele, com voz firme. — Quanto ele vale?

— Saia da minha casa.

— Você é advogada — disse John. — Obviamente, levou uma boa vida processando as pessoas e arrancando cada centavo delas. — Ele fez um gesto amplo para a casa, as coisas inúteis.

— Quero que você saia daqui — exigiu Lydia. — Quero que você saia daqui agora.

— Eu quero esta casa — disse ele, caminhando pela sala, se perguntando qual seria o ponto fraco da mulher. John tirou uma pintura monocromática da parede. — Eu quero isto — disse ele, soltando-a no chão e voltando a caminhar. — Quero aquele piano.

John aproximou-se da irmã, pensando que não importava o que acontecesse, nada era mais valioso do que saber que Joyce acreditava nele. Michael tentara destruí-lo, mas ele se fora. Nada poderia mudar o passado. Tudo em que podiam se concentrar era no futuro.

— Quantas vezes mamãe gritou com a gente para praticarmos as escalas? — perguntou ele à irmã.

— O tempo todo.

John correu os dedos pelas teclas.

— Ela gostaria disso. — John tocou algumas notas que lembrava de um milhão de anos atrás. — Ela gostaria que eu voltasse a estudar piano.

— É — concordou Joyce com um sorriso triste. — Acho que gostaria.

— Pare agora mesmo — disparou Lydia.

— Acho que você deveria tomar cuidado com a forma como fala comigo — advertiu John.

Lydia colocou a mão no quadril.

— Você não tem, nem de longe, as bases de que precisaria para uma ação criminal. Mesmo com as... insinuações... que fez contra o meu filho, você não tem prova de nada.

— O ônus da prova não é tudo numa ação civil. Você sabe disso.

— Você tem ideia de por quantos anos posso arrastar os depoimentos e as audiências? — Ela deu um sorriso de crocodilo, mostrando os dentes de um branco imaculado. Então passou a falar em voz baixa, frágil. — Eu sou uma velha. Isso foi um choque terrível. Tive bons e maus momentos...

— Posso congelar os seus bens — disse John. — Tenho certeza de que passará por muitos maus momentos morando em um quarto e sala na Buford Highway.

— Você não pode me ameaçar.

— E quanto à imprensa? — perguntou ele. — Joyce encontrou você. Tenho certeza de que os jornalistas também podem. Principalmente se ela ajudar.

— Vou telefonar para a polícia — ameaçou Lydia, caminhando empertigada em direção ao telefone.

— Tudo que estou pedindo é uma declaração juramentada. Apenas diga que Michael me incriminou, que ele matou Mary Alice, e nunca mais voltará a me ver.

— Vou telefonar para a polícia agora mesmo para tirá-lo da minha casa.

— O que você acharia de um bando de jornalistas acampados na sua porta? Como explicaria que sabia que o seu filho era um assassino e que não fez nada para detê-lo?

Lydia tirou um dos anéis volumosos e levou o fone ao ouvido.

— Eu não sabia de nada do tipo.

— Michael me contou uma coisa interessante naquele porão, tia Lydia. — Os dedos pairavam sobre as teclas, mas ela não discou o número. — Ele sabia que ia morrer. Tinha absoluta certeza de que ia morrer e quis me contar uma coisa.

O fio bateu na mesa de metal quando Lydia deixou o fone deslizar para o ombro.

— Michael me disse que matou Mary Alice e que você sabia. Disse que a ideia de me incriminar foi sua. Disse que você planejou tudo desde o começo. — Ele piscou para a mulher. — Confissões no leito de morte não podem ser consideradas boatos, certo? Não se a pessoa souber com certeza que vai morrer.

Ela apertou o fone com a mão ossuda.

— Ninguém vai acreditar em você.

— Sabe aquela policial que ele sequestrou? Que espancou quase até a morte e que estava prestes a estuprar e matar? — Ele abaixou a voz como se fizesse uma confidência. — Acho que ela também ouviu.

A mesa bateu na parede quando Lydia apoiou-se nela. Os olhos da mulher flamejavam de ódio.

— Quem você acha que o promotor vai querer ouvir quando decidir se entra ou não com um processo contra você por obstrução da justiça, farsa jurídica e conspiração depois do fato?

O fone emitiu um som, uma gravação orientando que se desejasse fazer um telefonema ela deveria colocar o fone no gancho.

— O promotor virá a nós — prosseguiu John. — Ele perguntará a mim e perguntará a Joyce se queremos prestar queixa criminal contra você ou esquecer tudo. — O telefone passou a emitir um sinal de ocupado que ecoava pela sala cavernosa. — Me deixe dizer uma coisa que descobri, Lydia: Michael era um predador, mas você era a guardiã dele. Você era a pessoa que sabia o que ele era e ainda assim o deixou à solta no mundo.

— Não...

— Vá em frente — ele a desafiou. — Disque o número. Faça a ligação.

Lydia olhou para ele, com as narinas dilatadas, os olhos marejados com lágrimas de raiva. Ele quase pôde vê-la ponderar a situação, ouvir aquela mente jurídica perspicaz avaliar as brechas, considerar todas as opções. Em algum lugar naquela prisão branca imaculada que ela chamava de casa ouvia-se um relógio. John contou os tique-taques mentalmente, esperando.

— Está bem — disse ela por fim. — Está bem.

John sabia o que Lydia queria dizer, mas queria ouvir de sua boca, queria ser a pessoa que a *fez* dizê-lo.

— Está bem o quê?

A mão da mulher tremia tanto que ela mal conseguiu colocar o fone no gancho. Ela não conseguia olhar para John. A voz estava embargada de humilhação.

— Me diga o que preciso fazer.

40

18 de fevereiro de 2006

Will escutava *Devils & Dust*, de Bruce Springsteen, ao escovar a cadela. Ele não sabia ao certo por que a vizinha insistira na escovação. A pelagem de Betty era curta. Ela soltava pouco pelo. Will só podia supor que a origem da tarefa estava de alguma forma ligada ao prazer da cadelinha, apesar de a mulher não ter lhe parecido do tipo que se interessaria pelo conforto do animal.

Não que ele considerasse a escovação algo indispensável, mas não havia como negar que ela gostava.

A campainha tocou e Will parou com a escova no ar. E voltou a tocar, então veio uma série de batidas rápidas na porta.

Will suspirou. Ele largou a escova e desenrolou as mangas da camisa. Ele carregou Betty no colo e foi até a porta.

— Por que porra você demorou tanto?

— Achei que fosse você.

Angie sorriu, o que não deve ter sido fácil, levando-se em conta que o rosto ainda estava cicatrizando. Ela tinha curativos adesivos na testa e a face passara de preta para amarela. Mais Band-Aids em cada um dos dedos cobriam as suturas. Ela estava com um gesso rosa-shocking no braço direito e peças de metal projetavam-se do pulso, onde os ossos precisaram ser parafusados.

Will olhou sobre o ombro dela e viu o carro estacionado na rua.

— Você veio dirigindo?

— Pode me prender.

— Por quê? — perguntou ele. — Preciso te jogar numa cela para você não sumir da cidade?

— Não desta vez.

— Você não vai me deixar por John?

Ela riu.

— Metade da vida do cara já foi fodida por um idiota. Achei melhor deixá-lo viver a outra metade em paz.

— Você não dormiu com ele?

— É claro que dormi com ele.

Os ombros de Will caíram, mas ele não podia dizer que estava surpreso.

— Quer entrar?

— Vamos ficar aqui fora — sugeriu Angie, curvando-se de um jeito estranho para sentar na escada da varanda.

Relutante, Will juntou-se a ela. Ele mantinha a cadela aninhada ao peito e Betty abaixou a cabeça e enfiou o focinho no colete dele.

— É sábado — disse Angie. — Por que você está usando esse terno?

— Ele me cai bem.

Angie bateu o ombro no de Will, provocando-o.

— Você acha mesmo?

Ele tentou fazer graça do comentário.

— Não estou usando nada por baixo.

Ela soltou uma risada barulhenta.

Will sorriu, saboreando a naturalidade entre eles.

— Por que é sexy quando você diz e não quando eu digo?

— Porque o tipo de homem que não usa cueca geralmente circula em parquinhos com muitas balas nos bolsos.

— Tenho uma bala no bolso — disse Will. — Quer botar a mão e conferir?

Ela riu outra vez.

— Você só fala, Sr. Trent. Só fala.

— É — admitiu ele. — Você provavelmente está certa.

Eles olharam para a rua. O ruído do tráfego na Ponce de Leon era carregado pela brisa; buzinas, pessoas gritando. Will ouviu um mensageiro dos ventos tilintar à distância e um ciclista passou em frente à casa.

— Eu te amo — disse Angie, baixinho.

Betty se mexeu. Ele sentiu a cadela agitar-se no seu peito.

— Eu sei.

— Você é a minha vida. Sempre esteve do meu lado.

— Ainda estou aqui.

Angie deu um suspiro profundo.

— Eu falei com você quando estava no porão. Antes de você chegar. — Angie fez uma pausa, e Will sabia que ela pensava naquele lugar terrível. — Prometi que deixaria você se sobrevivesse.

— Nunca esperei que você cumprisse suas promessas.

Ela voltou a ficar em silêncio. Outro ciclista passou, o zumbido metálico da pedivela soando como uma nuvem de gafanhotos. Will pensou em envolvê-la com o braço, então se lembrou do corte no vidro. E estava para abraçá-la pela cintura quando Angie se voltou para ele.

— Não faço bem pra você.

— Muitas coisas não me fazem bem. — Ele listou alguns exemplos. — Chocolate. Adoçante. Fumaça de cigarro.

— Paixão — disse ela, levando o pulso ao coração. — Quero que você sinta paixão, Will. Quero que saiba como é se apaixonar por alguém, ficar acordado à noite pensando que morrerá se não tiver essa pessoa.

— Passei muitas noites acordado pensando em você — foi tudo que ele conseguiu dizer.

— Se *preocupando* comigo — corrigiu ela. — Não sou um par de sapatos velhos que você pode usar até o resto da vida apenas por serem confortáveis.

Will não acreditava que houvesse nada de errado com conforto, mas preferiu guardar a observação para si mesmo.

— Onde vou encontrar outra mulher tão pouco exigente quanto você?

— Amanda Wagner está disponível?

— Ah! — ele gemeu. — Essa doeu.

— Você merece, seu analfabeto de uma figa.

Will riu, e Betty se mexeu.

— Meu Deus, essa coisa é horrível. — Ela deu um tapinha na perna de Will. — Me ajude a levantar.

Will colocou a mão sob o braço bom de Angie.

— Para onde você vai?

— Ler os classificados. — Ela indicou o pulso quebrado, as mãos feridas. — Não vou sentar atrás de uma mesa nos próximos vinte anos, nem mesmo a cidade de Atlanta está desesperada a ponto de me entregar uma arma. — Ela deu de ombros. — Além disso, vai ser bom arrumar um emprego onde não precise me vestir como uma prostituta, a não ser que queira.

— Você não precisa arrumar um emprego — ele comentou.

Angie soltou uma risada de surpresa.

— Seu idiota. Você acha mesmo que eu vou ficar em casa cozinhando e passando roupa enquanto você trabalha?

— Coisas piores podem acontecer.

— Duvido muito.

— Betty precisa de uma mãe.

— Ela precisa de um saco plástico na cabeça.

— Eu...

Angie ficou na ponta dos pés e o beijou no pescoço. Os lábios dela eram macios. Will sentiu a respiração quente, o contato suave das pontas dos dedos de Angie no seu ombro.

— Eu te amo — disse ela.

Will a observou caminhar em direção ao carro, o gesso cor-de-rosa imóvel ao lado do corpo. Angie se virou e acenou para ele, então entrou no carro e se foi.

Ela estava quase orgulhosa dos cortes que marcavam seu rosto e suas mãos. Era como se finalmente tivesse encontrado uma forma de mostrar no exterior o que sentia por dentro. Will não perguntou o que aconteceu naquele porão, não quis dar maior atenção ao ângulo das feridas de Michael ou ao número de vezes que o homem foi esfaqueado. Ele apenas quis abraçá-la, carregá-la nos braços por aquelas escadas e mantê-la em segurança por quanto tempo conseguisse.

E, ao menos por algumas horas, ela permitiu.

Will não tinha certeza de quanto tempo ficou parado olhando para a rua vazia. O Boss cantava "Leah" e Betty roncava aninhada no seu peito quando um Chevy Nova bege estacionou em frente à casa da vizinha.

Betty acordou ao som da batida da porta.

Will caminhou em direção à mulher, que enterrava uma placa no gramado em frente à casa com a sola do sapato.

— Com licença — disse.

A mulher deu um pulo e colocou a mão sobre o peito.

— Meu Deus, você quase me mata de susto.

— Sou Will Trent. — Ele apontou para a sua casa. — Moro na casa ao lado.

A mulher olhava para a cadela, com o lábio contraído de aversão.

— Achei que minha mãe tinha dito que essa coisa havia morrido.

— Betty?

— É, Betty. Nós a colocamos em um asilo.

Will franziu a testa.

— Como?

— Betty, minha mãe. — A mulher estava impaciente; ela claramente não queria estar ali e não parecia nem um pouco disposta a dar explicações a Will. — Ela está morando em um asilo agora. Vamos vender a casa.

— Mas — tentou Will. — Eu a ouvi... — Ele olhou para a cadela. — Algumas noites — ele começou — Ela... a sua mãe... gritava com alguém chamado Betty.

— Ela gritava consigo mesma, Sr. Trent. O senhor nunca percebeu que minha mãe tem alguns parafusos a menos?

Ele pensou nos gritos no meio da noite, na forma como a vizinha de repente passava a cantar músicas de programas de televisão ao regar as plantas de plástico na varanda. Will não achou nenhuma dessas coisas particularmente estranhas, ainda mais levando-se em conta as excentricidades da vizinhança. Era difícil chamar atenção em uma rua onde seis hippies moravam numa casa de um quarto pintada nas cores do arco-íris; que tinha um furgão de cachorro-quente abandonado com os eixos apoiados em tijolos em frente a uma igreja menonita; onde um analfabeto funcional de 1,95m levava um minicachorro para passear em uma guia rosa-shocking.

A mulher tinha uma pistola de grampos na mão, que usava para grampear uma placa de À VENDA PELO PROPRIETÁRIO escrita à mão em uma estaca de madeira.

— Pronto — disse ela. — Acho que é isso. — Ela se voltou para Will: — Alguém virá em um dia ou dois para fazer a mudança.

— Ah!

A mulher calçou o sapato, então jogou o grampeador dentro do carro.

— Espere — disse Will.

Ela entrou no carro e abaixou a janela ao dar a partida no motor.

— O que foi?

— O cachorro — disse ele erguendo Betty, se é que esse era o nome da cadelinha. — O que eu faço com ela?

— Pra mim não faz diferença — respondeu ela, torcendo o nariz ao olhar para o animal. — A minha mãe não suportava esse rato.

— Ela me disse para escová-la. — Como se isso pudesse convencê-la do contrário.

— Ela provavelmente disse para o senhor afogá-la.

— Mas...

A mulher ficou irritada.

— Ah, pelo amor de Deus, jogue esse bicho na *carrocinha*!

Ela olhou para trás ao dar ré no carro, quase atropelando um homem que passava correndo. Ambos observaram quando o carro arrancou, derrubando a lata de lixo da casa de Will.

O homem sorriu para Will.

— Dia ruim?

— É. — Will não foi tão gentil quanto deveria, mas tinha assuntos mais urgentes no momento.

Ele olhou para Betty. A cadela aninhou a cabeça no peito dele, os olhos salientes semicerrados de prazer, a língua pendendo para o lado ao retribuir o olhar. Se fosse um gato, teria ronronado.

— Droga! — murmurou ele, então voltou para casa.

Will lembrou as palavras da mulher, ainda conseguia ouvir a voz esganiçada soando nos ouvidos. Ao entrar, colocou Betty no chão. A cadela correu e saltou no sofá, para acomodar-se na sua almofada preferida.

Will fechou a porta com um suspiro profundo. Um homem que cresceu num orfanato não pode entregar um cachorro para a carrocinha.

Mesmo que seja um chihuahua.

Nota da autora

Ser escritora deu-me o grande prazer de viajar para alguns dos lugares mais bonitos do mundo, mas não há cidade que eu ame mais do que Atlanta, minha terra natal. Sempre tive a impressão de que os escritores são, basicamente, mentirosos profissionais, e acredito que bons mentirosos sabem mesclar fatos e ficção de modo que as suas histórias sejam consistentes. Neste romance tentei captar a atmosfera da minha cidade — os lugares que amo, aqueles por onde não caminharia depois do anoitecer e tudo entre ambos. Também tomei algumas liberdades com ruas, edifícios e bairros, de modo que se você planeja visitar a nossa bela cidade, aconselho que compre um mapa.

O City Hall East foi uma loja de departamentos da Sears e, apesar de abrigar diversos escritórios da administração pública, o edifício de modo algum funciona da forma como descrevi. À época em que escrevi o livro, o conjunto Grady Homes estava prestes a ser demolido. Assim como a maioria das grandes metrópoles americanas, Atlanta está lenta mas decididamente erradicando os conjuntos subsidiados de baixa renda. Os esquemas de "Empréstimo até o dia do pagamento" cobram taxas de trezentos a quinhentos por cento. O aluguel mensal que citei para a pensão de pedófilos é o valor realmente cobrado em lugares do tipo, assim como a taxa estadual pela concessão de condicional. Os preços de passagens de ônibus, roupas e luxos variados dos trabalhadores de baixa renda foram verificados.

Felizmente, nunca visitei a Coastal State Prison, e boa parte das informações que usei a respeito da penitenciária foram levantadas pela internet (www.dcor.state.ga.us). Os condenados à morte mencionados são pessoas de verdade e suas idades foram verificadas. Atlanta está, há um bom tempo, incluída no rol das dez cidades mais violentas dos Estados Unidos. Mais de mil estupros foram registrados na região metropolitana no ano passado, de acordo com estatísticas da administração pública (www.ganet.org/gbi). Nacionalmente, cerca de 44 por cento das vítimas de estupro são menores de 18 anos, e 15 por cento menores de 12 anos (www.ncvc.org). Estima-se que 1,3 mulher seja estuprada por minuto nos Estados Unidos.

Existe um lava-rápido na Piedmont Road com um gorila acenando do lado de fora, mas as semelhanças ficam por aí. Os Falcons não participaram do Super Bowl deste ano. Ducktown é uma cidade do Tennessee. Sidney Dorsey, ex-xerife do condado de DeKalb, foi de fato condenado como mandante do assassinato do seu sucessor, Derwin Brown. O prefeito de Blue Ridge tinha mesmo uma cadeira reclinável cativa em rinhas de galo. Ele foi citado como dizendo que estava velho e que em breve se "aposentaria da política e das galinhas".

Ah!, e confie em mim: os cachorros realmente não deveriam comer queijo.

Agradecimentos

Há dois anos decidi que queria escrever um livro fora da minha série passada no condado de Grant. Foi uma manobra arriscada, e eu sabia que as pessoas veriam esse ato como perspicácia ou loucura. Então, o primeiro agradecimento vai para Kate Elton, Kate Miciak e Victoria Sanders, por não terem me internado — ainda — e por permitirem que eu criasse esta história.

Como sempre, o Dr. David Harper gentilmente conferiu a consistência das informações médicas. Trish Hawkins respondeu a uma infinidade de perguntas sobre transtornos de aprendizagem e Debbie Teague compartilhou comigo sua experiência pessoal sobre viver com dislexia. J. S. me explicou a difícil batalha dos presidiários e conferiu a consistência de dados sobre drogas. Jeanene English conversou comigo sobre a pequena e enigmática fera conhecida como chihuahua.

Na Delacorte, gostaria de agradecer a: Irwyn Applebaum, Nita Taublib, Barb Burg, Susan Corcoran, Betsy Hulsebosch, Cynthia Lasky, Steve Maddock, Paolo Pepe, Sharon Propson, Sharon Swados, Don Weisberg, Caitlin Alexander, Kelly Chian, Loyae Coles e à equipe de vendas da Random House. Lisa George, obrigado por me forçar a fazer amizades generosas.

Na Random House RU: Mike Abbott, Ron Beard, Faye Brewster, Mike Broderick, Richard Cable, Georgina Hawtrey-Woore, Clare Lawler, Simon Littlewood, Dave Parrish, Gail Rebuck, Emma Rose, Claire Round, Susan Sandon, Trish Slattery e Rob Waddington.

Billie Bennett-Ward, Rebecca Keiper, a verdadeira Martha Lam, Fidelis Morgan e Colleen Winters foram amigas que me proporcionaram grande apoio. O meu pai tomou conta de mim nas montanhas e D. A. sempre estava lá quando eu voltava para casa.

Este livro foi composto na tipologia Sabon LT Std,
em corpo 10,5/13,95, e impresso em papel off-white
no Sistema Cameron da Divisão Gráfica
da Distribuidora Record.